Zum Buch:

Nach dem Betrug ihres Verlobten flüchtet Sophie auf die Insel, die sie schon immer geliebt hat wie ein zweites Zuhause: nach Spiekeroog. Der frische Nordseewind soll ihre trüben Gedanken vertreiben, und tatsächlich entlockt der Sohn ihrer Mitbewohnerin Sophie bald wieder ein Lachen. Außerdem bemüht sich ein neuer Mann um sie. Doch es ziehen Gewitterwolken auf, und Sophie findet sich in einem Gefühlschaos wieder. Jemand scheint sie von der Insel vertreiben zu wollen, und alles erinnert sie plötzlich an die glückliche Zeit mit ihrem Verlobten. Ist es womöglich an der Zeit, ihm zu verzeihen und zu ihm zurückzukehren?

Zur Autorin:

Sabrina Sonntag ist Mitte zwanzig und hat in Regensburg und Durham (UK) Literaturwissenschaft studiert. Sie leitet Coachings, arbeitet ehrenamtlich mit Kindern und führt den Haushalt eines katholischen Priesters. Wenn sie nicht gerade schreibt, übt sie Krav Maga oder krault ihrem Lieblingsschäferhund die Ohren.

Lieferbare Titel:

Schwein gehabt, sagt die Liebe

Sabrina Sonntag

Unser Sommerblau für immer

Roman

HarperCollins

1. Auflage 2021
Originalausgabe

Umschlaggestaltung von bürosüd, München
Umschlagabbildung von plainpicture / Elektrons 08, www.buerosued.de
Gesetzt aus der Stempel Garamond
von GGP Media GmbH, Pößneck
Druck und Bindung von GGP Media GmbH, Pößneck
Printed in Germany
ISBN 978-3-7499-0102-9
www.harpercollins.de

Klimaneutral
Druckprodukt
ClimatePartner.com/15109-2009-1001

MIX
Papier
FSC FSC® C014496

Für Toni

PROLOG

Es mag seltsam klingen, aber es begann alles damit, dass einer meiner Ballerinas quer über den Strand flog. Es war ein lauer Sommerabend an der Nordsee, die allmählich untergehende Sonne schimmerte auf den Wellen, und die Wolken hoch oben am Himmel leuchteten verheißungsvoll. Ein paar Kinder spielten ausgelassen in der Nähe.

»Ich bin das Tor, okay?«, rief es aus ihrer Richtung. »Felix kann mit mir Tor spielen. Und Maja schießt.«

»Aber ich mag kein Tor sein«, quengelte ein dünnes Stimmchen.

»Wie geht Schießen?«, rief ein anderes Kind. »Kann ich … Lass mich … Zeig mal!«

Ich musste lächeln. Für Kinder hatte ich ein besonders großes Herz. Wenn sie mit ihren kurzen Beinchen durch den Sand stapften oder ihre Fingerchen staunend nach einer Muschel ausstreckten, dann hätte ich ihnen stundenlang zusehen mögen. Doch für heute Abend hatte ich bereits aufregende Pläne. Verstohlen warf ich einen Blick auf die Uhr, doch die Zeiger schienen sich nur mühsam von der Stelle zu bewegen. Ein paar Minuten noch!

»Das Tor ist viel zu klein! Geh einen Schritt nach links … Das andere links …«

»Ich zeig dir, wie Schießen geht. Guck … du musst nur … Hoppla …«

Das Geräusch, als der Kinderschuh auf den Ball traf, hörte

ich sogar vierzig Meter entfernt. Gebracht hatte es trotzdem nicht viel, wenn ich den Ball so ansah, der ganz gemächlich über den weichen Sand kullerte und vor meinen Füßen liegen blieb.

»Das ist Abseits!«

»Abseits von was?«

»Lass mich mal … Manno, Felix … He, wo ist der Ball?«

Ich hob ihn auf. Leuchtend rot war er, ein wenig feuchter Sand klebte an seiner Oberseite. Mit einem Lächeln hielt ich ihn in die Höhe, doch lange konnte ich mich nicht zusammenreißen. Wie ein Profi warf ich den Ball in die Luft, hart kam er auf meinem Fußrücken auf, dann schoss er wie der Blitz gen Himmel. Blöderweise nicht nur der Ball.

»Wohoooooo!«, jubelten die Kinder.

»Shit!«

Das hämische Kreischen der Lachmöwe, deren Silhouette durch das Abendrot schwebte, schien mein Missgeschick zu kommentieren. Beruhigend war vor allem eines: Egal, wie hoch man Dinge in den Himmel schoss, runter kamen sie immer. Und mein linker Schuh würde da keine Ausnahme machen.

»Toooooor!«, schrie jemand, doch ich war schon längst nicht mehr bei der Sache.

Priorität hatte gerade mein Ballerina-Schuh, doch alles, was ich von hier aus noch erkennen konnte, war eine Menge Wasser, das in die Luft spritzte, als er mit einem lauten Platsch aufkam.

»Ui«, machte ich erschrocken. Natürlich ahnte ich noch gar nicht, dass in diesem Augenblick mein großes Glück begann. Und zwar genau damit, dass ich jetzt, nach einem langen Arbeitstag in der Klinik, mit nur einem Schuh im seichten Wasser stand, meine linke Hand im Matsch wühlte und in meiner Handtasche etwas wartete, das für mich bald die Welt bedeuten sollte.

Glitzernd und eindrucksvoll rollten die Wellen heran, als ich den Schuh schließlich mit einem Schmatzen aus dem nassen Sand löste und unbeholfen den Dreck herunterklopfte. Barfuß war sowieso die bessere Lösung. Auch zur Abendstunde war es auf Spiekeroog noch warm genug, und ich liebte das Gefühl meiner nackten Füße auf dem sonnenwarmen Sand.

Nachdenklich kramte ich den Stein aus meiner Tasche. Erst vor knapp einer Woche hatte ich meine Arbeitsstelle auf dieser zauberhaften ostfriesischen Insel angetreten. Und schon seit meinem zweiten Arbeitstag fand ich immer wieder bunt bemalte Steine mit romantischen Botschaften darauf. Jeder von ihnen mit solcher Hingabe gestaltet, dass ich nun beschlossen hatte, dem Zauber des Inselsommers zu vertrauen.

Vor ein paar Tagen hatte ich den ersten Stein gefunden, in meinem Fahrradkorb. Es war ein mit Sonnenblumen verzierter Granit gewesen, darauf die Botschaft: *Ich liebe dein Lachen*. Ein zweiter, bemalt mit einer goldenen Krone, hatte bald darauf in meinem Briefkasten auf mich gewartet: *Bleib, wie du bist, denn so bist du perfekt*. Auch auf dem Stromkasten neben der Bäckerei hatte mir der unbekannte Steinkünstler eine Botschaft hinterlassen. Zwischen den Hälsen zweier knutschender Giraffen war zu lesen: *Du hast die süßesten Grübchen der Welt!*

Gestern hatte ich dann in meinem Lieblingscafé einen weiteren auf meinem angestammten Platz vorgefunden. Ebendieser Stein lag nun in meiner Hand. Geschwungene Buchstaben zierten die glatte Oberfläche: *»Samstag, 19:30 Uhr, Weststrand. Ich freue mich auf dich …«* Die schwarz skizzierte Zeichnung eines kleinen Männchens mit Knubbelnase kniete neben der Botschaft und hielt mir strahlend eine Rose entgegen.

»Sophie!«, hörte ich mit einem Mal jemanden rufen.

Ich hielt mir die Hand vor die Augen, um sie gegen das Licht der Abendsonne zu schützen. In der Ferne winkte jemand. Er war groß und hatte eine sportliche Silhouette.

»Hi!«, rief ich laut, um das Rauschen des Meeres zu übertönen, und ließ den Stein in meine Umhängetasche fallen.

Er war barfuß, genau wie ich. Die einsetzende Flut umspülte seine Füße, und der Wind, der vom offenen Meer her wehte, zerzauste sein dunkles Haar. Er trug ein weißes Hemd und beige kurze Hosen. An seinen Wangen ließen sich leichte Bartstoppeln erahnen, und seine dunklen Augen strahlten, als er näher kam.

Dann stand er plötzlich vor mir. »Schön, dass du da bist, Sophie.«

Verlegen versteckte ich meine schlammbenetzten Schuhe hinter dem Rücken und schenkte ihm ein breites Lächeln. Sicher war ich nicht, woher ich ihn kannte. Aber er sah gut aus. Verdammt gut sogar. Wenn ich nicht irrte, war er einer der Krankenpfleger in der Klinik. »Maaa…?« Fragend sah ich ihn an.

»…tthias.« Er grinste.

Ich musste lachen. »Richtig, Matthias.« Dafür, dass ich erst so kurz in der Kurklinik arbeitete und fast zwanzig Kollegen hatte, war ich mit den ersten zwei Buchstaben seines Namens gar nicht mal so schlecht.

»Endlich können wir uns näher kennenlernen.« Lächelnd streckte er mir seine Hand entgegen.

»Ähm«, machte ich errötend und strich mir den nassen Sand von den Fingern. Nur meine dezent in Apricot lackierten Nägel zeugten davon, dass ich ursprünglich gewaschen und sauber zu diesem Date hatte erscheinen wollen.

»Das sieht nach Spaß aus«, meinte Matthias lachend und drückte meine Hand trotzdem. »Wer auf Spiekeroog sauber bleibt, dem ist nicht mehr zu helfen.«

»Bei Bällen und Kindern kann ich mich nicht zügeln.« Ich lächelte schief.

Matthias wies mit dem Kopf zu den Kindern hinüber, die wieder johlend spielten. Ein kleiner, vergnügt quietschender Junge stolperte nun unbeholfen auf uns zu. »Dann sollten wir dich ganz schnell aus der Reichweite der Bälle bringen, damit du nicht in Versuchung kommst.«

Seine Augen blitzten, als er mir seine Armbeuge anbot. »Darf ich bitten?«

Ich hakte mich unter und ließ mich von ihm über den Strand führen. Dass ich dabei meine Schlammreste auf seinem Hemd verteilte, schien Matthias nicht zu stören. Warm und weich spürte ich den Sand unter meinen Füßen, die feinen Haare auf Matthias' Arm kitzelten auf meiner Haut. Unglaublich, dass ich mich schon jetzt in seiner Nähe so gut fühlte. Wir kannten uns schließlich kaum, und auch wenn er mich mit seinen kleinen Kunstwerken schon sehr berührt hatte, wollte ich ihn doch erst einmal richtig kennenlernen.

»Wie gefällt dir dein neuer Arbeitsplatz?«, fragte er.

»Ich habe das Meer direkt vor der Tür – und einen Kollegen, der mir Steine in den Weg legt –, was will man mehr?« Als ich ihm zuzwinkerte, lachte Matthias.

Mein Herz machte einen großen Hüpfer, wenngleich ich mich fragte, ob dieser Flirt von Dauer sein würde. Ich hatte schon das eine oder andere Strohfeuer erlebt.

Auf das Jahr Schwangerschaftsvertretung in der Nordsee-Niederlassung der Medicus-Klinik hatte ich mich unendlich gefreut. Sosehr ich den Bayerischen Wald als meine Heimat liebte, so willkommen war mir doch eine kleine Auszeit in der Nordseeluft. Aber sobald meine Kollegin aus dem Mutterschutz zurückkehrte, würde das Schwestern- und Pfleger-Team auf Spiekeroog wieder komplett sein. Dann hieße es für mich: Abschied nehmen. War es da klug, sich gerade jetzt auf eine beginnende Romanze einzulassen?

Ich schüttelte den Kopf und ermahnte mich, wieder in die Gegenwart zurückzukehren. Ich wollte im Moment leben, und das in vollen Zügen.

Tief atmete ich die Seeluft ein und ließ mich von Matthias ein Stück weiter den Strand entlangführen.

»Mach es dir bequem.« Lächelnd wies er auf eine rote Picknickdecke. Zwei bestickte Kissen schienen bereits auf uns zu warten, Kerzen steckten im Sand, und auf einem kleinen, karierten Tüchlein standen eine Flasche Wein und ein wenig Gebäck bereit. Matthias zündete die Kerzen an.

»Du bist verrückt«, sagte ich und strahlte ihn an.

»Kann schon sein.« Er strich sich über seinen Dreitagebart und zwinkerte. »Aber es fühlt sich verdammt gut an.«

Süß war er auf alle Fälle. Er hatte sich so viel Mühe gegeben, und das, obwohl er mich noch nicht einmal kannte. Oder sollte ich vorsichtshalber sagen: weil er mich noch nicht richtig kannte?

»Woher hast du gewusst, dass ich kommen würde?«, fragte ich.

Seine dunklen Augen schienen direkt in mein Herz zu blicken. »Ich habe es gehofft.«

In meinem Bauch schien eine ganze Horde Schmetterlinge wach geworden zu sein. Doch als ich einen Anflug von Röte auf meinen Wangen spürte, senkte ich meinen Blick lieber auf die Gebäckschale. »Oh, Windbeutel!«, rief ich begeistert und ließ mich auf die Decke plumpsen.

»Habe ich heute Morgen erst ganz frisch gebacken …« Matthias setzte sich ebenfalls, siebte ein wenig Puderzucker über die Windbeutel und hielt mir die Platte hin. »… und mit Sanddornsahne gefüllt.«

»Mmmmmmh«, machte ich und schleckte mir genüsslich über die Lippen. Was für ein Windbeutel! Und in einem Bett aus cremiger Sahne das Kompott der tief orangefarbenen Beeren, die an den Dünen zuhauf der warmen Sommersonne entgegenwuchsen. Ob Matthias den tatsächlich selbst gebacken hatte? »Ich hatte nie einen besseren.«

Zufrieden seufzend grub ich meine Zehen in den warmen, weichen Sand, leckte mir die Sanddornsahne von der Oberlippe und betrachtete die untergehende Sonne, die inzwischen blutrot in das Meer tauchte.

»Ich kann dir beibringen, wie man Windbeutel bäckt.« Er stützte sich mit einem Arm im Sand auf.

»Sei gewarnt, ich verwüste jede Küche«, entgegnete ich lachend. Wenn er es mir beibringen wollte, beherrschte er es sicherlich wirklich. »Kochen konnte ich noch nie.«

»Ich nehme die Herausforderung an.« Matthias grinste.

Wir plauderten über dies und das, die Insel und die Klinik. Schließlich beugte Matthias sich vor und fasste nach der Weinflasche. »Ein Glas Wein?«

Ich nickte und hielt ihm mit sandigen Fingern unsere beiden Gläser entgegen.

»Ein schöner Beaujolais.« Er lächelte.

»Hört sich gut an«, sagte ich. Mit Wein kannte ich mich nicht aus. Es gab rote und weiße Weine, so viel wusste ich, und liebliche und trockene. Genau da hörte es aber auch auf.

»Lass uns auf diesen Abend anstoßen.« In seinen Augen glitzerte der Widerschein des Sonnenuntergangs, und in diesem Moment kam er mir so vertraut vor, als würden wir uns schon ewig kennen.

»Auf uns.«

Das Klirren der Gläser ging im Rauschen der Wellen unter, ich nippte an meinem Wein und spürte Matthias' Schulter an der meinen. Eigentlich war Wein allgemein nicht mein Ding. Aber Matthias hätte mir beim ersten Date wahrscheinlich sogar Haferschleim vorsetzen können.

»Oh, ich glaube, ich muss mich stärker ins Zeug legen«, flüsterte er, und sein Atem kitzelte mich dicht an meinem Ohr.

»Ach ja?« Ich lachte und spürte, wie mein Herz schneller schlug.

Er nickte ernsthaft. »Die Konkurrenz schläft nicht – da flirtet ein fescher junger Mann mit dir.«

Verwundert wandte ich mich um. Und wirklich – da stand er, schräg hinter uns. Ein kleiner goldiger Kerl, vielleicht vier oder fünf Jahre alt, der mich über den Rand seiner Brille hinweg skeptisch betrachtete.

»Na, du«, meinte Matthias und lächelte den Jungen an.

»Alles klar?«, sagte ich und nutzte den unbeobachteten Moment, um einen großen Löffel Puderzucker in meinem Beaujolais zu versenken. Hoffentlich bekam Matthias das nicht mit. Unauffällig rührte ich um und nippte. *Schon besser.*

»Ich bin mir relativ sicher, dass man Wein nicht mit Zucker süßen sollte.« Der Blick des Jungen war so niedlich wie schonungslos.

Erwischt. Vor Schreck verschluckte ich mich und hustete. Meine Gesichtsfarbe glich sich mit Sicherheit gerade dem Beaujolais an, der in seinem Glas gefährlich in Richtung Rand schwappte. Zum Glück wurde es langsam dunkel.

»Ähm, doch«, sprang Matthias mir zur Seite und klopfte mir sanft auf den Rücken, um meinen Husten zu beruhigen. »Das schmeckt hervorragend.«

»Aber probieren darfst du leider nichts«, fügte ich mit krächzender Stimme hinzu. »Alkohol ist böse für Kinder.«

»Mit *böse* meinen Sie wahrscheinlich, dass Ethanol biochemisch betrachtet ein Zellgift ist.« Der Kleine sah mich unschuldig an, und ich kam mir immer dämlicher vor.

»Meinen höchsten Respekt, junger Mann.« Matthias nickte lächelnd.

Ich hustete noch einmal, um das fiese Kitzeln im Hals loszuwerden.

»Felix!«, rief eine Frauenstimme scharf. »Kommst du bitte?«

»Ups, die Mama!«, flüsterte Matthias und zwinkerte dem Jungen freundschaftlich zu.

»Schön, dich kennengelernt zu haben, Felix!« Ich verfrachtete mein Weinglas umständlich in die andere Hand und strich mir über die verschwitzte Stirn.

Matthias hob die Hand, um die junge Frau zu grüßen, die Felix forsch an der Hand fasste und ihn in Richtung Westend davonzerren wollte. »Das scheint Maries Sprössling gewesen zu sein. Marie ist eigentlich Kunsttherapeutin bei uns in der Klinik. Kennenlernen wirst du sie aber vermutlich nicht. Sie hat sich eine Auszeit genommen – aus privaten Gründen.«

»Ihr Sohn ist ein süßer Kerl.« Nervös tastete ich nach meinen Wangen. Wenn sie nur halb so rot waren, wie ich befürchtete, war es schrecklich genug.

Matthias schmunzelte und berührte mich sanft am Arm. »Entspann dich.«

Als ich nach Feierabend in mein Lieblingsoutfit geschlüpft war, meine Nägel lackiert und meine Haare in ansehnliche Form gebracht hatte, hatte ich nicht geahnt, dass ich später völlig verdreckt und mit hochroten Wangen am Strand sitzen und gezuckerten Rotwein schlürfen würde.

»Weißt du eigentlich, wie süß du gerade aussiehst?«, fragte Matthias, als hätte er meine Gedanken gelesen.

»Ähm …«, machte ich und wurde dabei wahrscheinlich noch eine Stufe röter.

Er lachte. »Du Süße.«

Ich rutschte probeweise ein wenig näher zu Matthias, der prompt den Arm um mich legte. *Bingo!* Der frische Sommerwind spielte in meinen Haaren, ich fühlte eine salzige Brise auf der Haut und kuschelte mich in Matthias' Arme. Mein Kopf lehnte an seiner Brust, ich spürte seine Wange an meinem Kopf, und jeder seiner Atemzüge hob und senkte seinen Bauch dicht an meinem Rücken. Im selben Rhythmus schienen die glitzernden Wellen majestätisch heranzurollen. Ein Moment für die Ewigkeit.

KAPITEL 1

4 Jahre später in Bayern

Fröhliches Gelächter drang aus der Wirtsstube. Als ich die quietschende Holztür aufstieß, duftete es nach köstlichem Schweinebraten. Die tief stehende Abendsonne tauchte den Raum in ein goldenes Licht. Von der dunkel gebeizten Fichtendecke baumelte eine liebevoll geschnitzte Willkommenstafel, und die karierten Vorhänge bewegten sich sanft im Abendwind, der durch die weit geöffneten Fenster drang. Durch den Luftzug fiel die Eingangstür mit einem lauten Knall hinter mir ins Schloss.

»Ja, da schau her, die Sophie! Morgen um diese Zeit bist schon unter der Haube«, rief jemand.

Köpfe drehten sich zu mir, Hände hoben sich zur Begrüßung.

Ich grinste nur und winkte zurück.

»Griaß di, Sophie! Ein Radler, wie immer?«, rief Resi, die alte Wirtin der *Gröblacher Stub'n*, laut über das Stimmengewirr in der Wirtsstube hinweg. Gerade stand sie hinter dem Tresen und zapfte ein Bier.

»Gern!« Ich zeigte meinen erhobenen Daumen, weil ich nicht sicher war, ob es meine Stimme mit der heiteren Runde des Schützenvereins aufnehmen konnte. Laut und lustig feierten sie gerade am großen Tisch neben dem Kachelofen die Einweihung der neuen Schießanlage.

»Draußen ist noch was frei, Sophie!«, rief die Wirtin, während sie ein paar Brotzeitplatten mit Obatzter, Geräuchertem, Wurstsalat und Brezen auf ihren Unterarmen stapelte. Schweiß rann ihr von der faltigen Stirn. »Ich bin auch gleich da!«

Die Terrasse war gut gefüllt. Ich entdeckte Mitglieder des Obst- und Gartenbauvereins, die sich zum Schafkopfen getroffen hatten. Die Leute lachten ausgelassen.

»Hallo, Mutti!« Fröhlich winkte ich meiner Schwiegermutter zu, die energisch ihre Karten an die Brust presste, als ich näher kam. »Wir haben dir für morgen einen Platz neben Resi reserviert. Passt das?«

»Macht euch keine Umstände.« Sie vermied es demonstrativ, meinem Blick zu begegnen, als sie nach ihrer Schorle griff und ein paar Schlucke trank. »Ich weiß noch nicht einmal, ob ich morgen komme.«

»Ähm …«, machte ich verlegen und sah mich betreten um. Auch wenn die anderen Leute taten, als hörten sie uns nicht, so war es dennoch unangenehm still um uns geworden. »Gib dir einen Ruck. Ab morgen bin ich deine Schwiegertochter. Und dann werden wir …«

»… trotzdem keine guten Freunde werden«, vollendete sie meinen Satz, ohne mich anzusehen.

Ich seufzte nur. Dass sie noch regelmäßig mit Matthias' Ex-Freundin telefonierte, hatte es von Anfang an kompliziert gemacht. Und als sie schließlich herausgefunden hatte, dass ich weder kochen noch backen kann, war es vollständig vorbei gewesen mit der Chance auf ein gutes Verhältnis.

»Tuuut, tuuuut!«, machte Resi hinter mir und lachte, als sie sich mit einem großen Tablett an mir vorbeischob.

»Ja, ich …« Dankbar lächelte ich Resi zu und deutete zum Tisch neben der Schafkopfrunde, wo ich bereits bekannte Gesichter erspäht hatte. »Dann mache ich mal den Durchgang frei.«

Strahlende Mienen begrüßten mich. Zweifellos wollten sie mich nach dem Zwischenfall aufheitern. Ich warf ein fröhliches »Servus« in die Runde und setzte mich neben unseren Postboten Hubert. Die alte Wirtin verteilte nun die reich beladenen Teller, stellte einen Brotkorb in die Mitte des Tisches und schob mir mein Radler hin.

»Ja, Sophie, warst wieder den ganzen Tag unterwegs, ha?«, begrüßte mich Hubert und nickte mir schelmisch grinsend zu. »Immer auf den Beinen!«

»Die Sophie wird ihre Hochzeit geplant haben, hab ich recht?«, fragte Resi und drückte mit ihrer faltigen Rechten meine Hand. »Ich freu mich so für Matthias und dich.«

Ich fing ihren warmen Blick auf und erwiderte ihn lächelnd.

»Lass mich raten: Die Blumen und Servietten müssen zur Augenfarbe des Pfarrers passen«, brummte Hubert.

»Jetzt sei doch nicht so!«, schimpfte Resi und sah ihn tadelnd an.

Ich hatte tatsächlich letzte Besorgungen für die Hochzeit erledigt, und ein anstrengender Tag lag nun hinter mir. Da war Resis Wirtshaus der beste Ort, um mit Freunden zu plaudern und dabei zur Ruhe zu kommen. Einen Moment lang lehnte ich mich zurück und ließ meinen Blick in die Ferne schweifen.

Ein Meer aus goldenen Weizenfeldern lag knapp unterhalb der frei stehenden Terrasse. Die Baumspitzen des nah gelegenen Waldes wiegten sich sanft im Wind, und in der Ferne konnte man bläulich grau eine Bergkette erahnen. Eigentlich konnte ich es kaum erwarten, dass Matthias und ich endlich heirateten. Wir hatten unsere Hochzeit schon letztes Jahr für den ganz kleinen Kreis geplant, doch dann war überraschend eine enge Freundin von ihm gestorben. Jetzt würden wir endlich alles nachholen: 2019 würde nun endlich unser Jahr werden.

Ich hob die Augenbrauen und legte eine Hand an die Stirn, um mich gegen die Sonne zu schützen, die tief am Himmel stand. Dann wandte ich mich unserem Postboten zu.

»Hubert, woher weißt du denn, dass ich unterwegs war?«

»Woher wohl?« Er grinste und fischte zwei Päckchen unter dem Tisch heraus. »Für dich. Hab sie dir mitgebracht, bist ja jeden Freitag hier.«

Das stimmte. Wie Matthias immer zu sagen pflegte: *Heimat ist dort, wo du ohne Verabredung ein Wirtshaus betrittst und drei Viertel der Leute beim Namen kennst.* »Lieb von dir, Hubert.«

»Das sind bestimmt Hochzeitsgeschenke!« Resi bekam prompt rote Wangen und strahlte.

Ich lächelte nur. Vermutlich war es besser, ihr nicht zu sagen, dass in einem der beiden Päckchen Fußpolster für meine Brautschuhe steckten. Die hatte ich in letzter Minute noch bestellt, nachdem ich den Beschluss gefasst hatte, dass ich am schönsten Tag meines Lebens nicht nur hübsch, sondern auch glücklich sein wollte.

»Habt ihr euch nicht auf dieser Insel kennengelernt?«, fragte Hubert nachdenklich. Dann prostete er mir zu, nahm einen großen Schluck Helles und wischte sich den Schaum von der Oberlippe.

»Spiekeroog!« Resi nickte begeistert, bevor ich antworten konnte. »Matthias hat ihr romantische Botschaften auf Steinen hinterlassen.«

»Könntest du bei deiner Frau auch mal versuchen«, schlug ich grinsend vor und stieß Hubert freundschaftlich den Ellenbogen in die Seite.

»Klar.« Er lachte und schob sich eine große Gabel Wurstsalat in den Mund. »So Botschaften wie: Bitte Hemden bügeln! Oder: Heute Schweinsbratwürste! Da freut sie sich.«

Resi und ich wechselten einen belustigten Blick und seufzten. Romantisch war eine Fremdsprache, die Hubert definitiv nicht beherrschte.

»Was ist mit Schweinsbratwürsten?«, ertönte da eine kräftige Frauenstimme.

»Du hast einen schrecklich unromantischen Mann, Malaika!«, klagte Resi.

Malaika umarmte mich zur Begrüßung, ließ sich auf den freien Stuhl neben mich fallen und befreite sich umständlich von ihrer Umhängetasche. Sie warf ihrem Mann ein Grinsen zu. »Wenn er die Küche feucht wischt, ist mir das Romantik genug.«

»Schön, dass du wieder da bist! Wie geht es deiner Oma?« Ich hatte Malaika vermisst. Drei Wochen lang hatte sie ihre Großmutter in Kenia besucht, aber hoch und heilig versprochen, bis zur Hochzeit wieder zurück zu sein. Schließlich würde sie meine Trauzeugin werden.

Ihre Augen glänzten. »Bestens. Sie hatte wirklich Sehnsucht nach mir. Schließlich hat sie mich nicht mehr gesehen, seit Hubert und ich verheiratet sind.« Malaika rollte sich ein Haargummi von ihrem Handgelenk, um ihre voluminöse Frisur zu bändigen.

Geschäftig sprang Resi nun auf und schnappte sich ihr Tablett. »Malaika, ein Helles für dich?«

»Ich hätte gern eine Saftschorle.«

»Eine Saftschorle?« Verwundert starrte Resi sie an.

»Na, Saft mit Wasser gemischt.« Malaika lehnte sich zurück und kniff ihre Augen im Licht der Abendsonne zusammen. »Orange, Apfel, Johannisbeere. Was auch immer du hast.«

Seit wir volljährig waren, tranken Malaika und ich freitags bei Resi ein Feierabendbier, sooft es unser Schichtdienst zuließ. Dass ausgerechnet Malaika jetzt Lust auf Saftschorle hatte, war deshalb sicherlich überraschend.

»Kannst du mir Rühreier machen, Resi?«, fragte ich. Großen Hunger hatte ich nicht, schließlich hatte ich den Tag bei meinen Eltern verbracht.

»Zwei oder drei Eier?«

»Zwei«, sagte ich und fing Resis resoluten Blick auf, die mich prompt von oben bis unten scannte.

»Ich werde dir drei machen. Du hast in letzter Zeit so abgenommen.«

Ich schmunzelte nur. Es war zwecklos, Resi zu widersprechen. Seit Jahren trug ich Kleidergröße vierzig, daran hatte sich noch nie etwas geändert.

»Ich nehme den Obatzten«, meinte Malaika. Ihr Sommerkleid wippte im Wind, als sie sich zur Seite drehte, um in ihrer Tasche zu kramen.

»Aber Resi mischt da immer Bier rein!«, protestierte Hubert sofort. »Bei der rohen Zwiebel bin ich mir nicht sicher, aber definitiv ist gerade ein Käse wie Limburger mit seinem hohen Gehalt an ...«

»Schsch, Schatz«, machte Malaika und warf Hubert einen warnenden Blick zu.

»Hab ich es mir doch gedacht!« Glückstrahlend wandte Resi sich noch einmal um. »Glückwunsch!«

Da hätte ich auch selbst draufkommen können! »Ihr werdet Eltern!« Ich fiel Malaika stürmisch um den Hals und konnte nicht anders, als einen Blick auf ihr Bäuchlein zu werfen.

»Zehnte Woche.« Lächelnd tätschelte meine Freundin ihren flachen Bauch. »Da wirst du noch nicht viel sehen, Sophie.«

»Ich freu mich so für euch!«, rief ich, hoffentlich ohne mir anmerken zu lassen, wie gerührt ich war. Ich wusste nur zu gut, wie lange sich Hubert und Malaika bereits sehnsüchtig ein Kind gewünscht hatten. Mit achtzehn, gleich nach der Hochzeit, hatte Malaika versucht, schwanger zu werden, doch es hatte nie geklappt. Während ihres Medizinstudiums war es ihr dann eher recht gewesen, sich nicht noch um ein Baby kümmern zu müssen. Doch als sie Jahre später nach abgeschlossener Facharztausbildung schließlich auf derselben Station landete, wo Matthias und ich als Krankenpfleger arbeiteten, war noch immer kein Kind in Sicht. Seitdem war keine Woche vergangen, in der das Wort *Baby* nicht gefallen wäre.

»Ich kann es kaum erwarten«, gab Hubert zu. Seine Stimme klang plötzlich ganz sanft und zerbrechlich.

Malaika griff nach meiner Hand. »Jetzt ist alles perfekt. Ich bin schwanger, und du heiratest deinen Traummann. Schöner kann es nicht mehr werden.« Sie lächelte glücklich.

»Wo ist Matthias eigentlich?«, warf Hubert ein.

»In der Klinik.« Ich seufzte. »Eigentlich hätte er seit gestern Urlaub, aber ein Kollege ist krank. Wobei er eigentlich jetzt langsam hier sein sollte …«

»Bestimmt ist ihm noch etwas dazwischengekommen. Er hätte dir auch sicher gesagt, dass er sich verspätet, aber du hast ja dein Handy nie an.« Malaika warf mir einen vorwurfsvollen Blick zu, dem ich nur mit einem herausfordernden Lächeln begegnete.

Gedankenverloren beobachtete ich einen Falken, der in der Ferne über den Baumwipfeln seine Kreise drehte.

»Soll ich dir noch bei irgendetwas helfen wegen morgen?«, fragte Malaika.

Ich schüttelte den Kopf und lächelte dankbar. »Lieb von dir. Aber viel war ohnehin nicht zu tun.«

Matthias und ich hatten uns für die entspannte Variante entschieden und eine hübsche alte Scheune gemietet. Statt Geschenken würde jeder Gast etwas fürs Buffet mitbringen. Wir hatten uns lediglich um Geschirr und Getränke gekümmert.

»Hat sich Matthias' Mutter wieder beruhigt?«, fragte Malaika und schlug die Beine übereinander.

»Nicht wirklich.« Ich schielte missmutig zum Nachbartisch hinüber, wo Mutti gerade die Karten beiseitelegte, um in ihrer Tasche zu kramen. »Sie hat sich die Hochzeit ihres einzigen Sohns einfach anders vorgestellt. Sie wollte ein Drei-Gänge-Menü, Kellner mit weißen Handschuhen und leise Klaviermusik.«

»Lass dir davon nicht die gute Laune verderben. Es ist eure Hochzeit, nicht ihre.«

Wieder sah ich in die Ferne, bevor ich antwortete. Feiner Nebel ließ die Bergketten verschwimmen, eine Wolke hatte sich im Tal niedergelassen. »Sie versteht nicht, dass eine Hochzeit perfekt ist, wenn man den perfekten Partner hat. Der Rest ist egal.«

»Dich wird sie ohnehin nie als Schwiegertochter akzeptieren, mach dir nichts vor«, raunte mir Malaika zu und warf einen Blick über die Schulter, in Richtung des Nachbartisches.

»Vermutlich.« Seufzend griff ich nach meinem Radler.

Dann kam Resi zurück an unseren Tisch, in den Händen Malaikas Saftschorle und zwei reich beladene Teller. Einen davon setzte sie energisch vor mir auf den Tisch.

»Ich habe doch vier Eier gemacht. Von dreien wird man ja nicht satt.«

Malaika grinste belustigt, und ich lachte. *Typisch Resi.*

»Und was ist das?«, fragte Malaika, als Resi ihr eine Wurstplatte hinschob.

Resi zuckte mit den Schultern. »Wenn ich vom Obatzten alle Zutaten abziehe, die du jetzt nicht mehr essen darfst, bleibt ja nichts mehr übrig.«

»Na dann.« Malaika grinste und schnappte sich eine Scheibe Brot aus dem Korb.

Ich unterdrückte ein Lachen. In diesen vier Wänden herrschten Resis Gesetze, keine anderen. Genau deshalb liebte ich das Wirtshaus.

»Glücklich schaust aus, Sophie«, sagte Resi und strich mit faltigen Händen ihre Schürze glatt.

»Bin ich.« Sofort breitete sich ein warmes Gefühl in meinem Bauch aus. »Das klingt jetzt vielleicht kitschig, aber …«

»Du heiratest morgen!«, fiel Resi mir ins Wort. »Wenn irgendwann im Leben Zeit für Kitsch ist, dann heute.«

»… es fühlt sich so unglaublich richtig an«, beendete ich den angefangenen Satz. »Mein Herz hat ein Zuhause gefunden.«

Mehr als das sogar. Matthias war das Erste und das Letzte, was ich jeden Tag sehen wollte. Mit ihm wollte ich durch dick und dünn gehen. Glücklich sein. Kuscheln vor dem Einschlafen; seinen Atem an meinem Nacken spüren. Albern sein und wie Kinder am Strand Sandburgen bauen. Kirschen entsteinen, bis man die Küche neu streichen musste. Bratwurst-Sushi im Kerzenschein. Auf dem Spielplatz schaukeln und hoffen, dass die Schaukel standhielt. Pizza zum Frühstück bestellen. Gemeinsam in der Badewanne liegen, bis die Zehen schrumpelig werden. Leben, lachen und lieben.

»Was hast du denn da?«, fragte Malaika, riss mich aus dem Tagtraum und griff nach meinen Päckchen.

»Hochzeitsgeschenke«, antwortete Resi prompt, ihre Wangen nahmen erneut einen rosigen Ton an.

Ich biss einen Happen Brot ab und zeigte auf den kleineren Umschlag. »Bei dem hier steht kein Absender drauf.«

Komisch war es schon. Ich hoffte inständig, bei den Hochzeitsvorbereitungen keine weit entfernte Tante vergessen zu haben, die sich nun per Geschenk bemerkbar machte. Hatte ich eigentlich eine Einladung an Tante Hildegard geschickt?

»Los, mach auf!«, drängte Malaika.

»Taschenmesser?« Hilfsbereit zog Hubert seins aus der Tasche und hielt es mir hin.

Das Päckchen fühlte sich leicht an. Mit dem Messer durchtrennte ich das Paketband und öffnete die Seitenklappen.

Resi hatte recht behalten. Kleine Luftballons in Herzform füllten die Schachtel, um den filigranen Bilderrahmen zu schützen, der ganz am Boden des Päckchens lag.

»Ein Foto«, meinte ich nachdenklich. »Eigentlich sollte ich mit dem Auspacken auf Matthias warten.«

»Papperlapapp«, widersprach Malaika. »Dafür ist es jetzt auch schon zu spät. Zeig mal her.« Schon hatte sie sich das Päckchen geschnappt. Die Luftballons quietschten, als sie den Bilderrahmen herauszog. Dann erstarrte ihr Blick plötzlich. Sie öffnete und schloss den Mund, doch kein Ton kam heraus.

»Sind wir so schlimm getroffen?«, scherzte ich.

Wortlos hielt sie mir das Bild hin – und in diesem Moment drohte ich ins Bodenlose zu stürzen. Ein Bild wie dieses sollte keine Frau am Tag vor ihrer Hochzeit sehen müssen. Ich spürte Malaikas Hand auf meiner Schulter, die besorgten Blicke von Resi und Hubert, und klammerte mich an meiner Gabel fest. Mein Magen drehte einen Salto. Ja, das Foto zeigte eindeutig Matthias. Und die nackte Frau in seinen Armen war nicht ich.

Meine Sicht verschwamm, Tränen schossen mir in die Augen. Fast unwirklich laut hörte ich mich selbst nach Atem ringen, während sich ein unsichtbares Seil um meinen Brustkorb enger und enger zog.

»Oh, Sophie!«, hörte ich Malaikas Stimme irgendwo aus dem Off.

»Ich muss mit ihm reden«, murmelte ich, eher zu mir als zu Malaika.

Aus den Augenwinkeln nahm ich noch den stechenden Blick meiner Schwiegermutter wahr, dann stürmte ich aus dem Wirtshaus.

KAPITEL 2

»Ruf an, wenn du Hilfe brauchst, ja?«, hörte ich Malaika noch hinter mir rufen. »Du kannst jederzeit bei uns übernachten!«

Ich wollte antworten, doch meine Stimme versagte mir den Dienst. Also nickte ich nur dankbar und hob die Hand zum Abschied, bevor der Weg eine Biegung machte und ich Malaikas Blicken entschwand.

Eigentlich liebte ich den charmanten kleinen Waldweg zwischen Resis Wirtshaus und der Klinik. Doch nun kam er mir so trist und einsam vor wie nie. Nackte Baumstämme wuchsen traurig und kahl im Moos, Blätter raschelten im Wind, und immer wieder zerriss der Schrei des Eichelhähers die Stille. Ich fühlte die trocknenden Tränen auf meinem überhitzten Gesicht.

»Nein«, murmelte ich und schluckte schwer. »Nein, nein, nein …«

Sollte das wirklich das Ende sein? Würde alles, was Matthias und mich verband, jetzt einfach zerplatzen wie eine Seifenblase? War alles nur ein schöner Traum gewesen?

»Das kann nicht wahr sein«, murmelte ich. »Es kann einfach nicht wahr sein …«

Eine Amsel flog laut schimpfend davon, als ich an ihr vorbeistapfte. Gedankenverloren sah ich ihr nach.

Wer war Matthias eigentlich? Dass Matthias mich mit einer anderen Frau betrog, war mir unvorstellbar gewesen.

Womöglich besaß er doch Seiten, über die ich nichts wusste … Vielleicht war er nicht nur der zärtliche Romantiker, der für seine Liebste Steine bemalte und Windbeutel backte, bei leiser Musik und Kerzenschein. Vielleicht war er eben auch … Mir fielen die passenden Worte nicht ein.

Mein Blick fiel auf den Baumstumpf der alten Linde, unter der Matthias und ich bis vor einer Woche oft gepicknickt hatten. Für einen Moment blieb ich stehen.

Jahr für Jahr hatten wir uns im Schatten des gigantischen Baumes niedergelassen. Ihr dicker Stamm hatte mich schon immer fasziniert. Selbst zu zweit hatten wir es nicht geschafft, den Stamm zu umfassen. Viele unserer Küsse hatte die Linde unter ihren Zweigen bezeugt – und weder Matthias noch ich hatten geahnt, dass sie innen bereits hohl gewesen war. Ihre Blätter waren jung und frisch gewesen. Trotzdem hatte sie innen so stark gefault, dass die Gemeinde Spiegelau sie vor Kurzem aus Sicherheitsgründen hatte fällen müssen.

Nachdenklich zog ich das Bild aus meiner Tasche und setzte es auf den Baumstumpf. Der makellose, nackte Frauenrücken sprang mich regelrecht an. Ein dunkles, längliches Muttermal zierte das rechte Schulterblatt, die braune Hochsteckfrisur war zerzaust. Matthias' Arm schien den nackten Körper an sich zu ziehen. Seine und ihre Finger waren ineinander verschränkt, und an Matthias' Handgelenk entdeckte ich das braune Lederarmband, das ich ihm zum Geburtstag geschenkt hatte. Seine Augen waren geschlossen, und seine Lippen berührten den Hals der Nackten.

Mein Herz klopfte so heftig, als wollte es die Gedanken übertönen, die in meinem Kopf übermächtig wurden. Alles in meinem Kopf schrie nur den einen Satz: Was ist aus diesem Mann geworden, der mich so geliebt hat?

Mein Herz krampfte sich zusammen, als ich den Bilderrahmen einpackte und mich zwang weiterzugehen. Wer sagt, dass Liebeskummer nur ein Gefühl ist, der lügt. Liebeskummer tut weh. Körperlich. Erbarmungslos ritzte er mit einem feinen Messer die Konturen des Bildes in mein Herz.

Ich fühlte mich leer und ausgelaugt, als ich weiterging. Jeder meiner Schritte kostete mich mit einem Mal so viel Kraft.

Im Grunde wusste ich noch nicht einmal genau, warum ich überhaupt noch mit Matthias sprechen wollte. Wollte ich sein erschrockenes Gesicht sehen? Reue? Eine Entschuldigung vielleicht? Ich wusste es nicht. *So ist das eben mit der Liebe. Man schenkt einem Menschen den Schlüssel für sein Herz und muss darauf vertrauen, dass er nicht darin randaliert.* Beinah hätte ich laut aufgelacht.

»Sophie-Schatz!«, hörte ich Matthias plötzlich von Weitem rufen. Er musste gerade um die nächste Biegung gegangen sein. Die Euphorie in seiner Stimme war nicht zu überhören.

Ich zögerte. Eigentlich war ich noch gar nicht bereit für dieses Zusammentreffen, doch das würde ich vermutlich auch nie sein. Und vielleicht wollte ich das auch gar nicht sein.

»Schön, dich zu sehen!«, sagte Matthias liebevoll. Er strahlte. Im Licht der untergehenden Sonne schimmerte sein Gesicht ganz warm.

Erst als er näher kam und meine rot geschwollenen Augen sah, fror seine Miene ein. Sorge spiegelte sich in seinen Zügen.

»Was ist passiert?«, fragte er erschrocken.

Ich schüttelte nur den Kopf und kämpfte mit den Tränen. Als er mir behutsam eine Hand auf die Schulter legte und mich in eine sicherlich tröstend gemeinte Umarmung ziehen wollte, drehte ich mich weg.

»Sophie, Schätzchen!« Seine Stimme war leise und sanft, sein Blick suchte besorgt den meinen.

Wortlos kramte ich das Bild aus meiner Tasche.

Matthias wurde leichenblass, als ich es ihm hinhielt. Er erstarrte. Für ein paar Minuten sagte er gar nichts.

»Was ist das?«, fragte er schließlich. Seine Unterlippe bebte, er starrte auf das Foto. Dann ließ er sich erschöpft auf einen Baumstumpf sinken.

»Gute Frage.« Ich sah ihn an und war überrascht, die Worte herausgebracht zu haben.

»Wer hat dir das gegeben?«

»Falsche Frage«, antwortete ich kühl und schnäuzte mich. Ein fieses Gefühl stieg in mir auf.

»Ich weiß, wie du dich jetzt fühlen musst«, sagte Matthias langsam, als er wieder das Bild ansah. »Aber ich habe keine Ahnung, wie dieses Foto entstanden ist.«

»Ach was«, meinte ich und beobachtete seine Reaktion genau. Sosehr er sich auch bemühte, ruhig und gefasst zu wirken, sein Blick spiegelte blanke Panik. Eine Ader an seiner Stirn trat bläulich hervor, und er schwitzte.

»Das muss sich in deinen Ohren anhören wie eine Lüge. Aber ich war dir immer treu.« Er sah mir in die Augen, und für einen Moment wünschte ich, ich könnte ihm glauben.

»Dieser Abend …«, sagte ich langsam. »… als du auf Fortbildung an der Nordsee warst … und ich dich zweimal angerufen habe, weil ich einen verletzten Igel gefunden hatte …«

Matthias schnäuzte sich.

Ich sog scharf die Luft ein. »Da warst du also mit ihr zusammen. Gib es zu.«

»Nein. Ich bin früh eingeschlafen, weil ich den Wein schlecht vertragen habe. Das hatte ich doch …«

»Lüg mich nicht an!«, unterbrach ich ihn laut.

Tränen schimmerten in seinen Augen. »Sophie.«

»Warum hast du mich betrogen?« Verzweifelt trat ich einen Schritt näher und hob das Kinn. »Bin ich dir nicht genug?«

»Du bist noch viel mehr, als ich mir je gewünscht habe …«

Ich glaubte ihm kein Wort. »Aber?«

»Kein Aber«, sagte Matthias, und sein Blick wurde sanft. »Ich würde dich niemals betrügen.«

Ich presste die Lippen aufeinander und schnaubte. Anklagend hielt ich das Bild höher. »Und das? Bilde ich mir das ein?«

Er atmete tief ein und wieder aus. »Ich verstehe dich. An deiner Stelle würde ich genauso denken. Aber ich weiß nicht, wie ich dir beweisen kann, dass ich dich niemals betrogen habe.«

Ich umklammerte das Bild. »Dann erkläre mir doch, wie das hier entstanden ist!«

»Ich kann es ja noch nicht einmal mir selbst erklären! Glaub mir … Ich bin am Ende.« Seine Stimme zitterte, er vergrub sein Gesicht in den Händen.

»Die Aufnahme lässt keine Fragen offen«, sagte ich kalt.

»Vertrau mir.« Er sah mich flehend an, doch ich wich seinem Blick aus.

Sekundenlang stand ich nur schweigend da und versuchte zu begreifen, was passierte.

»Wenn ich dich betrogen habe, darfst du mich für immer hassen«, sagte er schließlich und atmete tief durch. »Aber …«

»Das ist doch Unsinn.«

»Ich wollte nur sagen: Ich verstehe dich.« Er griff nach meiner Hand, doch ich zog sie fort, bevor er sie umfassen konnte. »Ich wollte nur, ich könnte … könnte …«

Ungeduldig kniff ich die Augen zusammen und atmete hörbar aus. »Vielleicht könnte ich dir einen Seitensprung sogar irgendwann verzeihen«, meinte ich schließlich ernüchtert. »Aber dafür müsstest du ihn zugeben!«

»Sophie, bitte glaube mir!« Seine Stimme klang verzweifelt. »Ich habe keine Idee, wie dieses Foto entstanden sein könnte!«

Ich seufzte schwer. Ein kleiner Teil von mir wollte ihm so gerne glauben, doch ein Foto wie dieses konnte niemand ignorieren. Mein Matthias mit einer anderen. Heimlich. Am liebsten hätte ich ihn angeschrien, doch ich war wie gelähmt. Ich stand nur da und wünschte, ich würde in ein paar Sekunden aus diesem schrecklichen Albtraum aufwachen, wach geküsst werden, ein warmes Croissant im Bett serviert bekommen …

Matthias' flehender Blick schien mich hypnotisieren zu wollen, mein Herz klopfte hart in meiner Brust, doch dann drehte ich mich um und ging.

KAPITEL 3

Als ich unsere Wohnung betrat, roch es nach gemähtem Gras. Alle Fenster standen offen, und aus dem Nachbargarten dröhnten der Rasenmäher und die elektrische Heckenschere.

Ich hatte nicht die geringste Ahnung, wie es nun weitergehen sollte. Da war nichts. Gar nichts. Gähnende Leere.

Ein paar Minuten lang stand ich einfach nur da, die Handtasche über der Schulter, die Hand an der Türklinke und an meinen Füßen die Straßenschuhe. Dann, irgendwann, griff ich wie betäubt nach dem Wischmopp. Das Letzte, um das ich mir jetzt Sorgen machen sollte, war eine saubere Wohnung. Und obendrein hatte Matthias erst gestern Abend feucht durchgewischt. Trotzdem. Es tat gut, etwas zu tun, was mir zumindest ein kleines Stück von genau der Normalität zurückbrachte, die mir gerade gänzlich abhandengekommen war.

Ich starrte auf die nassen Streifen, die der Wischmopp hinter sich herzog, räumte zwei Küchenstühle aus dem Weg und stieß im Vorübergehen um ein Haar den elektrischen Eierkocher von der Anrichte. Den hatte seine Mutter Matthias erst vor Kurzem zum Geburtstag geschenkt. Natürlich nicht ohne beiläufig hinzuzufügen, dass sie Matthias' Ex-Freundin immer für ihre perfekten, wachsweichen Eier bewundert habe. Benutzt hatte Matthias ihn bislang noch nicht. Ich hatte angenommen, dass er ihr Sticheln nicht unterstützen wollte. Vermutlich würde sie durchatmen, wüsste sie, wie schlecht die Sterne für Matthias und mich jetzt tatsächlich standen. *Ob die Nackte auch Eier kochen konnte?*

Beinahe wie ferngesteuert putzte ich die Küche, drehte den Wischmopp im Putzeimer so fest ich konnte und schrubbte weiter. Küche, Bad, Schlafzimmer.

Dass Matthias zu so etwas in der Lage war, schockierte mich zutiefst. Fremdgehen, das passierte doch eigentlich nur den anderen. Aber mein Matthias? Nie im Leben, hätte ich gesagt, wenn man mich vor ein paar Tagen gefragt hätte. Und trotzdem war da dieses Bild. Und alles war infrage gestellt, was mir bis vor wenigen Stunden so felsenfest und unverrückbar erschienen war.

Wie betäubt wischte ich auf dem Fußboden herum.

Erst, als ich Matthias' Reisekoffer beiseiteschob, um die hinterste Ecke des Zimmers zu erreichen, durchzuckte mich eine Idee. Was, wenn …? Unschlüssig wischte ich an den Kanten des Koffers entlang.

»Matthias?«, rief ich probeweise, auch wenn ich eigentlich sicher war, dass er unsere Wohnung noch nicht betreten hatte. Vermutlich traute er sich nicht mehr nach Hause, nachdem seine Affäre aufgeflogen war.

Keine Antwort.

Meine Hand fasste nach dem Reißverschluss des Koffers. *So etwas tust du nicht, Sophie*, wandte meine innere Stimme ein. Und was, wenn doch? Stand es mir nicht zu, die Wahrheit herauszufinden?

Zack. Ich zog den Reißverschluss in derselben Geschwindigkeit auf, mit der ich sonst ein Pflaster abriss, und hielt den Atem an. Das Hauptfach des Koffers war leer, in den Innentaschen fand ich eine Packung Taschentücher und ein paar Hustenbonbons, im oberen Außenfach eine Sonnenbrille und im unteren …

Entsetzt starrte ich auf das fremde Höschen. Cremeweiß war es, mit kecker Spitze und einer kleinen Schleife an der

Vorderseite. Ich würgte, stopfte es zurück in den Koffer und lief ins Bad, wo ich mich erst einmal vor die Toilette kniete, um mich zu beruhigen.

Schließlich lehnte ich mich an die kalten Badezimmerfliesen.

Dann war es also wahr. Es war widerlich, ekelerregend und abscheulich. Matthias hatte mich wirklich betrogen.

Mein Magen drehte sich abermals, erste Sternchen tanzten vor meinen Augen, und auf meiner Stirn stand kalter Schweiß. Ich musste mich definitiv hinlegen.

Gerade als ich die Schuhe unter das Sofa kickte, mich erschöpft der Länge nach auf das Sofa sinken ließ und mir das große Kuschelkissen über das Gesicht legte, klopfte es laut an der Haustür.

»Ist offen!«, murmelte ich in mein Kissen, doch an den energischen Schritten erkannte ich schon Malaika, die die Treppe nach oben stürmte.

»Raus da, das hilft deiner Laune nicht«, sagte sie.

Wortlos wälzte ich mich zur Seite und kuschelte mich noch tiefer in das Kissen. Heute wollte ich von der Welt nichts mehr hören oder sehen.

»Um ehrlich zu sein, habe ich mir Sorgen gemacht und dachte, ich sehe noch einmal nach dir.« Durch das Kissen hindurch hörte ich Malaika seufzen. Das Sofa knarzte, als sie sich zu mir setzte. »Ich weiß, wie weh dir das tut …«

»Mmmmnnnng«, machte ich.

»… aber es wird nicht besser, wenn du dich verkriechst.« Mit einem Ruck zog Malaika mir das Kissen weg. »Wir brauchen einen Plan.«

»Verkriechen ist ein guter Plan«, brummte ich und erntete einen strengen Blick von Malaika.

Eindringlich sah sie mich an. »Du solltest mit Matthias reden.«

»Er streitet alles ab.«

»Das ist doch nicht sein Ernst!«, rief sie.

Mein Blick fiel auf mein Brautkleid, das säuberlich gebügelt an der Wohnzimmertür hing. Schlimm genug, dass Matthias mich betrogen hatte. Es am Tag vor der Hochzeit herauszufinden, machte es nicht unbedingt besser, und bei jedem Gedanken an die Hochzeit krampfte sich mein Herz zusammen. Was für einen Sinn würde es schon haben, wenn mir am schönsten Tag meines Lebens zum Heulen zumute war? So würde ich definitiv nicht vor den Altar treten: enttäuscht und voller Zweifel. Sicherlich war es das Beste, den Gästen abzusagen, dem Pfarrer und dem Organisten; die Hochzeitstorte zu stornieren, die Blumen und die Getränke.

Zaghaft klopfte es am Türrahmen. Matthias stand in der ohnehin schon offenen Tür, seine Augen waren rot und hatten ihren Schimmer verloren. »Wenn du möchtest, sage ich die Hochzeit ab.«

»Danke.« Ich biss mir auf die Unterlippe. Ihn jetzt neben dem Brautkleid stehen zu sehen, war ein komisches Gefühl.

Matthias atmete tief durch und sah mich liebevoll an. »Ich werde dir jetzt erst einmal deine Ruhe lassen. Wahrscheinlich brauchst du das jetzt«, sagte er leise. »Trotzdem bin ich jederzeit da, wenn du reden möchtest.«

Ich nickte und versuchte ein Lächeln, doch es klappte nicht. Ein Blick reichte, um zu sehen, dass sich seine Augen mit Tränen füllten, als er sich umdrehte und in Richtung Garten verschwand.

Mit leisem Klicken hörte ich Matthias unten die Tür zum Garten schließen.

»Weißt du, wie verwirrend das ist?« Ich sah Malaika verzweifelt an. »Einen Menschen gleichzeitig zu lieben und zu hassen?«

Mühsam hievte ich mich hoch, ging zum Fenster und guckte hinaus. Unten sah ich Matthias, wie er sich gerade mit einem abgerissenen Blatt über unseren Wasserspeicher beugte. Vermutlich rettete er wieder eine Biene.

»Die Frage ist eigentlich ganz einfach«, antwortete meine Freundin. »Kannst du ihm einen Seitensprung verzeihen oder nicht?«

Mein Herz klopfte laut. Nein, es war ganz und gar nicht einfach. Und je länger ich über Matthias nachdachte, desto verwirrter wurde ich. »Wenn er ihn doch endlich zugäbe!«

»Das heißt, du würdest ihm verzeihen?«

»Ich weiß es nicht ... Jedenfalls nicht jetzt ... Und dann so kurz vor der Hochzeit! Das macht alles noch schlimmer ...« Ich sah Malaika lange an. Meine Gedanken waren ein einziges Chaos, das es in den nächsten Tagen zu ordnen galt. »Aber vor allem möchte ich keinen Partner an meiner Seite, der mich anlügt.«

Nachdenklich zog ich das Foto hervor. Allein vom Anblick des nackten Rückens wurde mir wieder schlecht. Es war mir ein Rätsel, wie Matthias trotz des Fotos so steif und fest behaupten konnte, er hätte mich nie betrogen.

»Das ist eindeutig Matthias«, bestätigte Malaika, die mir über die Schulter sah.

»Eben. Man kann dieses Foto nicht wegdiskutieren.«

»Vielleicht ist es schon älter?«, schlug Malaika vor. »Es könnte aus einer Zeit stammen, als ihr noch kein Paar wart.«

Ich schüttelte den Kopf und zeigte auf das Lederarmband an Matthias' Handgelenk. »Das habe ich ihm vor drei Monaten zum Geburtstag geschenkt.«

Man konnte es drehen und wenden, wie man wollte, es gab keine andere Erklärung. Matthias hatte mich betrogen, auch wenn er es noch so vehement abstritt. Deshalb konnte er mir offenbar auch nicht sagen, was er an jenem Abend gemacht hatte, als ich ihn erfolglos zweimal angerufen hatte. Und das, obwohl sein Handy eingeschaltet gewesen war.

»Er war bei ihr, jede Wette«, sagte ich. »Als ihr beide diese Fortbildung auf Spiekeroog gemacht habt.«

»An diesem Abend, an dem du ihn nicht erreicht hast?« Malaika sah mich nachdenklich an.

»Er sagt zwar, dass er geschlafen hat, aber …«

»Hat er nicht«, fiel mir Malaika ins Wort und sah mich betroffen an. »Sein Zimmer war leer.«

Ich hatte mir an jenem Abend Sorgen gemacht, als ich ihn zu unserer üblichen Zeit nicht erreicht hatte. Deshalb hatte ich Malaika gebeten, nachzusehen. Sie hatte ihn nicht vorgefunden und geglaubt, dass er kurz an die frische Luft gegangen war. Mir gegenüber hatte Matthias behauptet, einfach nur zu früh eingeschlafen zu sein. Ich hatte es nicht hinterfragt, sondern ihm einfach geglaubt, als er mich umarmt und geküsst hatte.

Von der Unterwäsche erzählte ich Malaika erst einmal nicht. Das alles war mir zu viel, zu fremd und zu schwierig.

»Ich könnte kotzen!«, rief ich. Wut kochte in mir hoch. Und komischerweise fühlte ich mich plötzlich besser. Wut war nicht gut, aber zumindest besser als Traurigkeit. Sie gab mir die Illusion von Stärke und Kontrolle zurück – über mein Leben, das durch ein einziges Foto völlig aus den Fugen geraten war. »Kurz vor unserer Hochzeit …« Ich schnappte nach Luft. »Mit einer anderen …«

»Beruhige dich«, versuchte Malaika mich zu beschwichtigen. »Tu jetzt nichts, was du …«

»Kurz vor unserer Hochzeit!«, wiederholte ich zornig. Ich packte das Bild und schleuderte es quer durchs Wohnzimmer. Es fühlte sich gut an, als es mit einem Krachen neben dem Fernsehtisch zum Liegen kam. Der Bilderrahmen war auf einer Seite gesprungen, das Glas zersplittert.

»Und jetzt lasse ich mich versetzen«, erklärte ich energisch und griff zum Telefon.

»Sophie, es ist fast neun Uhr abends!« Malaika packte mich am Arm. »Da erreichst du niemanden.«

Damit hatte sie recht. Die Psychosomatik war zwar rund um die Uhr besetzt, doch weder die Sekretärin noch die Stationsleitung oder der Chefarzt waren um diese Uhrzeit erreichbar. Vielleicht hatte ich morgen Glück, obwohl ich mir an einem Samstag nicht viele Hoffnungen machen sollte. Aber es musste einen Ausweg geben …

»Gleich morgen rufe ich an.« Ich ließ das Telefon sinken, schloss für einen kurzen Moment die Augen und spürte, wie mich Müdigkeit überfiel. Ich war wirklich fix und alle. Verzweifelt suchte ich Malaikas Blick. »Ich will hier raus! So schnell wie möglich.«

»Vorschlag«, sagte Malaika. »Du packst jetzt deine Sachen, dann holen Hubert und ich dich mit dem Auto ab. Heute Nacht kannst du auf unserem Klappbett schlafen, morgen früh rufst du in der Klinik an wegen der Versetzung. Ist das ein Plan?«

Malaika war die Beste. Aber Bekanntschaft mit ihrem berühmten Klappbett hatte ich schon einmal gemacht. Es war nicht nur sehr schmal und quietschte bei der kleinsten Bewegung, sondern hatte zusätzlich auch noch mittig einen mysteriösen Fleck unbekannter Herkunft. Da das Bett ursprünglich Hubert gehört und er in seinen Jugendjahren diverse Freunde beherbergt hatte, sind meine Theorien zur Entstehung dieses Flecks wohl nicht ganz unplausibel.

»Lieb von dir«, sagte ich und lehnte mich an den Türrahmen zum Schlafzimmer. »Aber ich brauche wohl auch noch ein wenig Abschiedszeit hier.«

Ganz gelogen war es nicht. Und überhaupt sah ich nicht ein, warum es Matthias hier in unserem Doppelbett kuschelig und gemütlich haben sollte, während ich auf Huberts quietschendes Klappbett flüchtete. Schließlich trug Matthias doch die Schuld an der ganzen Situation. Da war es nur fair, wenn er derjenige war, der es unbequem hatte.

»Du willst doch nicht mit ihm in einem Bett schlafen?«, rief Malaika mir entsetzt nach, als ich barfuß über den Bilderrahmen hüpfte, der noch immer am Boden lag, und kurz ins Schlafzimmer verschwand.

»Natürlich nicht.« Schnaufend kam ich mit Matthias' Bettzeug zurück und warf es schwungvoll auf die Couch. »Das Sofa ist fast so hart wie der Fußboden, aber das ist nicht meine Schuld.«

»Das könnte funktionieren«, meinte Malaika und stemmte die Hände in die Seiten. »Und jetzt wird gepackt?«

Malaika blieb bis Mitternacht bei mir, um all meine Habseligkeiten in Kartons zu packen. Allzu viel besaß ich glücklicherweise gar nicht. Wohin auch damit in unserer kleinen Wohnung? Erst nach der Hochzeit hatten Matthias und ich in ein größeres Haus umziehen wollen. Ironischerweise konnte ich jetzt zumindest die Kartons verwenden, die wir uns bereits für den Umzug gekauft hatten.

»War das alles?« Malaika presste einen Stapel T-Shirts in einen Karton und blies sich eine Haarsträhne aus der Stirn.

»Ja«, meinte ich und ließ mich schnaufend auf das Bett sinken. »Tausend Dank!«

»Dann versuch bitte, dir in diesem Chaos bis morgen kein Bein zu brechen.« Sie grinste und schob unter Ächzen einen kleinen Karton aus der Schusslinie. »Himmel, sind da Steine drin?«

»Na klar, was sonst.« Der Versuch eines Lächelns ging daneben. Ich hatte tatsächlich alle Steine eingepackt, die mir Matthias im Laufe der Zeit bemalt hatte. Und das waren viele.

»Du könntest sie in der Steinklamm versenken«, schlug Malaika vor, als sie den Deckel geöffnet hatte.

»Hmmm«, machte ich unbestimmt. Ich verspürte keinen großen Drang, die Steine loszuwerden. Im Gegenteil. Ebendieser Karton war jahrelang mein größter Schatz gewesen. Dass ich nun so an ihm hing, war vermutlich für eine Liebeskummer-Prognose kein gutes Zeichen.

»Egal. Mach, was du meinst.« Malaika sah auf die Uhr. »Ich werde jetzt nach Hause gehen, bevor Hubert eine Vermisstenanzeige aufgibt. Lass dich drücken!«

»Ich danke dir für alles«, sagte ich und umarmte Malaika, die so fest zudrückte, dass ich kurzzeitig nach Luft rang.

»Pass auf dich auf.« Mit einem ernsten Blick und einem Winken verließ sie schließlich die Wohnung.

Jetzt musste ich mich erst einmal setzen. Mein ohnehin leerer Magen drehte sich schon wieder. Vor mir lag die erste Nacht seit Langem, die ich ohne Matthias verbringen würde. Sie würde einsam werden.

Sosehr Matthias mich verletzt hatte, so sehr wünschte ich mir dennoch unsere abendliche Unbeschwertheit der letzten gemeinsamen Jahre zurück. Die liebevolle Hand auf meinem Bauch, Matthias' Atem an meinem Nacken und sein kurzes Zucken, bevor er einschlief. Der Zauber dieser Momente war nun von Traurigkeit überschattet. Wenn ich daran dachte, dass er womöglich auch die Nackte gestreichelt, geküsst und beim Einschlafen fest an sich gezogen hatte …

Müde Schritte kamen die Treppe hinauf, bevor ich näher darüber nachdenken konnte. Matthias' Blick war zu Boden gerichtet, sein Rücken gebeugt.

»Ähm …«, machte ich.

Er sah auf. Sein Blick blieb kurz am Sofa hängen, wo bereits sein Kissen und seine Bettdecke auf ihn warteten. »Das war auch mein Gedanke. Du brauchst das vermutlich jetzt.«

»Vermutlich«, murmelte ich unsicher. Nach dem Seitensprung würde ich seine Nähe nicht aushalten können. Warum es mir trotzdem leidtat, ihn aus dem Zimmer zu werfen, verstand ich selbst nicht.

»Sophie«, sagte er und schien mit diesem einen Wort mehr zu sagen, als ich in diesem Moment fühlen konnte. »Schatz.«

»Ich weiß«, antwortete ich.

Er nickte. »Ich würde dir so gerne meine Unschuld beweisen.«

»Matthias …« Ich brach ab. Mein Blick ruhte auf seinem Gesicht. Ekel und Liebe vermischten sich irgendwo in mir. Es war mir unbegreiflich, wie er trotz des Fotos so vehement auf seiner Unschuld beharren konnte.

Konnte man so ein Bild überhaupt fälschen? Malaika hatte mir mal von Deepfakes erzählt, professionell bearbeiteten Bildern und sogar Videos, die täuschend echt wirkten … Klar, mit Photoshop allein konnte man schon viel tun. Die beste Freundin meiner nun wohl ehemaligen Fast-Schwiegermutter hatte beispielsweise einen zehnjährigen Enkel, der sich gut mit Photoshop auskannte. Zu Matthias' Beförderung hatte sie ihn gebeten, Matthias per Fotobearbeitung einen Pokal in die Hände zu drücken. Das täuschend echte Foto hatte sie auf eine Blanko-Karte geklebt und hübsch verziert. Die Glückwunschkarte war dann allerdings sofort im Papierkorb gelandet, als Matthias bei genauem Hinsehen gemerkt hatte, dass es sich dabei um den Tischtennis-Pokal seiner Ex-Freundin gehandelt hatte.

»Dieses Gefühl zerstört mich«, flüsterte er, und Tränen schossen in seine Augen.

»Sag mal …«, begann ich zögerlich. Eigentlich hätte ich ihm am liebsten sein Kissen um die Ohren gehauen, doch so wirklich konnte ich es wieder gar nicht wahrhaben. »Als du neulich zur Fortbildung auf Spiekeroog warst, wurden dort Fotos gemacht?«

»Nein.«

»Hat sonst in letzter Zeit jemand ein Foto von dir gemacht? Sagen wir, die letzten zwei, drei Monate?«

»Ich weiß, worauf du hinauswillst. Und ich wünschte, ich könnte die Frage mit Ja beantworten.«

Es wäre ein Leichtes gewesen, nach dieser Steilvorlage die Existenz von Fotos zu beteuern. Dass Matthias diese Gelegenheit nicht ergriff, ließ mich innehalten. Wieso sollte er den Seitensprung leugnen und gleichzeitig diesen perfekten Moment ungenutzt verstreichen lassen, der seine Unschuld plausibler machte?

Müde schüttelte ich den Kopf. Um Mitternacht war mein Gehirn mit Fragen wie diesen offenbar überfordert. Als sich dann noch das fremde Höschen zurück in meine Gedanken schlich und ich den Eindruck hatte, ein Durcheinander an unterschiedlichen Gefühlen explodierte in meinem Kopf, gab ich auf.

»Gute Nacht«, sagte Matthias leise. Als unsere Blicke sich kreuzten, explodierte scheinbar irgendetwas in meiner Magengrube.

»Gute Nacht«, antwortete ich nur.

Noch nie hatte die Uhr an der Wand lauter getickt. Tick, tack, tick, tack. Das Ticken füllte die Stille, als ich mir die Zähne putzte, als ich mir den Schlafanzug anzog, als ich das Licht löschte und als ich mich unter die Decke kuschelte.

Der Bettbezug roch nach Matthias. Mehr noch, er roch nach vergangenem Glück, nach Geborgenheit und Nähe. Reflexartig streckte ich die Hand aus und tastete, doch ich griff ins Leere. Kühl und verlassen spürte ich das Laken. Angestrengt lauschte ich in die Dunkelheit.

Im Wohnzimmer knarzte das Sofa, als Matthias sich umdrehte. Ich hörte, wie er sich schnäuzte. Ein Teil von mir hätte ihn gerne getröstet, doch ein anderer Teil von mir blieb regungslos im Bett liegen und lauschte nur dem Ticken der Uhr. Tick, tack, tick, tack, tick, tack …

KAPITEL 4

Zaghaft klopfte ich an die hellblau lackierte Holztür und wartete. Die Luft war salzig, und der frische Nordseewind spielte in meinen Haaren. Nur der Rucksack drückte allmählich schwer auf meine Schultern. Dass in der Psychosomatik-Klinik der Niederlassung Spiekeroog gerade händeringend eine Krankenschwester gesucht wurde, war reines Glück gewesen. Die Spiekerooger Klinik verfolgte ein ähnliches Behandlungskonzept wie Spiegelau, mit Bezugspflege und enger Zusammenarbeit von Ärzten, Psychologen und Krankenpflegepersonal, das wusste ich. Und deshalb würde mir der Wechsel leichtfallen.

Malaika hatte sich bereit erklärt, meine Kartons zu hüten und sie der Umzugsfirma zu übergeben, sobald ein Termin frei war. Sie war wirklich die beste Freundin, die man sich wünschen konnte. In den frühen Morgenstunden war ich aufgebrochen, unter Matthias' erschüttertem Blick. Mir war schwer ums Herz geworden, als er zum Abschied leise, aber eindringlich »Ich liebe dich« geflüstert hatte. Dann hatte er mich fest angesehen und gesagt, dass er meinen Wunsch respektiere, aber auf mich warten würde. Darauf, dass ich zu ihm zurückkäme. Hin- und hergerissen hatte ich noch einen von ihm bemalten Schutzengel-Stein entgegengenommen.

Eine Stunde später war ich in den Zug gestiegen und hatte mich gezwungen, nicht mehr an Matthias zu denken. Während der Reise war ich auch prompt eingeschlafen und hatte mich von den Sonnenstrahlen wecken lassen, die durch die Fenster drangen und meine Nase kitzelten. Allein der Blick auf die schimmernde Nordsee hatte gutgetan.

Angesichts der Ereignisse fand ich mich ziemlich gefasst und stark. Und so wartete ich nun, mit meinem großen Trekkingrucksack auf den Schultern und einem angebissenen Wurstbrot in der Hand, vor dem Mitarbeiterwohnheim der Klinikgruppe Medicus. Mitarbeiter ohne Familien wohnten auf der Insel kostengünstig in Wohngemeinschaften. Und da gerade auch ein Zimmer frei war, hatte ich nach dem Telefonat mit meinem Chef keine Sekunde gezögert, sondern zugesagt. Ein Neuanfang lag vor mir, da waren der Tapetenwechsel und der frische Küstenwind genau das Richtige.

Die Tür wurde geöffnet, und ein kleiner Junge mit wilden Strubbelhaaren, der mir etwa bis zum Bauchnabel reichte, schaute mich neugierig an.

»Bist du Sophie?«

»Ähm«, machte ich nur und überlegte fieberhaft. Irgendwoher kannte ich den Kleinen doch.

»Du musst doch wissen, wer du bist.« Er senkte das Kinn und sah mich skeptisch über den Rand seiner Brille hinweg an.

»Ja, klar«, antwortete ich und verlagerte den Rucksack, um meine inzwischen schmerzende Schulter zu entlasten. Ich warf ihm ein Lächeln zu. »Entschuldige. Ich bin Sophie.«

»Na also, geht doch.« Etwas steif streckte er mir die Hand entgegen. »Angenehm, Felix.«

Jetzt fiel es mir wie Schuppen von den Augen. Das war der Kleine, der mich vor vier Jahren bei meinem ersten Date mit Matthias erwischt hatte, als ich einen Teelöffel Puderzucker in meinem Rotwein versenkt hatte! Er war natürlich gewachsen, aber der Blick und die Haare waren unverkennbar. Vorsichtig drückte ich seine zarte Kinderhand, um gleich darauf festzustellen, dass Felix bereits einen Händedruck hatte wie ein Nussknacker. Ganz schön kräftig für einen etwa Achtjährigen!

»Schön, dich kennenzulernen, Felix«, sagte ich und rieb mir kurz die schmerzende Hand. »Darf ich reinkommen?«

»Felix kommt aus dem Lateinischen und bedeutet *glücklich* oder *glückbringend.*« Ohne auf meine Frage einzugehen, lehnte er sich an den Türrahmen.

»Ist ja ein Ding«, erwiderte ich freundlich. Der Rucksack auf meinen Schultern wurde mit jeder Minute schwerer und das Wurstbrot in meiner Linken verführerischer.

»Sophie leitet sich übrigens vom altgriechischen Substantiv Sophia ab«, fuhr er unbeeindruckt fort.

»Ach!«, machte ich und setzte nun umständlich den Trekkingrucksack ab, auch wenn ich immer noch draußen stand.

»Es bedeutet *Weisheit.*« Felix musterte mich von oben bis unten, als überlegte er, ob von mir viel Weisheit zu erwarten sei.

Unauffällig schielte ich zu meinem Wurstbrot. Die Fahrt hatte mich hungrig gemacht. Aber Felix war so süß, dass ich ihn nicht enttäuschen wollte. »Bist du zu Besuch, oder wohnst du hier?«

»Das kommt darauf an, wie du *Wohnen* definierst«, antwortete er.

»Uff«, machte ich und massierte meine schmerzende Schulter. *Na ja, wohnen eben?* »Also, ich meine …«

»Unser Haus wird gerade renoviert«, erklärte er. Seine Augen schienen jede meiner Bewegungen genau zu verfolgen. »Und da wir insbesondere mit Totleitungen ein großes Problem haben, werden jetzt bei allen Parteien die Sanitäranlagen modernisiert.«

»Jede Familie in eurem Haus bekommt ein neues Bad, und währenddessen wohnt ihr hier?«, fasste ich zusammen.

»Sag ich doch.« Sein strenger Blick erinnerte mich verdächtig an meinen alten Mathelehrer.

Ich klappte meinen Mund auf und zu. Eigentlich war es sonst immer einfach: Ich liebte Kinder, und sie liebten mich. Für Kinder setzte ich mich mit meiner Sonntagshose in den Dreck, imitierte lustige Stimmen und ließ Kuscheltiere lebendig werden. Ich aß mit genussvollem Schmatzen jeden unsichtbaren Kuchen, der mir serviert wurde, und klatschte mit großem Enthusiasmus bei unbeholfenen Tanzversuchen. Aber Felix war eindeutig ein anderes Kaliber. Vielleicht sollte ich ihn fragen, ob er Lust hatte, mit mir gemeinsam die Wurzel aus Pi zu errechnen?

»Am besten kommst du erst einmal rein; ich werde dir dein Zimmer zeigen.« Kerzengerade stand er neben der Tür und machte eine einladende Handbewegung. Ganz Gentleman.

»Danke!« Ohne mich lustig zu machen, lächelte ich ihm zu. »Das ist sehr lieb von dir, Felix.«

Im Flur reihten sich mehrere Straßenschuhe auf zwei Fußabstreifern. Das Wohnzimmer war hell und geräumig, Blumen zierten den Tisch, und ein Duft von frisch gewaschenen Vorhängen stieg mir in die Nase. Bunte Holzbuchstaben klebten an einer Tür: Felix & Marie.

»Dein Zimmer?« Fragend deutete ich auf die Tür.

»Mama und ich wohnen hier.« Er nickte. »Papa ist momentan auf Geschäftsreise und kommt vermutlich erst zurück, wenn die Bauarbeiten abgeschlossen sind. Das ist gut. Unser Mitbewohner Tom hätte kein zweites Zimmer für uns, und eigentlich ist es mit Mama alleine schon relativ eng.«

»Aber da wäre doch bestimmt eine Ferienwohnung …?«

»Jetzt? Im Sommer?« Felix sah mich an, als wäre ich besonders schwer von Begriff. »Da ist doch alles voller Touristen. Wir hatten Glück, dass Tom uns ein Zimmer gegeben hat.«

Ich nickte. An die Touristen hatte ich natürlich nicht gedacht.

»Hier entlang, bitte.« Felix führte mich durch das Wohnzimmer, am Sofa vorbei in Richtung Bücherregal, das sich förmlich unter all den Büchern bog. Irgendwer aus der Wohngemeinschaft schien eine Vorliebe für Reiseführer zu haben. Neugierig folgte ich Felix, der bald vor einer hellen Holztür stehen blieb.

»Das hier ist dein Zimmer.« Er öffnete.

Als ich den Kopf durch die Tür steckte, verschlug es mir fast den Atem. Hier durfte ich für die nächsten Monate wohnen? Mit offenem Mund starrte ich auf das riesige Fenster, das den Blick von der Düne hinab freigab auf Sandstrand und Meer. Glitzernde Wellen rollten heran, auf denen Schaumkronen tanzten. Eine Möwe landete auf dem unberührten Sandstrand, und sanft wiegte sich der Strandhafer im Wind.

»Ein Paradies«, flüsterte ich staunend und froh, da ich mich an diesem Strand vor vier Jahren so wunderbar gefühlt hatte wie nie zuvor. Es war der Ort, an dem sich mein Leben zum Glücklichen gewendet hatte, und ich hoffte sehr, dass der Nordseezauber noch einmal für mich wirkte – dieses Mal dann mit einem länger währenden positiven Ausgang.

»Bis vor ein paar Tagen war es Toms Zimmer«, erklärte Felix und musterte mich erneut von oben bis unten. »Er hat gesagt, die schönste Frau muss auch das schönste Zimmer bekommen.«

»Aha.« Ich schmunzelte. Keine Ahnung, wer Tom war. Bestimmt hatten wir uns vor vier Jahren kurz kennengelernt, als ich als Schwangerschaftsvertretung auf Spiekeroog gearbeitet hatte. Die Erinnerung würde sicherlich zurückkommen, sobald ich ihm gegenüberstand.

»Ich lasse das jetzt unkommentiert.« Felix seufzte und sah so ernsthaft drein, dass ich lachen musste.

Ich klemmte mir mein Wurstbrot zwischen die Zähne und warf den Trekkingrucksack neben das Bett. Vor vier Jahren war hier kein Zimmer frei gewesen, sodass ich in einem Pensionszimmer gewohnt hatte. Und jetzt dieser Meerblick! Die Aussicht war schon atemberaubend. Vorsichtig beugte ich mich vor, um zu testen, ob man von der Höhe des Bettes aus tatsächlich das Meer sehen konnte. Und man konnte!

»Kommst du dir nicht albern vor, wenn du in deinem Alter noch solche Verrenkungen machst?« Felix' Blick sprach Bände. »Vielleicht solltest du dabei wenigstens das Wurstbrot aus dem Mund nehmen.«

»Warte mal ab, was ich sonst noch für alberne Sachen auf Lager habe!«, sagte ich nur und zwinkerte ihm zu.

Sein Mundwinkel zuckte, doch sein Gesichtsausdruck war nicht zu deuten. »Ich sollte dir noch Küche und Badezimmer zeigen«, meinte er schließlich. »Komm mit.«

Ich biss noch ein Stück Wurstbrot ab, um meinen hungrigen Magen zu beruhigen, und legte den Rest für später auf den Nachttisch.

»Wohnzimmer und Fernseher dürfen von allen jederzeit benutzt werden … Nur das Kind hat bestimmte Fernsehzeiten, weil ihm nicht zugetraut wird, sich ein Programm auszusuchen und den Fernseher nach einer Stunde selbst auszuschalten«, fügte Felix hinzu und verdrehte die Augen.

»Zu viel Fernsehen ist …«, setzte ich an.

»… nicht gut, ich weiß«, fiel er mir ins Wort. »Ich will einfach nur ein Mal wöchentlich die Sendung mit diesem Physiker sehen. Aber weil die zu spät abends läuft, werden mir als Entschädigung dann bloß Schneewittchen und Bambi vorgesetzt.«

»Oje.« Ich seufzte mitfühlend.

»Seit Monaten habe ich den Fernseher nicht mehr benutzt! Unserem Mitbewohner Tom ist das aber ganz recht. Er sagt, Kinder beschmieren mit ihren dreckigen Händen ohnehin nur den Sofabezug.« Felix hob das Kinn und sah mich trotzig an. »Nur weil ich ein Kind bin, traut man mir nicht zu, meine Hände einzuseifen und sie unter den Wasserhahn zu halten.«

»Das ist tatsächlich nicht fair.« Ich nickte mild.

»Und dann kommt jemand, der offiziell erwachsen ist, steckt sich ein Wurstbrot zwischen die Zähne und verrenkt sich kopfüber auf der frisch gewaschenen Bettdecke. Tz.« Er schüttelte den Kopf, woraufhin ich einfach grinsen musste. »Und wenn du dich später auf das Sofa setzt, wird er trotzdem mich und nicht dich fragen, ob auch wirklich die Hände gewaschen sind.«

Ich freute mich nicht mehr so sehr, Tom persönlich kennenzulernen. Laut Felix war er also ein Mann, der schöne Frauen und saubere Hände liebte. Klang ja nicht besonders sympathisch.

»Kinder werden von Erwachsenen viel zu oft behandelt wie Vollidioten.« Felix' Stirn legte sich in Falten, als er seine Hände in die Hosentaschen steckte und mit zusammengekniffenen Augen in Richtung Küche davonschlurfte. »Also. In der Küche ist das Prinzip einfach: Das unterste Fach ist immer deins. Kühlschrank, Vorratsschrank, Regal.«

»Immer unten.« Ich nickte.

»Wenn du möchtest, kann ich es dir mit Klebepunkten markieren.« Ein abschätziger Blick traf mich.

»Na, hör mal!« Ich lachte lauthals auf.

Die Küche war modern eingerichtet. Die Flächen waren so sauber wie das Behandlungszimmer unserer Station und der Vorratsschrank, den Felix nun aufzog, ohnehin fast leer.

»Die Küche war noch fabrikneu, als Mama und ich vor ein paar Wochen hier eingezogen sind.« Felix zog die Schultern hoch und seufzte. »Tom kocht nicht. Niemals.«

Wehmütig musste ich an Matthias denken, der leidenschaftlich gern kochte. Wöchentlich hatte er die Vorratskammer mit so vielen Leckereien gefüllt, dass eines Nachts das unterste Brett unseres Regals zu Boden gekracht war. Den Schreck um drei Uhr morgens würde ich nicht so schnell vergessen.

»Nach demselben Prinzip läuft es auch im Bad. Das unterste Fach ist deins, unter dem Spiegel darfst du die linke Seite benutzen.« Felix lief in Richtung des Badezimmers voraus.

»Hübsch ist es hier«, meinte ich.

»Den Badvorleger darf man nicht betreten«, verkündete Felix. »Tom sagt, der wird sonst so schnell grau.«

»Ah.« Mein Blick fiel auf den weißen, flauschigen Vorleger. »Und wie findest du diese ganzen Regeln, Felix?«

»Ich nehme meistens Anlauf und springe drüber.« Er presste die Lippen zusammen. »Sage ich auch jedem, der zu Besuch ist.«

»Und wie viele Leute haben sich dabei schon ein Bein gebrochen?«

»Du kannst ihn jedes Mal auch einfach über den Wannenrand hängen.«

»Hört sich spaßig an.« Von der Seite musterte ich ihn. Sein Blick war traurig. Das Zusammenleben mit diesem Tom schien für ihn nicht einfach zu sein.

»Hier sind übrigens auch Totleitungen«, erklärte er und wies auf die Decke, wo sich ein paar Rohre verzweigten. »Auf Dauer kann das gesundheitlich schädlich sein, weil sich dort Legionellen vermehren, aber auf mich hört ja niemand.«

»Danke, Felix«, hörte ich plötzlich eine sonore Bassstimme hinter uns. »Wenn Sophie mal dringend Legionellen braucht, weiß sie ja jetzt, wo sie suchen muss.«

»Hi«, sagte ich und drehte mich um.

Er senkte seinen Kopf ein wenig, als er durch die Badezimmertür kam. Geschickt verfehlte er dabei die obere Kante des Türrahmens. Als er sich aufrichtete und ich die attraktiven Gesichtszüge und sein dunkelblondes Haar sah, erinnerte ich mich. Wir waren vor vier Jahren mit einigen Kollegen ein paar Mal nach Feierabend an den Strand gegangen, hatten geplaudert und uns den Sonnenuntergang angesehen.

»Tom.« Lächelnd hielt er mir seine Hand hin, die ich zögernd ergriff. »Erinnerst du dich?«

»Natürlich, Tom! Wie schön, dich wiederzusehen …« Plötzlich kam mir das Badezimmer viel zu klein vor. Um Gottes willen. Dieser Mann hatte Schultern wie ein Rugbyspieler. Angestrengt sah ich ihn an. Ja, ich konnte mich dunkel an ihn erinnern. Er war einer der Ärzte, aber soweit ich mich erinnerte, hatten wir vor vier Jahren kein einziges Wort miteinander gewechselt.

Tom nickte mir freundlich zu.

»Gefällt dir das Haus?«

»Ich fühle mich wie bei Ikea«, sagte ich lächelnd.

»Heißt?« Er lachte laut.

»Hübsch arrangierte Möbelstücke, die noch niemand benutzt hat. Da fehlt noch ein wenig Leben.« Vermutlich sagte man das nicht, wenn man jemanden zum ersten Mal sah. Nach Felix' Erzählungen hatte ich jedoch ohnehin leise Zweifel, ob Tom und ich irgendwann Freunde werden würden. Und obendrein hatte ich das Bedürfnis, mich auf Felix' Seite zu stellen.

»Felix, ich habe dir schon so oft gesagt, du sollst kein Essen herumliegen lassen!«, herrschte Tom ihn an, ohne auf meine Bemerkung einzugehen.

»Hab ich nicht!«, brauste Felix auf. Hinter seinen Brillengläsern blitzten seine Augen. Energisch verschränkte er die Arme.

»Der Hund hat dein Wurstbrot gefunden«, sagte Tom streng.

»Der Hund hat einen Namen«, gab Felix bissig zurück und hob das Kinn.

Tom seufzte. »Jetzt ist ein Fleck auf dem Teppich. Wasch das bitte raus, hörst du?«

Ich wechselte einen Blick mit Felix und räusperte mich. »Das mit dem Wurstbrot war ich.« Verlegen tapste ich auf der Stelle herum. Das war jetzt definitiv kein guter Einstieg in ein gemeinsames WG-Leben.

»Ach!« Toms strenger Blick wandelte sich zu einem breiten Lächeln. »Ist ja kein Problem.«

»Ich wasche es raus.«

»Nein, nein, bleib hier.« Tom nickte Felix auffordernd zu und deutete hinaus in Richtung Wohnzimmer. »Felix?«

»Kommt gar nicht infrage!«, widersprach ich entsetzt. »Ich bin verantwortlich, also kümmere ich mich auch um das Problem.«

Ein triumphierendes Lächeln schlich sich für eine Sekunde in Felix' Gesicht.

»Ach, lass, Sophie. Du musst nicht als Erstes hier putzen. Ich hole einen nassen Lappen.«

Schon war Tom gegangen, bevor ich etwas sagen konnte. Instinktiv wollte ich ihm nachlaufen, doch Felix stellte sich mir in den Weg.

»Lass ihn«, flüsterte er. »Gestern hätte er sich eher ein Bein abgehackt, als einen Fleck auszuwaschen.«

»Aber …?«, machte ich verwirrt.

»Du hast eine starke Wirkung auf ihn.« Felix hob vielsagend die Augenbrauen.

Oh nein. Ehrlich gesagt war meine Wunde mit Matthias zu frisch und zu tief, als dass ich gleich einen Verehrer gebraucht hätte.

»Komm, ich stelle dir Ludwig und Mama vor.« Felix packte mich an der Hand und zog mich mit sich ins Wohnzimmer.

Ich hörte das leise Tapsen von vier Pfoten auf den Fliesen, dann lugte auch schon eine feuchte Schnauze um die Ecke.

»Ludwig!« Felix klopfte sich auf die Schenkel und zog mich energisch neben sich. »Ja, guck mal, Ludwig, wer das ist!«

Und Ludwig guckte, wie es ein braver Hund eben tat. Allerdings mit erheblich mehr Schwung, als ich ihm zugetraut hatte. Wie ein Flummi sprang der goldige Schäferhundmix an uns hoch. Bevor wir uns versahen, hatte Ludwig jedem von uns einen nassen Kuss auf die Nase verpasst und stürmte übermütig in Richtung meines Zimmers davon.

»Ludwig, nein!«, rief Felix noch, doch da war es schon zu spät. Das Poltern und Krachen, das kurz darauf ertönte, war kein gutes Zeichen.

»Keine Panik«, beruhigte ich Felix, doch hinter seinen von Hundeküssen verschmierten Brillengläsern waren seine Augen weit aufgerissen.

Kleinlaut folgte er mir in mein Zimmer, wo Ludwig inzwischen meinen Rucksack ausgeleert und die Salami im unteren Drittel freigeschaufelt hatte, die er sich gerade genüsslich schmecken ließ. Um ihn herum bot sich uns ein Bild von Chaos und Zerstörung. Meine Klamotten lagen im Zimmer verteilt, mein Kosmetiktäschchen war aufgeplatzt, und eine zerbrochene Dose Lidschatten hatte ihre Spuren auf dem Teppich hinterlassen.

»Pfui!«, schrie Felix. »Aus!«

Ludwig legte sich schuldbewusst die Pfoten über die Augen. Aber nur, bis er Felix zur Salami greifen sah. Kampflos würde er die wohl nicht hergeben.

»Ich kenne Ludwig erst seit ein paar Tagen«, erklärte Felix schnaufend, während er am anderen Ende der Salami zerrte. »Nicole, die Besitzerin der Pension Martha nebenan, hat ihn mir zum Aufpassen gegeben. Für eine Kugel Eis am Tag bin ich sein Babysitter.«

Ich wies zum Fenster, wo die Schaumkronen der Nordsee dem Strand entgegentanzten. »Die Pension ist gleich das nächste Haus auf der Düne, richtig?«

»Richtig.«

»Je länger du Ludwig kennst, desto besser hast du ihn im Griff.« Ich nickte ihm freundlich zu. »Alles halb so wild.«

»Nicole sagt, sie kommt für alle geklauten Döner, zerbrochenen Fensterscheiben und gebrochenen Beine auf, die Ludwig fabriziert.«

»Alles halb so wild«, wiederholte ich und lächelte.

»Oh nein, da ist ein Bild zerbrochen.« Felix hüpfte über meinen zusammengeknüllten Kuschelpullover.

»Egal«, sagte ich schnell und versuchte, ihm den Bilderrahmen aus den Händen zu ziehen.

»Das ist total zersplittert!«, rief er. »Und warum hast du ein Bild von zwei Nackten in deinem Rucksack?«

»Kann ich helfen?«, hörte ich plötzlich eine Frauenstimme hinter uns.

Ich drehte mich um und wurde prompt rot. Es gab durchaus bessere Momente, um seine neue Mitbewohnerin kennenzulernen.

»Ich bin Sophie«, sagte ich, pustete mir eine Haarsträhne aus der verschwitzten Stirn und hielt ihr die Hand hin. Natürlich nicht, ohne vorher den zerbrochenen Bilderrahmen aus Felix' Händen zu ziehen.

»Marie.« Sie war schlank und sportlich gekleidet, ihre dünnen, feinen Haare hatte sie zu einem Pferdeschwanz gebunden. Strahlend hellblau, schienen ihre Augen direkt durch mich hindurchzusehen.

»Ach, du bist Felix' Mutter?«, kombinierte ich und ignorierte Ludwig, der beleidigt grummelte, als es Felix schließlich gelang, ihm die Salami wegzunehmen. »Wir könnten später gemeinsam zu Abend essen, um uns kennenzulernen!«

»Heute geht es nicht.« Sie nahm Felix an der Hand und verließ kommentarlos den Raum.

KAPITEL 5

»Da bist du ja!« Marie warf mir ein erleichtertes Lächeln zu, als ich gerade aus dem Sekretariat herauskam. »Du leitest heute die Bewegungstherapie für Therapiegruppe A.«

»Ich bin Bezugsschwester«, antwortete ich verwirrt. »An meinem letzten Arbeitsplatz im Bayerischen Wald bedeutete das hauptsächlich, dass ich einzelne Patienten begleite. Ich hatte natürlich auch Schichtdienst im Schwesternzimmer und ...«

»Siehst du das?« Marie zeigte aus dem Fenster und kniff die Augen zusammen. Die Nordsee strahlte tiefblau in der Morgensonne. Mit ihrem schiefen Grinsen sah sie ganz nett aus. »Ist das der Bayerische Wald?«

»Ich habe mich weder den Patienten noch der Stationsleitung oder dem Chefarzt vorgestellt ...«

Marie machte eine wegwerfende Handbewegung und zuckte mit den Schultern. »Stationsversammlung mit den Patienten ist erst übermorgen. Die Stationsleitung hat Urlaub, und Dr. Tom Marbach kennst du doch schon.«

Mir verschlug es die Sprache. Tom war der Chefarzt? Wenn auch nur die Hälfte von allem stimmte, was Felix erzählt oder angedeutet hatte, stand mir die tägliche Begegnung mit einem sehr peniblen Vorgesetzten bevor.

»Müsste ich nicht zuerst einmal die Krankenakten durchsehen und einen genauen Plan bekommen, was die Gruppe bereits ...«

Entschuldigend lächelte sie mich an. »Dazu ist gerade keine Zeit. Dass manchmal Leute unvorhergesehen ausfallen und dann jemand spontan einspringen muss, kennst du doch sicher vom Bayerischen Wald.«

»Ich dachte nur …«, versuchte ich es erneut, dieses Mal kleinlauter.

»Los, Sophie, sonst kommst du noch zu spät.« Ihre weißen Zähne blitzten auf, als sie sich wieder ihren Unterlagen widmete.

Jeder Versuch meinerseits, Blickkontakt herzustellen, schlug fehl. »Bevor ich die Gruppe leiten kann, muss ich wissen, was …«

»Hör mal.« Marie beugte sich näher zu mir. »Wir sind hier eine halb geschlossene Psychosomatik. Die Patienten dürfen das Klinikgelände nur zu den Ausgehzeiten oder mit Unterschrift eines Psychologen verlassen. Deine Therapie findet heute am Strand statt, außerhalb des Klinikgeländes. Wenn du zu spät kommst und in dieser Zeit etwas passiert, haben wir alle ein Problem.«

»Marie«, sagte ich sanft. »Das mit dem Foto ist dumm gelaufen. Wenn du mir deshalb böse bist, verstehe ich das …«

»Du hast noch eine Minute!« Ihr dünner Pferdeschwanz peitschte gegen ihren Nacken, als sie sich energisch umwandte und in Richtung Kunsttherapie davonging.

Ich seufzte. Eine Gruppe zu leiten, ohne zu wissen, was die jeweiligen Patienten bereits in der Therapie erreicht hatten, erschien mir unprofessionell. Trotzdem machte ich mich, wenn auch mit gemischten Gefühlen, auf den Weg zum Strand.

Die Sommersonne strahlte vom Himmel, und Vogelzwitschern mischte sich mit dem Rauschen der Wellen. Weich spürte ich den Sand unter meinen Füßen und musste unwillkürlich an Matthias denken. Hier war es gewesen. An genau diesem Strand. Nur hundert Meter weiter hatte ich Matthias zum ersten Mal getroffen. Hier hatte ich Puderzucker in den Rotwein gerührt und mich zum ersten Mal in Matthias' Arme gekuschelt.

Ich schluckte schwer, als sich sein Bild klar und deutlich vor mein inneres Auge stahl. Natürlich hatte ich meine Zweifel gehabt, als ich um die schnellstmögliche Versetzung nach Spiekeroog gebeten hatte. Hier war ich glücklich gewesen. Aber Spiekeroog war eben auch die Insel unserer Liebe. So vieles erinnerte mich hier an Matthias. Nein, hör auf, Sophie. Ich straffte die Schultern und ging weiter, ich würde mich auf die Arbeit konzentrieren. Zum Glück konnte man bei dem herrlichen Sonnenschein dieses Sommertages auch nur schwer Trübsal blasen.

»Sophie!«, rief Felix plötzlich aus der Ferne und winkte, während er mit Maries für ihn viel zu großem Fahrrad Ludwig hinterherfuhr, der in Richtung Strand raste. Mit hochrotem Kopf lehnte Felix das Fahrrad an die Außenmauer der Klinik und rannte über den Strand, immer Ludwig hinterher, der bereits ausgelassen durch das Wasser tollte.

Ich winkte zurück. Es war gut, die Therapiegruppe im Freien zu leiten. Das blühende Leben um uns herum würde für eine gute Atmosphäre sorgen. Zumindest solange Felix Ludwig im Zaum hielt.

Optimistisch ging ich weiter und blieb schließlich am Treffpunkt stehen, wo sich bereits eine kleine Gruppe auf dem warmen Sand niedergelassen hatte.

»Guten Morgen, alle zusammen!« Ich versuchte, meiner Stimme einen fröhlichen Klang zu verleihen, als ich mich zu ihnen gesellte. »Seit heute Morgen bin ich die neue Bezugsschwester, mein Name ist Sophie Hummel.«

Undeutliches Murmeln antwortete mir. Aller Augen waren auf mich gerichtet. Aus den Augenwinkeln sah ich Felix mit Ludwig durch das seichte Wasser springen und wünschte kurz, ich könnte ihrem ausgelassenen Spiel aus der Nähe zusehen. Dann warf ich ein Lächeln in die Runde.

»Wie gut kennen Sie Ihr Symptom?« Ich blickte in der Runde umher. »Jeder von Ihnen hat ein anderes von der Psyche ausgelöstes körperliches Symptom, das ihm besonders zu schaffen macht. Sie haben keine Kontrolle darüber. Es kommt und geht, wann es will und sooft es will. Aber haben Sie sich jemals Zeit genommen, Ihr Symptom näher kennenzulernen?«

Immerhin erntete ich jetzt erwartungsvolle Blicke.

»Und das wollen wir jetzt tun«, fuhr ich fort. »Das Symptom näher kennenlernen und ihm vielleicht damit auch das Furchteinflößende nehmen. Wer weiß, vielleicht ist Ihr Symptom auch nur ein Tollpatsch, der es eigentlich gut mit Ihnen meint?«

»Mich so piesacken und es dabei gut meinen?« Eine junge Schwarzhaarige grinste, glitzernde Creolen baumelten von ihren Ohrläppchen.

Mit einem vielsagenden Lächeln nickte ich aufmunternd in die Runde. »Ich bitte Sie, dass Sie kurz am Strand entlanggehen und einen Gegenstand suchen, der Ihr Symptom am besten symbolisiert. In fünf Minuten treffen wir uns dann wieder hier.«

Unauffällig streifte ich meine Ballerinas ab und ging ein paar Schritte. Als sich meine Zehen in den warmen Sand gruben und ich auf die tiefblaue, weite Nordsee hinaussah, fühlte ich mich ganz ruhig und gelassen. Einfach so hatte ich plötzlich das beruhigende Gefühl, dass alles gut werden würde. Irgendwann würde der Tag kommen, an dem Matthias mir die Wahrheit sagte. Ich würde auf Spiekeroog eine neue Heimat finden und dem Glück die Tür öffnen, wenn es sich auf leisen Sohlen wieder in mein Leben schleichen wollte. Womöglich fand ich sogar auf Spiekeroog noch einmal meine große Liebe. Irgendwann.

Langsam setzte ich einen Fuß vor den anderen. Eine Möwe segelte über den wolkenlosen Himmel. Nachdenklich sah ich den Wellen zu, die friedlich auf den Strand schwappten. Um ein Haar wäre ich über das Minitreibhaus gestolpert, das mitten am Strand im Sand lag, eine Stoppuhr und ein Thermometer daneben.

»Bitte liegen lassen!«, rief Felix von Weitem.

Das Glasdach des kleinen Treibhauses war beschlagen, Wasserdampf tropfte an den Innenseiten herunter.

Neugierig betrachtete ich es. »Ist das …?«

»Mein Mittagessen.« Felix kam näher, Ludwig folgte ihm interessiert und untersuchte schnüffelnd das Treibhaus.

»Das ist eine Pizza!«, rief ich erstaunt.

»Eine Tiefkühlpizza, um genau zu sein.« Felix nickte ernsthaft und tippte auf die Anzeige des Thermometers. »Bei direkter Sonneneinstrahlung und einer Außentemperatur von im Moment 28 Grad untersuche ich, wie lange es dauert, bis der Käse gebräunt und die Pizza essfertig ist.«

Ich brach in schallendes Gelächter aus. »Du bist der Wahnsinn, Felix. Nimmst du Bestellungen für die nächsten Wochen entgegen?«

»Nun«, er zuckte mit den Schultern, »wenn das Experiment glückt, spräche nichts dagegen.«

Ich sah mich um. Die Patienten waren noch immer damit beschäftigt, Symbole zu suchen. Trotzdem wollte ich so langsam den Rückweg einschlagen, um niemanden zu verpassen. Da kam eine etwa fünfzigjährige Frau mit energischen Schritten auf mich zu.

»Wo ist meine Therapiegruppe?« Die blonden Haare hatte sie locker nach oben gesteckt, die Hände hielt sie in die Hüften gestemmt und sah mich vorwurfsvoll an.

»Ähm …? Bist du …?« Entsetzt starrte ich sie an.

»Brigitte, die Therapeutin für Konzentrative Bewegungstherapie. Ich hatte mich nur kurz verspätet.«

Es traf mich wie ein Schlag. Wenn Brigitte Bewegungstherapeutin war, dann würde es noch mächtig Ärger geben.

»Ich dachte …«, stotterte ich, »… du wärst krank?« Meine Wangen wurden heiß. Ich musste das unbedingt klären. Die Frage war nur, ob Marie gewusst hatte, was sie tat, als sie mich geradeaus ins Messer hatte laufen lassen.

»Da ist sie ja!«, hörte ich da auch schon Maries Stimme hinter mir.

Als ich mich umwandte, sah ich Marie und Tom auf mich zukommen.

»Sophie.« Toms Stimme war freundlich.

Dass nun auch alle Patienten mit ihren schweren Steinen, stacheligen Sanddornästen und anderen Symbolen langsam in unsere Richtung kamen, machte es nicht besser. Zumindest würde mir vor den Patienten der große Anpfiff erspart bleiben. Hoffte ich zumindest.

»Wir haben dich schon überall gesucht.« Maries Augenlider flatterten wieder.

»Es ist toll, dass du so eifrig bist und gleich durchstarten wolltest«, begann Tom vorsichtig. »Aber in Zukunft sollte lieber alles mit dem Team abgesprochen sein, ja?«

Ich nickte nur betreten und beobachtete, wie die Bewegungstherapeutin nun davonstapfte und ihre Gruppe übernahm.

»Ähm …«, machte ich dann. Irgendetwas in mir wartete tatsächlich noch darauf, dass Marie die Situation richtigstellte. Doch da kam nichts.

»So schlimm ist es auch wieder nicht.« Mit einem freundlichen Nicken legte Tom mir seine Hand auf die Schulter. »Ich bin auch jederzeit da, wenn du eine Frage hast.«

»Jeder macht mal Fehler.« Tom lächelte mir aufmunternd zu.

Wer würde mir glauben, wenn ich von Maries Anweisung erzählte? Oder war sie so gedankenlos gewesen, dass sie alles durcheinandergebracht hatte und sich jetzt nicht traute, den Fehler einzugestehen? Als Neue wollte ich der Konfrontation erst mal ausweichen. Denn womöglich endete es sonst in einem Teufelskreis der Gemeinheiten.

»Als Bezugsschwester leitest du überhaupt keine Gruppen«, versuchte Tom mir zu erklären. »Du bist hauptsächlich für Einzelgespräche da.«

Ich gab mir einen Ruck. Das alles wehrlos über mich ergehen zu lassen, fiel mir nicht leicht. Doch vielleicht musste ich dieses eine Mal einfach Größe zeigen. Ein anschließendes Gespräch unter vier Augen sollte dann sein Übriges tun. Wie heißt es doch immer: Stell dir vor, es ist Krieg, und keiner geht hin.

»Das war dann wohl ein Missverständnis«, meinte ich leise und sah Marie ernst an.

Sie wich meinem Blick aus.

KAPITEL 6

»Lass mich in Ruhe!« Ihre Stimme war nur ein Flüstern, doch ihre Worte so scharf, dass ich sie durch die offene Terrassentür bis nach draußen hören konnte. Marie schien ein Schluchzen zu unterdrücken.

Ein undeutliches Murmeln antwortete ihr, dann hörte ich eine Tür knallen, und entschiedene Schritte bewegten sich in meine Richtung.

Ich wackelte mit den nackten Zehen. Der warme Sommerwind blies durch meine Haare, und über mir segelte eine Möwe. Nach meinem ersten Arbeitstag hatte ich es mir redlich verdient, die Füße hochzulegen und über den Rand eines Buchs auf die glitzernden Wellen zu schauen, die sanft an den Strand schwappten.

»Alles okay?« Eine Flasche Wein und zwei Gläser in Händen, so trat Tom durch die Terrassentür hinaus und lächelte mich aufmunternd an.

Ich sah von meinem Buch auf. »Das wollte ich auch gerade fragen.«

»Ach! Du meinst, wegen Marie?« Er winkte ab. »Die darfst du momentan nicht so ernst nehmen.«

Nachdenklich sah ich ihn an, als er sich auf dem Liegestuhl neben mir niederließ. »Geht es ihr nicht gut?«

»Kratzbürstig, mehr nicht.« Er machte eine wegwerfende Handbewegung und lächelte mich dann strahlend an. »Ich hoffe, sie hat ihre schlechte Laune nicht an dir ausgelassen?«

»Nein, nein.« Ich biss mir auf die Lippe. Egal, warum Marie mich hatte auflaufen lassen, ich würde sie deshalb nicht beim Chefarzt hinhängen.

Tom schien zufrieden damit. »Nach dem turbulenten Tag möchte ich, dass du heute Abend trotzdem mit dem Gefühl ins Bett gehst, hier herzlich willkommen zu sein. Wir haben dir ja keine so schöne Begrüßung bereitet, oder?« Er stellte ein Glas vor mir auf den kleinen Serviertisch und schenkte Wein ein.

Hinter ihm sah ich Felix, der seine Nase von innen an die Scheibe presste und uns zu beobachten schien. Ludwig zu seinen Füßen tat dasselbe, doch der hinterließ eine reichlich nassere Scheibe. Bei dem Anblick musste ich lächeln.

»Ein schöner Trollinger …«

Bei den Worten schrak ich auf. Das hatte ich doch schon einmal gehört … Aber vermutlich war das weniger ein Zeichen dafür, dass sich meine Liebesgeschichte auf Spiekeroog wiederholte, sondern bezeugte schlicht, dass ich mich noch immer nicht an den Geschmack von Rotwein gewöhnt hatte.

»Der hat ein tolles Sauerkirsch-Bouquet.« Tom lächelte mir aufmunternd zu.

»Klingt verlockend«, sagte ich höflich, auch wenn mir nicht gänzlich klar war, warum man für das Aroma von Sauerkirschen einen Rotwein trinken musste.

»Auf dich, Sophie! Und schön, dass du hier bist.« Tom hob das Glas.

Die Gläser klirrten leise, als wir anstießen.

Und prompt musste ich an mein erstes Date mit Matthias denken. Damals, am Strand von Spiekeroog. Mich überkam Sehnsucht nach dem warmen Gefühl, das mich damals eingehüllt hatte, als Matthias mich angelächelt hatte. Matthias und seine Grübchen … Vehement versuchte ich, meine Gedanken in eine andere Richtung zu lenken, doch es gelang mir nicht.

»Guckt mal!« Plötzlich stand Felix in der geöffneten Terrassentür und zeigte in Richtung der tief stehenden Sonne. »Ist das nicht interessant?«

»Was?« Leicht irritiert drehte Tom sich zu ihm um und blickte dann in die Richtung, in die Felix mit dem ausgestreckten Zeigefinger wies.

Flink hüpfte Felix nun über die Türschwelle, warf ein Stückchen Zucker in mein Rotweinglas und zwinkerte mir zu. Ich musste grinsen. Dass er das noch wusste!

»Was denn?«, wiederholte Tom. »Was gibt es denn dort vorne so Wichtiges?«

»Na, das Abendrot!«, rief Felix und grinste. »Wusstet ihr, dass das Sonnenlicht in der Atmosphäre gestreut wird? Die rötlichen Anteile des Lichts werden am wenigsten umgeleitet und können deshalb …«

»Schluss jetzt!« Tom schüttelte energisch den Kopf und sah Felix ernst an. »Sophie und ich möchten jetzt gern allein sein.«

»Du möchtest mit Sophie allein sein«, korrigierte Felix prompt und fing sich damit einen scharfen Blick von Tom ein.

»Es ist Zeit, Ludwig in die Pension zurückzubringen«, wechselte Tom das Thema.

Felix sah sich um zu Ludwig, der noch immer vor der Terrassentür stand und ganz fasziniert den Abdruck begutachtete, den seine Nase auf der Scheibe hinterlassen hatte. »Na gut.« Er warf mir zum Abschied einen mitleidigen Blick zu, pfiff nach Ludwig und schwang sich, wenig später vor dem Haus, umständlich auf Maries großes Fahrrad.

Ich sah den beiden nach, bis sie hinter der nächsten Straßenecke verschwanden, und lächelte. »Ein toller Junge.«

»Ja«, murmelte Tom bloß und nickte.

Ich hatte keinen Zweifel daran, dass er Kinder nicht sonderlich mochte. Aber das wollte ich nicht ansprechen. Stattdessen streckte ich mich in meinem Liegestuhl aus, schloss für einen Moment die Augen und seufzte. Das Rauschen der Wellen zu hören, die laue Abendluft tief einzuatmen und die letzten Sonnenstrahlen zu beobachten, entspannte mich. Allmählich wurde ich auch angenehm schläfrig.

»Atemberaubend«, flüsterte Tom. »Diese Schönheit der Natur.«

»Mhm?«, machte ich und setzte mich ein wenig mehr auf.

»Das Abendrot ist wunderschön.« Seine Stimme hatte eine weiche, warme Klangfarbe angenommen.

»Ja, unglaublich, nicht?«, antwortete ich und blinzelte überrascht. »Wusstest du, dass die Sonne im Inneren etwa 15 Millionen Grad heiß ist? Das hat Felix mir neulich erzählt.«

»Ach?«

Ihm war deutlich anzusehen, dass das Gespräch für ihn in die falsche Richtung ging. Felix hatte mir allerdings eine Steilvorlage geliefert. Und im Moment war mir der Abklatsch einer Physikstunde mit Tom einfach viel lieber als ein Flirt. Sowieso, ich wollte von Männern gerade nichts wissen.

»Wie wird so etwas eigentlich gemessen?« Stirnrunzelnd nahm ich einen großen Schluck Wein. »Dass da niemand ein Küchenthermometer ins All geschossen hat, ist ja sogar mir klar.«

»Musst du Felix fragen.« Tom seufzte und stellte sein Glas auf den kleinen Serviertisch.

Als sich eine zerrissene Wolke vor die untergehende Sonne schob und ein beeindruckendes Farbenspiel auf den Himmel zauberte, musste ich wieder an Matthias denken. Hier auf Spiekeroog hatte damals alles begonnen, als ich für eine Schwangerschaftsvertretung ein Jahr lang in der Klinik ausgeholfen hatte.

»Du warst da noch gar nicht Chefarzt, oder?«, fragte ich Tom gedankenverloren und lauschte wieder andächtig den Wellen, die sanft an den Strand gespült wurden.

»Wann?«, fragte Tom verwirrt.

Ich schüttelte entschuldigend den Kopf. Es war mal wieder typisch für mich. Wie oft hatte ich vorausgesetzt, dass Matthias genau wusste, welche Gedankensprünge ich machte! *Gedankenlesen kann ich noch nicht, Sophie*, hatte er immer gesagt. *Aber wenn du so weitermachst, bekomme ich bald Übung.* Und dann hatte er gelacht und mich geküsst. Meistens jedenfalls.

»Als du damals ein Jahr bei uns gewesen bist, war mein Vater noch Chefarzt.« Tom nickte mir zu und grinste. »Falls das die Frage war.«

Zufrieden lächelte ich ihn an. Wirklich viele Berührungspunkte hatte ich damals mit Tom nicht gehabt. »Du warst aber auch hier, ich erinnere mich dunkel ...« Er war einer der Ärzte gewesen. Natürlich waren wir uns ab und zu auf dem Gang begegnet, hatten vielleicht einmal beim Stationspicknick ein paar Worte gewechselt, aber da hatte die Bekanntschaft schon aufgehört. Ich hatte nur Augen und Ohren für Matthias gehabt ...

»Dein Jahr Schwangerschaftsvertretung auf Spiekeroog hat dir ja anscheinend sehr gut gefallen ...« Vielsagend sah Tom mich an und trank noch einen Schluck Wein.

»Ja, ich freue mich, wieder hier zu sein ...« Ich verstand nicht ganz, was er hören wollte.

»Als du angerufen und um einen Job gebeten hast, konnte es dir nicht schnell genug gehen.« Er lachte und stupste mich mit dem Ellenbogen in die Seite.

»Also ...« Ich stockte. Was zwischen Matthias und mir vorgefallen war, ging ihn eigentlich nichts an ...

»Ist schon gut.« Er lächelte verständnisvoll. »Was auch immer es ist, du musst es nicht sagen. Ich freu mich nur, dass es dich hergebracht hat.«

Ich musste lächeln. Aber auch wenn er zugegebenermaßen attraktiv war, wusste ich genauso gut, dass sich seine Wünsche gerade nicht mit dem deckten, was ich wollte: am Meer sitzen und meine Wunden lecken.

»Wolltest du denn Chefarzt werden?«, fragte ich höflich und rutschte etwas auf meiner Liege, sodass ich nicht Gefahr lief, ihn unabsichtlich zu berühren.

»Ich wollte ursprünglich nicht mal Arzt werden.« Tom lachte und stellte sein Weinglas ab. »Mein Vater wollte unbedingt, dass ich Medizin studiere. Weil mein Notendurchschnitt zu schlecht war, habe ich dann während der Wartesemester bei einer Security-Firma gejobbt. Ich war jahrelang begeisterter Kickboxer und habe nach dem Schwarzgurt einen Trainerschein gemacht. Eigentlich wollte ich eine Kickbox-Schule eröffnen.«

Ich beobachtete, wie eine Möwe auf dem Meer landete und dann auf den Wellen schaukelte. Kurz sah ich Tom an. »Lass mich raten: Dein Vater wollte, dass du in seine Fußstapfen trittst.«

»Korrekt.«

»So ein großer Unterschied ist da gar nicht«, meinte ich schließlich. »Du bringst Leuten das Kämpfen bei.«

Tom nickte nachdenklich. »So habe ich das noch nie gesehen.« Lange sah er mir in die Augen. »Und bei dir? Wolltest du immer Bezugsschwester in der Psychosomatik werden?« Er lehnte sich wieder zurück und streckte sich. Dabei ließ er seinen Arm auf meine Stuhllehne sinken. Aber das war mir dann doch zu viel.

»Immer«, antwortete ich knapp und stand auf. »Und jetzt klopfe ich mal bei Marie.«

Ich fing noch seinen verdutzten Blick auf, machte mich aber schon auf den Weg nach drinnen. Sollte Tom doch denken, was er wollte.

Zaghaft klopfte ich wenig später an Maries Zimmertür. Ich hörte ein Stöhnen, ein Poltern, dann öffnete Marie.

»Was ist?«, fragte sie genervt, als sie mich sah.

»Ich wollte fragen, wie es dir geht«, begann ich vorsichtig.

Sie verdrehte die Augen und seufzte schwer. »Ging mir nie besser. War's das?«

Ich atmete tief durch. Mit viel Geduld ließ sich das Gespräch vielleicht noch retten. »Marie«, sagte ich und bemühte mich, sie freundlich anzuschauen. »Warum hast du mich heute zur Therapiegruppe an den Strand geschickt?«

Ihre Lippen wurden spitz. »Versuchst du es jetzt mir in die Schuhe zu schieben?«

Fast hatte ich damit gerechnet, dass sie es auch jetzt nicht zugeben würde. Schade. »Habe ich dir irgendetwas getan?«, fragte ich ruhig.

»Vergiss es!« Ohne ein weiteres Wort zu verlieren, drehte sie sich um, schlug dabei die Tür hinter sich zu und ließ mich mehr als ratlos zurück.

Für eine erwachsene Frau erschien mir ihre Reaktion ein wenig überzogen. Das alles nur wegen des Fotos, das Felix gesehen hatte? Wäre ich mit einem Küchenmesser auf Felix losgegangen, könnte ich ihr Verhalten verstehen. Mich ließ der Gedanke nicht los, dass da noch mehr war.

Allerdings wusste ich sehr gut mit solchen Situationen umzugehen. Vermutlich brachte es der Beruf mit sich. Aber für jemanden, der andere angriff, gab es keine größere Niederlage, als zu erfahren, dass der andere anscheinend weder blutete noch zurückschoss.

Seufzend schnappte ich mir also das kleine Päckchen, das bereits seit dem Morgen auf meinem Bett lag. Der Absender war Matthias.

Ein Abendspaziergang am Meer würde mich sicher auf gute Gedanken bringen. Deshalb zog ich mir eine Jacke über und ging einfach los. Schon nach wenigen Metern hob sich meine Stimmung. Die Luft schmeckte salzig. Mit jedem Atemzug wurde ich ruhiger, und der weiche Sand unter meinen Schritten machte meine Gedanken leichter.

Bislang hatte ich es nicht über mich gebracht, das Päckchen zu öffnen. Eigentlich wollte ich Matthias einfach nur vergessen, hier auf Spiekeroog ein neues Leben anfangen und glücklich werden. Doch mir war bewusst, dass so etwas nicht von heute auf morgen geschah – mir jedenfalls nicht.

Mit dem Schlüssel ritzte ich das Paketband auf – und hielt inne. Das kleine Päckchen war randvoll mit Kieselsteinen unterschiedlichster Größen und Schattierungen. Jeder einzelne davon liebevoll bemalt mit kleinen, filigranen Herzen. Ich schluckte bitter und spürte, wie mir mit einem Mal Tränen in die Augen stiegen und mein Herz ein paar Gramm schwerer wurde. Ärgerlich wischte ich mir mit dem Handrücken über die Augen.

»Pizza?«, hörte ich Felix fragen.

Wo war er denn plötzlich hergekommen? Um ein Haar wäre ich über meine eigenen Füße gestolpert.

»Hast du mich erschreckt!« Schnell schloss ich den Deckel des Päckchens und ließ es unauffällig in meiner Jackentasche verschwinden.

Felix saß grinsend hinter einem Sanddornstrauch und hielt mir ein Stück Pizza entgegen. »Hundert Prozent Solarenergie«, nuschelte er. »Die schmeckt gleich viel besser, stimmt's?«

Niemand konnte mich hier besser von meinem Kummer ablenken als Felix. Lächelnd ließ ich mich neben ihn in den Sand plumpsen.

»Mmmmh«, machte ich kurz darauf und biss ein Stück ab. »Kein Vergleich!«

Ich saß am abendlichen Strand, unterhielt mich mit Felix und aß mit Sonnenlicht gegarte Pizza … Allmählich fühlte ich mich besser. Ich sah den Wellen zu, die mit zart rötlichem Glitzern dem Strand entgegenrollten, und seufzte.

Doch dann fiel mein Blick auf meine Armbanduhr. Scharf sah ich Felix an. »Darfst du so spät noch allein draußen sein? Oder ist das gerade eine Geheimaktion?«

»Meine Mutter erzieht mich zu einem eigenständigen Kind«, konterte er unbekümmert und fischte mit der Zunge nach dem geschmolzenen Käse, der sich in Fäden zog.

Ich musste lachen. »Das bist du, keine Frage.«

»Meine Mutter ist herzensgut«, sagte er und sah mich ernst an. Dann schwieg er eine Weile. Ich merkte, wie er ein paarmal ansetzte, um etwas zu sagen, doch er schwieg.

»Ich weiß«, sagte ich freundlich.

Still lauschten wir nur dem Rauschen des Meeres.

»Seit zwei Wochen ist sie gestresst und traurig. Und seit gestern Abend hochexplosiv.« Felix biss von seiner Pizza ab und kaute lustlos.

»Du machst dir Sorgen.« Ich nickte mitfühlend. »Das verstehe ich gut.«

»Dass Papa gerade weg ist, macht es nicht besser.« Er senkte den Blick und nahm einen tiefen Atemzug, bevor er weitersprach. »Seit einer Woche ist er auf Geschäftsreise in London und kann ihr keine Stütze mehr sein. Und ich bin ihr ohnehin eher eine Last.«

Seine Worte machten mich traurig; kein Achtjähriger sollte das Gefühl haben, seinen Eltern nur eine Last zu sein. »Ich bin mir sicher, du bist deiner Mutter die größte Stütze«, sagte ich und lächelte ihm aufmunternd zu. »Dafür musst du nicht einmal etwas tun. Allein, dass du da bist …«

Felix schüttelte energisch den Kopf. »Ich bin schuld daran, dass es ihr so schlecht geht.«

»Auf keinen Fall.« Ich sah ihm unnachgiebig in die Augen. »Wie kommst du denn auf die Idee? Denk immer daran: Du bist das Beste in ihrem Leben!«

Die Sonne war nun beinahe am Horizont verschwunden, das Meer bekam seine tiefblaue Farbe zurück, und der Glanz der Wellen schien matt geworden zu sein.

Leise fuhr er fort: »So habe ich meine Mutter noch nie gesehen. Der Moment, in dem sie mich mit deinem Foto in der Hand fand, hat einen anderen Menschen aus ihr gemacht.« Er schluckte. »Ich hätte nicht in deinen Sachen wühlen sollen.«

»Stopp, stopp, stopp.« Ich legte eine Hand auf seine Schulter. »Du trägst keine Schuld.« Überhaupt bezweifelte ich, dass es Marie so viel ausgemacht hatte, ihren Sohn mit einem Nacktfoto in der Hand zu sehen. Doch da ich außer einem nackten Rücken keine Erklärung für Maries Wut hatte, beließ ich es dabei.

»Was ist das denn für ein Bild?« Er sah auf, und seinem offenen, fragenden Blick konnte ich nicht ausweichen.

Ich räusperte mich verlegen. »So eine Art Familienfoto.« Was sollte ich ihm sagen? Dass mein Verlobter mich betrogen hatte? Niemals. Und das Familienfoto war noch nicht einmal wirklich gelogen. Schließlich hätte Matthias bald vor Gott und der Welt meine Familie werden sollen.

»Familienfoto«, wiederholte Felix und warf mir über den Rand seiner Brille hinweg einen skeptischen Blick zu. »Bei unseren Familienfotos ist nie jemand nackt.«

»Ich weiß.« Ich seufzte, und Felix bohrte zum Glück nicht nach. Vermutlich wusste er, dass er die Wahrheit überhaupt nicht wissen wollte. Sein Blick sagte es mir genau: Ich bin zwar ein Kind, aber ich bin nicht blöd.

KAPITEL 7

»Gut, Frau Roth«, sagte ich und nickte der jungen Frau freundlich zu. Ihre schwarzen Haare flogen, als sie sich bückte und in ihrem Therapie-Tagebuch den Stundenplan suchte. »Ich kann Ihnen für das nächste Einzelgespräch kommende Woche Dienstag 16 Uhr oder Donnerstag 9 Uhr anbieten.«

»Dienstag habe ich Progressive Muskelentspannung, aber Donnerstag passt perfekt. Vielen Dank Ihnen.« Sie lächelte. Ihr Bleistift kratzte auf dem Papier, dann sah sie hoch. »Ich habe mich übrigens riesig gefreut, dass Sie meine Bezugsschwester geworden sind. Ich war vor vier Jahren schon einmal hier in der Klinik, und meine Zimmergenossin hat damals sehr von Ihren originellen Therapieideen geschwärmt.«

»Das freut mich zu hören.« Ich wusste, dass sie damals eine Patientin von Matthias gewesen war. »Dann wünsche ich Ihnen bis zum nächsten Mal eine gute Zeit und hoffe, dass zumindest die Schlafstörungen besser werden.«

»Das wäre schön.« Sie verdrehte die Augen und lachte. Ihre silbernen Creolen schwangen hin und her, als sie energisch das Tagebuch zuklappte und kurz darauf durch die Tür verschwand.

Sie war meine letzte Patientin vor der Mittagspause. Ich ordnete meine Notizen, räumte alles in mein Fach und machte mich auf den Weg zu den Mitarbeiterräumen. Als ich die Tür aufzog, entdeckte ich Marie, die sich hinter einem dicken Schmöker verschanzt hatte. Sie war blass, tiefe Augenringe gruben sich in ihr schmales Gesicht.

»Magst du auch einen Kaffee, Marie?«, rief ich und bemühte mich, so freundlich wie möglich zu klingen. Als ich die Kaffeedose öffnete, ertönte ein leises Plopp.

»Gern.«

Ich sah erstaunt, aber erfreut auf. Wenn Felix' Hund Ludwig das gesagt hätte, wäre ich nicht minder überrascht gewesen. »Milch, Zucker?«, fragte ich lächelnd.

Sie starrte weiter in ihr Buch. »Ohne Milch, ohne Zucker und ohne Gesellschaft, bitte.«

»Kein Problem.« Da hatte ich mich wohl zu früh gefreut. Ihre Antwort enttäuschte mich. Dennoch ließ ich mir nichts anmerken, hantierte mit der Kaffeemaschine und summte vor mich hin. Die Macht, mich zu kränken, würde ich Marie nicht geben.

Bald lag der Duft von frischem Kaffee in der Luft. Ich füllte zwei Tassen und trug eine zu Marie.

»Lass ihn dir schmecken.« Lächelnd stellte ich die Tasse vor ihr ab.

»Danke.«

Um Blickkontakt bemühte ich mich umsonst. Sie sah nicht einmal auf, sondern griff zielsicher nach der Tasse und trank einen kräftigen Schluck. Schweigend nahm ich meinen Kaffee, holte mein belegtes Brot aus dem Kühlschrank und machte mich auf den Weg nach draußen. In der Nacht hatte ich denkbar schlecht geschlafen und stolperte nun müde aus der Klinik in Richtung Strand, in der Hoffnung, ein paar Atemzüge an der Nordsee würden mich erfrischen.

Die Sonne blendete meine müden Augen, und ich unterdrückte ein Gähnen. Trotzdem tat es gut, den Wind in den Haaren zu haben und frische Seeluft zu schnuppern. Kleine Wellen brandeten auf den Strand, ein paar Möwen schaukelten im Wasser, und in der Ferne verschwommen verschiedene Blautöne ineinander.

»Schau mal, Mami!«, hörte ich nicht weit entfernt ein kleines Mädchen rufen und blickte in die Richtung. Ihre Mutter reagierte nicht, sondern zog sie unbeirrt mit sich, weiter den Strand entlang.

Als ich mich der Stelle näherte, an der das Mädchen stehen geblieben war, schien mein Herz für einen Schlag auszusetzen. Im Sand lag ein Stein. Eine goldene Krone zierte die Oberseite, und geschwungene Buchstaben riefen mir aus dem Sand entgegen: Du bist perfekt.

Mit einem Schlag war ich hellwach, das Herz schlug mir bis zum Hals. Verstohlen sah ich mich um und trank einen Schluck Kaffee, um noch ein Weilchen länger vor dem Stein stehen bleiben zu können.

Mir war, als wäre es gestern gewesen. Auf dem Stromkasten vor dem Bäcker hatte ich ihn damals gefunden, den Stein, der diesem zum Verwechseln ähnlich sah. Hatte Matthias ihn hier postiert? War er hier? Und wenn er hier war, wollte ich ihn sehen, oder wünschte ich ihn fort? Unschlüssig stand ich neben dem Stein, bis ich mich schließlich bückte. Fast zärtlich fegte ich ein paar Sandkörner von der Krone.

»Entschuldigung, dürfte ich?« Ein Herr mittleren Alters schob sich mit einem Mal an mir vorbei und hob den Stein auf.

»Nein!«, rief ich, ehe ich mich beherrschen konnte.

»Doch.« Er lachte. Und da drehte er sich auch schon um und ging in die andere Richtung davon.

Etwas wehmütig sah ich dem Stein hinterher. Was, wenn er auf der Rückseite tatsächlich eine Botschaft für mich gehabt hätte? Was, wenn …

Schluss, Sophie. Kurz vor eurer Hochzeit hat er dich betrogen. Du weinst ihm doch nicht ernsthaft noch hinterher?

Ich nahm noch einen Schluck von dem inzwischen abgekühlten Kaffee, dann stapfte ich durch den weichen Sand hinunter zum Wasser. Bereits nach wenigen Schritten hielt ich inne, weil ich einen zweiten Stein am Boden entdeckte.

»Der ist total hübsch, guck mal!« Zwei Frauen beugten sich darüber.

»Und der erst, hast du den da hinten schon gesehen?«

Ich wusste nicht, wie mir geschah. Langsam ging ich weiter und blickte mich um.

Ein ganzer Strand voller Botschaften. Bunt und fröhlich lugten die Steine aus dem Sand heraus, einer schöner als der andere. Meine Augen füllten sich mit Tränen, ich hatte Mühe, sie hinunterzuschlucken. Ich ging in die Hocke, um einen orangefarbenen Elefanten zu bestaunen. »Meine bunte kleine Welt«, stand da.

Tief atmete ich durch. Unzählige bemalte Steine hatte Matthias mir in unseren gemeinsamen vier Jahren an den unterschiedlichsten Orten hinterlassen. Jeder einzelne davon hatte mein Herz tief berührt.

Ja, sogar seinen Heiratsantrag hatte er mit einem Stein gemacht. Mir war, als wäre es erst gestern gewesen, dass ich auf dem Wohnzimmertisch zwei Steine gefunden hatte, bemalt wie zwei kleine Menschen. Einer trug dunkle Haare und einen Hochzeitsanzug. Sogar ein kleines, weißes Blümchen zierte seine Brusttasche. Auf dem Stein daneben erkannte ich meinen Kopf und meine Haare. Die Umrisse eines Kleides umspielten meinen steinernen Körper. Doch das Kleid war noch nicht ausgemalt. Grauschwarz meliert gab der Naturstein die Farbe vor. Auf dem Tisch wartete ein Pinsel, neben ihm zwei kleine Döschen Farbe. Eines davon in Apricot, der Farbe meines Lieblingskleides, das andere in Weiß. Ich hatte damals gar nicht hinsehen müssen, um zu spüren, dass Matthias in der offenen Tür gelehnt und gespannt beobachtet hatte, welche Farbe ich auswählen würde.

Steine waren schon immer Matthias' Weg gewesen, mir seine Liebe zu zeigen.

Und jetzt stand ich hier, an einem Strand voll bemalter Steine, und schalt mich dafür, dass ich ihn noch immer liebte. Liebte ich ihn noch? Gefühle ließen sich nicht an- und ausknipsen wie eine Schreibtischlampe. Aber er hatte mich, unsere Liebe und alles, woran ich geglaubt hatte, verraten. Warum, verstand ich nicht. Ich hätte nie im Leben damit gerechnet, dass er eine andere küsste. War ich ihm etwa zu wenig gewesen? Er hatte mich auf Händen getragen und mir das Gefühl gegeben, sein Ein und Alles zu sein. Vielleicht war ich aber auch blind gewesen für die Wahrheit. Vielleicht hatte nur ich unser Glück gespürt.

Ich sah, wie eine ältere Dame sich bückte, um den orangefarbenen Elefanten aufzuheben, und eilte auf sie zu.

»Entschuldigung, wo kommt dieser Stein her?« Ich sah sie an, beobachtete jede Regung ihres Gesichts. Ein Teil von mir hoffte, sie würde mir einen Hinweis darauf geben, dass Matthias sich tatsächlich auf der Insel befand. Und ein Teil von mir hoffte es nicht.

»Den hab ich gemalt.« Verträumt sah sie den Stein an. Die Dauerwelle in ihren dünnen grauen Haaren gab den Blick frei auf die verschwitzten Schläfen.

»Sie?«

»Elefanten haben mich schon immer fasziniert. Und orange Exemplare erst recht.« Sie lachte herzlich, doch ich war gerade nicht fähig, mitzulachen. »Dieser orange Elefant erinnert mich daran, dass das Leben alle Farben haben darf. Ob sie gerade passen oder nicht.«

»Aber warum …«, stotterte ich schließlich. »Warum malen Sie Steine an?«

»Kunsttherapie«, sagte die Dame nur.

Marie! Das musste ihre Idee gewesen sein. Ich wusste nicht, ob ich enttäuscht oder froh sein sollte. All diese bunten, wunderschönen Steine im Sand hatten nichts mit Matthias zu tun. Anscheinend hatte Marie ihre Kunsttherapiegruppe dazu angeleitet, positiven Zuspruch auf Steinen zu verewigen. Für die anschließende Besprechung jedes einzelnen Steins hatte sie die Patienten wohl gebeten, die Steine am Strand zu verteilen. Klar. Warum sollte man den Platz nicht nutzen?

»Wunderhübsch haben Sie den gemacht«, sagte ich freundlich und schluckte schwer.

Als ich in Richtung Klinik blickte, sah ich im Schatten der Düne Patienten sitzen, die mit Pinsel und Farbe ausgestattet tatsächlich Steine bemalten. Marie schien mit dieser Therapieidee helle Begeisterung ausgelöst zu haben.

»Einige von uns haben vor, ihre Steine liegen zu lassen oder für den Strand neue zu malen. Wir glauben, es gefällt den Urlaubern.« Die ältere Dame lächelte mich an.

»Das ist eine tolle Idee.« Ich nickte. »Jeder Mensch braucht positiven Zuspruch. Den hören wir alle viel zu selten.«

Sie zwinkerte mir zu, dann wandte sie sich ab und ging in Richtung Klinik davon.

Nachdenklich stand ich am Strand und sah auf das Meer hinaus. Zwei Möwen staksten über den nassen Sand, seichtes Wasser umspülte mit jeder ankommenden Welle ihre Füße. Ich atmete tief die salzige Luft ein, als sich plötzlich zwei Hände auf meine Augen legten. Um ein Haar hätte ich meinen Kaffee ausgeschüttet. Ich konnte es nur auf den Schlafmangel zurückführen, dass ich nun schon wieder am Strand überrascht wurde. Sonst war ich durchaus in der Lage, es mitzubekommen, wenn sich jemand näherte.

»Brad Pitt, richtig?« Grinsend zog ich die Hände von meinen Augen. Das geflochtene Stoffarmband war unverkennbar. »Malaika!«, quietschte ich, als ich mich umdrehte, und fiel ihr so stürmisch um den Hals, dass mein Kaffee gefährlich schwappte. »Du bist hier!«

»Sophie allein auf Spiekeroog hielt ich für keine gute Idee, weißt du …« Lachend zeigte sie auf die Steine. »Und wie man sieht, hatte ich recht. Kaum bist du ein paar Tage hier, werden dir schon wieder Steine zu Füßen gelegt.«

Ich wurde ernst. »Für einen Moment dachte ich, er ist hier.«

»Er fehlt dir, nicht?« Mitfühlend sah Malaika mich an.

Wehmütig blickte ich aufs Meer hinaus. Die Mittagssonne glitzerte auf den Wellen, und die unterschiedlichsten Blautöne flossen sanft ineinander wie in einem wunderschönen Aquarell.

»Meine Gedanken sind immer bei ihm«, gestand ich leise. »Obwohl ich seit meiner Abreise nichts mehr von ihm gehört habe.«

»Und diese Steine?« Mit einem fragenden Blick deutete sie in den Sand.

Ich seufzte und zuckte die Schultern. »Kunsttherapie!«

Malaika schüttelte den Kopf. »Kurz dachte ich, er wäre hier.«

Ein paar Möwen stoben unter lautem Gezeter in die Luft. Feiner Sand wirbelte auf, als ein wild herumtollender Hund ihnen nachsprang.

»Als ich die Steine gesehen habe, ist mir klar geworden, dass ich ihn trotz alledem noch immer liebe. Ach, verdammt. Inzwischen weiß ich gar nicht mehr, was ich denken soll.«

»Vielleicht tut es dir gut, dich zu lösen.« Sie strich mir beruhigend über den Rücken. »Ein Mann, der fremdgeht, hat dich nicht verdient.«

Gedankenverloren trank ich den letzten Schluck kalten Kaffee aus. Ein kurzer Blick auf die Uhr, dann setzte ich mich zu Malaika in den Sand, der inzwischen warm war von der Mittagssonne.

»Auf der einen Seite liebe ich ihn noch, auf der anderen Seite bin ich unglaublich wütend.«

Malaika wiegte nachdenklich den Kopf. »Du könntest einfach mal alle Sachen aufschreiben, die du Matthias gern an den Kopf werfen möchtest.«

»Drei schwere Bücher, einen Schnellkochtopf …?« Ich grinste, und Malaika lachte.

»Du bist unverbesserlich.«

»Wie lange bleibst du eigentlich?«, wechselte ich das Thema.

»Bis ich hecheln kann.« Sie lachte laut. »Ich habe mich zu einem Geburtsvorbereitungskurs hier auf Spiekeroog angemeldet.«

Natürlich machte sie das für mich und um mir beizustehen, mir wurde ganz warm ums Herz. »Und Hubert …?«

»… hechelt nicht.«

Ich grinste. Das hatte ich mir schon gedacht. »Vermisst er dich nicht?«

»Das hoffe ich doch schwer, dass er mich vermisst.« Sie zwinkerte mir zu. »Aber weißt du, mir war einfach langweilig zu Hause.«

»Verstehe ich.« Da Malaika als Oberärztin auf der psychosomatischen Station fast ausschließlich Kinder behandelte, hatte sie gleich vom ersten Tag ihrer Schwangerschaft an nicht mehr arbeiten dürfen. Dass sie nicht jeden Tag zu Hause hocken und darauf warten wollte, dass Hubert abends müde von der Arbeit nach Hause kam, war mehr als verständlich. »Hubert macht sich sicher Sorgen, wenn du so weit weg bist.«

Sie seufzte. »Du kennst ihn ja. Er meint es auch nur gut. Aber schließlich bin ich schwanger und nicht krank.«

»Das stimmt.«

»Das hab ich auch dem Frauenarzt gesagt. Der wollte mir so viele Untersuchungen aufschwatzen, dass sich beim Bus eine Jahreskarte gelohnt hätte. Etwas übertrieben, wenn du mich fragst.«

Ich lachte nur. So energisch wie Malaika wäre ich manchmal auch gerne.

»Und die Liste der Nahrungsergänzungsmittel! Wenn ich die alle nehme, muss ich gar nicht mehr kochen. Da wirst du von den ersten zehn schon satt«, scherzte sie.

»Da ist die Kunst jetzt wohl, die notwendigen von den überflüssigen zu unterscheiden. Apropos!« Ich zog meine Brotbox aus der Tasche, nahm mein belegtes Brot heraus und biss hungrig hinein. Auch Malaika kramte aus ihrer Umhängetasche ihr Mittagessen heraus.

»Wenn ich ehrlich bin, habe ich riesigen Respekt vor der Geburt.« Sie kniff die Augen zusammen, um sie vor der Mittagssonne zu schützen, und sah auf das Meer hinaus.

Ich nickte. Erfahrung konnte ich nicht mit ihr teilen, ich hatte jetzt ja noch nicht einmal einen Partner vorzuweisen, mit dem ich mir Kinder hätte wünschen können. »Du solltest dich öfter mit Resi unterhalten. Die hat schon vier Kinder auf die Welt gebracht und ist recht entspannt. Sie sagt immer, der liebe Gott hat sich schon was dabei gedacht.«

»Ein schlechtes Augenmaß hat er, der liebe Gott.« Malaika grinste schief. »Ich zumindest hätte bei einem Apfel, den ich durchs Schlüsselloch schiebe, leichte Bedenken, ob der noch ganz gesund an der anderen Seite ankommt.«

Ich musste lachen. Das war typisch Malaika.

»Übrigens«, meinte sie plötzlich, »ich hätte da eine ganze Menge Kartons, die dir gehören, wenn mich nicht alles täuscht.«

»Der Umzug!« Den hatte ich in der ganzen Aufregung der letzten Tage völlig vergessen. Das Leben aus dem Koffer störte mich wenig. »Hat sich die Firma gemeldet?«

»Alles erledigt. Dein gut aussehender Mitbewohner hat mir heute Morgen die Tür geöffnet, ich habe die Umzugsfirma reingeschickt.«

»Ich liebe dich!«

»Na, na, na!«, sagte sie lachend.

Ich sah sie von der Seite an. Hatte sie gerade *gut aussehender Mitbewohner* gesagt? Das war doch eigentlich gar nicht ihre Art. Hoffentlich glaubte sie nicht, Tom könnte mein Trostpflaster sein.

»Ich weiß, was du denkst«, sagte sie und griff nach meiner Hand.

»Ach ja?« Ich grinste und zog die Augenbrauen hoch.

»Es ist in Ordnung, sich ein wenig abzulenken.« Sie zwinkerte mir zu. »Du musst ihn ja nicht gleich küssen. Vielleicht tut es dir ganz gut, einen hübschen Mann um dich zu haben.«

»Malaika!«, schimpfte ich lachend. Wahrscheinlich war sie die Letzte, die sich in Sachen Trennung auskannte. Schließlich waren Hubert und sie seit ihrem vierzehnten Geburtstag ein Paar, geheiratet hatten sie mit zwanzig. Nie gestritten, nie getrennt. Zumindest nicht so, dass ich es mitbekommen hätte. Ich hielt es für besser, was Tom betraf, eher auf mein Bauchgefühl als auf Malaikas Tipps zu vertrauen, wollte sie aber nicht enttäuschen und sagte erst mal nicht mehr dazu.

Während wir einfach aßen und die Sommersonne genossen, ließ ich meinen Blick über all die Steine schweifen, die ich im Sand funkeln sah. Die Patienten hatten bewundernswerte kleine Kunstwerke erschaffen. Doch plötzlich stutzte ich. Ein herzförmiger Stein lag ganz in meiner Nähe. Ein Farbverlauf von hell- bis dunkelrot zierte seine Oberseite; weiße, geschwungene Buchstaben zogen sich über das glänzende Rot: Sophie & Matthias. Das konnte doch kein Zufall sein.

KAPITEL 8

»Noch ein Wort darüber, und du kannst was erleben!«, zischte es aus dem Aufzug, als sich die Tür mit einem hellen Pling öffnete.

Tom griff nach Maries Schulter, doch diese schüttelte ihn genervt ab. »Lass das gefälligst!«

Ich tat so, als hätte ich nichts gehört, und verschwand mit einem Wäschestapel um die Ecke. Während ich die frisch gewaschene Wäsche ins Regal legte, lauschte ich angestrengt. Doch es blieb still.

»Entschuldigung?«, hörte ich eine Patientin rufen. »Frau Hummel, sind Sie das?«

»Zur Stelle!« Wie immer im Umgang mit Patienten bemühte ich mich, fröhlich zu wirken, auch wenn ich in Gedanken noch bei Marie und Tom war. Ich steckte meinen Kopf aus der Tür in den Gang hinaus, wo die junge Frau mit den silbernen Creolen mich bereits erwartete. »Ah, Frau Roth.«

»Haben Sie vielleicht mein Therapie-Tagebuch gesehen?«

»Uff. Das war doch schwarz, oder?«

»Schwarz mit Schmetterlingen. Gestern muss ich es wohl im Speisesaal liegen gelassen haben.«

»Tut mir leid.« Ich schüttelte den Kopf. »Aber das findet sich schon wieder.«

Sie zupfte nervös an ihrer Tasche. »Ich brauche es unbedingt zurück. Da stehen viele intime Details drin.«

»Das verstehe ich gut.« Mitfühlend nickte ich ihr zu. Wenn ich die Daten richtig im Kopf hatte, war sie vor fünf Tagen in der Klinik angekommen. Unangenehm war es allemal, aber zumindest hielt sich die Menge an Text in Grenzen.

Sie schien meine Gedanken erraten zu haben. »Als ich vor vier Jahren hier in Therapie gewesen bin, habe ich auch schon Tagebuch geführt. Mit exakt diesem Notizbuch.«

»Da machen Sie sich nun natürlich Sorgen, es könnte jemand finden und lesen.«

»Da stehen viele intime Dinge drin.« Ihre Stimme zitterte ein wenig. »Sehr intim.«

»Das taucht wieder auf«, beruhigte ich sie, doch sie schnappte nach Luft. Die Aufregung war ihr deutlich anzusehen.

»Sehr intim!« Verzweifelt sah sie mich an. »Ich habe etwas getan, was man nicht tut. Und gerade jetzt, wo ich dachte, es wäre ausgestanden … Sie würden schlecht von mir denken, wenn Sie es wüssten.«

»Okay.« Ich sah ihr fest in die Augen. »Wir werden jetzt gemeinsam die Station absuchen. Sie beginnen im Speisesaal, ich im Fernsehzimmer. Hört sich das nach einem Plan an?«

»Sie sind ein Engel.« Tränen schimmerten in ihren Augen.

»Und wenn Sie darüber reden möchten, bin ich jederzeit für Sie da.«

»Danke«, flüsterte sie.

»Jederzeit.« Gerade wandte ich mich in Richtung Fernsehzimmer um, da hielt sie mir ein Blatt Papier hin.

»Darf ich Ihnen das noch geben?«

»Und das ist …?« Prüfend warf ich einen Blick darauf.

»Die Frühstücksbestellung für morgen. Frau Ammer und ich haben Frühstücksdienst.« Sie biss sich auf die Lippe. »Blöderweise ist Frau Ammer heute nicht da, weil sie ihre kranke Mutter besucht. Jetzt weiß ich nicht, ob die Frühstücksbestellung schon gemacht wurde. Können Sie das prüfen?«

»Kein Problem.« Ich lächelte sie an. »Wir werden Sie nicht verhungern lassen. Das regle ich gleich.«

»Tausend Dank.«

»Gern. Jetzt suchen wir aber erst einmal Ihr Notizbuch.«

Sie nickte dankbar und eilte voraus in Richtung Speisezimmer. Mir kam auf halbem Weg Marie entgegen, die zu meiner Überraschung die Hand ausstreckte.

»Kannst du mir geben.«

»Lieb von dir, aber das mache ich schon«, antwortete ich freundlich und bestimmt zugleich.

»Du hast noch was gut bei mir.« Zum ersten Mal, seit ich sie kannte, sah sie mir in die Augen. Relativ emotionslos zwar, aber immerhin. »Schließlich hatten wir keinen guten Start. Ich war ziemlich mies zu dir.«

»Ähm.« Ich zögerte einen Moment, dann gab ich mir einen Ruck. Ein Friedensangebot sollte man nicht ausschlagen. Falls es denn eines war. Aber mit einer Frühstücksbestellung konnte sie nicht viel kaputt machen. »Die Bestellung wurde eventuell schon von Frau Ammer abgegeben …«

»Schaue ich nach.«

»Vielen Dank dir.« Innerlich betete ich, unser Verhältnis würde sich tatsächlich bessern. Maries kleine Seitenhiebe wären auf Dauer doch nervenzehrend. Ich ermahnte mich, sie nicht zu verurteilen. Wenn ich an ihre heftigen Diskussionen mit Tom dachte, bezweifelte ich, dass ihr Leben momentan rosig war.

Frau Roths Tagebuch blieb verschwunden. Ich durchsuchte den Fernsehraum, die kleine Teeküche, zwei Gruppenräume und sogar den Fitnessraum. Keine Spur von dem Notizbuch. Noch bis zu meinem Feierabend durchforstete ich Schränke,

Ablagen, ja sogar den Papierkorb, doch das Büchlein blieb unauffindbar.

Zu Hause wartete bereits Felix auf mich. Über den Rand seiner Brille hinweg sah er mich so ernst an, als wolle er meine Gedanken lesen. Ludwig lag zu seinen Füßen und döste.

»Wer ist Matthias?«

Ich blinzelte. »Wie kommst du denn jetzt darauf?«

Er verdrehte die Augen. »Warum müssen Erwachsene immer mit Gegenfragen antworten?«

»Was denkst du denn, warum wir immer mit Gegenfragen antworten?«, fragte ich und grinste.

Als ich mein Zimmer betrat, wäre ich fast über eine der Umzugskisten gefallen, die den Weg blockierten. Die hatte ich völlig vergessen. Es würde eine Weile dauern, bis ich mich gemütlich eingerichtet hatte.

»Hast du die schon gesehen?« Felix zeigte hinter mich auf die Wand.

Nur mit Mühe konnte ich einen Schrei unterdrücken. Die Spinne an der Wand war so groß wie meine Handfläche und hatte acht dicke, schwarze Beine. »Igitt!«

»Das scheint eine Winkelspinne zu sein.« Felix' Stirn lag in Falten, als er angestrengt die Spinne begutachtete. »Sie lebt gern in Höhlen, Büschen, Kellern oder selten genutzten Zimmerecken. Soweit ich weiß, bleibt sie normalerweise im Netz sitzen. Es sei denn, sie wird gestört. Nur die Männchen gehen ab und zu auf Partnersuche, meist im Spätsommer.«

Ich sah Felix perplex an. »Soll ich ihm jetzt erklären, dass ich keine Partnervermittlung bin?«

Er zuckte mit den Schultern. »Die geht irgendwann von selbst wieder.«

»Nicht dein Ernst. Ich hasse Spinnen.« Ich warf einen zaghaften Blick auf die Wand, dann sah ich wieder zu Boden.

»Sei nicht so kindisch.« Er schob das Kinn vor und seufzte. »Jeder Mensch verschluckt im Laufe seines Lebens zehn Spinnen.«

»Aber nicht so große!«, rief ich entsetzt.

»Musst eben gut kauen.«

»Felix!«

Er grinste schief, kletterte über den riesigen Umzugskarton und schnappte sich die Spinne. An einem Beinchen baumelte sie zwischen seinen Fingern. Bei dem Anblick wurde mir fast schlecht. Erst als die Spinne in hohem Bogen in Richtung Strand flog, konnte ich theatralisch durchatmen.

»Und du bist dir sicher, dass du schon erwachsen bist?«, fragte er und hob eine Augenbraue.

Ich lachte nur. »Was ist denn jetzt mit Matthias? Mach es nicht so spannend.«

»Er hat angerufen.«

Mir entglitten die Gesichtszüge. »Und?«

Felix zuckte die Schultern. »Na ja, er hat recht traurig geklungen. Eigentlich wollte er dich sprechen. Als ich gefragt hab, ob du zurückrufen sollst, hat er gesagt, das sollst du entscheiden.«

Tränen stiegen mir in die Augen, ich blinzelte sie weg. Im Großen und Ganzen lebte es sich doch momentan ganz gut ohne Matthias. Und kaum hatte man seinen Liebeskummer weggedrückt, kam ein Anruf, und alles ging von vorne los.

»Wer ist denn nun dieser Matthias?« Felix' bohrender Blick schien mich zu fixieren.

Ich stockte. »Er ist jemand, der mir früher der wichtigste Mensch auf der ganzen Welt war«, antwortete ich dann ehrlich.

»Du willst es zwar nicht zugeben, aber er ist es auch jetzt noch.«

Das traf. Zielgenau in mein Herz. »Wieso denkst du das?«

»Weil du Tränen in den Augen hast.«

Ertappt. So langsam bekam ich das Gefühl, dass ich Kinder immer unterschätzt hatte.

»Warum hat er nicht auf deinem Handy angerufen?« Felix runzelte die Stirn. »Das wäre doch einfacher gewesen.«

Ich lächelte traurig. »Weil er mich kennt. Ich schalte das Ding vielleicht einmal pro Woche an.«

Kurz stand Felix ein wenig unschlüssig vor meinem Umzugskarton, dann nickte er. »Ich hole dir das Telefon, dann kannst du in Ruhe telefonieren.«

Ich nahm auf einem Umzugskarton Platz, der bedenklich nachgab, und starrte durch das riesige Fenster auf die Nordsee hinaus. Mit großen Wellen setzte langsam die Flut ein. Majestätisch rollten die Wassermassen an den Strand, um sofort zurückzuweichen und neuen Anlauf zu nehmen. Ich konnte das Rauschen der Wellen sogar durch das geschlossene Fenster hören, während ich auf dem Karton saß und auf Felix wartete.

Meine Sehnsucht nach Matthias war so groß wie nie. Mein Herz pochte aufgeregt in meiner Brust, doch die Stimme der Vernunft schien zu flüstern: Tu es nicht! Wenn ich ihn jetzt anrief, würden alte Wunden aufreißen, das wusste ich. Doch die Sehnsucht trieb mich an. Allein der Klang seiner Stimme würde mir schon genügen.

»Hier.« Felix' Blick war ernst.

»Das ist lieb von dir. Danke.«

Er seufzte. »Manchmal bin ich doch ganz froh, dass ich nicht erwachsen bin. Eure Probleme sind ganz schön kompliziert.«

»Das sind sie.« Traurig sah ich ihm nach, während er meine Zimmertür hinter sich schloss. Dann war ich allein. Allein mit dem Telefon, das ich so anstarrte, als wäre es Matthias selbst.

»Oh, Matthias«, murmelte ich.

Es fühlte sich komisch an, unsere Nummer zu wählen.

Angestrengt lauschte ich dem Freizeichen, während mein Herz Vollgas gab.

»Sophie?« Matthias' Stimme drang durch den Hörer, und ich konnte hören, dass er meinen Anruf sehnsüchtig erwartet hatte.

»Matthias.«

Stille. Ich starrte durch mein Panoramafenster hinaus auf das wogende Meer, in dem sich das warme Abendlicht in tausend glitzernden Lichtern brach.

»Wie geht es dir?«, fragte er leise.

»Hm.« Ich presste den Hörer an mein Ohr.

»Gut hört sich anders an.«

»Zu gut, um mich zu beklagen, zu schlecht, um glücklich zu sein.« Traurig lehnte ich meinen Kopf an die kalte Zimmerwand. »Und bei dir?«

»Hm.«

»Mmmh«, machte ich.

Stille. Trotzdem hatte ich gerade das Gefühl, Matthias noch nie mehr gesagt zu haben als in diesem Augenblick.

»Du fehlst mir.« Seine Stimme klang rau, und für einen kurzen Augenblick traten Tränen in meine Augen, doch ich schwieg.

»Weißt du …« Er holte tief Luft. »Ich wünschte …«

»Ich weiß.«

Wieder schwiegen wir. Ich konnte ihn am anderen Ende der Leitung leise atmen hören.

»Sogar deine kalten Füße abends im Bett fehlen mir.« Er schnäuzte sich. »Am liebsten würde ich mir nachts Tiefkühlgemüse ins Bett legen, damit ich im Halbschlaf denke, du bist da.«

Ich presste meine Lippen zusammen. Mein Herz klopfte inzwischen so laut, dass ich fast glaubte, Matthias müsste es am anderen Ende der Leitung hören. »Mir tut es auch sehr weh.«

Er sog scharf die Luft ein. »Ich weiß.«

»Willst du mir noch irgendetwas sagen?«, fragte ich. Irgendetwas in mir hoffte, dass Matthias mir endlich die Lösung präsentieren würde. Dass er den Seitensprung beichten oder zumindest das Foto erklären würde.

»Ich wollte nur deine Stimme hören …«

Ich nickte. Wieder schwiegen wir. Und wieder fühlte ich mehr in diesem Schweigen, als Matthias mit Worten hätte sagen können.

»Weißt du, in Gedanken nehme ich dich gerade ganz fest in den Arm.« Seine Stimme war warm und liebevoll.

Und wieder hatte ich Tränen in den Augen. »Du fehlst mir auch«, gab ich zu.

Er seufzte. »Am liebsten hätte ich jeden Tag angerufen. Aber ich hatte Angst, du fühlst dich bedrängt.«

»Das hast du genau richtig gemacht, bitte lass mich hier zur Ruhe kommen«, flüsterte ich.

»Ich liebe dich«, sagte Matthias leise, und ich schluckte.

KAPITEL 9

Ich schnupperte. Ganz zart stieg mir der Duft der Vanille in die Nase. Unaufdringlich, fast schüchtern. Jedes Mal, wenn ich das Mark aus einer Vanilleschote kratze, fühle ich mich, als würde ich einen Schatz in den Händen halten. Schließlich war sie lange gehegt und gepflegt worden, in kaum einem Gewürz steckt so viel Sorgfalt und Liebe, das wusste ich von Resi. Und Matthias hatte mir beigebracht, wie man Vanillepudding kochte.

Die Vanilleschote hatte einen langen Reifungsprozess hinter sich. Schon als Blüte wurde sie von Hand bestäubt, als grüne Schote erhielt sie noch an der Pflanze ihren Herkunftsstempel, jede Schote einzeln. Eine nach der anderen gepflückt, in kleinen Grüppchen blanchiert, dann liebevoll in Decken gewickelt und in einer Holzkiste verstaut. Immer und immer wieder zum Trocknen an die Sonne geholt, wo die Bauern dann jede Schote einzeln massierten. Einzeln! Ein Spa für Vanilleschoten, sozusagen.

Ich hielt inne und atmete tief ein. Nach einer langen Reise war genau diese Schote dann hier gelandet. Bei mir. Sie erzählte von fernen Kulturen, von unbekannten Welten – und doch gab es nichts Heimeligeres in meinem Vorratsschrank als die Vanille. Nichts, was mein Herz wärmer werden ließ.

Matthias hatte immer Vanillepudding gekocht, wenn ich traurig gewesen war. Als unsere Vermieter uns wegen Eigenbedarf aus der ersten gemeinsamen Wohnung geworfen hatten. Und als meine Schwiegermutter eine Stunde lang alle Vorzüge von Matthias' Ex-Freundin aufgezählt hatte. Genau dann hatte sich der Vanilleduft in unserer kleinen Wohnung ausgebreitet.

Aber wer sagte, dass nur Matthias Vanillepudding kochen konnte? Malaika und ich waren darin inzwischen auch gut. Fahrig wischte ich mir die Tränen weg, die sich in meine Augen gestohlen hatten. Und jede einzelne Träne bezeugte, dass Vanille für mich eben nicht einfach nur ein Gewürz war. Vanille war ein Versprechen.

»Er liebt dich«, drang Malaikas Stimme wie durch ein Dickicht zu mir durch, auch wenn ich genau wusste, dass sie gerade neben mir stand.

Ja, genau das hatte er am Telefon gesagt. Und das versprach mir auch die Vanille, deren sinnlicher, warmer Duft inzwischen die ganze Küche erfüllte. Ich sah der Schote zu, wie sie in der Milch untertauchte. Kleine, schwarze Pünktchen tanzten im wogenden Weiß.

Malaika warf mir einen langen Blick zu. Und natürlich wusste ich, was sie dachte.

»Du denkst an ihn, gib es zu. Und zwar nicht nur an seine schlechten Seiten.«

Seufzend schaufelte ich ein paar Löffel Stärke in eine Tasse, ein wenig Zucker hinterher. Schwupp, ein Schuss Milch, ein Ei – und ich rührte. »Ja. Und um ehrlich zu sein, wünschte ich, er wäre hier.«

»Oh, Sophie!« Malaika legte mir die Hand auf die Schulter.

»Denkt ihr an Ludwig?«, rief Felix draußen im Flur und riss mich damit aus den Gedanken.

»So vergesslich sind wir dann auch wieder nicht.« Ich lächelte, als er seinen Kopf durch die Tür steckte.

»Ach … Hast du Müllbeutel gekauft, Sophie?«

»Mist, das hab' ich …«

Seine Augenbrauen hoben sich belustigt. »… vergessen?«

Malaika kicherte bloß.

»Das riecht nach Vanille.« Neugierig trat er ein und schnupperte. Ein prüfender Blick über den Rand des Topfes hinweg, den Malaika gerade auf den Herd stellte, dann nickte er. »Ist Vanille.«

»Probieren?« Fragend hob ich ein drittes Schälchen hoch, doch Felix schüttelte den Kopf.

»Ich muss los.«

»Für Vanillepudding ist doch immer Zeit.« Der Schneebesen in Malaikas Hand schien die Vanille tanzen zu lassen. »Guck, was für eine schöne Vanilleschote. Tiefschwarz.«

»Botanisch gesehen sind die Früchte der Vanille keine Schoten, sondern Kapseln.«

»Schmeckt immer noch gleich, egal, wie sie heißt.« Lächelnd sah ich der Vanilleschote zu, die synchron mit dem Schneebesen durch das wogende Weiß wirbelte. Pardon, die Kapsel natürlich.

»Wusstet ihr, dass die Vanillekapseln bis zu neun Monate an der Pflanze reifen?« Felix spähte über den Rand des Topfes. Mit großen Augen. Und auch wenn er gerade so redete, als hätte er Botanik studiert, war er doch genau das, was ein Topf Vanillepudding aus jedem machte, der über seinen Rand spähte: ein Staunender.

»Neun Monate? Wie ein Baby.« Mit einem glückseligen Lächeln strich Malaika über ihren Bauch. Es war schön, sie so zu sehen.

Die Milch begann zu blubbern, die schwarzen Vanilletüpfchen bewegten sich so schnell, dass ich ihnen nicht mehr mit Blicken folgen konnte. Vanillepudding war eben etwas ganz Besonderes. Schließlich fischte ich die Vanilleschote aus der Milch, kippte die Ei-Mehl-Mischung in den Topf, und

Malaika rührte. Keine Sekunde verging, da dickte die Masse auch schon an. Die Eier, die Malaika von der Pension Martha geschenkt bekommen hatte, verliehen dem Pudding eine warme Farbe. Lächelnd sah ich zu, wie Malaika die Schälchen füllte. Goldgelb und cremig.

»Wenn ich es mir recht überlege …«, meinte Felix schließlich.

»… dann kannst du nicht widerstehen«, beendete ich seinen Satz. Klar. Ich grinste ihn an und hielt fragend eines der gefüllten Schälchen hoch. »Kühlschrank?«

Er nickte. »Nach dem Vortrag wäre so ein Vanillepudding nicht schlecht. Geradezu genial. Aber jetzt muss ich leider los.«

»Das Umwelt…äh…dings?« Er hatte es mir erzählt, aber für welchen Vortrag er sich dann letztendlich entschieden hatte, war mir wieder entfallen. Die Liste der Vorträge war so lang gewesen und Felix beharrlicher als Tom, der versucht hatte, ihn stattdessen fürs Kinderbasteln im Touristenzentrum Kogge anzumelden oder für das Seepferdchenschwimmen im Inselbad. Weil das alle Achtjährigen vorzogen – und Felix doch bitte schön zumindest versuchen sollte, ein bisschen so zu sein wie alle anderen auch. Geh zum Vortrag, hatte Marie darauf gesagt, andere gibt es schon genug. Ich hatte mir das Lachen verboten und nur unterstützend genickt.

»Es ist ein Vortrag über Plastik im Ozean.«

»Richtig.« Ich nickte. »Der Pudding wird im Kühlschrank auf dich warten. Falls sich Tom in der Zwischenzeit nicht darüber hermacht.«

Malaika seufzte. »Schade, dass Pudding so schnell eine Haut bekommt.«

»Da habe ich neulich was gelesen.« Angestrengt runzelte Felix die Stirn. »Wenn man ein bisschen Puderzucker drüber siebt, soll angeblich keine Haut entstehen.«

»Ohne mich! Die Haut ist doch das Beste.« Schnell schnappte ich mir ein Schälchen Pudding, bevor Malaika es verunstalten konnte. Denn sie hatte bereits Sieb und Puderzucker aus dem Schrank genommen.

»Viel Spaß!«, rief ich noch, dann schob Felix den Hund durch die offene Tür in die Küche und verschwand winkend aus dem Haus. Ludwig nahm natürlich sofort Kurs auf den Vanillepudding. Ich musste lachen. Dieser Hund hatte einfach Stil.

»Sitz!«, schleuderte ihm Malaika sogleich entgegen.

Ich verstaute die Puddingschälchen in unserem Picknickkorb, dann drehte ich mich zu Malaika um, die Ludwig sicherheitshalber am Halsband festhielt. »Eine große Decke, Ludwigs Spielzeug, Orangensaft, Wasser, Vanillepudding, Himbeeren … Hab ich was vergessen?«

»Alles da! Auf ins Paradies, würde ich sagen!«

Die Vögel empfingen uns mit fröhlichem Zwitschern, die Sonne strahlte vom wolkenlosen Himmel und spiegelte sich glitzernd auf dem Meer. Ein perfekter Tag.

Die Insel schien ruhig und menschenleer, als wir den Weg zum Utkieker einschlugen. An meinem rechten Arm baumelte der Picknickkorb, prall gefüllt mit Köstlichkeiten. An meinem linken hatte sich Malaika untergehakt. Fröhlich summte sie vor sich hin.

»Hattest du noch einmal Kontakt mit Matthias?«, fragte sie unvermittelt.

»Wir haben einmal telefoniert. Aber danach war der Schmerz wieder mit voller Wucht da … Ich weiß nicht, ob ich ihn noch mal anrufen soll …«

Sie hob das Gesicht der Sonne entgegen. »Ist es denn besser, so zu tun, als hätte es ihn nie gegeben?«

Ludwig spielte ausgelassen mit unseren Schatten, die uns in seltsamer Verzerrung vorauseilten. Paradiesisch, so fühlte es sich an. Doch als ein Rebhuhn unseren Weg kreuzte, war es mit der Ruhe jäh zu Ende.

»Ludwig!«, brüllte ich. »Hier! Ludwig!«

»Scheiße!«, rutschte es Malaika heraus.

»Ludwig! Neiiiiiiin!«

Dass Ludwig das aufgeregt flüchtende Rebhuhn noch nicht zwischen den Zähnen hatte, war weniger meinem grandiosen Einfluss als vielmehr der Tatsache geschuldet, dass ich so schrill quietschte, dass Ludwig sich besorgt nach mir umsah. Nur mit Mühe – und einer Wiener Wurst, ich gebe es zu – bekam ich ihn dann schließlich zu mir zurückgerufen, wobei er mich natürlich mit dem Blick eines Unschuldslammes bedachte.

Ich wusste genau, was in seinem Hundekopf vor sich ging. Ein Rebhuhn auseinandernehmen? Wer? Ich?

Ich staunte über das Rebhuhn, denn das stolzierte beinahe unbeeindruckt am Wegesrand entlang und ließ sich von Ludwig nicht weiter stören, der nur knapp vor ihm abgebremst hatte.

Der Sand knirschte unter unseren Füßen, als wir durch die Braundünen hindurch in Richtung Utkieker schlenderten. Mich beeindruckte sein Anblick wie am ersten Tag auf der Insel. Die hoch aufragende Figur mit ihren dürren, langen Beinen hatte die Hände schützend über die Augen gelegt und blickte in die Ferne. Ludwig war natürlich schon vorausgelaufen und inspizierte die riesigen Füße des Utkiekers.

»Hier?« Malaika schüttelte die Picknickdecke auf und strich sie glatt.

»Perfekt.« Zufrieden seufzend sah ich in die Ferne. Braundünen lagen dem Utkieker zu Füßen, soweit das Auge reichte, und irgendwo am Horizont konnte ich das Meer erahnen.

»Das ist also der Utkieker«, meinte Malaika mit einem prüfenden Blick auf die schlaksige Gestalt.

Ich zwinkerte ihr zu. »Mager ist er.«

Sie grinste. »Du wärst ja auch mager, wenn du hier seit Jahren so rumstehen würdest. Ohne was zu essen!«

Ich lachte nur und kramte nach Ludwigs Plüsch-Einhorn, bekam auch schnell die Mähne zu fassen. Wer ein Spielzeug zwischen den Zähnen hatte, konnte kein Rebhuhn filetieren. Dann könnte ich mit Malaika in Ruhe picknicken.

»Bring!«, rief ich und schleuderte das Einhorn weit von mir. Ludwig gab Gas. Sein langes Fell wehte förmlich im Wind; er rannte fast so schnell, dass seine Hinterbeine die Vorderbeine überholten.

»Vanillepudding?« Malaika hielt mir das Schälchen hin, und ich ließ mich lächelnd im Schneidersitz neben ihr nieder. In der Ferne beobachtete ich Ludwig, der gerade das Stofftier schüttelte.

»Danke«, sagte ich vorfreudig und nahm das Schälchen entgegen.

Warm spürte ich die Sonne auf meiner Haut, eine leichte Brise wehte durch meine Haare. Da saßen wir nun im Paradies. Ein kleiner Kieselstein drückte sich durch die Picknickdecke hindurch in meinen Oberschenkel, ein paar Ameisen krabbelten über die Fransen der Decke – und doch war dieser Ort von malerischer Schönheit, die ich nicht in Worte fassen konnte. Das Meer leuchtete in der Ferne, über uns schien der Utkieker mit jeder Sekunde höher gen Sonne zu wachsen.

»Wie gut das riecht!« Malaika hob ihr Schälchen vors Gesicht und schloss genussvoll die Augen.

Ich nahm meinen Löffel und tauchte ihn langsam in den Vanillepudding, wie ich es immer getan hatte. Matthias hatte oft Witze darüber gemacht, aber das durfte er auch. Schließlich war er der König aller Vanillepudding-Köche und hatte ein perfektes Gespür dafür, wann die Welt einen Vanillepudding brauchte.

»Sensationell«, sagte ich, nachdem ich probiert hatte – vermutlich ein wenig zu genießerisch, denn da stand prompt Ludwig wieder vor mir und bettelte.

Malaika fackelte nicht lange und warf das Einhorn. Das Fellknäuel hechtete hinterher.

»Du solltest ihn anrufen.« Malaika rückte ein Stückchen näher zu mir. »Schließlich denkst du doch ständig an ihn. Das sehe ich an deiner Miene!«

»Ab und zu kann ich vor Sehnsucht nicht einschlafen«, gab ich leise zu.

»Siehst du!« Triumphierend schob sie sich den nächsten Löffel voll Pudding in den Mund.

»Und ab und zu vor Wut«, fügte ich lauter hinzu und schürzte die Lippen.

»Sophie!«, rügte sie mich prompt. »Was ist, wenn er es gar nicht getan hat?«

»Doch, hat er.«

»Sagt wer, hm?« Sie hatte ein entschlossenes Gesicht aufgesetzt und drapierte ein paar Himbeeren auf ihrem Pudding.

»Das Foto. Das fremde Höschen. Das Tagebuch. Malaika, ich wäre doch blöd, wenn ich das alles einfach ignorieren würde!«

»Du hast recht.« Sie seufzte. »Eigentlich spricht alles gegen ihn.«

Ich seufzte. »Andererseits traue ich ihm so etwas gar nicht zu. Mein Matthias tut so etwas nicht, weißt du.«

Malaika schmunzelte. »Ich sehe schon, du hast eine ganz klare Meinung.«

Ertappt sah ich sie an. Es stimmte, ich war wirklich hin- und hergerissen.

»Malaika …« Langsam schob ich mir noch einen Löffel Pudding in den Mund. Er schmeckte nach Sommer, nach Sonne und nach Trost. Vor allem aber schmeckte er nach einer glücklichen Zeit mit Matthias. »Ach, ich weiß auch nicht.«

»Hör auf dein Herz, Sophie.« Sie lächelte. »Es weiß längst, was zu tun ist.«

KAPITEL 10

»Um Himmels willen, Sophie!«

Okay, das hörte sich gar nicht gut an. Als ich zum Sprint ansetzte und in die Richtung lief, aus der die Stimme gekommen war, wäre ich beinahe gegen einen Essenswagen gelaufen, der den Gang blockierte.

»Wer hat Frühstücksdienst?«, rief ich in Richtung Speisesaal, wo ich ein paar Patienten reden hörte. Mit Schwung stemmte ich mich dann gegen den Wagen. So schwer, wie er war, würde mir der Frühstücksdienst für ein bisschen Hilfe dankbar sein. »Die Lieferung ist da!«

»Falsch.« Maries Kopf tauchte hinter dem Wagen auf. »Zwei Lieferungen, um genau zu sein.«

Jetzt sah ich es auch. Ein zweiter Essenswagen stand neben dem Aufzug. Aber so viel Essen für unsere kleine Station?

»Was ist denn hier los?«, fragte Tom plötzlich, der gerade die Treppe heraufgekommen war, in den Händen klimperte sein Schlüssel.

»Darfst du dir selbst angucken!« Energisch zog Marie die Wagentüren auf und gab den Blick frei auf gut dreißig Packungen Milch, zehn Familienpackungen Kakaopulver und bestimmt fünfzig Joghurts. Kurz gesagt, wir hatten nun genug Vorrat, um einen Supermarkt zu eröffnen. Was im zweiten Wagen wartete, wollte ich lieber gar nicht wissen.

»Bestellzettel des Frühstücksdienstes sollten überprüft werden, bevor sie weitergegeben werden.« Tom sah unverwandt auf den geöffneten Wagen. »Die Patienten, die diesen Dienst übernehmen, haben oft nicht so viel Erfahrung, um einschätzen zu können, wie viel …«

»Sag das unserer Miss Chaos«, fiel Marie ihm ins Wort und verdrehte die Augen. »Sophie richtet hier mehr Durcheinander an als unser letzter Praktikant. Und der hat wenigstens kein Gehalt bekommen.«

»Beschuldige Sophie nicht.« Toms Gesichtsausdruck war ernst.

»Frau Roth hat Frühstücksdienst«, sagte Marie schnell. »Du kannst sie gerne fragen, wem sie das Bestellformular in die Hand gedrückt hat.«

Ich öffnete und schloss meinen Mund, aber kein Ton kam heraus. Eigentlich war es vorhersehbar gewesen. Vielleicht war ich mit meinem Vertrauensvorschuss ein wenig voreilig gewesen. Notiz an mich: Marie nichts mehr anvertrauen. Gar nichts. Und wenn es nur ein Kugelschreiber war.

»Also eigentlich …«, setzte ich an.

»Wir haben jetzt auch Wichtigeres zu tun, als Sophies Scherben aufzusammeln.« Marie lächelte spöttisch. »Die Suppe kannst du wirklich alleine auslöffeln. Beziehungsweise die Milch.«

»Nimm's nicht so schwer.« Tom lächelte mir zu und klopfte mir aufmunternd auf die Schulter. »Am Anfang geht einfach einiges daneben.«

Bevor ich antworten konnte, waren Tom und Marie schon in seinem Büro verschwunden. Fassungslos starrte ich ihnen hinterher.

Dann kamen die beiden Patientinnen, die den Frühstücksdienst übernommen hatten, um die Ecke.

»Oje, Frau Hummel!« Die silbernen Creolen schlackerten gefährlich, als Frau Roth ihren Kopf in den Wagen steckte, um die Milchpackungen zu zählen.

»Ich kümmere mich darum«, sagte ich und blieb zu meinem eigenen Erstaunen relativ gelassen. »Besser zu viel als zu wenig, nicht wahr?«

Die Dame an Frau Roths Seite nickte. Ihre graue Dauerwelle war zu dieser frühen Stunde noch ein wenig zerknautscht. »Wo ich Sie gerade sehe, Frau Hummel …«

»Ja?« Ich lächelte bewusst freundlich. »Schießen Sie los, wie kann ich Ihnen helfen, Frau Ammer?«

»Ich kann beim besten Willen meinen Glücksstein nicht mehr finden.« Sie suchte meinen Blick. »Gestern Abend habe ich schon alles abgesucht. Aber nichts.«

Damit war sie ja bereits die zweite Patientin, die etwas verloren hatte. Hoffentlich ging das nicht so weiter.

»Vielleicht klaut jemand«, meinte Frau Roth und runzelte im nächsten Moment die Stirn. »Aber wer würde ein Notizbuch und einen Stein stehlen?«

»Ich gehe mal davon aus, dass es kein teurer Edelstein mit einem Wert von tausend Euro war. Oder?« Grinsend legte ich den Kopf schief.

»Definitiv nicht.« Die alte Dame lachte. »Aber er hat hohen ideellen Wert: Meine Enkelin hat ihn im Kindergarten bemalt und mir geschenkt.«

»Später werde ich noch eine Runde machen, vielleicht finde ich ihn ja«, bot ich an. »Wie sieht er denn aus?«

»Er ist in Gelb-, Orange- und Rottönen gehalten, das Muster erinnert an Mandalas.«

Ich sah sie mitfühlend an. »Leider kann ich Ihnen nichts versprechen. Aber ich werde auf alle Fälle danach Ausschau halten.«

Das würde ich. Doch jetzt musste ich zunächst einmal dreißig Packungen Milch loswerden …

Es wurde ein anstrengender Tag. Ich telefonierte mit der Küche, saß bei unserer Teambesprechung schwitzend im stickigen Dachzimmer, führte Gespräche mit Patienten, fuhr eine Stunde lang mit einer Klaustrophobikerin Aufzug und stand nach Schichtende schließlich erschöpft und zugegebenermaßen relativ überfordert zu Hause in der Küche, um für das Picknick mit meinen Mitbewohnern irgendetwas Essbares mitbringen zu können. Eigentlich hatte ich nicht die geringste Lust, Marie näher kennenzulernen. Doch Tom hatte darauf bestanden, nach den anfänglichen Startschwierigkeiten – wie er es nannte – ein positives Klima in der Wohngruppe zu etablieren.

»Du bist zu spät«, stellte Felix fest.

Ich ignorierte Ludwigs nasse Schnauze, die schnüffelnd über die Arbeitsplatte lugte, und nickte seufzend. »Und habe keine Ahnung, was ich zum Picknick mitbringe. Kochen konnte ich noch nie so richtig gut.«

Felix' Augenbrauen wanderten nach oben. Dann traf mich ein abschätziger Blick über den Rand seiner Brille hinweg. »Du wirst es doch wohl schaffen, ein paar Cocktailtomaten mit Mozzarella aufzuspießen, oder?«

»Davon wird doch kein Mensch satt.« Nachdenklich drehte ich eine Paprika in der Hand. »Wie wäre es mit gefüllten Paprika?«

»Kriegst du das hin?« Zweifelnd sah er mich an.

Ich lachte laut. »Na, du hast ja eine schöne Meinung von mir!«

»Bis jetzt habe ich dich noch nie irgendwas Anspruchsvolles kochen sehen.«

»Stimmt auch wieder.« Ich wuschelte dem Kleinen durch seine Sturmfrisur. Der inspizierte inzwischen den Kühlschrank und hielt schließlich eine Schüssel Kartoffelpüree und ein paar gebratene Auberginenstreifen hoch.

»Und was ist damit? Das muss sowieso weg.«

»Felix. Ich kann doch Marie und Tom nicht meine Reste von gestern Abend anbieten!«

»Ich sag auch nichts, Ehrenwort«, versprach er und guckte dabei recht unschuldig drein.

»Felix!« Ich lachte. »Nein, nein und nochmals nein.«

Während Felix sich hingebungsvoll daran machte, die Auberginen in Stückchen zu schneiden, schnappte ich mir die Tomaten, den Mozzarella und ein paar Holzspießchen. Zumindest würde es hübsch aussehen.

»Fertig!« Stolz hielt mir Felix nach einer Weile seinen Teller hin. Er hatte die Auberginen unter das Püree gemischt, das nun eine gräuliche Farbe bekommen hatte.

»Das sieht aus wie schon einmal gegessen.« Ich rümpfte die Nase.

»Nö. Dafür sind die Stücke zu groß.«

»Ab in den Kühlschrank damit! Das esse ich morgen. Und keine Widerrede, ja?«

Letztendlich wurden es doch die Tomaten-Mozzarella-Spieße. Felix fand irgendwo zwischen Tomatenmark und süßem Senf noch eine Flasche Balsamico, die wohl noch von meinem Vormieter stammte und mit der er meinen Spießchen ordentlich Würze verlieh. Ich röstete in der Zwischenzeit ein paar Brotscheiben, die ich leicht mit Knoblauch einrieb und mit Butter bestrich. Das hatte ich mit Matthias oft gegessen.

»Los!«, rief ich. »Wir sind zu spät!«

»Sag ich doch.« Felix seufzte und hielt mir die marinierten Tomaten-Mozzarella-Spießchen hin, während Ludwig zwischen unseren Beinen herumtanzte und plötzlich der Meinung war, dass es auf dieser Welt nichts Begehrenswerteres gab als Tomaten-Mozzarella-Spieße.

»Huhuuu!«, rief ich, als ich quer über den Strand auf die Dünen zusteuerte, wo ich Tom und Marie vermutete. Es war Ebbe. Das Wasser hatte ein Rillenmuster hinterlassen, das sich beinahe endlos dem Horizont entgegenstreckte. Glitzernde Priele durchzogen die ockerfarbene Weite.

Suchend ging ich weiter.

»Lasst es euch schmecken!« Malaika winkte mir zu. Sie saß im Sand, neben sich offenbar ein paar Hechel-Bekanntschaften. Die Schwangeren unterhielten sich angeregt und schienen Spaß zu haben.

Seufzend ging ich weiter. Mit Malaika hätte ich den Abend offen gestanden lieber verbracht als mit Tom und Marie. Doch die beiden warteten bereits auf der Spitze einer Düne. Sie saßen im weichen Sand, hatten allerhand Leckereien auf einem Handtuch ausgebreitet und schienen sich beim Kochen geschickter angestellt zu haben als ich.

»Sophie!« Tom strahlte, als er mich ungelenk die Düne hinaufklettern sah, und klopfte einladend neben sich in den Sand.

»Hi«, sagte ich und sah mich um. Die Aussicht war fantastisch. Weit unter uns spielten Kinder im feuchten Sand, Ludwig rannte einem fliegenden Stöckchen hinterher, und ein verliebtes Ehepaar in Gummistiefeln hatte sich auf den Weg durch das Watt gemacht. Ich nagte an meiner Unterlippe. Mit Marie ein Picknick zu veranstalten machte ja in etwa so viel Sinn, als würde man sich mit einem Hackebeil zum Tee verabreden. Aber ich wollte zumindest guten Willen zeigen.

»Ich dachte mir, ein kleines Picknick lockert die Stimmung. Schließlich hatten wir keinen guten Start.« Tom nickte aufmunternd in meine Richtung. »Wir sind schließlich eine Wohngemeinschaft, und jeder sollte sich wohlfühlen.«

»Eine nette Idee mit dem Picknick.« Ich lächelte gezwungen. Irgendwie bezweifelte ich, dass sich dadurch etwas ändern würde.

Marie sah schweigend zu Boden.

»Was habt ihr denn da Gutes?« Ich schnupperte. Es roch wirklich verführerisch.

»Ich habe ein paar Antipasti besorgt, ein wenig Matjes und ein Baguette. Bedient euch!« Wie zum Beweis hob Tom einen vollen Teller.

Aus den Augenwinkeln sah ich Felix und Ludwig über den Strand toben. Das sah definitiv nach Spaß aus. Ludwig wedelte begeistert mit dem Schwanz, und Felix' glückliches Grinsen konnte ich sogar von der Düne aus sehen. Am liebsten hätte ich mich dazugesellt. Stattdessen nahm ich bei den erwachsenen Mitbewohnern Platz.

Maries Blick war starr, als sie mir eine Schale unter die Nase hielt. »Hab' ich ganz frisch gebacken, musst du probieren.«

»Das ist ja nett«, sagte ich so freundlich wie möglich. Auch wenn es nach Nachspeise aussah, griff ich sofort zu. Niemand sollte mir vorwerfen können, ich hätte es nicht versucht. »Bäckst du gerne?«

Sie zuckte die Schultern. »Geht so.«

Ich angelte mir verständnisvoll lächelnd ein Gebäckstück aus der Schale. Um ein Haar hätte ich es fallen gelassen, als ich genauer hinsah. Es war ein Windbeutel. Reichlich Sahne quoll aus der Mitte, und unter dem knusprigen Deckel konnte ich etwas Oranges hervorblitzen sehen.

»Mit Sanddornkompott gefüllt«, erklärte Marie lächelnd.

»Oh.« Mehr brachte ich nicht heraus.

Sanddorn-Windbeutel. Matthias hatte sie gebacken wie ein Weltmeister. Sie waren über die Jahre hinweg zum kulinarischen Symbol unserer Liebe geworden. Bei unserem ersten Date hatten wir sie gegessen. Beim zweiten auch. Und beim dritten sowieso. Jedes Jahr zu unserem Kennenlerntag hatten Matthias und ich gemeinsam die Küche unsicher gemacht. Mir war, als wäre es erst gestern gewesen, als letztes Mal zu unserem Jahrestag ein kleiner Stein im Treppenhaus auf mich gewartet hatte. Das Krümelmonster hatte mich von seiner Oberfläche herunter angegrinst. *Zu zweit schmeckt es doppelt so gut* hatte mir der Schriftzug darunter zugerufen.

Matthias hatte mich an der Wohnungstür in Empfang genommen.

»Wie schön, dass du da bist«, hatte er geflüstert, und sein Atem hatte an meinem Ohr gekitzelt. Dann hatte er mich geküsst. Ich spürte seine Lippen noch immer auf den meinen, seine Hand, die mich sanft an ihn drückte. Wenn ich die Augen schloss, roch ich sogar seinen Duft.

Für einen Augenblick wünschte ich mir hier am Spiekerooger Strand nichts mehr, als dass er tatsächlich hier wäre.

Wie in einem Film sah ich uns lachend in die Küche stolpern, eng umschlungen und ein wenig tollpatschig. Der eingeschaltete Ofen beleuchtete mit seinem warmen Licht die Küche, die in der Abenddämmerung immer dunkler wurde. Husten und Lachen tönte durch den Raum, als eine schwungvolle Bewegung von Matthias uns in eine Mehlwolke hüllte.

»Rühren, Schatz, rühren!«, hörte ich Matthias' Stimme, als stünde er tatsächlich hinter mir, wie damals, und schlänge seine Arme von hinten um mich, drückte seine Wange an die meine, während ich den Teig im Topf rührte wie ein Weltmeister.

»Sophie?«, hörte ich plötzlich Toms Stimme. »Erde an Sophie?«

»Entschuldigung.« Ich wurde rot. Erst jetzt realisierte ich, dass ich den Windbeutel noch immer in der Luft hielt, kurz vor meinem Mund. Vermutlich hielten mich die beiden längst schon für völlig abgedreht.

»Alles in Ordnung?«, fragte Tom, während ich versuchte, den Gedanken an Matthias wegzuwischen, der gerade klarer vor meinem inneren Auge saß als je zuvor.

»Ich bin nur etwas sentimental geworden.« Ich räusperte mich. »Die hat meine … äh … Oma immer gemacht.«

»Das verstehe ich.« Tom legte mir eine Hand auf den Rücken, genau dorthin, wo ich bis vor ein paar Sekunden noch Matthias' Hand zu spüren geglaubt hatte.

»Guten Appetit.« Maries Mundwinkel zuckte, dann griff sie nach einer Scheibe Baguette. Hinter ihr wiegte sich der Strandhafer sanft im Wind.

»Erinnerungen sind etwas Schönes«, hörte ich Tom sagen, während ich mit vollen Backen an meinem Windbeutel kaute und Matthias in meiner Erinnerung immer größer und deutlicher wurde. Tom strich währenddessen sanft über meinen Rücken, und ich hätte schwören können, dass er vorher einen halben Meter weiter weg gewesen war. »Besonders, wenn sie uns an liebe Menschen denken lassen.«

»Wie unsere Erinnerungen«, sagte Marie plötzlich. Sie schnappte sich ihren Teller und rückte ein Stück näher zu Tom hin.

»Ja?«, fragte er mit gerunzelter Stirn. Ihm schien Maries Verhalten nicht besonders angenehm zu sein. Ich fragte mich, was zwischen den beiden vorging.

»Wir haben eine ganze Menge wundervoller Erinnerungen zusammen, nicht wahr?« Unbeirrt tastete Marie nach seinem Knie, und Tom zuckte zusammen.

»Hm«, machte er ein wenig hilflos.

»Gemeinsame Tage voll Leidenschaft und Glück …« Eindringlich sah sie ihm in die Augen, während die Falten auf Toms Stirn immer tiefer wurden.

Ich saß unterdessen nur verwirrt vor meinem Windbeutel und grub meine Hand in den weichen Sand. So langsam verstand ich gar nichts mehr. Marie war doch verheiratet. War ihr Mann nicht auf Geschäftsreise in London? Warum flirtete sie so offensiv mit Tom? Vielleicht sollte ich mich besser Felix' und Ludwigs Ballspiel anschließen? Das war mir ja ohnehin lieber gewesen.

»Gut«, meinte Tom schließlich und rutschte ein gutes Stück zurück. »Vielleicht sollten wir aufhören, bevor das komisch wird.«

»Wieso? Ich amüsiere mich prächtig.« Marie lächelte steif und schob sich ein Stückchen Tomate in den Mund, während ich mich unauffällig umdrehte und nach Malaika Ausschau hielt. Bizarrer konnte es kaum mehr werden.

Und mir war das zu viel. Ich würde mir am nächsten Tag Wohnungsannoncen ansehen, auch wenn meine Chancen da zur Urlaubszeit schlecht standen.

KAPITEL 11

»Finger weg, die brauchen wir für später!« Lachend gab ich Malaika einen freundschaftlichen Klaps auf den Oberarm.

Grinsend und mit einer angebissenen Gurkenscheibe in der Hand stand sie auf unserer Terrasse und sah auf das Meer hinaus. »Ihr habt es wirklich herrlich hier, das kann man gar nicht oft genug sagen!«

Ich nickte zustimmend. Mit einem Plopp öffnete ich die Limonadenflasche. Für unseren jährlichen Wellnesstag hatten Malaika und ich uns bis jetzt immer Hugo gemischt. Ich schnupperte. Die schwangerschaftstaugliche Alternative schien aber auch nicht übel zu sein.

»Das riecht lecker!«

»Selbst gemacht.« Malaika strahlte. »Ein paar Kräuter, Zitronensaft, Honig und am Ende noch reichlich Mineralwasser.«

»Mmmmmmmmmmh.« Die Limonade roch tatsächlich fantastisch, das musste man Malaika lassen. Auch wenn ich nach diesem Tag gut und gern etwas Alkoholisches vertragen hätte.

»Und?«, fragte Malaika und rührte ein paar Löffel Honig in ein Schüsselchen Quark.

»Und was?« Ich lachte.

Sie kaute an ihrer Gurke. »Na, alles.«

»Ach«, machte ich und seufzte. »Meine Kollegin und Mitbewohnerin gibt sich mächtig Mühe, mich rauszuekeln. Ich versuche momentan einfach nur, so zu tun, als würde mich das nicht im Geringsten stören.«

Malaika nickte. »Ist wohl das Beste. Irgendwann verliert sie den Spaß daran.«

»Ich habe schon versucht, eine andere Wohnung zu finden, aber du weißt ja, mit all den Touristen ist es im Sommer fast unmöglich.«

Malaika nickte. »Kann ich mir vorstellen. Aber wenn deine Mitbewohnerin so garstig ist, müsste da doch eine Lösung her.« Sie griff nach dem Teller mit den Gurkenscheiben und ließ sich auf einen Liegestuhl plumpsen. »Was hat sie denn angestellt?«

»Ach.« Ich winkte ab. »Lass uns über was Schönes reden.«

Der Liegestuhl knarzte, als ich mich in die Sonne legte und zum strahlend blauen Himmel hinaufblinzelte. Ich drehte mich auf die Seite und sah meine Freundin an.

»Über Matthias zum Beispiel?«, fragte Malaika prompt.

Ich musste schlucken. Ein paar Mal setzte ich an, um etwas zu sagen, blieb dann jedoch still. Für einen Moment lauschte ich bloß den Wellen. »Ich vermisse ihn«, sagte ich schließlich.

Malaika nickte mitfühlend. »In letzter Zeit habe ich öfter darüber nachgedacht. Ihr wart so ein tolles Paar.«

»Eigentlich habe ich überlegt, ihn morgen anzurufen und ihn um ein Treffen zu bitten.«

Aufmunternd prostete sie mir zu. »Tu es!«

»Meinst du wirklich?«

»Ich weiß, du hast Prinzipien, aber die ganze Sache ist viel zu verwirrend. Vielleicht bereust du es später, wenn du es jetzt nicht versuchst.«

»Ja, den überstürzten Umzug bereue ich inzwischen schon etwas. Vielleicht hätte ich alles erst einmal sacken lassen und ein wenig Vertrauen haben sollen.« Das feine Netzgitter des

Liegestuhls drückte spürbar sein Muster in meine Wange, deshalb setzte ich mich auf. Wehmütig sah ich auf die Wellen, die rauschend ans Ufer rollten. Der Widerschein der Sonne glitzerte auf dem Wasser und hinterließ einen magischen Schimmer.

Das Foto und das fremde Höschen machten mir noch immer zu schaffen. Dass es eine rationale Erklärung gab, war unwahrscheinlich. Aber nicht ausgeschlossen. »Ich meine: nicht blind vertrauen. Aber zumindest in Erwägung ziehen, dass er die Wahrheit sagt. Ich liebe ihn ja.«

»Ich weiß nicht, was richtig ist.« Malaika seufzte.

Seufzend schloss ich kurz die Augen. »Und ich erst recht nicht.«

Eine Weile schwiegen wir. Der salzige Nordseewind zerzauste meine Haare, und irgendwo in der Ferne schrie eine Möwe.

»Macht man das so?«

»Hm?« Als ich meinen Kopf zu Malaika drehte, verteilte sie sich gerade unbeholfen die Quark-Honig-Mischung im Gesicht. Ich musste lachen.

»Hoffentlich klebt uns nicht bald ein Schwarm Bienen im Gesicht, der das Ergebnis seiner fleißigen Arbeit zurückfordert.« Amüsiert grinsend reichte sie mir die Schüssel.

Die Paste fühlte sich angenehm kühl an auf meinem sonnenwarmen Gesicht. »Das tut gut«, murmelte ich und fischte nach zwei Gurkenscheiben. »Wie läuft es eigentlich in deinem Geburtsvorbereitungskurs?«

»Heute haben wir an ein paar Puppen Wickeln geübt.« Sie verdrehte die Augen, und unter der Quarkschicht legte sich ihre Stirn in Falten.

»Lief es denn nicht gut?«, fragte ich.

»Ich habe der Puppe fast ein Bein ausgerissen.«

Ich lachte schallend. »Besser jetzt als später.«

Sie grinste auch, doch dann wurde sie ernst. »Nachdenklich hat mich das schon gemacht. Hoffentlich werde ich eine gute Mutter sein.«

»Die beste!« Ich schwang meine Beine auf den Boden und griff nach ihrem Arm. »Selbst wenn du fünf Plastikbeine auf dem Gewissen hast.«

»Wahrscheinlich ist es normal, dass man sich diese Gedanken macht … Die anderen Frauen wirken nur alle viel geschickter, glaub mir.«

»Ach was.«

»So langsam färbt Huberts Aufregung wohl auf mich ab«, sagte Malaika lächelnd. »Vor einer Woche noch habe ich ihm gesagt, er soll sich nicht so viele Sorgen machen.«

Aufrichtig erwiderte ich ihren Blick. »Ihr werdet tolle Eltern werden, alle beide!«

»Puh.« Sie atmete tief durch. »Und jetzt entspannen wir erst einmal. Ich muss dringend auf andere Gedanken kommen. Und du sowieso.«

»Na dann«, meinte ich grinsend.

»Gurke drauf!« Sie lachte.

Genüsslich streckte ich mich wieder auf meinem Liegestuhl aus. Jetzt würde es für den Rest des Abends nur noch heißen: Entspannung, warme Sommersonne und Meeresrauschen.

»Ludwig, nein!«, brüllte Felix etwa eine halbe Stunde später, als Malaika und ich schon fast schläfrig geworden waren.

Ein riesiges Fellknäuel raste auf uns zu. An der Gurke vorbei konnte ich sehen, wie es auf Malaikas gefährlich schwankende Liege sprang.

»Aus!«, brüllte Felix, doch da war es schon zu spät.

Ludwig stand genüsslich schmatzend über Malaika und leckte ihr die Quark-Honig-Mischung aus dem Gesicht.

»Aus!«, rief ich laut und fing zielsicher die Gurkenscheiben auf, die mir von den Augen rutschten. Ein schuldbewusster Hundeblick und ein Fiepen, dann kletterte Ludwig mit hängenden Ohren vom Liegestuhl herunter. Verstohlen schleckte er sich die letzten Quarkreste von der Nase.

»Es tut mir so leid!« Felix hatte rote Ohren bekommen. »Ich hole Ihnen ein Handtuch!«

»Halb so wild.« Malaika hatte sich aufgesetzt und kramte schon in ihrer großen Sommertasche nach einem Taschentuch.

»So leid …«, stammelte Felix.

Malaika lächelte ihm beruhigend zu. »Entspann dich, das bisschen Hundesabber wird mich nicht umbringen.«

»Felix, weißt du was«, schaltete ich mich ein, »ich gebe dir ein bisschen Geld. Du schwingst dich aufs Fahrrad und holst dir in der Buchhandlung einen Erziehungsratgeber für Hunde. Und dann wird geübt. Versprichst du mir das?«

»Hoch und heilig!«

»Ich bin gleich zurück.« Ich nickte aufmunternd in Malaikas Richtung. »Und dir bringe ich einen feuchten Lappen.«

Geknickt stand Felix neben Ludwig, der zwar fast schuldbewusst dreinschaute, aber betont unauffällig die schnüffelnde Nase schon längst wieder in Malaikas Richtung streckte. Er schien ganz heiß auf den Quark zu sein.

»Bitte sag Mama nichts«, bat Felix kleinlaut.

»Keine Sorge.« Lächelnd wuschelte ich ihm durch die Sturmfrisur.

»Ich möchte Ludwig nämlich behalten. Und seiner Besitzerin Nicole habe ich es schließlich auch versprochen.«

»Das wirst du. Und irgendwann wird er auf dich hören, ganz bestimmt.« Zuversichtlich nickte ich ihm zu, bevor ich die Terrassentür aufzog und im Vorübergehen einen Blick auf mein weißes Gesicht warf, das sich in der Terrassentür spiegelte. Felix war ein ehrgeiziger Junge. Wenn ich ihm ein

Hundebuch spendierte, würde er sich Mühe geben, da war ich sicher.

Meine Zimmertür quietschte, als ich sie öffnete.

»Huch!«, rief ich erschrocken.

Marie, die gerade vor meinem Schreibtisch stand, zuckte zusammen. Erst nach ein paar tiefen Atemzügen wandte sie sich zu mir um. »Sophie! Ich …«

Kurz überlegte ich, ob ich mich in der Tür geirrt haben konnte. Mit ihrer hellen Holzlasur sahen die Zimmer schon recht ähnlich aus. Aber nein, das hatte ich nicht. Und Marie gehörte meines Wissens nach nicht zur Inneneinrichtung. Das ging zu weit. »Was zum Teufel tust du hier?«, herrschte ich sie an.

Zu meiner Überraschung wurde sie rot. Ihr Blick irrte im Raum umher, dann biss sie sich auf die Lippe.

»Marie, was suchst du in meinem Zimmer?« Mein Tonfall wurde bestimmter.

»Ich dachte, ihr seid noch ein wenig länger auf der Terrasse. Wellness und so«, erwiderte sie zerknirscht.

In diesem Moment war ich Ludwig und Felix dankbar. Ohne die beiden hätte Marie mein Zimmer auf den Kopf stellen können – und ich hätte nichts bemerkt. Sie sah zu Boden, doch ich blieb hart. »Beantworte einfach meine Frage«, sagte ich ruhig.

»Sophie …«

»Beantworte meine Frage«, wiederholte ich.

Sie schluckte und schwieg. Nervös fingerte sie an ihrem Armband herum.

»Also?« Ich verschränkte die Arme vor der Brust.

Marie seufzte und zuckte die Schulter. »Ich wollte sicherstellen, dass du nicht noch mehr anstößige Bilder besitzt. Du wärst für meinen Sohn ein schlechtes Vorbild.«

»Du bist ein hervorragendes Vorbild, wenn du in fremden Zimmern schnüffelst.« Kopfschüttelnd sah ich sie an.

Sie biss sich abermals auf die Lippe.

»Was habe ich dir eigentlich getan?« Ich trat ein Stückchen näher. Hoffentlich nahm sie mich mit meinem weißen Quarkgesicht überhaupt für voll. »Es geht gar nicht um das Bild, richtig?«

Zu meiner Überraschung fing Marie plötzlich an zu weinen. Ihre Schultern bebten, und sie blinzelte, um die Tränen zurückzuhalten, die ihr in die Augen schossen. Mit fahrigen Fingern wischte sie sich über die Wangen. Ich konnte nicht anders, als sie an der Schulter zu fassen.

»Was ist los, Marie?«, fragte ich eindringlich, doch sie drehte den Kopf weg und blickte an die Wand.

»Pack deine Sachen und geh endlich zurück in den Bayerischen Wald«, sagte sie leise.

Ich verstand die Welt nicht mehr. Wie konnte Marie innerhalb kürzester Zeit einen solchen Hass auf mich entwickelt haben? »Was habe ich dir denn getan?«

»Und wehe, du fängst etwas mit Tom an.« Sie presste die Lippen zu einem schmalen Strich zusammen. »Hörst du?«

»Darum geht es also.« Ich verdrehte die Augen, nickte aber und lehnte mich gegen die Wand.

Marie starrte durch das Panoramafenster hinaus.

»Findest du nicht, dass du mit all deinen Aktionen ein bisschen zu weit gehst?«, fragte ich schließlich.

»Mag sein.« Sie lächelte bitter.

Prüfend betrachtete ich sie von der Seite. Hatte Felix nicht gesagt, seine Eltern seien glücklich verheiratet? Maries Mann war doch auf Geschäftsreise in London. Warum kämpfte sie dann so heftig um Tom, der sich ohnehin nicht für sie zu interessieren schien? Das war doch völlig verdreht. Andererseits ging es mich ja nichts an, ich wollte nur, dass sie mich in Ruhe ließ. »Marie, versprich mir, dich in Zukunft zurückzuhalten.«

Sie atmete tief durch, antwortete jedoch nicht.

Für einen kurzen Moment schloss ich die Augen, um ruhig zu bleiben. So wie Marie hatte noch niemand meine Geduld auf die Probe gestellt. »Und jetzt raus aus meinem Zimmer«, sagte ich leise.

Und sie ging. Ohne ein weiteres Wort oder einen Blick in meine Richtung schlüpfte sie durch die halb geöffnete Tür und verschwand in Richtung Küche.

Verwirrt sah ich ihr nach. Diese Begegnung würde mich noch eine Weile beschäftigen, da war ich sicher. Und ich würde mir die Wohnungs- und Zimmeranzeigen noch einmal vornehmen. Doch jetzt musste ich erst einmal ein feuchtes Tuch für Malaika organisieren und das Geld für Felix heraussuchen.

KAPITEL 12

»Bitte!«

»Nein.«

»Bitte, bitte, bitte!« Felix guckte beinahe so herzzerreißend wie normalerweise Ludwig, wenn ich ein Wurstbrot aß. Doch der Hund saß diesmal tatsächlich ganz entspannt auf Felix' Decke, den Kopf auf den Pfoten abgelegt. Nur seine Ohren waren in unsere Richtung gedreht.

»Och, Felix!« Eigentlich wusste er doch ganz genau, dass ich nicht kochen konnte. Meist reichte meine bloße Anwesenheit, um in jeder Küche Chaos ausbrechen zu lassen. »Alleine kannst du das besser, wetten?«

Felix hatte einen ernsten Blick, über den Rand seiner Brille hinweg fixierte er mich. »Denkst du nicht, dass es dir guttun würde, in der Küche ein paar Kniffe zu lernen? Womöglich verhungerst du irgendwann noch vor einem vollen Kühlschrank.«

Ich lachte. »Das fürchte ich auch.«

Seufzend zog ich mir schließlich eine Schürze über und lehnte mich an die Ablage. Mein Plan, mich vor der Nachtschicht noch ein wenig auszuruhen, würde wohl nicht aufgehen. Trotzdem kam mir die Ablenkung sehr gelegen. Schließlich hatte ich bereits den ganzen Vormittag damit verbracht, an Matthias zu denken. Eigentlich hatte ich längst beschlossen, ihn heute endlich anrufen – und war dann doch eine ganze Stunde vor dem Telefon auf und ab gegangen.

Er könnte sich ja auch melden, wenn er wollte, oder? Auch wenn ich ihn ausdrücklich gebeten hatte, mich in Ruhe zu lassen ... Das Handy, das in meiner Hosentasche starr gegen meinen Oberschenkel drückte, erinnerte mich mit jedem Schritt daran.

»Sophie?« Felix' Stimme riss mich aus den trüben Gedanken.

»Okay, Chefkoch, was machen wir?«

»Wenn Mama Feierabend hat, wollten wir ein Picknick machen. Und ich wollte sie mit einem Kuchen überraschen.«

»Tolle Idee!« Und wenn ich mir die Menge an Utensilien auf dem Küchentisch so ansah, dann war Felix auf alle Eventualitäten vorbereitet. Vom Thermometer bis zum Backhandschuh war alles da.

»Wir machen einen Hefeteig«, erklärte er.

»Okay, du übernimmst das Kommando.« Ein kleiner Schritt zur Seite, und um ein Haar wäre ich gestolpert. Auf dem Boden hatte Felix die Zutaten in kleinen Grüppchen positioniert. »Vielleicht sollten wir das auf den Tisch stellen?«

»Bitte einfach liegen lassen. Ich habe mir schon was dabei gedacht.« Angestrengt beugte er sich über den Tisch und faltete das Hefepäckchen auf. »In den letzten Tagen habe ich übrigens viel über Hefepilze gelesen.«

»Dann kann ja nichts schiefgehen«, stellte ich fest. »Ich schlage vor, ich heize schon mal das Backrohr ein, damit es der Teig später kuschlig warm hat?«

Er nickte. »Die optimale Temperatur liegt bei 32 Grad.«

»So genau muss es wohl nicht sein.«

»Der Kuchen ist für meine Mutter!«, entgegnete er entrüstet. »Dann braucht es auch genau 32 Grad, damit er perfekt wird.« Schon lief er zum Herd und drehte angestrengt an den Knöpfen. »Wenn ich hier das Thermometer reinklemme, müsste das doch gehen.«

»Öhm, joa?«, machte ich, auch wenn ich bezweifelte, dass das Thermometer jemals genau 32 Grad anzeigen würde.

»Ich habe das perfekte Mengenverhältnis für die Zutaten errechnet, sodass die Hefe ihre Höchstleistung erreichen kann«, sagte Felix und sah mich sehr ernst an.

»Ist ja ein Ding.« Etwas skeptisch blickte ich auf seinen Notizzettel. Zugegeben, ich backte ja selbst recht selten, aber meine Rezepte sahen dann doch ein wenig anders aus.

»Ludwig, bring das Mehl!«, rief Felix. Und zu meiner Überraschung sprang Ludwig begeistert auf.

»Hast du …?« Erstaunt beobachtete ich den Hund, der an Eiern, Milch und Zucker vorbeisprang und zielgerichtet auf die Box zusteuerte, in der Marie das Mehl lagerte. Mit der Schnauze schob er es quer durch die Küche zu Felix hinüber.

»… geübt?«, beendete Felix meinen Satz triumphierend. »Jawohl, das habe ich. Nicole hat ihm früher tolle Sachen beigebracht, die musste ich nur auffrischen.«

»Es scheint ihm Spaß zu machen.« Anerkennend sah ich dem Hund zu, der schwanzwedelnd Sitz machte, um sich seine Belohnung abzuholen.

Felix streckte Ludwig ein Stückchen Wurst hin. »Er kann gar nicht genug davon bekommen.«

Ich musste lachen. »Lass mich raten: Rechnen mit Zahlen bis hundert kann er auch schon.«

Felix fiel in mein Lachen ein. »Zweihundert. Mindestens.«

Aufgeregt begann Ludwig zu fiepen. Offenbar wollte er am liebsten sofort das nächste Kunststück vollführen. Doch Felix schickte ihn mit einem kurzen Handzeichen zurück auf die Decke und wog das Mehl ab.

»Ich fasse zusammen: Ludwig randaliert nicht mehr, er hört exzellent auf deine Befehle – und macht sich neuerdings auch noch nützlich. Respekt! Dann war das Buch ja eine gute Investition.« Ich grinste.

Grummelnd ließ Ludwig seinen Kopf auf seine Pfoten sinken. Wenn das in Zukunft weiter so gut klappte, hatte Felix mehr erreicht, als ich für möglich gehalten hatte.

»Mist, ich habe die Tüte mit der Aprikosenmarmelade am Spielplatz stehen lassen!«, rief Felix plötzlich. »Ich war so abgelenkt, weil meine Mutter dort offenbar mit … äh … mit …«

»Ja?«

»Sie hat mit dem … Ach, egal.« Er winkte ab und biss auf seiner Unterlippe herum.

»Wofür brauchst du Aprikosenmarmelade?«, fragte ich.

»Die brauche ich für die Aprikotur, die auf den fertigen Hefezopf gestrichen wird. Als Schicht unter dem Zuckerguss, verstehst du?«, erklärte er. »Ich werde Ludwig schicken, um sie zu holen.«

»Nichts da«, widersprach ich entschieden. Dass Ludwig das konnte, bezweifelte ich nicht. Aber womöglich würde er auf dem Weg zum Spielplatz irgendwo eine herumstehende Tüte klauen. »Die hole ich schnell, ich muss mich sowieso noch ein bisschen bewegen heute.«

»Aber …«

»Bis du sie brauchst, bin ich längst zurück. Mach du inzwischen mit dem Teig weiter, schließlich hast du in Ludwig einen fleißigen Küchenhelfer.«

Als ich die Terrassentür öffnete und zum Strand hinunterging, wehte ein starker Wind vom offenen Meer her. Die Luft schmeckte salzig, und es war angenehm kühl geworden.

Graue Wolken hingen tief und schwer am Horizont, golden brach das Sonnenlicht zwischen ihnen heraus. Ich mochte diese besondere Stimmung, auch wenn man sich von einem Inselsommer strahlenden Sonnenschein versprach.

In der Ferne sah ich Nicole, die gerade den Eingang der Pension fegte und einem tief fliegenden Papagei auswich, der offenbar vor einer Gruppe Kindern flüchtete. Ich winkte höflich und ging weiter.

Zum Strandspielplatz war es nicht weit. Schon bald sah ich den Mast des großen Holzschiffs, das bei den Kindern hoch im Kurs stand. Kein Wunder. Wer wollte nicht Kapitän oder Kapitänin eines großen Schiffs sein und zumindest in der Fantasie über das weite Meer schippern?

Ich stapfte durch den Sand direkt darauf zu. Weit draußen auf dem Meer schien es bereits zu regnen: Wie ein dichter, grauer Vorhang verband der Regen Wolken und Meer. Urlauber und deren Kinder waren längst in ihre Ferienwohnungen geflüchtet, sodass der Spielplatz nun menschenleer vor mir lag. Nur eine einsame Sandkuchenform stolperte unter dem Tosen des Windes über den Strand.

Felix' Stofftasche fand ich hinter dem Schiffsheck. Als ich mich danach bückte und den Sand vom Beutel klopfte, fiel mein Blick auf die Schaukel. Unter leisem Quietschen schwang sie hin und her. Ein dunkelgrüner Pullover, festgeknotet an einer der beiden Schaukelketten, flatterte frech im Nordseewind.

Bildete ich es mir ein? Zuerst die bemalten Steine am Strand, dann Sanddorn-Windbeutel und nun Matthias' Pullover, festgebunden an einer Schaukel. *Stopp, Sophie*, sagte ich mir. *Stopp!* Die Steine waren schließlich Teil der Kunsttherapie gewesen, die Windbeutel hatte Marie gebacken. Und einen dunkelgrünen Pullover konnte doch jeder besitzen. Aber halt. Hatte Felix nicht gesagt, Marie wäre mit jemandem hier gewesen? Womöglich mit Matthias?

Plötzlich wurde mir kalt.

Ich erinnerte mich so gut an jenen Abend hier am Strand, mit Sanddorn-Windbeutel und einer Flasche Rotwein. Matthias und ich hatten uns damals auf der großen Schaukel des Spielplatzes zusammengekuschelt, unsere Füße in den warmen Sand gegraben und unter dem sanften Schwingen der

Schaukel dem Wellenrauschen gelauscht. Beinah glaubte ich, unser ausgelassenes Lachen zu hören, als säßen wir noch immer dort drüben. Fast spürte ich Matthias' Arm um meine Schultern und seine Hand, die mir zärtlich eine Haarsträhne aus dem Gesicht strich.

»Schaukeln fühlt sich fast ein wenig nach Kindheit an, nicht?«, hörte ich den vier Jahre jüngeren Matthias leise sagen. »Bist du als Kind gern geschaukelt?«

»So rasant sogar, dass ich zwei Schaukeln auf dem Gewissen habe«, antwortete mein damaliges Ich lachend. »Mamas schwarzer Schal wurde als Piratenfahne gehisst, und dann ging das Abenteuer los. So lange, bis die Schaukelseile rissen.«

Matthias grinste. »Hoffentlich hat sich die gefürchtete kleine Piratin Sophie dabei nicht verletzt.«

»Eine Piratin kennt keinen Schmerz, auch nicht bei aufgeschlagenen Knien.« Ich lächelte.

Matthias zog sich seinen grünen Pullover über den Kopf. Mit einem Knoten befestigte er einen Ärmel über unseren Köpfen an der Schaukelkette. »Anker einholen«, flüsterte er und grinste. Sein Gesicht war meinem ganz nah. Ich sah seine zarten Lachfältchen, die süßen Grübchen in seinen Mundwinkeln. »Meine Kuschelpiratin.«

Ich kreischte lachend, als Matthias sich kräftig mit den Füßen vom Boden abstieß und die Schaukel an Geschwindigkeit gewann. Die grüne Pulloverflagge wehte im Wind, während wir dicht aneinandergekuschelt dem Horizont entgegenzufliegen schienen. Matthias' Wange lag an meiner, mit jedem neuen Schwung rieb sich sein Dreitagebart sanft an meiner Haut, und mein Magen schlug einen Salto. Es war, als wäre die Zeit stehen geblieben.

Ich zuckte zusammen, als über mir eine Möwe schrie und mich jäh zurück in die Gegenwart holte. Der Pullover flatterte noch immer an der im Wind schwingenden, leeren Schaukel.

Gedankenverloren griff ich danach, löste den Knoten und strich den Ärmel glatt. 100% Baumwolle, Größe L und dunkelgrün. Ich drückte meine Nase tief in den Pullover und spürte den weichen Stoff an meiner Wange. Kurz glaubte ich, er rieche nach Matthias. Aber auch wenn es theoretisch Matthias' Pullover sein konnte, war es wohl nur die Sehnsucht, die mir das vorgaukelte. Schließlich gab es Pullover wie diesen überall zu kaufen. Trotzdem. Wieso knotete jemand genau dieses Modell an unsere Spiekerooger Schaukel?

Der starke Wind zerzauste meine Haare. Ein wenig verloren stand ich am Strand, starrte auf die grauen Wolken und dachte an Matthias. Jetzt würde ich ihn endlich anrufen und mich vergewissern, dass er nicht hier war, sondern … zu Hause. In unserem Zuhause.

Aber zuerst musste ich Felix seine Aprikosenmarmelade zurückbringen. Entschlossen ging ich los.

»Sophie?«, hörte ich plötzlich eine Stimme hinter dem Holzschiff.

»Ja?«

Ludwigs feuchte Schnauze lugte hinter dem Bug hervor, Felix folgte, kam näher und nahm mir sogleich den Beutel mit der Aprikosenmarmelade aus der Hand. »Der Teig kommt eine Weile ohne mich klar. Da dachte ich, ich gehe dir entgegen. Übrigens hatte ich schon befürchtet, jemand hat sie geklaut.«

Ich lächelte. »Keine Sorge. Die wenigsten Diebe haben eine Schwäche für Aprikosenmarmelade.«

Nachdenklich musterte er mich von oben bis unten. »Du siehst aus, als würdest du lieber noch ein wenig hierbleiben wollen.«

Ich nickte. »Ein paar Minuten.« Felix' Scharfsinn erstaunte mich immer wieder. Vielleicht hatte ich Kinder generell schon immer unterschätzt.

Er nickte ebenfalls, der Beutel baumelte inzwischen an seiner Schulter.

»Danach bin ich sofort wieder da«, versprach ich ihm schnell. »Ich möchte doch unbedingt wissen, wie der Teig geworden ist.«

Er kniff die Augen zusammen. »Du schaust nicht gerade glücklich drein.«

»Doch.« Ich gab mir Mühe, ihn fröhlich anzustrahlen, doch mein schauspielerisches Talent hielt sich in Grenzen, das war mir bewusst.

»Gib es auf.« Er lächelte schief, pfiff Ludwig zu sich und ging nach einem kurzen Winken über den Strand davon.

Dann war ich wieder allein.

Nachdenklich setzte ich mich auf die Schaukel. Der Pullover ruhte auf meinem Schoß, und ich blickte auf die Nordsee hinaus. Wellen brachen sich tosend am Strand, die Gischt spritzte weit in die Höhe. Die See hatte Kraft. So wild und ursprünglich gefiel sie mir fast noch besser als in der sonnigen Hochglanzversion, die man in Urlaubskatalogen abdruckte. So ungezähmt war das Leben eben manchmal. Und nur das machte es vollständig.

Was Matthias wohl sagen würde, wenn ich ihn anrief? War ich zu hart zu ihm gewesen?

Sanft schwang die Schaukel unter mir hin und her. Ich nahm das Handy, das ich vorsorglich eingesteckt hatte, aus der Hosentasche. Nach zwei Fehlversuchen hatte ich auch endlich die richtige PIN eingegeben. Gott sei Dank. Ich hatte schon befürchtet, dass mir Ähnliches blühte wie Matthias. Mit drei falschen PIN-Eingaben hatte sich sein Handy vor ein paar Wochen gesperrt. Wie ich ihn kannte, hatte er sich noch keine Mühe gegeben, es wieder zu entsperren. Wir benutzten die Dinger beide fast nie.

Ich rieb einen kleinen Fleck vom Display und drehte das Handy nachdenklich in der Hand. Ja, vielleicht hatte ich zu heftig reagiert. Aber wenn ich ihn zu Unrecht so hart behandelt hatte, würde Matthias mir die Chance geben, der Sache mit ihm gemeinsam auf den Grund zu gehen, da war ich sicher.

Tuuuuuuut. Tuuuuuuut. Tuuuuuuut.

Laut übertönte mein heftig schlagendes Herz das Freizeichen. Und in diesem Moment überrollte mich eine Welle der Sehnsucht. Sehnsucht nach ihm. *Geh ran!* Aufgeregt biss ich auf meiner Unterlippe herum.

»Hallo?« Die Frauenstimme am anderen Ende der Leitung kam mir bekannt vor. Aber zunächst war ich so perplex, dass es mir beim besten Willen nicht einfallen wollte, woher ich sie kannte. Schnell prüfte ich die Nummer auf dem Display. Ja, ich hatte unsere Festnetznummer gewählt.

»Ähm, hallo?«, machte ich und stellte meine Füße fest auf den Sand, um die sanft schwingende Schaukel anzuhalten.

Schweigen. Dann sagte sie: »So, so, das Fräulein Sophie.«

Jetzt erkannte ich sie auch, traurigerweise war ihr abfälliger Tonfall untrüglich. »Hallo, Mutti«, sagte ich und unterdrückte ein Seufzen. Meine Beinah-Schwiegermutter hatte mir gerade noch gefehlt.

»Du besitzt also tatsächlich die Frechheit, hier anzurufen!«, schleuderte sie mir entgegen.

»Mir geht es gut, danke. Und dir?«, gab ich so freundlich wie möglich zurück. Nur nicht aufregen, schließlich konnte ich Mutti selten etwas recht machen. »Du bist sicher so lieb, mir Matthias zu geben?«

»Denkst du etwa allen Ernstes, dass er jetzt noch mit dir sprechen möchte? Nachdem du einfach abgehauen bist?«

Das traf. Wie ein Schlag ins Gesicht. »Als ich das Paket mit dem …«, setzte ich an, brach dann jedoch ab. Es war nicht gut, sich vor Mutti zu rechtfertigen. »Bitte gib ihn mir mal!«

»Ich sagte doch schon, dass er nicht mit dir sprechen will.«

»Aber …«, stammelte ich.

»Es wäre besser, wenn du ab jetzt deiner eigenen Wege gehst und dich nicht mehr bei ihm meldest«, erklärte sie hart.

Eine Weile sagte ich gar nichts. Mein Herz krampfte sich zusammen, mein Magen ebenfalls.

»Hörst du?«, rief meine Schwiegermutter ins Telefon.

»Ja«, antwortete ich leise und schluckte, doch da hatte sie auch schon aufgelegt.

Mit Tränen in den Augen starrte ich mein Telefon an. Dass Matthias kommentarlos den Kontakt abbrach, sah ihm gar nicht ähnlich. Schon gar nicht, dass er seine Mutter vorschickte. Ihre Haltung zu meiner Abreise war mir ja klar gewesen. Ich überlegte nur kurz, dann wählte ich seine Handynummer.

»Guten Tag. Sie sind verbunden mit der Mailbox von Matthias Schwarzer. Bitte sprechen Sie Ihre Nachricht nach dem Tonsignal.«

Seufzend legte ich auf. Es hätte mich gewundert, wenn Matthias inzwischen sein Handy entsperrt hätte. Ach, wenn er doch nur am Handy erreichbar wäre wie die meisten anderen Männer. Klar, früher hatten wir es genossen, nicht rund um die Uhr Anrufe entgegennehmen zu müssen. Schließlich hatten wir in derselben Klinik gearbeitet und uns ohnehin den ganzen Tag gesehen. Unsere Freunde hatten die Festnetznummer gewählt. Und wenn wir den Tag mit langen Spaziergängen verbrachten, mit einem Picknick in der Natur oder einem Kinobesuch, dann wollten wir nicht gestört werden. Es hatte sich gut angefühlt.

Doch heute saß ich hier, wollte so dringend mit ihm reden und hatte keine Möglichkeit, ihn zu erreichen.

Ich hob die Füße, mit leisem Quietschen setzte sich die Schaukel wieder in Bewegung. Verstohlen blinzelte ich eine Träne weg und drückte den dunkelgrünen Pullover an mich.

KAPITEL 13

»Der ist ja wunderschön!«, rief ich eine Stunde später staunend und versuchte, jegliche Gedanken an Matthias von mir zu schieben. »Und wie der duftet!«

Strahlend stand Felix vor mir und präsentierte stolz seinen Hefezopf. Er hatte ihn zu einer Herzform geflochten und auf einer runden Platte angerichtet. »Denkst du, Mama freut sich?«

»Die macht Luftsprünge!« Ich fasste ihn an den Schultern und drückte ihn kurz. »Das hast du toll gemacht.«

»Schau mal.« Felix zeigte auf die Ablage neben dem Kühlschrank, wo ein kleineres Hefeherz auf einem Teller wartete. »Das ist für dich.«

»Wirklich? Extra für mich?« Ich wusste nicht, woran es lag, aber in diesem Moment kamen mir fast die Tränen. Ich freute mich einfach riesig. »Vielen Dank, du Meisterbäcker!«

»Probier mal!«, drängte er aufgeregt.

Mit großen, erwartungsvollen Augen beobachtete er mich, als ich nach dem Hefeherz griff und hineinbiss. »Mmmmmmmh«, machte ich und schloss die Augen. Es war fluffig, saftig und noch ein wenig warm. Ungelogen, ich hatte nie einen fluffigeren Hefezopf gegessen. »Gigantisch! Du bist einfach unglaublich, Felix.«

Sein glückliches Lächeln zu sehen, berührte mich. Schmunzelnd betrachtete ich das Gebäck. *Gib dem Jungen einen Taschenrechner und ein Chemiebuch, dann wird er dir den leckersten Hefezopf zaubern, den du je gegessen hast …*

Als plötzlich das Telefon klingelte, zuckte ich zusammen. Womöglich war es Matthias! Hektisch schluckte ich meinen Bissen Hefezopf hinunter.

»Hier Wohngemeinschaft Klinikgruppe Medicus«, meldete sich Felix. Über den Rand seiner Brille hinweg beobachtete er meine Wangen, die mit jeder Sekunde ein wenig röter und wärmer zu werden schienen.

»Für mich?«, formte ich lautlos mit den Lippen und deutete hektisch auf den Hörer.

»Schön, dich zu hören, Papa«, meinte Felix und lächelte mich entschuldigend an.

Die Enttäuschung saß. Dass Matthias mich zurückrufen würde, hatte ich nicht wirklich erwartet. Aber aus vollstem Herzen gehofft. Seufzend schnappte ich mir mein Hefeherz und setzte mich damit trotz des stürmischen Wetters auf die Terrasse. Den grünen Pullover hatte ich immer noch um die Hüfte gewickelt und benutzte ihn jetzt als Kissen.

»Mama hat dich lieb, soll ich dir sagen«, hörte ich Felix behaupten, als er Ludwig mit einem deutlichen Handzeichen von der Terrasse hineinholte. Das Telefon hatte sich der Junge zwischen Ohr und Schulter geklemmt. »Sie vermisst dich und ruft dich heute Abend mal an.«

Tja. Sogar Marie schien ein glückliches Familienleben zu haben, auch wenn ihr Mann gerade auf Geschäftsreise in London war. Manchmal war das Leben ungerecht.

»Du wirkst so traurig«, bemerkte Tom mit einem Mal, der plötzlich hinter mir aufgetaucht war. Vermutlich war er gerade aus der Klinik gekommen. »Alles okay?«

Mit einem tiefen Atemzug sog ich die kühle Nordseeluft ein, schob den grünen Pullover vorsorglich etwas aus Toms Sichtweite und nickte höflich. »Ja. Bin nur ein wenig schlecht drauf.«

»Dagegen muss man doch was machen können.« Er grinste schief und legte mir die Hand auf die Schulter.

Ich winkte ab. »Lass gut sein.«

»Nichts hilft besser gegen schlechte Laune als meine Gesellschaft.« Schon hatte er sich umgedreht und zog einen der anderen Liegestühle dichter an meinen.

»So?« Ich fand seinen Versuch ja nett, allerdings war mir eigentlich mehr nach Alleinsein. Mein Hausmittel Nummer eins gegen schlechte Laune war definitiv die Dreifachformel: Wind, Wellen und Wattspaziergänge.

Tom lächelte mich verschmitzt an. Der Liegestuhl knarrte unter seinem Gewicht, als er sich setzte und umständlich versuchte, eine bequeme Position zu finden.

»Gibt es eigentlich Liegestühle in Übergrößen?« Bedeutungsvoll guckte ich auf Toms Füße, die in der Luft hingen und ein wenig verloren wirkten. Vom Strand her hörte ich ein Kind juchzen, als eine große Welle an den Strand schwappte. Während Tom noch über eine Antwort nachdachte, biss ich genüsslich von Felix' Hefeherz ab und kaute.

»Ich habe inzwischen gute Muskeln«, erwiderte Tom schließlich.

Die hatte er zweifellos, und mit Sicherheit nicht nur an den Füßen. »Aber der Liegestuhl ist dir definitiv zu klein.«

Er deutete auf den grünen Pullover, auf dem ich saß. »Und der ist dir zu groß.«

Ich stockte. Wahrscheinlich entging ihm nicht, dass mir bei der Frage das Blut in die Wangen schoss. »Ein Fundstück«, sagte ich und räusperte mich, als ich den Pullover schließlich unter mir hervorzog. »Wollte es später abgeben.«

»Das ist ja nett von dir. Gib mal her, vielleicht steht er mir.« Tom griff danach.

»Nein.« Ein wenig heftiger als geplant riss ich ihm den Pulli aus der Hand und erwischte dabei mit den Fingernägeln seinen Handrücken. »Entschuldige!«, rief ich sofort erschrocken.

»Ich verblute!« Tom hatte ein theatralisches Gesicht aufgesetzt.

Jetzt musste ich doch lachen. »Scherzkeks.«

»Doch, guck!« Verschmitzt grinsend hielt er mir seine Hand unter die Nase. »Du musst nur genau hinsehen.«

»Oh ja, jetzt sehe ich es auch.« Mit ernsthaftem Nicken betrachtete ich seine Hand.

»Denkst du, ich überlebe das?«

»Könnte knapp werden, Herr Doktor«, meinte ich und grinste.

Mit einem Schmunzeln lehnte er sich im Liegestuhl zurück und blickte auf die grauen, wilden Wellen.

»Wirkt jetzt eigentlich gar nicht so, als hättest du jemals Kampfsport gemacht«, neckte ich ihn und schob mir das letzte Stück Hefezopf in den Mund. »Kommt man da nicht ständig mit blauen Flecken nach Hause?«

»Und jeder blaue Fleck macht dich härter.« Er wandte sich wieder mir zu, und sein Blick blieb auf meinen Händen liegen. »Aber du wirst in deinem Leben bestimmt auch den ein oder anderen Kratzer abbekommen haben. Oder nicht?«

Ich zuckte die Schulter. »Vielleicht.«

»Gib es zu. Wahrscheinlich siehst du nur harmlos aus und hast dich in deiner Jugend gerne mit den Schulkameraden gekloppt«, sagte er und lachte noch ein wenig breiter.

»Erwischt.« Ich lächelte ihn an. Eigentlich war Tom gar nicht so übel, wie ich anfangs gedacht hatte.

»Lass mich raten: Es ging um das Date mit dem hübschen Kerl aus der Parallelklasse.«

»Falsch. Es ging um drei Goldfische.«

Er lachte lauthals auf. »Du bist lustig.«

Gespielt ärgerlich sah ich ihn an. »Mein vollkommener Ernst.«

Der Himmel über dem Meer wurde immer dunkler. Die dicke Wolkendecke, die schwer und träge über den tosenden Wellen hing, wurde zusehends dichter.

»Raus mit der Sprache.« Mit einem lauten Schaben auf dem Terrassenboden rückte er seinen Liegestuhl ein wenig näher zu mir. »Jetzt bin ich neugierig.«

»Na gut. Also, meine Freundin Malaika und ich waren noch in der Grundschule, als sie von ihren Eltern drei Goldfische geschenkt bekommen hat«, erzählte ich und biss mir kurz auf die Unterlippe. »Zwei Nachbarsjungen sind damals über den Zaun gestiegen und über die Terrassentür ins Wohnzimmer gekommen.«

»Und haben die Goldfische gestohlen?«

»Sie wollten sie im Schwimmbad aussetzen.« Ich seufzte. »Vor dem Drehkreuz zum Freibad haben wir sie mit der prallen Plastiktüte gestellt.«

»Die dann geplatzt ist …«

Ich grinste. »Die Tüte zum Glück nicht. Aber mir der Kragen.«

Es war frisch geworden auf der Terrasse, der Wind blies kalt durch mein T-Shirt, trotzdem beobachtete ich fasziniert die weißen Schaumkronen auf den dunklen Wellen. Ich fröstelte.

Tom warf mir sogleich einen mitfühlenden Blick zu. »Du hast Gänsehaut.«

»Alles gut«, erwiderte ich.

»Komm, ich gebe dir meine Jacke.«

»Nicht nötig.« Bevor Tom die Chance hatte, seine Jacke auszuziehen, schlüpfte ich schnell in den grünen Pullover. Und wieder war da dieser Geruch. Herb, dunkel. Dieser Pullover roch doch nach Matthias. Einmal mehr fühlte ich mich bestätigt in der Vorstellung, dass Matthias ihn wie damals an die Schaukel geknotet hatte. Seinen Geruch würde ich unter Tausenden wiedererkennen. Doch womöglich war auch der

Geruch nur Einbildung, vielleicht steigerte ich mich zu sehr in eine Wunschvorstellung hinein. Schließlich war Spiekeroog eine sehr kleine Insel. Wenn Matthias hier wäre, hätte ich ihn längst treffen müssen.

»Es ist wirklich frisch geworden«, stellte Tom fest und blickte zum Himmel.

»Hm?«, machte ich. Geistesabwesend sah ich ihn an und rieb mir die kalten Hände. Sogar im Sommer waren meine Hände und Füße oft eiskalt. Matthias hatte mich oft damit aufgezogen und mir beim alltäglichen Fernsehabend auch gern einmal eine im warmen Flur vergessene Flasche Bier in die Hand gedrückt, um sie zu kühlen. Natürlich nicht, ohne anschließend meine Hände lachend zwischen den seinen zu wärmen. Und jetzt kuschelte ich meine kalten Hände in den grünen Pullover und dachte wieder an ihn. Matthias. Er fehlte mir so sehr, aber er war nicht mehr der, den ich hatte heiraten wollen. Nicht, wenn alles darauf hinwies, dass er mich betrog.

»Wo auch immer du gerade in Gedanken bist, ich hoffe, es ist schön da.« Tom zwinkerte mir zu.

»Entschuldige.« Mild lächelnd sah ich ihn an, doch meine Gedanken kreisten noch immer um den dunkelgrünen Pullover.

»Du hast immer noch Gänsehaut!«, stellte er fest und wies auf meine Arme, deren feine Härchen sich im Nordseewind aufstellten.

»Ach«, machte ich nur.

»Wenn du magst, wärme ich dich.« Tom streckte mir auffordernd seine großen Hände entgegen.

»Lieb von dir.« Ich lächelte und kuschelte mich tiefer in Matthias' Pullover, die Ärmel reichten über meine Handgelenke. Tom war gut aussehend und charmant, doch irgendwie ging es mir zu schnell. »Aber ich komme klar.«

Schweigend nickte er bloß.

»Wie ich das Meer vermisst habe«, murmelte ich nach einer Weile, in der wir einfach still nebeneinander im kalten Wind gesessen hatten. Und mein Blick ging wieder in die Ferne, dorthin, wo sich Meer und Himmel begegneten.

»Malerisch, nicht?«, sagte er und lächelte. Sein Blick schien tief in meine Augen einzutauchen. »Ich mag Menschen, die einen Sinn für die Schönheit der Natur haben.«

Ich sah ihn an. Seine hellen Augen glänzten, und sein Gesicht hatte sanfte Züge angenommen. Verstohlen glitt mein Blick über seinen Körper. Er war schlank und groß gewachsen, unter dem engen T-Shirt zeichneten sich muskulöse Oberarme ab. Vermutlich war Tom genau das, was sich die meisten Frauen unter dem perfekten männlichen Körper vorstellten. Beinahe konnte ich Malaikas Stimme in meinem Ohr hören: *Dein gut aussehender Mitbewohner. Vielleicht tut es dir gut, dich ein wenig abzulenken.* Ich war nicht der Typ Mensch, der sich mit Männern abzulenken versuchte. Doch ehrlich gesagt konnte ich nicht bestreiten, dass sein Blick ein leichtes Kribbeln in meinem Bauch auslöste.

»An diese Aussicht gewöhnt man sich nie.« Tom seufzte zufrieden.

»Bist du hier aufgewachsen?«, fragte ich und rutschte tatsächlich ein kleines Stückchen näher.

Er nickte. In seinem schiefen Lächeln lag eine Mischung aus Triumpf und Verführung. »Das Medizinstudium habe ich in Hamburg gemacht.« Seine Stimme war leise, inzwischen hatte sie einen warmen Ton angenommen. »Aber danach ging es für mich sofort nach Spiekeroog zurück.«

»Klingt so, als wüsstest du genau, was du willst.« Irritiert fühlte ich mein Herz, das inzwischen ein wenig lauter pochte. Und das in Matthias' Pullover!

»Ehrlich gesagt nein«, sagte Tom lachend. »Das Großstadtleben in Hamburg habe ich sehr genossen. Auch wenn ich das Meer liebe, wäre ich gern noch ein Jahr dort geblieben.«

Tom kam mir ein wenig zerrissen vor. So, als hätte ihn sein Vater zu früh auf einen Platz gedrängt, den er sich nicht ausgesucht hatte. Wir blickten uns in die Augen. Eine Spur zu lang für zwei, die sich nur flüchtig kannten. »Was vermisst du am meisten?«

»Das Nachtleben.« Seine Augen funkelten, als er sich zu mir drehte. Sein Handrücken berührte beinahe den meinen. Seine Härchen kitzelten sanft auf meiner Haut, und ich lächelte zurück. »Du hast nicht zufällig Lust, am Wochenende ein Schiff aufs Festland zu nehmen und in eine schicke Bar zu gehen?«, fragte er.

»Oh.« Seine Frage überrumpelte mich, obwohl ich ja wusste, dass er gern flirtete. Kurz hatte ich den Impuls, einfach zuzusagen. Schließlich spürte ich, dass Toms Nähe mir guttat. Auf der anderen Seite … Ich suchte nach den passenden Worten. Wahrscheinlich war er es nicht gewöhnt, einen Korb zu bekommen. Mit seinem durchtrainierten Körper und dem einnehmenden Lächeln schienen ihm die Blicke der meisten Frauen ohnehin sicher zu sein.

»Lass dir Zeit«, kam er mir zuvor, griff nach meiner Hand und drückte sie sanft. Seine Stimme war nur noch ein Flüstern. »Alle Zeit, die du brauchst.«

»Ich …«, setzte ich an, doch Tom schüttelte nur lächelnd den Kopf.

»Das braucht Zeit«, flüsterte er, und ich versank für einen kurzen Moment in seinen schimmernden Augen.

Bevor ich noch etwas sagen konnte, wurde die Terrassentür aufgeschoben, und Marie rief: »Tom! Hier steckst du also.« Sie sah von ihm zu mir und wieder zurück zu ihm. »Steht unsere Verabredung für später noch? Wir wollten doch in dieses neue Restaurant …?«

»Wir wollten überhaupt nichts!«, widersprach Tom nun fast ärgerlich.

»Ich mach mich eben frisch«, flötete Marie ungerührt. »Bin gerade von der Arbeit zurück. Gib mir ein paar Minuten!«

»Wir hatten keine … Ach.« Er winkte ab, denn Marie war schon wieder ins Haus verschwunden. Er schenkte mir einen freundlichen, entschuldigenden Blick. »Tut mir leid, Sophie, ich muss das kurz klären.«

Ich nickte nur und sah ihm nach, als er durch die Terrassentür verschwand. Eigentlich war Tom gar nicht so übel. Vielleicht hätte ich mir mehr Mühe geben sollen, ihn kennenzulernen.

Ich wollte auch gerade aufstehen und hineingehen, als Felix vom Strand her durch das Gartentürchen gestürmt kam, Ludwig dicht auf den Fersen.

»Du hast doch nicht etwa mit Tom geflirtet?«, flüsterte er. »Der ist nichts für dich, das sagte ich doch schon.«

»Wenn du das sagst …« Ich schüttelte lachend den Kopf. Dieser Junge!

»Ich muss jetzt den Tisch für Mama vorbereiten«, entschuldigte sich Felix. »Die sollte eigentlich schon da sein.«

»Ist sie. Hopp, rein mit dir!« Mit einem Lächeln schob ich Felix in Richtung Terrassentür.

Seufzend kam Tom uns entgegen. »Sie ist im Bad. Ich kläre das morgen.«

Ich selbst wollte noch ein paar Stunden schlafen, bis meine Nachtschicht begann. Trotzdem ließ ich mich überreden und setzte mich noch eine Weile mit Tom nach draußen, eingekuschelt in meine liebste Strickjacke. Seine Hand lag auf meiner. Wir plauderten ein wenig und sahen den Wolken zu, die schwerfällig über dem Meer hingen.

So trüb und grau das Wetter auch war, so sehr passte es zu meiner Stimmung, die sich jedoch allmählich besserte. Ein

Tag wie dieser brauchte Regen, kühlen Wind und graue Wolken. Und morgen, da war ich sicher, würde ein guter Tag werden.

Als ich eine Stunde später die Zimmertür hinter mir zuzog und an Toms helle Augen denken musste, erschrak ich beinahe über mich selbst. Aber vielleicht hatte Malaika am Ende einfach recht, und die Ablenkung tat mir gut.

KAPITEL 14

»Was ist in dich gefahren?«, hörte ich Toms Bass am nächsten Morgen durch die Wohnung schallen. Ich konnte ihn durch das gekippte Fenster bis nach draußen hören, als ich gerade vom Bäcker zurückkam. Vor Schreck blieb ich vor der Haustür stehen und wagte es nicht hineinzugehen.

»Schrei nicht so. Ich bin nicht taub«, drang nun auch Maries Stimme dünn nach draußen.

»Wozu hast du gestern Abend mit mir geflirtet? Du magst mich ja noch nicht einmal.« Tom wurde immer lauter. »Es ist wegen Sophie, richtig?«

»Menschen ändern ihre Meinung«, antwortete Marie vage. »Du siehst nicht übel aus.«

»Du bist verheiratet. Glücklich verheiratet. Und du verabscheust mich, das weiß ich. Also wozu das alles?«

Um nicht länger als ungewollter Zeuge der Auseinandersetzung dazustehen, zog ich den Schlüssel laut klirrend aus der Tasche und öffnete die Haustür.

»Guten Morgen allerseits!«, rief ich fröhlich durch den Gang und bemühte mich, so unbeteiligt wie möglich zu wirken.

»Guten Morgen, Sophie!« Toms Tonfall war wieder ruhig und charmant; er begrüßte mich mit einem breiten Lächeln und deutete auf die Papiertüte in meiner Hand. »Frühstück?«

»Frische Semmeln.« Einen freien Tag musste man schließlich entspannt beginnen. Und was konnte schöner sein als ein ausgiebiges Frühstück auf der Terrasse, mit Wellenrauschen und Sonnenschein?

Lächelnd ergriff ich die Hand, die Tom mir entgegenstreckte. Ein langer Blick folgte, und aus den Augenwinkeln konnte ich Maries Entsetzen erahnen.

»Da war was für dich in der Post.« Tom löste seinen sanften Griff und zeigte auf die Kommode, wo ein dicker, wattierter Umschlag lag. »Der hier.«

Ich nickte. »Danke.«

»So«, meinte er und warf Marie, die an der Küchentür lehnte, einen letzten, stechenden Seitenblick zu. »Ich muss jetzt los.«

Stirnrunzelnd griff ich nach dem Umschlag. Er war definitiv mit der Post gekommen, hatte jedoch keinen Absender. *Nicht schon wieder.* Das letzte Päckchen ohne Absender hatte mir alles genommen, was mir bis dato heilig gewesen war.

»Ich auch. Bis später.« Marie griff nach ihrer Sommerjacke und schob sich an mir vorbei.

Hatte sie gerade *bis später* gesagt? Dass Marie sich neuerdings verabschiedete, bevor sie das Haus verließ, war mir neu. Verwirrt sah ich auf. Doch bevor ich antworten konnte, hatten beide das Haus verlassen, und die Wohnungstür war hinter Marie zugefallen.

Gähnend riss ich den Umschlag auf und zog ein kleines Notizbuch heraus, auf dessen Vorderseite ein handgeschriebener Notizzettel klebte.

»Wenn du wissen willst, was er seit Jahren tut …«, las ich halblaut.

Neugierig schlug ich das Buch auf. Selbstklebende Zettel führten mich durch die Seiten. Mir schlug das Herz bis zum Hals, als mir klar wurde, was ich da in Händen hielt. Es waren Tagebucheinträge aus der Zeit vor vier Jahren, als Matthias und ich bereits ein Jahr auf Spiekeroog gearbeitet hatten. Das erste Jahr unserer Liebe. So hatte ich es zumindest immer gesehen.

Ich liebe es, wie M. mich ansieht. Heute ist er mir zum ersten Mal so nahe gekommen, dass ich das Muster in seinen schönen Augen sehen konnte. Wenn er nur das Zimmer betritt, habe ich Schmetterlinge im Bauch. Aber als er heute meine Hand gestreichelt hat, habe ich mich so verliebt gefühlt wie seit meiner Jugend nicht mehr.

M. Matthias. Ich blätterte weiter und wischte mir unwillkürlich über die Augen, die sich langsam mit Tränen füllten.

M. war heute in meinem Zimmer. Er riecht so unglaublich gut. Vermutlich ist M. für mich die beste Therapie. So hat mich noch nie ein Mann geküsst. Es war Leidenschaft pur.

Ein paar Seiten weiter klebte wieder ein Zettel. Die feine, geschwungene Handschrift flog nur so über die Seiten.

Nie hätte ich gedacht, dass dieser zurückhaltende, einfühlsame Mann mit den sanften Augen so aus sich herausgehen kann. Wenn Leidenschaft ein Feuer ist, dann stand heute alles in Flammen. Ich hoffe wirklich, dass niemand an der Tür gelauscht hat. Sonst hätte dieser Traum so schnell ein Ende. Schon als M. hereinkam, habe ich gewusst, dass es heute keine Grenzen mehr gibt. Er hat meinen Hals geküsst, und ich hätte schreien können vor Glück. Auf jedem Zentimeter Haut habe ich seine Lippen gespürt.

Genug. Ich rupfte die selbstklebenden Zettel heraus, klappte das Buch zu und warf es auf die Kommode. Ein paar

Seiten mehr, und ich würde heute Nacht kein Auge zutun. Langsam und bewusst atmete ich ein und aus und bemühte mich, meine Gefühle in den Griff zu bekommen.

»Auf jedem Zentimeter Haut habe ich seine Lippen gespürt«, schien das Buch mir immer wieder zuzurufen. Die kleinen Schmetterlinge auf der Vorderseite ließen es eigentlich ganz harmlos erscheinen. Doch das war es nicht. Jetzt erst wurde mir klar, was ich schon längst hätte ahnen müssen: Es musste das verschollene Tagebuch meiner Patientin Frau Roth sein. Sie war vor vier Jahren Matthias' Patientin gewesen.

Ich lehnte mich gegen die Kommode und starrte zum Flurfenster hinaus. Es war Ebbe. Schier unendlich erstreckte sich das Watt gen Horizont, glitzernde Priele durchzogen die Weite.

Eine ganze Weile blieb ich einfach so stehen. Das durfte nicht wahr sein. Nicht nur, dass er mich betrogen hatte, er hatte es mit einer Patientin getan. Dass Matthias so weit gehen würde, hätte ich nie gedacht.

Außerdem würde ich nicht länger mit Frau Roth arbeiten können, so viel stand fest. Nach dieser Erkenntnis war nicht länger daran zu denken, ihre Bezugsschwester zu bleiben. Niemals wieder könnte ich ihr unbefangen gegenübertreten.

Für den Bruchteil einer Sekunde sah ich sie vor meinem inneren Auge, Frau Roth in Matthias' Armen, sein Mund auf dem ihren.

Und mir wurde übel.

»Guten Morgen, Sophie!« Ein verschlafener Felix lugte um die Ecke. Er schien gerade erst aufgewacht zu sein und trug noch seinen Schlafanzug.

Glücklicherweise war er noch nicht wach genug, um auf diese Entfernung die trocknenden Tränen auf meinem Gesicht zu sehen. »Na, Felix?«

»Du bist gerade erst von der Nachtschicht zurückgekommen, oder?«, fragte er.

»Ich habe frei.« Schnell schob ich das Tagebuch zurück in den braunen Umschlag und folgte Felix in die Küche, wo er zielstrebig den Kühlschrank ansteuerte und eine Packung Milch herauszog.

»Dann stört es dich doch nicht, wenn ich später den Mixer benutze?« Es gluckerte sanft, als er sich ein Glas einschenkte.

»Überhaupt nicht. Ich werde eine Freundin besuchen.« An ein entspanntes Frühstück auf der Terrasse war nicht mehr zu denken. Meine Gedanken rasten. Da war es ein guter Plan, Malaika zu besuchen, die es sicherlich schaffen würde, mich aus diesem Karussell zu befreien.

»Alles klar.«

Ich lächelte ihm zu und stopfte meine frischen Semmeln in die Gefriertruhe – oder meine Brötchen, falls das für eine ostfriesische Kücheneinrichtung einen Unterschied machte. Dann machte ich mich auf den Weg zur Pension Martha, wo Malaika ein Zimmer bezogen hatte.

Es tat gut, draußen zu sein. Ich ließ mir den frischen Wind um die Nase wehen und fühlte mich mit jedem Schritt ein bisschen leichter.

Als ich die Eingangstür der Pension aufstieß, kam Malaika gerade die Treppe herunter. Ihr bodenlanger Rock bewegte sich in der Zugluft.

»Sophie!«, rief sie fröhlich und stieg umständlich über eine Katze, die sich am Fuß der Treppe ausgestreckt hatte.

»Besuch zu früher Stunde!« Ich lächelte und sah mich um. Dass hier ein buntes Treiben herrschte, weil jeder Gast sein Haustier mitbringen durfte, hatte ich freilich schon gehört. Doch obwohl ich direkt nebenan wohnte, hatte ich die Pension Martha bis jetzt noch nicht von innen gesehen.

»Schön, dass du da bist.« Malaika begrüßte mich mit einer Umarmung und musterte mich kritisch. Ihr schien nicht zu entgehen, dass mich etwas bedrückte, verlor jedoch kein Wort darüber. »Lass uns frühstücken.«

Sie reichte ihren Schlüssel für den Zimmerservice über die Theke, dann kam uns auch schon eine Kellnerin entgegen.

»Guten Morgen!«, rief uns die blonde Dame mit Pferdeschwanz und dunklem Serviertablett lächelnd zu. »Auf der Terrasse ist gerade ein Tisch mit Meerblick frei geworden.«

»Perfekt.« Malaika strahlte. »Danke!«

»Sie sind kein Übernachtungsgast bei uns, richtig?«, wandte sie sich an mich. »Essen Sie von der Karte oder vom Buffet?«

»Einmal Buffet, bitte.«

Ich lugte um die Ecke, wo ich das Buffet vermutete. Und tatsächlich: das Paradies. Ein Blick auf all die Leckereien, und mir lief bereits das Wasser im Mund zusammen. In Malaikas Gesellschaft hatte ich plötzlich wieder Hunger, ein gutes Zeichen, fand ich. Eier, Speck, Käse, Croissants und Obstsalat standen bereit. Und was konnte schließlich besser trösten als ein voll beladener Frühstücksteller und die beste Freundin gegenüber?

»Du Süße, du Schneckerl, du«, hörte ich eine krächzende Stimme hinter mir.

»Ähm, äh?«, machte ich und drehte mich um, entdeckte jedoch niemanden.

Malaika grinste mir nur zu.

»Kriegst a Bussi. Kriegst a Bussi, du Schneckerl, du«, tönte es wieder hinter mir.

»Wo …?«, setzte ich an, doch da zeigte Malaika bereits lachend auf die Vorhangstange, auf der ein hübscher, großer Papagei thronte.

»Guten Morgen, ihr zwei!« Nicole, die Besitzerin der Pension, blies sich eine Haarsträhne aus der verschwitzten Stirn. »Entschuldigt, darf ich mal?« Schon hatte sie sich einen Stuhl geschnappt und griff nach dem Papagei, der allerdings gerade rechtzeitig auf die Vorhangstange gegenüber flatterte.

»Schlawiner.« Nicole lachte, schob den Stuhl hinterher und hob beinahe dramatisch den Zeigefinger. »Wehe, du scheuchst mich jetzt durch das ganze Haus!«

»Kriegst a Bussi«, antwortete der Vogel gutmütig.

Nicole zwinkerte uns zu. Ein beherzter Griff nach oben, und schon hielt sie den Papagei in ihrer Hand.

»Zefix!«, krächzte der Papagei. »Zefix, du Bazi, du!«

Nicole zuckte amüsiert mit den Schultern. Mit einem Lächeln auf den Lippen lief sie auf die Terrasse hinaus. In den Händen noch immer den heftig schimpfenden Vogel und kritisch beäugt von ihrem Hund Ludwig, der ihr auf den Fersen folgte. Er schien vom Vokabular des Papageis sichtlich beeindruckt zu sein.

»Vermisst jemand einen bayerischen Papagei?«, rief Nicole und hielt das Tier in die Höhe, das daraufhin noch heftiger zu schimpfen begann.

»Du Bazi, du!«, tönte es. »Zefix, du Bazi, du! Kriegst koa Bussi.«

»Das ist meiner!«, schrie ein kleiner Junge und hob schon den Arm.

Ich musste grinsen. Eine Pension wie diese gab es sicher nirgendwo sonst auf der Welt. Und ein Frühstück mit dieser Aussicht gab es ebenso selten. Die Morgensonne warf ihre Strahlen auf die glitzernden Priele, die sich wie Adern durch das Watt zogen, und der wolkenlose Himmel über uns versprach einen Sommertag wie keinen anderen.

»Setzt euch.« Der Pferdeschwanz der blonden Mitarbeiterin schwang energisch hin und her, als sie zwei Gedecke auf dem Tisch richtete und lächelte. »Was darf ich bringen? Kaffee, Cappuccino, Tee?«

»Irgendwas Beruhigendes«, bat ich und nahm Platz.

»So schlimm?«, fragte Malaika, doch sie wirkte plötzlich abwesend. Ihre Hand lag auf ihrem Bauch, und sie sah ein wenig blass aus.

Als der Tee bestellt und die Kellnerin in Richtung Küche verschwunden war, griff ich nach Malaikas Arm. »Alles okay?«

»Ja, mir ist nur so übel. Wie immer.«

»Du Arme.« Ich sah sie mitleidig an. »Aber das ist wohl normal für eine Schwangerschaft, oder?«

Sie lachte. »Das macht es nicht besser.«

»Hast du dann überhaupt Appetit?«, fragte ich besorgt.

»Bei diesem tollen Buffet muss schon mehr passieren, dass ich mir das entgehen lasse!«, rief sie entrüstet und stand grinsend auf. »Komm schon!«

Damit hatte sie definitiv recht. Der Duft von frisch gebratenem Speck lag in der Luft, ich lud mir den Teller voll. Als ich Felix am anderen Ende der Terrasse entdeckte, wie er Ludwig gerade in Empfang nahm, winkte ich ihm zu. Der Hund schien mir und meinem reichlich beladenen Speckteller noch einen vorwurfsvollen Blick zuzuwerfen, dann waren sie schon auf dem Weg zum Strand.

»Hat Matthias sich gemeldet?«, fragte Malaika, als sie nach einem Stück Melone griff und es auf ihren Teller legte.

»Nicht direkt.« Seufzend schenkte ich mir ein Glas Orangensaft ein und wies durch die offene Tür hinaus auf die Terrasse, wo ich den Umschlag abgelegt hatte.

»Oje, das hört sich nicht gut an.«

»Ich weiß«, seufzte ich.

Vorsichtig balancierte ich den vollen Teller hinaus auf die Terrasse, Malaika folgte. Unsere Stühle kratzten laut über den Steinboden, als wir uns setzten.

Mit fragendem Blick zeigte sie auf den Umschlag. »Darf ich?«

Ich nickte.

»Ein Notizbuch.« Ihr Blick war ernst, als sie es irgendwo in der Mitte aufschlug. »Wenn Leidenschaft ein Feuer ist, dann stand heute alles in Flammen …«

»Liest du bitte leise? Ein zweites Mal ertrage ich das nicht.«

»Es tut mir so leid für dich, Sophie.« Malaikas Blick flog nur so über die Zeilen. Und mit jedem Wort wurde ihre Miene düsterer. »Das hört sich gar nicht gut an.«

»Weißt du, was am schlimmsten ist?«, fragte ich. »Die Besitzerin des Tagebuchs hat viel zu dunkle Haare.«

»Das heißt …« Malaika kniff die Augen zusammen. »Du meinst, er hatte zwei Liebschaften?«

»Womöglich drei!« Ich stöhnte. Wenn mir vor ein paar Wochen jemand gesagt hätte, Matthias habe einer Fremden auch nur auf den Hintern geguckt, ich hätte es niemals geglaubt.

Malaika griff nach meiner Hand. »Dann solltest du ihn vielleicht doch lieber vergessen. Er hat dich nicht verdient.«

Ich schluckte schwer.

Für eine Weile schwiegen wir. Eine kleine Wolke warf ihren Schatten auf das Watt, eine Möwe kreiste über dem großen Priel.

»Denkst du, es war derselbe Absender?« Mit gerunzelter Stirn inspizierte Malaika den Umschlag näher. »Die Schrift sieht ähnlich aus.«

»Könnte sein«, antwortete ich und zuckte mit den Schultern.

»Ich frage mich ja, was derjenige damit bezwecken will«, überlegte Malaika laut. »Wenn Matthias eine Geliebte hat, die dich loswerden möchte … Warum hat sie es dann nicht bei einem Foto belassen? Wer macht sich die Mühe …?«

Mein Blick ging in die Ferne, als ich mir eine Gabel Rührei in den Mund schob. Malaika hatte recht, eigentlich ergab das alles keinen Sinn. Aber wenn ich ehrlich war, wollte ich es auch gar nicht verstehen, sondern einfach nur zur Ruhe kommen.

Eigentlich war ich nach Spiekeroog gezogen, um Abstand von all dem zu gewinnen und vielleicht einen Neuanfang zu wagen. Nicht um den Schmerz wieder und wieder zu erleben und eine furchtbare Entdeckung nach der nächsten zu machen.

Seufzend nahm ich einen Schluck Orangensaft. Ich konnte nur froh sein, dass ich nicht allein war, sondern Malaika hatte.

KAPITEL 15

»Guten Morgen allerseits!« Eher symbolisch klopfte ich an die offen stehende Tür des Speisesaals. Die meisten Patienten sahen noch recht verschlafen drein, obwohl die Sonne bereits strahlend am Himmel stand.

»Frau Roth, hätten Sie einen Moment?«, fragte ich.

»Bin schon fertig.« Ihre silbernen Creolen schwangen hin und her, als sie ihr leeres Frühstückstablett in den Wagen zurückstellte.

»Sehr gut.« Verstohlen sah ich auf ihre schwarzen Haare. Nein, die waren definitiv zu dunkel für die Frau auf dem Foto. Obwohl man natürlich nie wissen konnte. »Sagen Sie, haben Sie sich kürzlich die Haare gefärbt?«

»Das ist meine Naturfarbe.« Frau Roth strahlte mich freundlich an und folgte mir den Gang hinunter. »Schwarz ist selten, das stimmt. Habe ich von meiner Mutter geerbt.«

Ich nickte nur. Dann sah es wohl so aus, als hätte Matthias wirklich zwei Affären gehabt. Unglaublich, dass ich mich so in ihm hatte täuschen können. »Setzen Sie sich.«

»Geht es um den Termin am Donnerstag?«, fragte sie. »Frau Doktor Krüger sagte bereits, dass …«

»Nein.«

»Aber …?« Sie sah mich verwirrt an. Erst als ich das Tagebuch aus dem Umschlag zog, wurden ihre Augen groß.

»Ist das Ihr Notizbuch?«, fragte ich leise.

»Sie sind ein Engel! Wo haben Sie es gefunden?« Glücklich nahm sie es entgegen.

»Es wurde mir per Post geschickt.«

»Per Post …?« Sie stockte.

Ich nickte wieder. »Mit Lesezeichen an diversen Stellen, in denen Sie meinen Partner beschreiben.«

»Frau Hummel …« Sie brach ab. Ein paar Mal öffnete und schloss sich ihr Mund, doch sie blieb stumm.

»Vermutlich verstehen Sie, dass ich keine professionelle Distanz mehr wahren kann.«

»Ich wusste ja nicht, dass er und Sie …« Ihre Augen füllten sich mit Tränen, ihre Schultern sanken. »Es tut mir so unglaublich leid.«

Ich hielt ihrem Blick stand. »Sie können nichts dafür.«

»Doch, ich hätte mich niemals darauf einlassen sollen.« Sie zog ein Taschentuch hervor und schnäuzte sich. »Er war so charmant und …«

Ich winkte ab. Das im Detail anzuhören, das wollte ich mir lieber nicht antun. »Mir ist wichtig, dass Sie verstehen, dass ich Ihnen überhaupt keinen Vorwurf mache.«

Frau Roth nickte unter Tränen. »Wenn ich gewusst hätte, dass er vergeben ist, hätte ich … hätte ich niemals …«

»Ich weiß.« Mit einem verständnisvollen Blick drückte ich ihr das Tagebuch in die Hand und versuchte mich an einem Lächeln. Auch wenn es nicht so ganz gelingen wollte.

»Das werde ich nicht mehr gutmachen können.« Sie biss sich auf die Lippe.

»Machen Sie sich keine Sorgen«, beruhigte ich sie, doch es war vergeblich. Sie schien genauso aufgewühlt zu sein, wie ich es war.

Aus dunklen Augen sah sie mich an. »Kann ich irgendetwas tun?«

Mit einem halbherzigen Lächeln schüttelte ich den Kopf und verneinte. »Vermutlich nicht. Aber lieb von Ihnen.«

»Also …«, begann sie zaghaft. »Wegen der Betreuung …«

»Es tut mir sehr leid, aber ich möchte die Zuordnung zu den Bezugsschwestern gerne neu organisieren lassen.«

Sie seufzte. »Das denke ich mir.«

Wir schwiegen. Frau Roth wischte sich ein paar Tränen von der Wange und atmete tief durch. Ich ließ ihr die Zeit, die sie brauchte.

»Dann trotzdem vielen Dank für die tollen Bezugsgespräche, die wir bereits hatten.« Wieder kaute sie auf ihrer Unterlippe. »Die Gespräche mit Ihnen haben mir sehr weitergeholfen.«

»Das ist schön zu hören«, sagte ich leise. Der Gedanke an Matthias wurde immer aufdringlicher. Wieder und wieder sah ich ihn und Frau Roth vor meinem inneren Auge, in intimer Umarmung, küssend. Mir wurde kalt, und ich bemühte mich, die Vorstellung abzuschütteln.

»Es tut mir wirklich sehr leid«, flüsterte sie.

»Ist doch alles gut«, meinte ich und schluckte. Natürlich war es das nicht. Doch Frau Roth konnte nichts dafür. Ich glaubte ihr sogar, damals nicht gewusst zu haben, dass Matthias vergeben gewesen war.

»Okay.« Geknickt sah sie mich an, als sie meine Hand ergriff, die ich ihr entgegenstreckte.

»Ich wünsche Ihnen alles Gute, Frau Roth.«

»Danke.«

Nachdenklich sah ich ihr nach, als sie über den Gang zu ihrem Zimmer zurückging. Ich hasste Situationen wie diese. Erst recht, wenn diejenigen die Folgen erlitten, die überhaupt keine Schuld trugen.

Seufzend nahm ich mein Namensschild ab und warf noch einen Blick ins Schwesternzimmer. »Ich bin dann mal weg!«, rief ich laut. Eine Kollegin winkte.

Auf dem Gang wäre ich um ein Haar mit Tom zusammengestoßen, der sogleich nach meiner Hand griff. Sanft strich er mit den Fingern über meinen Handrücken, und ein Kribbeln machte sich in meinem Bauch breit. Ich lächelte ihn an.

»Du solltest doch schon seit einer Stunde Feierabend haben, nicht?«, fragte er sanft.

»Es gefällt mir einfach so gut hier.« Ich zwinkerte. Ja, seit einer Stunde war meine Schicht schon zu Ende. Trotzdem hatte ich es nicht geschafft, nach Hause zu gehen, ohne ein Wort mit Frau Roth gewechselt zu haben. Schließlich wollte ich sie nicht kommentarlos an eine Kollegin abgeben.

»Ich vermisse dich.« Er zwinkerte mir ebenfalls zu.

»Nach der kurzen Zeit?« Dieser Charmeur. Unseren gemeinsamen Abend hatte ich natürlich nicht vergessen. Aber ich wollte nichts überstürzen. Allerdings hätte ich nichts gegen eine neue Verabredung mit ihm gehabt.

Gut, dass Tom offenbar meine Gedanken gelesen hatte. »Heute Abend muss ich eine Fortbildung leiten. Aber hättest du Lust, später mit mir einen Kaffee zu trinken?«

»Gern.«

Tom deutete einen Kuss auf meiner Hand an, dann verschwand ich mit roten Wangen durch das Treppenhaus.

Hatte Malaika mir nicht geraten, mich einfach zu amüsieren? Das würde ich tun, und warum nicht mit Tom? Er war anders als Matthias, irgendwie fordernder und auch zielstrebiger. Gleichzeitig brachte er mich mit seinen Andeutungen manchmal doch aus dem Gleichgewicht. Mit Matthias dagegen war es anders gewesen. Als wir uns kennengelernt hatten, war alles so spielend leicht gewesen. Ich hatte schnell diese tiefe Wärme gefühlt, die mit jeder Begegnung gewachsen war. Alles hatte sich von Anfang an richtig angefühlt.

Aber da hatte ich mich ja offensichtlich getäuscht. Was für mich Liebe gewesen war, hatte er wohl als Langeweile empfunden. Zumindest waren seine Gefühle nicht stark genug gewesen, um Versuchungen zu widerstehen.

Ich schüttelte den Kopf. Ich sollte lieber nicht mehr daran denken.

Unten vor der Klinik entdeckte ich Felix telefonierend im weichen Sand. Er sah aufs Meer hinaus, Ludwigs Kopf ruhte auf seinem Oberschenkel.

»Über den Preis können wir selbstverständlich noch verhandeln …«, hörte ich ihn gerade sagen.

Wäre ich Ludwig, hätte ich vermutlich jetzt längst beide Ohren aufgestellt. Wenn ein Kind wie Felix einen solchen Satz sagte, konnte man nie sicher sein, was er gerade ausheckte.

»Ich schätze, Sie benötigen ihn als Baustoff?« Felix klang wie ein selbstsicherer Verkäufer mit jahrelanger Erfahrung. Das Handy hatte er sich zwischen Schulter und Ohr geklemmt, während er mit einem Zipfel seines T-Shirts die Brille putzte. »Die gewünschte Körnung müsste man durch Sieben erreichen können.«

»Was tust du da?«, fragte ich ihn stumm mit den Lippen. Ich gestikulierte heftig, doch Felix sah mich nur unbeeindruckt an.

»Ich werde mein Taschengeld aufbessern.« Strahlend hielt er das Mikrofon zu und zeigte mit seiner Brille auf den Strand. »Indem ich ein paar Tonnen Sand verkaufe. Ist ja genug da.«

»Spinnst du?« Das klang nach einer Schnapsidee. »Leg sofort auf, Felix.«

»Du denkst, ich kann nicht verhandeln, nur weil ich ein Kind bin, richtig?« Ludwig schien Felix' Ärger zu spüren und leckte beruhigend an seinem Ellenbogen.

»Nein, weil das illegal ist«, zischte ich ihm zu.

»Aber …« Er wollte trotzig etwas erwidern, da schien ihm erst aufzugehen, was ich eben gesagt hatte. »Illegal?«

»Ja. Und jetzt leg bitte auf.« Einen strengeren Blick bekam ich nicht hin. Doch das war auch nicht mehr nötig, da Felix ohnehin schon das Gespräch beendete.

»Oh, ich höre gerade, das Sonderangebot ist leider schon weg«, rief er ins Telefon. »Das nächste Mal müssen Sie schneller sein.«

Ächzend ging ich in die Hocke und ließ mich neben ihn in den Sand plumpsen. »Hör mal, Felix …«

»Ich wusste nicht, dass das illegal ist«, unterbrach er mich aufgebracht und hob beide Hände. »Wirklich nicht!«

Ernst sah ich ihn an. »Sonst hättest du es nicht gemacht?«

»Niemals. Das schwöre ich.« Er hielt zwei Finger in die Höhe und nickte bekräftigend.

Ich musste lächeln. »Wozu wolltest du denn dein Taschengeld aufbessern?«

»Seit Ewigkeiten wünsche ich mir eine Drohne. Die kostet vierundneunzig neunundneunzig. Ich habe inzwischen einundsiebzig Euro sechsundachtzig zusammengespart, aber bis ich mit dem Sparen fertig bin, sind die Sommerferien längst vorbei. Mama hält mich recht kurz mit Taschengeld.«

»Verstehe.« Kurz überlegte ich, doch dann griff ich in meine Hosentasche und öffnete meine Geldbörse. »Wenn du den Rest der Ferien den Abwasch übernimmst, können wir ins Geschäft kommen.«

Felix' Mund klappte auf. »Danke«, sagte er verdattert. Er sah zuerst mich an, dann den Geldschein, den ich ihm hinhielt, dann wieder mich. »Belohnst du mich jetzt gerade dafür, dass ich illegal mit Sand handeln wollte?«

»Nein.« Ich lächelte. »Ich bringe dir bei, dass man auch durch legale Arbeit Geld verdienen kann.«

Fast ein wenig schüchtern nahm er den Schein an sich und blieb unbeholfen lächelnd im Sand sitzen.

»Na los«, forderte ich ihn schmunzelnd auf. »Ab mit dir.«

Lächelnd sah ich ihm nach, als er den Strand entlangrannte, Ludwig dicht auf seinen Fersen. Und ich wusste genau, dass er spätestens in einer Stunde mit seiner ersehnten Drohne zurück sein würde, um allerhand Quatsch zu machen. Und das Geschirr würde er schrubben, bis es glänzte, dafür kannte ich ihn inzwischen gut genug.

Genüsslich streckte ich mich, fühlte den Wind auf der Haut und den weichen Sand unter meinen Beinen. Irgendwo ganz klein in der Ferne hatten sich ein paar Spaziergänger aufs Watt hinausgewagt, und wie so oft auf der Insel kreiste hoch am Himmel eine Möwe. Gerade als ich tief durchatmete, näherten sich stapfende Schritte.

»Na, hören Sie mal«, schimpfte eine ältere Dame im nächsten Moment auf mich ein. »Erziehen Sie Ihren Sohn gefälligst!«

»Äh … Ähm?«, machte ich nur und sah sie überrumpelt an.

Sie stand nur ein paar Schritte von mir entfernt und schüttelte heftig den Kopf. »Wenn alle Mütter so sind wie Sie, dann sind unsere schönen Urlaubsstrände bald alle zugemüllt!«

Verwirrt sah ich sie an. Es war mir völlig schleierhaft, was sie meinte. Schließlich bedachte sie mich mit einem Blick, als säße ich mindestens zwischen zehn Türmen leerer Süßigkeitenpackungen.

»So. Das ist nicht Kunst, das ist Umweltverschmutzung.« Energisch umklammerte sie ihren Gehstock, dann zog sie mit einem letzten abfälligen Kopfschütteln von dannen und ließ mich ratlos zurück.

»Denken Sie sich nichts«, schaltete sich ein älterer Herr ein, der ganz in der Nähe auf einer Bank saß und die Szenen offenbar beobachtet hatte. Er lachte. »Der Lebensinhalt mancher Menschen besteht darin, andere zu kritisieren.«

»Scheint fast so.« Dankbar lächelte ich ihm zu.

»Vielleicht sollte ich auch mal pöbelnd herumlaufen. Muss toll sein.«

»Na dann, auf geht's!« Ich grinste, und er winkte lachend ab.

»Im Ernst. Ihr Sohn ist ein toller Zeichner.« Anerkennend nickte er mir zu. Und auf meinen fragenden Blick hin wies er mit der Hand in den Sand. »Ist schön geworden.«

Jetzt sah ich es auch.

Nur ein paar Meter weiter war eine Zeichnung zu sehen, vermutlich war sie mit einem Stock in den feinen Sand gemalt worden. Ein niedliches kleines Männchen mit Knubbelnase, wild vom Kopf abstehenden Haaren und Dackelblick kniete im Sand und streckte seine Hände nach oben.

Unvermittelt traten mir Tränen in die Augen. Ärgerlich wischte ich sie weg. Das war nicht irgendein Männchen, es war das Männchen unseres Jubiläums. Jedes Jahr zu unserem Kennenlerntag hatte Matthias mir einen neuen Stein bemalt. Jedes Jahr versteckte er für mich einen Stein, auf dem mir ein kleines Männchen sein Herz entgegenstreckte. So auch letztes Jahr.

»Unser Jubiläum«, flüsterte ich.

»Wie bitte?« Der ältere Herr hielt sich die Hand ans Ohr.

Ich biss mir auf die Lippe. Es war nicht meine Art, mich bei fremden Touristen auszuweinen. »Talentiert, der Junge, was?«, sagte ich stattdessen.

»Ist er.« Der Herr nickte lächelnd und strich sich über die kreisrunde Glatze. »Ist er.«

Aufgewühlt beugte ich mich über die Zeichnung, kämpfte mit den Tränen und hasste mich dafür. Matthias hatte es nicht verdient, dass ich auch nur eine weitere Träne für ihn vergoss. Trotzdem schaffte er es immer wieder, sich in meine Gedanken zu schleichen.

Gerade stand er vor meinem inneren Auge und lächelte mich an.

»Alles Gute zum Dreijährigen, Schatz«, hörte ich ihn flüstern. In meiner Erinnerung tanzten wir am Strand. Die Sonne war bereits untergegangen, und der Vollmond leuchtete silbrig hell über dem glitzernden Meer. Ich schloss die Augen, glaubte zu spüren, wie er mich an sich zog, fühlte seine Hände auf meinem Rücken und seinen Atem an meiner Wange. Der Stein mit dem süßen Männchen lag zu unseren Füßen, Matthias' altes Funkradio spielte eine romantische Rumba.

Bei der Musik konnte ich gar nicht anders, als im Takt mitzuwippen. Wohlige Wärme stieg in mir auf, als ich seinen Arm unter meinem spürte, seine Hand an meinem Rücken und, das war aber nicht weiter schlimm, gelegentlich auch seinen Fuß auf meinem. Tanzen hatte noch nie zu Matthias' Stärken gehört.

Zärtlich zog er mich mit sich, im Takt der Musik, eng umschlungen den Wellen entgegen. Mein Herz hüpfte, als er mich schwungvoll drehte, und jede meiner Fasern prickelte, als er mich küsste.

Doch Frau Roth und die Unbekannte auf dem Foto suchten mich selbst dort heim, in der süßen Welt der Erinnerung. Und plötzlich war mein vergangenes Paradies wertlos geworden.

»So kreativ, der kleine Zeichner.« Beinahe zuckte ich zusammen, als mich die freundliche Stimme des älteren Herrn zurück in die Gegenwart holte.

»Das war nicht er«, sagte ich abwesend und starrte auf die Zeichnung.

»Vor allem die Salami.«

»Ja, vor allem … Was?« Ich stockte und blinzelte erstaunt. Hatte er gerade Salami gesagt?

Tatsächlich. Das Männchen, das mir auf Matthias' Steinen immer ein Herz entgegengestreckt hatte, hielt nun eine Salami in den kleinen Händen. Eine echte Salamihülle sogar. Ein kleiner Stein schien sie zu beschweren, sodass der Nordseewind sie nicht mit sich nehmen konnte.

»Moderne Kunst.« Der Herr lachte zufrieden.

»Die Fußabdrücke«, murmelte ich.

Der Sand unter der Zeichnung war beinahe unberührt. Vermutlich hätte ich die Spuren einer Fliege entdeckt, hätte ich sie gesucht. Doch es waren Felix' kleine Schuhabdrücke, die mir zu denken gaben. Sie führten lediglich zur Salami. Die Zeichnung selbst schien dagegen ein Mensch mit größeren Füßen gemacht zu haben.

»Matthias«, flüsterte ich. Mein Puls beschleunigte sich.

»Loben Sie ihn, wenn Sie wieder zu Hause sind, ja?« Mit einem Lächeln wandte sich der ältere Herr zum Gehen. »War nett, mit Ihnen zu plaudern.«

»Entschuldigen Sie meine Zerstreutheit. Alles Gute Ihnen.« Ich nickte ihm freundlich zu, dann blickte ich wieder auf den feinen Sand. Romantisch waren sie schon, Matthias' Botschaften.

Doch jetzt, da ich wusste, dass er mich betrog, waren sie nichts mehr wert. Wut stieg in mir auf. Nachdem er mich mit zwei Frauen betrogen und seine Seitensprünge auch noch geleugnet hatte, besaß er die Frechheit, mir auf der ganzen Insel immer wieder romantische Botschaften zu verstecken?!

Ich presste meine Lippen fest aufeinander und hob eine Handvoll Steine auf.

Ohne nachzudenken, holte ich aus und warf den ersten Stein. Mitten auf die niedliche Knollnase des Männchens. Der zweite traf ihn irgendwo in der Magengegend, der dritte sein Knie. Zugegeben, das Männchen konnte nichts dafür. Trotzdem fühlte es sich so gut an, dem dumpfen Aufprall der Steine zu lauschen und den Sand aufspritzen zu sehen.

Erst als ich mich nach ein paar Minuten erschöpft in den Sand plumpsen ließ und das Männchen nicht mehr erkennbar war, fühlte ich mich besser.

Jetzt hatte ich keinen Zweifel mehr. Matthias war hier auf Spiekeroog. Und sollte ich ihn finden, würde ich ihm gehörig die Meinung sagen.

KAPITEL 16

»Zum dritten Mal hallo!«, rief Nicole fröhlich, als ich wieder an ihr vorbeijoggte und eine verschwitzte Haarsträhne aus meinem inzwischen roten Gesicht pustete.

»Zum letzten Mal, hoffe ich.« Schnaufend winkte ich ihr zu und blieb stehen.

»Wenn man dir irgendwie helfen kann …?«

»Alles gut!« Kurz musste ich nach Luft ringen, stützte dann die Arme auf meine Knie und schüttelte den Kopf. »Aber danke.«

»Notarzt? Sauerstoffgerät?« Sie grinste und schloss die Tür zum Hühnerstall.

Ich hob den Blick und lachte sie an. »Ein Fitnesstrainer würde schon reichen.«

»Soll ich dir was Bequemes leihen?« Etwas skeptisch sah sie an mir herunter. »Für Sport bin ich kein Fachmann, aber beim Joggen wären Schuhe mit Absätzen nicht unbedingt meine erste Wahl gewesen.«

Wahrscheinlich sah ich wirklich ein wenig seltsam aus. Meine Füße schmerzten, meine Bluse war durchgeschwitzt, und ein leises Kitzeln am Nacken verriet mir, dass sich einige Haarsträhnen aus meiner Hochsteckfrisur gelöst hatten. »Ich suche einen Mann«, brachte ich schwer atmend hervor.

»Dazu musst du doch nicht dreimal um die ganze Insel joggen, Sophie!« Ihre Augen funkelten, als sie ein paar frische Eier in einen Korb schichtete. »Nächste Woche ist bei uns Speed-Dating. Du bist herzlich eingeladen!«

Es musste sich für Nicole natürlich schräg anhören. Doch ich hatte mir an diesem Morgen vorgenommen, diesen Botschaften und den dazugehörigen Schockmomenten für mich ein Ende setzen. Deshalb musste ich ihn finden und ihm die Meinung sagen. Anschließend konnte endlich ein neues Leben beginnen. Ihn vergessen und glücklich werden. Vielleicht ja mit einem neuen Mann, vielleicht sogar mit Tom.

»Nicht irgendeinen Mann.« Ich holte tief Luft, da Nicole mich ohnehin schon verwirrt ansah. »Meinen. Also genauer gesagt den, der mal meiner war.«

»Ist denn was passiert?«, fragte sie erschrocken. »Soll ich ein paar Leute zusammentrommeln?«

»Nein. Er ist mir nur …«

»… entlaufen?«, beendete sie meinen Satz und sah mich ernst an. »Oje. Wenn es ein Hund wäre, würde ich jetzt fragen, ob er gechippt ist. Aber ich schätze, bei Männern ist das noch nicht üblich.«

»Nicole!«

»Entschuldige.« Sie grinste schief, um mich zu beschwichtigen. »Frag Felix. Der könnte Ludwig suchen lassen.«

»Kann der das denn?« Zweifelnd sah ich sie an. Ludwig hatte eine tolle Nase, wenn es darum ging, verloren gegangene Köstlichkeiten aufzuspüren. Aber Matthias war schließlich kein Döner.

Nicole hob stolz das Kinn. »Ich habe mit Ludwig für die Gebrauchshundeprüfung viel Fährtenarbeit gemacht. Er kann das.«

»Wirklich? Das wäre gigantisch!« Am liebsten hätte ich sie an mich gedrückt, doch das holte ich besser nach, sobald ich geduscht hatte.

»Du musst ihm nur ein Kleidungsstück unter die Nase halten und *Such!* sagen.«

»Ich danke dir!« Schwungvoll und mit einem hoffnungsvolleren Gefühl drehte ich mich um und lief in Richtung unseres Hauses davon.

»Und in Zukunft einfach die Haustür geschlossen halten, dann haut er auch nicht mehr ab!«, rief Nicole mir noch nach. Das war wieder typisch für sie. Ernst bleiben war garantiert noch nie ihre Stärke gewesen.

Ich musste grinsen. Sobald ich Matthias gefunden hatte, würde ich ihm gehörig die Meinung sagen. Danach konnte er bleiben, wo er wollte. Nur nicht bei mir.

Kaum hatte ich den dunkelgrünen Herrenpullover aus meinem Zimmer geholt und mich wieder auf den Weg zum Strand gemacht, sah ich Felix auch schon im Sand sitzen.

Ich hielt mir die Hand über die Augen, um mich gegen die tief stehende Morgensonne zu schützen. Der Sand fühlte sich weich an unter meinen Schritten. »Felix!« Hektisch fuchtelte ich in der Luft herum, um auf mich aufmerksam zu machen, doch Felix war offensichtlich zu beschäftigt.

Konzentriert, mit leicht herausgestreckter Zunge, saß er neben einem großen Rucksack im weichen Sand und inspizierte die Fernsteuerung der Drohne, die bereits ein paar Zentimeter über dem Boden schwebte. Neben ihm lag Ludwig und blickte recht skeptisch drein.

»Felix!«, rief ich erneut.

Erst als Ludwig Laut gab und in meine Richtung sah, bemerkte er mich. »Sophie!« Er strahlte mich an, als ich näher kam. »Gut genug für eine Vorführung bin ich noch nicht.«

»Ein andermal!«, beruhigte ich ihn und blieb schließlich vor ihm stehen. »Kann ich mir Ludwig ausborgen?«

»Falls das ein Test ist …« Streng sah er mich über den Rand seiner Brille hinweg an. »Ich bin ein zuverlässiges Kind und gebe den Hund ohne Nicoles Erlaubnis nicht in andere Hände.«

»Keine Sorge, Nicole weiß Bescheid. Du kannst sie ruhig fragen«, erklärte ich.

Einen Moment lang schwieg er, dann schob er bedächtig seine Brille nach oben. »Dann glaube ich dir das mal.«

»Sehr gut.«

»Wann bringst du ihn zurück? Ich würde schon gerne Ort und Uhrzeit ausmachen, da du ja so schlecht erreichbar bist.« Vorwurfsvoll hob er die Augenbrauen.

»Ähm, klar.« Fieberhaft überlegte ich. Wie lange Ludwig wohl brauchen würde, Matthias aufzuspüren?

»Also?« Seine Augenbrauen schienen sich noch ein wenig höher zu schieben.

»In einer Stunde habe ich einen Termin in der Klinik. Der Chef möchte uns sehen. Länger brauche ich Ludwig sowieso nicht.«

»Dann in einer Stunde hier. Sei pünktlich.« Streng sah er mich an. »Und nimm die Leckerli-Tüte mit.«

»Aye, aye, Captain.« Lachend steckte ich die Leckerlis ein und hielt Ludwig den Pullover unter die Nase. Vielleicht klappte es ja tatsächlich.

»Such, Ludwig. Such!« Es dauerte keine Sekunde, da hatte Ludwig schon die Nase am Boden und rannte los. Und ich hinterher.

»Sophie?« Malaikas Stimme schallte quer über den Strand. Aus dem Augenwinkel sah ich sie besorgt herübergucken.

»Grad ungünstig!«, japste ich.

Quer durch den Ort lief ich Ludwig nach, bis er schließlich vor der Apotheke stehen blieb. Interessiert schnüffelte er eine Bank ab und gönnte sich einen kleinen Snack neben dem Mülleimer.

»Aus!« Hektisch packte ich seinen Kopf, um ihn wegzuziehen. Doch es war längst zu spät. Brotkrümel und ein paar glitschige Fetzen Schnittkäse konnte ich ihm noch aus dem Maul holen, der Rest war längst außer Reichweite. Schuldbewusst sah Ludwig mich an, während ich meine spärliche Ausbeute in ein Taschentuch wickelte, mir die Finger abwischte und das Knäuel schließlich in den Mülleimer warf.

Wusste ich es doch. Ludwig hatte zuerst und immerzu nur Fressen im Sinn.

Aber Moment mal. Lag da im Mülleimer nicht die Verpackung von Matthias' liebsten Schokoriegeln? Ich spürte Hoffnung in mir aufsteigen.

Viel Zeit zum Nachdenken hatte ich allerdings nicht, weil Ludwig sich bereits wieder schnüffelnd in Bewegung setzte und ich mit ihm Schritt zu halten versuchte.

»Entschuldigung, darf ich mal?« Offenbar war gerade ein Schiff angekommen, denn eine ganze Horde an Menschen schob sich fröhlich plaudernd durch die Straße. Sogar Ludwig hatte seine Probleme. Ängstlich wich er den unzähligen Beinen aus, die ihm entgegenkamen. Und keiner der Passanten sah zu Boden. Dass noch niemand auf seine Pfoten getreten war, grenzte an ein Wunder.

»Achtung, nicht draufsteigen!«, schrie ich laut.

In diesem Moment gab Ludwig Laut, und ich zuckte zusammen. Mein Herz klopfte. Ich ließ den Blick über die Menschenmenge schweifen, doch keiner der Hinterköpfe kam mir bekannt vor. Drei junge Mädchen in Hotpants ließen sich gegenseitig ihr Schleckeis probieren, ein älterer Herr führte seinen Hund an der Leine spazieren, und ein Pärchen blieb knutschend mitten auf der Straße stehen. Erst als Ludwig ein zweites Mal bellte, sah ich ihn. Da! In hellblauem Hemd und kurzer, dunkelblauer Hose. In den Händen trug er zwei Einkaufstüten.

Er war es tatsächlich. Erleichterung machte sich in mir breit. Jetzt musste ich ihm nur noch deutlich machen, dass er mir keine Botschaften mehr hinterlassen sollte. Dann würde die Achterbahn meiner Gefühle endlich stillstehen. Es war höchste Zeit.

»Matthias!«, rief ich laut, um die Unterhaltungen der Schiffsgäste zu übertönen, doch er drehte sich nicht um.

Ich reckte meinen Kopf, um ihn nicht aus den Augen zu verlieren. Ein groß gewachsener Herr mit einem Kaffeebecher in der Hand drückte sich an mir vorbei. Für einen Moment schob sich sein Kopf in mein Blickfeld, dann war er weg. Leider nicht nur der Kaffeetrinker, sondern auch Matthias.

Hoffnungsvoll sah ich Ludwig an und wies auf einen Hoteleingang in der Nähe. »Er ist da drin, oder?«

Als Ludwig wieder Laut gab, stand ich ein wenig unschlüssig da und starrte an der Fassade des Hotels empor, in das Matthias verschwunden sein musste. Hinter irgendeinem dieser Fenster hatte er wohl sein Zimmer.

»Komm, Ludwig.« Ich gab dem Hund als Belohnung für die erfolgreiche Suche ein Leckerli, und er folgte mir in die Empfangshalle des Hotels, die Nase noch immer am Boden.

»Hunde sind hier nicht erlaubt!«, tönte es sogleich energisch von der Rezeption her.

»Dürfte ich nur kurz …«

»Ohne Hund dürfen Sie fast alles.« Der Rezeptionist lächelte angespannt.

Seufzend ließ ich Ludwig vor der Tür Sitz machen. Ich schärfte ihm ein, dort zu bleiben, und trat näher an die Rezeption. Der Herr hinter der Theke hatte eine Lesebrille auf die Nasenspitze gesetzt, guckte angestrengt auf den Computerbildschirm und klickte so laut mit der Maus, dass ich fürchtete, sie könne kaputtgehen, bevor ich ihn nach Matthias' Zimmernummer fragen konnte.

»Entschuldigen Sie, ich suche das Zimmer von Herrn Matthias Schwarzer.«

»Moment. Ich muss hier … Ach, Mist.«

Ich hatte es geahnt. Wer so laut auf seiner Maus herumhackte, konnte mit dem Rest des Computers meist ähnlich gut umgehen.

Höflich blickte der Mann auf. »Wie war der Name noch?«

»Schwarzer. Matthias Schwarzer.«

Mit Daumen und Zeigefinger fasste er seine Brille und zog sie ein Stück nach oben. Ich hörte ihn zuerst tippen, dann scrollen.

»Nein, einen Herrn Schwarzer haben wir nicht.«

»Aber …« Ich stockte. Ich war mir so sicher gewesen. Und Matthias konnte doch nur hinter dieser Tür verschwunden sein. Außerdem hatte Ludwig mich hergeführt.

Er sah mich über den Rand der Lesebrille hinweg an. »Tut mir leid. Hier wohnt kein Herr Schwarzer, und es ist auch für die nächsten Tage kein Zimmer auf den Namen Schwarzer reserviert.«

»Okay. Danke.«

Ernüchtert trat ich hinaus in den Sonnenschein, wo Ludwig mich schwanzwedelnd begrüßte. Immerhin hatte er artig gewartet. Dafür gab es natürlich noch ein Leckerli. Die Blicke einiger Passanten trafen mich, als ich mich einfach neben ihn auf den Boden setzte.

»Gut gemacht, Süßer. Aber leider trotzdem erfolglos.«

Er sah mich an, als wollte er mich trösten, und schleckte mir aufmunternd über die Nase. Ein paar Minuten lang blieb ich einfach auf der Straße sitzen. Ich beobachtete die fremden Beine, die auf Höhe meines Gesichts vorbeiliefen, und streichelte Ludwig, der sich inzwischen auf den Rücken gedreht und alle viere in die Luft gestreckt hatte.

»Wir finden ihn schon«, sagte ich, mehr zu mir selbst als zu Ludwig, der genüsslich die Augen schloss, als ich seinen Bauch kraulte.

Ich wusste nicht mehr, wie lange ich dort auf dem Boden gesessen und mit Ludwig gekuschelt hatte. Eine ganze Weile jedenfalls, denn als ich ihn bei Felix ablieferte, musste ich mich beeilen, um nicht zu spät in die Klinik zu kommen.

»Sophie, komm rein.« Tom hielt mir lächelnd die Tür auf. Im Vorbeigehen berührte er meine Schulter. »Dann wären wir also vollständig.«

Im Versammlungsraum stand bereits die Luft. Eine Mischung aus Deo, Aftershave und verbrauchter Atemluft schlug mir entgegen, als ich eintrat und mich zwischen zwei Kollegen auf einen Stuhl quetschte. Tom wartete vorne, die Hände in die Hüften gestemmt.

Unsere Blicke trafen sich für einen kurzen Moment, dann klopfte er mit der Faust auf den Tisch. »Ruhe bitte!«

»Können wir das Fenster öffnen?«, rief jemand hinter mir.

Eine gute Idee, fand ich. Mit der flachen Hand fächelte ich mir ein wenig Luft zu, doch es brachte nicht viel.

Tom dehnte seinen Nacken, bevor er fortfuhr. »Ich habe diesmal die monatliche Versammlung ein wenig früher angesetzt, weil wir Wichtiges zu besprechen haben.«

Mein Blick ging durch die Reihen. Es waren nicht nur Kollegen anwesend. Auch Frau Roth, Frau Ammer und zwei weitere Patienten saßen an der linken Zimmerwand. Das war ungewöhnlich.

»Ich will es kurz machen.« Toms Stimme dröhnte. »Diese vier Patienten wurden innerhalb des letzten Monats bestohlen. Unsere Aufgabe ist es, die Vorfälle aufzuklären, damit nicht noch mehr wegkommt.«

»Was wurde denn gestohlen?«, meldete sich die Bewegungstherapeutin zu Wort.

Toms Stirn legte sich in Falten. »Bei Frau … äh … Roth – richtig? – war es ein Notizbuch, das inzwischen wieder aufgetaucht ist. Bei Frau …«

»Bei Frau Ammer ein bemalter Stein«, schaltete sich Frau Roth ein. Ihre silbernen Creolen schwangen hin und her, als sie den Kopf drehte. »Frau Erber wurde das Handy entwendet, und bei Herrn Merkt war es seine Kamera.«

Ein Murmeln ging durch den Raum. Köpfe drehten sich, und eine Ärztin zeigte auf.

Tom klopfte wieder auf das Pult, woraufhin die Versammlung verstummte. »Bitte, haben Sie eine Frage?«

»Wie sahen die Gegenstände denn genau aus?«

Frau Ammers Wangen färbten sich rosa. »Mein Stein ist gelb, orange und rot gefleckt. Es ist mein Glücksstein, meine Enkelin hat ihn im Kindergarten bemalt.«

»Ist das nicht der, der Ihnen bei der Bewegungstherapie aus der Tasche gefallen ist, Frau Ammer?«, schaltete sich die Therapeutin ein. »Ich habe ihn direkt nach der Stunde im Sand gefunden und Ihrer Mitpatientin Frau Steffens gegeben.«

»Oh?«, machte Frau Ammer. »Ich habe von ihr jedenfalls nichts bekommen.«

»Wo ist Frau Steffens gerade?« Tom hob die Augenbrauen und nickte der Oberärztin zu. »Können Sie klären, ob sich der Fall gelöst hat? Das wäre ja wünschenswert.«

Die Oberärztin nickte kurz und verschwand durch die Tür, während Tom sich wieder den vier Patienten zuwandte. »Nun zu Ihnen, Frau …«

»Erber.«

»Richtig. Frau Erber. Bei Ihnen war es der Fotoapparat?«

»Nein, mein Handy.« Die blonde, zierliche Dame blinzelte nervös. »Ein Fairphone in einem grauen Filztäschchen.«

Tom blickte ernst in die Runde. »Hat das jemand von Ihnen gesehen?«

Niemand meldete sich. Die Schultern der blonden Frau hoben sich, als sie tief durchatmete. Vermutlich war sie es nicht gewöhnt, vor so vielen Menschen zu sprechen.

Der Herr daneben beugte sich ein wenig nach vorne. »Bei mir war es eine Kamera. Schwarz, Marke Canon.«

»Gut. Dann würde ich …«, setzte Tom an.

Doch in diesem Moment schwang die Tür auf, und die Oberärztin kam zurück, in der Hand einen kleinen, bemalten Stein. »Frau Ammer?« Sie hielt ihr den Stein hin. »Ihre Mitpatientin hat vergessen, ihn weiterzugeben.«

»Ach!« Frau Ammer strahlte, und ihre Wangen wechselten von einem zarten Rosé zu einem Erdbeerrot. »Wie schön, dass ich ihn wiederhabe!«

»Dann wünschen wir uns doch, dass das Handy und die Kamera auf dieselbe Weise auftauchen«, meinte Tom zufrieden. »Hat denn jemand etwas dazu zu sagen?«

Alle schwiegen. Einige hoben ihre Köpfe und blickten neugierig durch die Reihen.

»Auch wenn Ihnen nur eine Kleinigkeit aufgefallen ist. Es könnte wichtig sein.«

Wieder Schweigen. Keiner regte sich, alle schienen den Atem anzuhalten. Auch ich hatte ein komisches Gefühl im Magen. Wenn der Schuldige nicht gefunden wurde, würde eine misstrauische Atmosphäre zurückbleiben.

»Nicht so zaghaft!«, rief Tom laut und lächelte aufmunternd in die Runde.

Ich folgte seinem Blick. Marie hatte ihre Hand zurückhaltend nach oben gestreckt, beinahe wirkte sie schüchtern.

»Ich habe eine Beobachtung gemacht, die uns vielleicht weiterhelfen könnte.« Maries Blick war starr zu Boden gerichtet. Sie schien noch kein einziges Mal geblinzelt zu haben.

Tom hob die Augenbrauen. »Na, dann raus mit der Sprache.«

»Als ich mir letzten Donnerstag in der Mitarbeiterküche Kaffee gemacht habe, ist jemand vom Personal hereingekommen und hat schnell ein graues Täschchen verschwinden lassen. Ein Handy hätte da gut reingepasst.«

»Interessant.« Tom schob sein Kinn vor und kniff die Augen zusammen.

»Dieselbe Person habe ich kurz darauf aus dem Patientenzimmer von Herrn Merkt kommen sehen. Mit einer Umhängetasche.«

»Was heißt kurz darauf?«, fasste die Oberärztin nach.

Maries Mundwinkel zuckte. »Am Ausflugstag, das war Freitag. Alle Patienten waren unterwegs, sie haben ein Schiff aufs Festland genommen.«

»Sehr interessant«, kommentierte Tom laut und durchdringend. »Aber das Wichtigste hast du uns verschwiegen. Von wem sprichst du denn?«

Ich konnte sehen, dass sie schluckte. Sie schien mit sich zu kämpfen. »Eigentlich schwärze ich nicht gerne jemanden an«, sagte sie leise.

»Das ist in diesem Fall etwas anderes«, beruhigte sie sogleich die Oberärztin. »Wir sind ja alle dankbar, wenn diese Reihe an Diebstählen aufgeklärt werden kann.«

»Wer war es denn nun?« Toms Finger trommelten ungeduldig auf den Tisch.

Alle hielten den Atem an. Marie blickte zu Boden und holte tief Luft.

»Na?«, machte Tom.

»Es war Sophie Hummel.«

KAPITEL 17

Meine Kinnlade klappte nach unten, mein Herz klopfte wie verrückt, und kotzübel war mir auch. Alle Blicke schienen auf mich gerichtet zu sein.

»Nein«, flüsterte ich fassungslos. »Das hängst du mir nicht an.«

»Sophie, ist das wahr?« Toms Stimme zitterte ein wenig, seine Miene spiegelten sich Besorgnis und Entsetzen zugleich.

»Natürlich nicht!«, rief ich entrüstet.

»Sophie«, sagte Tom eindringlich. Er schluckte, als er schließlich vor mir in die Hocke ging und seine Hand auf die meine legte. »Das darf bitte nicht wahr sein.«

»Nein!« Mein Herz schien für einen Moment auszusetzen.

Ein Raunen ging durch den Raum. Einige zeigten mit dem Finger auf mich, andere saßen nur mit offenen Mündern da. Zugetraut, so schien es zumindest, hatte mir die Diebstähle kaum jemand.

»Marie sagt …«

»Ihr könnt mein Zimmer durchsuchen«, bot ich an. Ich suchte Toms Blick, doch er wich mir aus. »Jederzeit. Ihr werdet nichts finden. Weil ich nicht die Diebin bin.«

»Zimmerdurchsuchung«, wiederholte Tom langsam und nickte der Oberärztin zu. »Ich bin mir sicher, das kann Sophies Unschuld beweisen. Könnten Sie das übernehmen?«

»Mache ich.« Sie nickte. »Das ist die einfachste Möglichkeit. Vielen Dank, Frau Hummel, dass Sie das anbieten.«

»Durchsucht jede Socke einzeln, wenn ihr wollt.« Ich schüttelte den Kopf, erschöpft ließ ich mich gegen die Stuhllehne sinken. Toms Hand lag warm und beruhigend auf meiner. »Ich schwöre, ich habe nichts gestohlen. Niemals.«

Marie sah noch immer zu Boden und vermied es, mich anzusehen.

»Ich möchte auch noch etwas anmerken«, schallte die kräftige Stimme der Bewegungstherapeutin durch das Versammlungszimmer.

»Ja, bitte?« Tom hob den Kopf.

»Ich finde es äußerst unangebracht, Frau Hummels Namen bereits in der großen Runde zu nennen, wenn ihre Schuld noch gar nicht bewiesen ist.«

»Hören Sie ...«, setzte Tom an, doch sie unterbrach ihn forsch.

»Ein umsichtiger Chef hätte Marie nach draußen gebeten und die Sache ein wenig diskreter geklärt.«

Tom räusperte sich verlegen. »Vielleicht ... Aber Sie haben recht. Da hätte es diskretere Möglichkeiten gegeben, ja.«

Ich warf ihr einen dankbaren Blick zu, doch es war längst zu spät. Ein paar Kolleginnen von mir sahen mich an, als hätte ich gerade die Finger in ihrer Handtasche. Aus dem Augenwinkel beobachtete ich einen Kollegen, der Marie tröstete, die ziemlich blass auf ihrem Stuhl saß. Sie war wirklich eine grandiose Schauspielerin. Aber warum beschuldigte sie mich? Nur um Tom für sich zu haben? Ich konnte es immer noch nicht fassen.

»Frau Hummel? Bitte kommen Sie mit.« Die Oberärztin hatte einen mitfühlenden Blick aufgesetzt, als sie mich nach draußen eskortierte, den langen Gang entlang, die Treppe hinunter und quer über den Strand zu unserer Wohngemeinschaft. Tom folgte uns in einigem Abstand. Plötzlich fühlte es sich an, als stünde etwas zwischen uns. Etwas Riesiges. Monströses. Und es war aus dem Nichts gekommen.

Ich schwieg, als ich den Schlüssel im Schloss umdrehte und die Haustür öffnete.

Im Gang stand Felix, in den Händen einen feuchten Lappen. »Sophie! Bitte sag Tom nichts, ich habe eine Mücke erschlagen. Und jetzt ist da ein Blutfleck auf der Wand …«

Beruhigend lächelte ich ihm zu. »Ich habe jetzt keine Zeit, Felix, das machen wir später, ja? Pack mal den Lappen weg.«

Felix gehorchte. Gerade noch rechtzeitig, denn da trat auch schon Tom über die Schwelle.

»Sperren Sie bitte Ihr Zimmer auf.« Der Oberärztin war die Situation sichtlich unangenehm.

Ich zuckte die Schulter. »Ist offen.«

»Ach.« Unter Felix' neugierigem Blick trat sie ein, Tom und ich folgten.

Fast ein wenig schüchtern sah sie sich um. Meine Zimmertür knarzte, als die Ärztin sie anlehnte.

Ich ließ mich auf das Bett plumpsen. »Tun Sie sich keinen Zwang an! Wühlen Sie alles durch!«

Vom Bett aus beobachtete ich sie, wie sie Schublade für Schublade meines Zimmers ausräumte. Tom stand unbeholfen daneben und sah ihr über die Schulter.

»Sehr geschmackvoll eingerichtet«, sagte Tom und versuchte ein halbherziges Lächeln.

»Mhm«, machte ich. Das war nun wirklich nicht der beste Zeitpunkt, um über Inneneinrichtung zu reden.

Wieder fasste er nach meiner Hand. »Das wird schon!«, raunte er mir beruhigend zu.

Durch den Türspalt sah ich Felix' linkes Auge. Natürlich wollte er wissen, was vorging.

»Hier wäre schon mal was«, erklärte die Oberärztin da und drehte sich um, in den Händen eine Kamera.

Ich zuckte erschrocken zusammen.

»Wo kommt die her?« Toms Nervosität war unüberhörbar, jäh ließ er meine Hand los.

Wie sollte er mir jetzt noch glauben? »Ich habe keine Ahnung, wie die in mein Zimmer gekommen ist«, sagte ich trotzdem.

»Firma Canon. Ich nehme an, es ist nicht Ihre, Frau Hummel?«, fragte die Ärztin mich eindringlich.

Ich schüttelte den Kopf. Mein Herz schlug inzwischen so laut, dass es in meinen Ohren dröhnte.

»Das muss ein Irrtum sein.« Toms Blick schien sich an meinen Augen festzuhalten. Er war nicht minder geschockt als ich. »Sophie tut so etwas nicht.«

»Ich … Ich habe nicht …«, stammelte ich.

»Es klebt ein Zettel dran.« Die Ärztin hielt mir ein kleines, gelbes Post-it unter die Nase. *Ein Foto von ihm und ihr* stand in zierlich kleinen Buchstaben geschrieben. »Ein Foto von ihm und ihr. Ist das Ihre Schrift, Frau Hummel?«

»Nein«, flüsterte ich. Mir schwante, was für ein Foto ich auf der Kamera finden würde. Es musste vom selben Absender stammen wie das Foto und das Notizbuch. Was sollte das alles bloß?

»Dann finden wir das Fairphone vermutlich auch hier.« Toms Stirn lag in Falten, hinter seinen plötzlich starren Augen schien er fieberhaft über dieselbe Frage nachzudenken wie ich. Und mit jedem Wimpernschlag schien er ärgerlicher zu werden.

Bereits in der nächsten Schublade wurde die Oberärztin fündig. »Hier haben wir es schon. Frau Erbers Fairphone.« Sie wechselte einen Blick mit Tom.

»Was hast du dir dabei gedacht?«, fragte Tom, während die Ärztin das Täschchen aufzog und mit bestätigendem Nicken das Fairphone herauszog.

»Ich sehe die beiden Sachen zum ersten Mal!« Mein Brustkorb wurde eng, eine Schlinge um mein Herz schien sich enger und enger zu ziehen.

»Und wieder eine Notiz.« Sie hielt es mir entgegen. Die schmalen Buchstaben formten *SMS von ihm.*

»Her damit«, sagte Tom ärgerlich, als die Ärztin das Handy zurück in das Täschchen schob. »Und du kannst packen, Sophie!«

Tränen traten in meine Augen. Verschwommen sah ich Tom, der energisch nach Kamera und Fairphone griff und sich kopfschüttelnd zum Gehen wandte.

»Es sind nicht die ersten Dinge, die mir untergejubelt werden.« Ich schnäuzte mich.

»Ausreden. Alles Ausreden«, schnaubte Tom, wandte sich aber noch einmal zu mir um. »Du verstehst doch, dass mir hier keine Wahl bleibt.« Er atmete tief durch. »Du bist fristlos gekündigt. Ich gebe dir eine Woche, dann hast du dieses Zimmer geräumt.«

»Stopp!«, hörte ich plötzlich eine Kinderstimme von der Tür her. »Sophie war es nicht!« Die Tür schwang auf und gab den Blick frei auf Felix, der mit verschränkten Armen vor dem Zimmer stand und sehr entschlossen dreinblickte.

»Hast du uns etwas zu sagen?« Die Oberärztin beugte sich zu ihm hinunter.

»Das ist ein Kind!« Tom verdrehte die Augen.

»Bestimmt waren Sie beide intelligent genug, um zu merken, dass Sophies Zimmer nie abgeschlossen ist. Jeder hätte es in ihr Zimmer legen können«, erklärte Felix kühl.

»Nicht jeder«, verbesserte ihn Tom. »Es sei denn, du beschuldigst mich oder deine Mutter.«

Der Junge schwieg kurz. »So weit hergeholt ist es nicht. Warst du es denn?« Er hob die Augenbrauen.

Zornig funkelte Tom ihn an. »Du weißt ja nicht, was du da sagst. Denk doch einmal nach, bevor du jemanden beschuldigst!«

»Marie war in meinem Zimmer«, fiel mir plötzlich ein. »Als ich mit einer Freundin auf der Terrasse war. Ich habe sie überrascht. Das ist allerdings schon mehrere Tage her.«

»Die Diebstähle liegen tatsächlich auch schon ein paar Tage zurück«, gab Tom zu. »Die Patienten haben die gestohlenen Gegenstände erst relativ spät gemeldet. Sie hielten es wohl zunächst für den Scherz eines Mitpatienten, der häufig mal Essenstabletts versteckt hat.«

»Okay«, sagte ich unsicher. »Vielleicht können wir mit Marie noch ein Gespräch führen?«

»Sie war es auch nicht«, mischte sich Felix ein. »Weder sie noch Sophie.«

Tom seufzte genervt. Ihm war anzusehen, dass ihn Felix' Anwesenheit störte.

»Warum bist du dir so sicher?« Die Oberärztin ging in die Knie, um mit Felix auf einer Höhe zu sein.

»Bin ich einfach.« Trotzig sah er sie an.

Die Ärztin lächelte freundlich. »Es ist löblich, wenn du Frau Hummel und deine Mutter in Schutz nehmen willst, aber Diebstahl ist eine ernste Sache, weißt du.«

Er nickte. »Das weiß ich.«

»Dann bist du sicher so vernünftig und lässt uns die Sache aufklären, in Ordnung?« Sie hob die Augenbrauen.

»Ich war es«, sagte Felix da leise.

Mir entglitten die Gesichtszüge, auch die Ärztin setzte kurz an, etwas zu sagen, blieb jedoch stumm.

»Niemals!« Ich fand als Erste die Sprache wieder und schüttelte den Kopf. Felix würde nichts stehlen, da war ich sicher.

»Was sind das denn genau für Gegenstände, die du gestohlen hast?«, fragte die Oberärztin schließlich.

»Eine Kamera und ein Handy.«

Sie wechselte ihre Position. So langsam schien das Knien auf dem harten Boden unbequem zu werden. »Was für eine

Kamera war das denn genau?«, erkundigte sie sich, nach wie vor sehr ruhig und gefasst.

»Canon.« Felix starrte sie unverwandt an.

Die Ärztin blickte auf das verschlossene, graue Täschchen in Toms Händen, dann wieder auf Felix. »Und das Handy?«

»Fairphone. Wenn ich schon ein Handy stehle, dann ein besonders teures.«

Wieder wechselte sie einen Blick mit Tom. »Aus welchem Zimmer hast du denn die Sachen entwendet?«

»Ich bin an dem Tag in jedem Patientenzimmer der Station gewesen. In zweien davon bin ich fündig geworden.«

»Die Zimmernummer?«

Er kniff die Augen zusammen. »Hätte ich mir höchstens aufgeschrieben, wenn ich vorgehabt hätte, die Sachen zurückzubringen.«

»Sei nicht so frech!«, herrschte Tom ihn an.

Ich stützte den Kopf auf meine Hände. Ich hätte wirklich gern gewusst, wer mir die Sachen ins Zimmer gelegt hatte. Natürlich hatte ich Marie in meinem Zimmer erwischt … Aber ein Beweis war das nicht. Dass Felix die Sachen genommen hatte, glaubte ich dagegen keine Sekunde.

»Das ist wirklich lieb von dir, Felix.« Ich fasste nach seiner Hand, die er mir sogleich entgegenstreckte. »Aber ich weiß, dass du so etwas niemals machen würdest.«

»Doch.« Er biss sich auf die Lippe. »Offenbar habe ich auch Kleptomanie. Passen Sie auf Ihre Handtasche auf, ich traue mir selbst nicht über den Weg.«

»Was hast du auf die Zettel geschrieben?«, bohrte die Ärztin weiter.

Felix legte den Kopf schief. »Sie haben die Zettel doch gerade gelesen. Wenn Sie das schon jetzt nicht mehr wissen, haben Sie ein ziemlich schlechtes Kurzzeitgedächtnis.«

Sie lächelte ungerührt, während Tom sich nur mahnend räusperte. »Du hilfst mir bestimmt auf die Sprünge.«

»Starke Vergesslichkeit ist kein gutes Zeichen. Sie sollten das untersuchen lassen.« Felix warf ihr noch einen entrüsteten Blick zu, dann stürmte er aus dem Zimmer.

Ein paar Minuten schwiegen wir. Ich saß noch immer auf dem Bett, die Knie angezogen, und Tom lehnte an meiner Kommode.

»Aber in einem hat er recht«, sagte die Oberärztin und erhob sich mit knackenden Knien. »Das Zimmer war nicht abgeschlossen.«

»Marie sagt, sie hat dich gesehen. Du sagst, du hast Marie gesehen.« Tom raufte sich die Haare und stöhnte auf.

Nervös biss ich mir auf die Unterlippe. Mein Herz klopfte noch immer so laut, dass ich sicher war, Tom konnte es hören. Ich suchte seinen Blick. »Rufst du jetzt die Polizei?«

Langsam wiegte er seinen Kopf. »Eine Kamera und ein Smartphone sind kein Pappenstiel.«

Mir wurde heiß und kalt zugleich.

»Andererseits sind die gestohlenen Sachen ja wieder da«, fügte er nachdenklich hinzu.

Die Oberärztin nickte. »Und wenn wir ehrlich sind, ist die ganze Sache nicht so einfach. Die Zimmertür war offen, es hätte wirklich jemand die Dinge hier verstecken können, um Sie zu belasten, Frau Hummel.«

Tom hatte eine tiefe Falte auf der Stirn und starrte mit düsterem Blick an die Wand. »In Krankenhäusern wird ständig etwas gestohlen«, meinte er schließlich. »Wenn wir jedes Mal die Polizei rufen würden, wenn etwas wegkommt, könnten wir neben dem Schwesternzimmer gleich noch eine Wache einrichten.«

Die Oberärztin sah auf. »Heißt das …?«

Tom drehte sich zu mir. Ernst sah er mich an. »Ich werde von einer Anzeige absehen. Aber ob das die bestohlenen

Patienten genauso sehen, kann ich dir natürlich nicht sagen.«

Ich atmete auf. Das war zumindest ein kleiner Lichtblick.

Tom schluckte. »Ich belasse es bei einer scharfen Abmahnung.«

»Vielen Dank, dass Sie so kooperativ waren.« Die Oberärztin streckte mir die Hand hin, die ich schüchtern ergriff.

KAPITEL 18

»Aufstehen, Sophie!«

»Mmmh?«, machte ich müde, drehte mich um und kuschelte mich wieder in die Kissen.

»Wach auf!«

»Mnnnngh!«

Gerade nach dem Schreck vom Morgen wollte ich mich am liebsten nur noch in meinen Kissen vergraben. Als sich die Tür hinter Tom und der Oberärztin geschlossen hatte, war ich schlagartig todmüde gewesen. Ich hatte mich einfach zurück aufs Bett fallen lassen und die Decke über den Kopf gezogen. Dass ich meine Arbeit nicht verloren hatte, grenzte an ein Wunder. Dass ich Marie noch nicht den Hals umgedreht hatte, ebenfalls.

»Ich weiß, du fühlst dich scheiße. Aber komm jetzt endlich raus da!« Malaikas Stimme wurde energischer.

Ich wälzte mich zur Seite und kniff meine Augen zusammen, um mich vor der tief stehenden Abendsonne zu schützen, die durch das offene Fenster schien. Auf der Terrasse stand Malaika, die Ellenbogen auf dem Fensterbrett, und winkte mir fröhlich zu.

»Ich habe wieder Nachtschicht«, sagte ich gähnend.

»Oje!« Malaika erschrak. »Das hatte ich vergessen. Tut mir leid, dass ich dich geweckt habe.«

»Schon gut.« Müde rieb ich mir die Augen. Schön geträumt hatte ich ohnehin nicht. Es grenzte an ein Wunder, dass ich überhaupt hatte einschlafen können. Zunächst war ich kurz weggedämmert, aber beruhigt hatte ich mich erst, nachdem Tom mir Bescheid gegeben hatte, dass die Patienten ebenfalls keine Anzeige erstatten würden.

»Warum schläfst du eigentlich bei geöffnetem Fenster? Da könnte doch jederzeit jemand einsteigen.«

»Um was zu tun?« Ich grinste schief und setzte mich auf. Viel besaß ich ohnehin nicht. Seit dem Umzug gab es bei mir weder einen Fernseher noch einen Laptop zu holen. Und mein altes Handy mit dem kleinen Display und den klobigen Tasten interessierte erst recht niemanden. Trotzdem musste ich zugeben, dass ich mein Fenster oft viel zu leichtfertig offen stehen ließ, wenn ich schlief. Es war eine alte Angewohnheit. Genau genommen hätte jeder leise einsteigen und die gestohlenen Sachen in meinem Zimmer deponieren können, nicht nur Marie.

»Weiß nicht.« Malaika schwang sich sportlich über das Fensterbrett ins Zimmer, was ich mit Erstaunen beobachtete. Dass das so einfach ging, hatte ich nicht gedacht. »Schokoriegel mopsen?«

»Meine Schokoriegel, um Gottes willen!«, rief ich theatralisch. »Ich brauche sofort eine Alarmanlage.«

Sie lachte. »Apropos. Ich hätte total Lust auf Schokolade.«

»Bedien dich.« Mit dem linken Arm angelte ich nach meiner Bluse, mit dem rechten hielt ich Malaika eine Packung Schokoladenkonfekt hin. »Aber bevor du fragst: Essiggurken für obendrauf habe ich keine.«

Sie tätschelte grinsend ihr Bäuchlein. »Bis jetzt hat das Kind einen erstaunlich guten Geschmack.«

Für einen kurzen Moment setzte ich mich auf die Bettkante. Aufgewühlt war ich noch immer. Wie Malaika da auf meinem Fensterbrett saß und die Beine baumeln ließ … Womöglich war tatsächlich noch jemand anders in meinem Zimmer gewesen. Aber dass Marie unschuldig sein sollte, wollte ich dann doch nicht glauben.

»Hast du schon gepackt?«, fragte ich und zwang mich, alle Gedanken an die Diebstähle beiseitezuschieben, während ich aufstand und im Schrank nach einer frischen Hose kramte. Malaika hatte geplant, morgen die erste Fähre aufs Festland zu nehmen, um die schnellste Verbindung in den Süden zu erwischen. Ich würde sie vermissen. In all dem Durcheinander war ich dankbar gewesen, meine beste Freundin als Unterstützung in der Nähe zu wissen.

»Erinnerst du dich an Fredi, Huberts Bruder? Er ist gerade im Krankenhaus, weil er einen Unfall hatte. Du weißt schon, der, der nach Amerika ausgewandert ist.«

»Dann ist Hubert wahrscheinlich hingeflogen?« Ich griff nach meiner Bürste, um meine zerknautschte Frisur in Form zu bringen. »Ist es schlimm?«

»Es hat sich ernst angehört. Normalerweise würde ich mitfliegen, aber ich möchte mit dem Baby nichts riskieren. Schließlich bin ich schon nach Kenia geflogen, bevor ich von der Schwangerschaft wusste. Aber natürlich mache ich mir Sorgen um Fredi.«

»Verstehe ich gut.« Huberts jüngeren Bruder kannte ich nur flüchtig, da Hubert und er im Nachbardorf groß geworden waren. Doch die Lausbubengeschichten, die Hubert immer von seiner Jugend mit Fredi erzählte, hatten ganze Abende gefüllt. »Sag Hubert, wenn du mit ihm telefonierst, dass ich an Fredi denke.«

»Mach ich.« Malaika nickte traurig.

Ich ließ mich neben ihr auf dem Fensterbrett nieder, um sie zu drücken.

Auch wenn mein Leben gerade eingestürzt war wie ein Kartenhaus, musste ich doch froh sein. Ich war gesund, konnte das Meer rauschen hören und den Wind in den Haaren spüren. Dinge, die man irgendwann für selbstverständlich erachtete. Vielleicht war es ein guter Anfang, mich über all das zu freuen, anstatt wegen Marie zu verzweifeln.

»Das heißt, ich werde noch eine Weile hier auf Spiekeroog bleiben.«

»Um auf mich aufzupassen.« Ich grinste. »Und auf die Schokoriegel natürlich, damit sie niemand klaut.«

»Übrigens ...« Malaika sah sich stirnrunzelnd um. »Hast du zufällig mein Handy gesehen?«

Alarmiert erwiderte ich ihren Blick. »Ist es weg?«

»Ja. Seit gestern. Ich hoffe, dass ich es einfach nur irgendwo habe liegen lassen und es wiederfinde.«

»Tut mir leid.« Ich schüttelte den Kopf. »Aber ich kann dir suchen helfen.«

»Danke, ist schon gut.« Seufzend schwang sie die Beine über das Fensterbrett zurück nach draußen, rutschte herunter und sprang auf die Terrasse. »Ruh dich vor der Nachtschicht lieber noch ein wenig aus. Vielleicht habe ich es doch bei einer Bekannten vergessen, die uns nach dem Geburtsvorbereitungskurs für einen Filmabend eingeladen hat. Obwohl ich eigentlich schwören könnte, dass ich es auf dem Nachhauseweg noch bei mir hatte.«

»Ich drücke die Daumen!« Gedankenverloren sah ich ihr nach, als sie schließlich winkend in Richtung Strand davonging. Dass nun auch Malaikas Handy verschwunden war, machte mich unruhig. Das waren doch zu viele Zufälle auf einmal.

Mit meinen Klamotten unter dem Arm verschwand ich ins Bad, stellte das Wasser auf warm und starrte nachdenklich auf die Wand der Duschkabine, die mit jeder Minute stärker beschlug. Was, wenn Marie nun auch noch zwischen Malaika und mir Zwietracht säen wollte? Womöglich versuchte sie, ihr glauben zu machen, ich hätte ihr Handy gestohlen? Warm rann das Wasser meinen Körper hinab, und mein Hirn schaltete auf Stand-by. Ich hätte ewig unter der Dusche stehen bleiben mögen.

»Mit wem hast du vorhin geredet?«, hörte ich Felix durch die Badezimmertür fragen, als ich mich schließlich anzog.

»Mh?«, machte ich gedankenverloren.

»War das Tom? Musst du etwa ausziehen? Müssen Mama und ich ausziehen?« Seine Stimme klang ungewöhnlich hoch.

Als ich die Tür öffnete, stand Felix vor mir wie ein Häufchen Elend. Er kaute auf seiner Unterlippe, seine Augen starrten mich von unten herauf an, und seine Schultern waren hochgezogen.

»Alles ist gut.« Beruhigend legte ich den Arm um ihn. »Das vorhin war nur Malaika. Tom hat sich schon am Vormittag gemeldet, es wird von einer Anzeige abgesehen.«

Er atmete hörbar aus und ließ die Schultern sinken. »Ich hatte wirklich Angst … Aber vielleicht findet sich ja der Schuldige noch. Ich hoffe es.«

»Du bist es jedenfalls nicht.« Grinsend wischte ich die Dusche trocken.

»Natürlich nicht. Notfalls hätte ich es halt auf mich genommen. Laut Gesetz ist man nämlich erst ab vierzehn strafmündig, wusstest du das? Als Achtjährigem drohen mir noch keine großen Schwierigkeiten.« Felix schluckte und sah mich an. »Euch Erwachsen schon.«

Mir wurde warm ums Herz. »Du Süßer.«

»Links unten sind noch Wassertropfen«, sagte er leise. »Tom ist da pingelig.«

Ächzend streckte ich mich, um auch das hinterste Eck der Dusche zu erwischen.

»Da war übrigens ein Umschlag vor der Tür«, erzählte Felix.

In mir schrillten alle Alarmglocken. Wenn die Diebstahlserie nicht bald ein Ende nahm, würde ich wohl doch noch um meinen Job fürchten müssen. »Was für ein Umschlag genau?«

»Na, ein brauner Umschlag mit deinem Namen drauf. Kein Absender, keine Briefmarke.« Felix zuckte mit den Schultern. »Und schwer ist er.«

Oh nein. »Wo hast du ihn hingelegt?« Mein Herz pochte laut.

»Da.« Er ging im Flur voraus und zeigte ins Wohnzimmer.

Tatsächlich. Auf dem Fernsehtischchen lag ein Umschlag, der sich weit ausbeulte. Mir wurde ganz anders, als ich hinüberging und ihn aufhob. Felix hatte recht. Schwer war er.

»Ist das was Schlimmes?« Er guckte besorgt hinter dem Türstock hervor.

»Nein, nein«, wiegelte ich ab und wischte mir über die Stirn. So langsam wurde mir das alles zu viel. Was, wenn ich darin wieder etwas Gestohlenes fand? Noch einmal würde Tom ja sicherlich kein Auge zudrücken.

Besorgt musterte Felix mich. »Aber warum guckst du dann so, Sophie?«

»Ach«, machte ich. Als ich den Umschlag öffnete, hielt ich den Atem an.

»Und?« Felix sah mir über die Schulter.

»Oh!«

»Ist das …?« Er legte den Kopf schief und sah mich erwartungsvoll an.

Der Stein lag kühl und schwer in meiner Hand. »Wenn du am Ende bist, fang von vorne an«, stand dort in Matthias' geschwungener Handschrift. Ein kleines Männchen mit Knubbelnase umarmte einsam die Luft, der Platz zwischen seinen Armen war leer.

»Matthias«, flüsterte ich und schluckte. Eigentlich wollte ich ihn einfach nur vergessen. Eigentlich …

Wie gerne hätte ich gesagt, dass der Stein mich vollkommen kaltließ. Doch das tat er nicht. Irgendwo da drin war ein kleiner Funken Liebe, der einfach nicht verglühen wollte, sooft ich auch darauf herumtrampelte.

»Ist das der, von dem du erzählt hast, dass er dir früher mal der wichtigste Mensch auf der Welt war?«

Ich nickte nur und blinzelte ärgerlich ein paar Tränen weg. Die Zeit war vorbei, das hatte ich mir doch geschworen.

»Er ist es immer noch.« Felix sah mich prüfend über den Rand seiner Brille hinweg an. »Und das, obwohl er dich so traurig macht.«

»Schluss jetzt«, sagte ich und wischte mir mit dem Handrücken über die Augen. Ich nickte Felix aufmunternd zu. »Geh Ludwig beschäftigen.«

»Den habe ich doch schon zurückgebracht.«

»Ach so.« Verwirrt warf ich einen Blick auf die Uhr. Nach dem turbulenten Morgen war ich zu nichts mehr zu gebrauchen. Eigentlich könnte ich direkt zurück ins Bett gehen.

»Wirst du hingehen?«, fragte Felix, der sich nicht von der Stelle gerührt hatte.

»Wohin?«

»Na, zu deinem Matthias?« Mit Daumen und Zeigefinger rückte er sich die Brille zurecht. »Du bist heute wirklich zerstreut.«

»Ich weiß ja nicht einmal, wo er ist.« Schwungvoll ließ ich den Stein von einer Hand in die andere plumpsen.

»In zehn Minuten ist er am Strand und wartet auf dich.«

Ich sah auf. Mein Herz pochte wild, und mein Magen schlug schon wieder einen Salto. »Woher weißt du das?«

»Das steht da.« Mit beinahe überlegener Miene zeigte er auf die Rückseite des Steins und freute sich über meine überraschte Miene.

»Ohne dich wäre ich völlig aufgeschmissen, Felix! Danke!« Schmunzelnd sah ich ihn an und inspizierte dann die Rückseite des Steins. Weststrand, halb neun, stand da.

Missbilligend schnalzte Felix mit der Zunge. »Nach dem Stress heute Morgen solltest du eigentlich freigestellt werden. So kannst du doch nicht arbeiten.«

»Mach dir keine Sorgen.« Ich lachte und verwuschelte ihm das Haar. »Das wird schon wieder.«

Als ich mir wenig später unter Felix' skeptischem Blick eine Strickjacke überwarf, den dunkelgrünen Herrenpullover aus einer Schublade kramte und die Haustür hinter mir schloss, hatte ich rote Wangen bekommen. Dass ich für dieses Treffen mit Matthias, den ich am liebsten auf den Mond schießen wollte, noch einmal einen Blick in den Spiegel warf, verstand ich selbst nicht.

»Vergiss nicht, dass du heute noch Nachtschicht hast!«, rief Felix mir noch vom Fenster aus hinterher.

Ich warf ihm einen belustigten Blick zu. »Ich bin erwachsen, Felix!«

»Heute bin ich mir da nicht so sicher!« Grinsend schloss er das Fenster.

Schmunzelnd ging ich los und über die Düne davon, in der Hand den inzwischen warmen Stein.

Die Sonne stand rot glühend am Horizont. Majestätisch senkte sie sich über dem Meer, das glitzernde Wellen an den Strand warf. Meine Haare bewegten sich sanft im Nordseewind.

»Matthias?«, rief ich, doch niemand antwortete.

Schritt für Schritt stapfte ich weiter durch den Sand. Der Strand lag menschenleer in der Abendsonne, nur ein paar Möwen zogen weit über dem Ufer ihre Kreise. Ich umfasste den weichen Pullover fester. Und dann sah ich schon das flackernde Licht kleiner Kerzen, die im Sand steckten. Eine rote Decke lag im Sand, zwei Kissen darüber, und auf einem karierten Tuch warteten eine Flasche Wein und ein Korb voller Windbeutel.

Bei dem Anblick traten mir Tränen in die Augen.

»Matthias«, flüsterte ich.

Ich setzte mich auf die Decke, stellte meine Ballerinas zur Seite, grub die Füße in den inzwischen kühlen Sand und wartete kurz. Dass ich mich bei Windbeuteln nicht beherrschen konnte, hätte mir eigentlich klar sein können. Natürlich hatte ich bereits ein paar Sekunden später den ersten Windbeutel in der Hand. Kühle Sahne, fruchtiges Sanddornkompott und ein Hauch Puderzucker obendrauf. Er schmeckte nach vergangenem Glück, nach Ich-liebe-dich-Küssen und nach Händchenhalten.

Fest drückte ich den Pullover an mich und schloss die Augen. Matthias und ich hatten Höhen und Tiefen zusammen erlebt, miteinander gelacht und geweint. Und jeder Tag unserer gemeinsamen Zeit war mir heilig gewesen.

Natürlich wünschte ich mir diese Zeit zurück, die Unbeschwertheit und die unerschütterte Liebe. Doch die gab es nicht mehr.

Und es würde sie wohl nie wieder geben. Das Foto mit der Nackten, das fremde Höschen in seinem Koffer, das Tagebuch, vermutlich auch die Kamera und das Handy, all das hing irgendwie zusammen und dokumentierte doch wohl am Ende nur, wie schlecht es wirklich um uns stand.

Es würde mir für immer unbegreiflich bleiben, wie ich mich in ihm so hatte täuschen können. Natürlich bildete ich mir ein, ich hätte seine Liebe gespürt. Er hatte mir das Gefühl gegeben, er würde mich für immer auf Händen tragen. Und trotzdem hatte er mein Vertrauen enttäuscht. Zuerst mit der braunhaarigen Unbekannten, dann mit Frau Roth. Womöglich noch mit einigen anderen Frauen. Wem das Höschen gehörte, konnte ich nur mutmaßen.

Der Wein und die Windbeutel verschwammen vor meinen Augen. Dunkel und herb erahnte ich Matthias' Geruch in seinem Pullover, den ich noch immer an mich presste, wie um den Matthias meiner Erinnerungen festzuhalten.

Ein Teil von mir war wütend, ein anderer Teil hatte Sehnsucht. Wie sehr wünschte ich mir genau den Matthias zurück, den es vor all diesen Affären gegeben hatte! Doch den würde ich niemals zurückbekommen. Womöglich hatte es ihn nie gegeben. Eine leise Stimme in meinem Herzen sagte mir, dass es falsch war, mir Matthias zurückzuwünschen. Wozu sollte ich jemanden an meiner Seite haben wollen, der meinen Respekt nicht erwiderte? Der meine Liebe mit Füßen trat? Ich würde Matthias nach allem, was vorgefallen war, nie wieder vertrauen können.

»Ich will dich nicht sehen!«, rief ich laut. »Nie wieder!«

Mit klopfendem Herzen zog ich die Knie an meinen Körper. Sehr wahrscheinlich stand Matthias irgendwo im Schatten der Düne und wartete meine Reaktion ab. Gut, die hatte er jetzt gehört.

Wieder schossen Tränen in meine Augen. »Und hinterlass mir keine Nachrichten mehr!«, schrie ich und wiegte mich langsam vor und zurück.

Die Sonne war inzwischen fast hinter dem Horizont verschwunden und zauberte nun ein prächtiges Farbenspiel an den Himmel. Leuchtende Wolken in verschiedenen Gelb- und Rottönen durchzogen den Himmel, rötlich-violett schimmerten die Wellen. Doch die romantische Abendstimmung drang nicht durch meinen Schmerz durch.

»Weißt du eigentlich, wie enttäuscht ich von dir bin?« Die Tränen rannen über mein Gesicht, das sich inzwischen heiß anfühlte. Ich bemühte mich, meine Stimme stark und laut klingen zu lassen, doch sie versagte immer wieder ihren Dienst. »Weißt du, wie sehr du mich verletzt hast?«

Ich war sicher, dass Matthias zuhörte. Und ich hoffte wirklich, dass er sich meine Worte zu Herzen nahm. Vermutlich hatte er nicht einmal richtig nachgedacht, als er mich betrog.

»Eine schöne Frau im Sonnenuntergang …«

Ich zuckte zusammen und wandte mich überrascht um. Verstohlen wischte ich mir die Tränen vom Gesicht und schlüpfte zurück in meine Ballerinas, bevor ich ihm ins Gesicht sah. »Tom.«

Mitfühlend lächelte er mich an. »Eine so schöne Frau wie du sollte nicht am Strand sitzen und weinen.«

Ich seufzte. Eigentlich wollte ich gerade nur allein sein, mich verkriechen und meiner verlorenen Liebe hinterhertrauern.

»Ich darf doch?« Mit einem gewinnenden Lächeln wies er auf die Decke und setzte sich, ohne eine Antwort abzuwarten.

»Hör mal«, setzte ich an, doch Tom unterbrach mich.

»Sag nichts.« Eine Spur zu lange sah er mir in die Augen, ehe er sich zurücklehnte und mit den Ellenbogen im Sand aufstützte. »Es war ein anstrengender Tag, ich weiß das.«

Ich nickte nur und knetete den grünen Pullover wieder, den ich immer noch in Händen hielt.

»Ich glaube dir. Das wollte ich dir noch sagen.« Er nickte mir zu. »Marie kann sehr gemein sein.«

»Gut.« Nervös sah ich mich um. Eigentlich wollte ich Matthias noch so viel sagen, um mit der ganzen Geschichte abzuschließen, doch Tom schien nicht so schnell gehen zu wollen. »Dann haben wir das geklärt. Tom, es tut mir leid, aber ich würde gern allein sein. Ich habe ganz dringend was zu …«

»Aber dafür machen wir beide uns jetzt einen schönen Abend und vergessen alles, was passiert ist.«

»Ich habe Nachtschicht und brauche jetzt wirklich etwas Zeit für mich.« Ich schnäuzte mich und sah ihn entschuldigend an, doch er schien meine Worte nicht sonderlich ernst zu nehmen. Zur Bekräftigung richtete ich mich ein wenig auf und wechselte vom Schneidersitz in die Hocke.

»Das wird ein schöner Abend«, bekräftigte er nochmals und griff nach den Weingläsern, die Matthias auf der karierten Decke bereitgestellt hatte. Was war denn jetzt in Tom gefahren? »Ich habe den Dienstplan geändert. Und nun mache ich uns mal diese schöne Flasche Wein auf, und dann …«

»Ich bin wirklich nicht in der richtigen Stimmung«, sagte ich eine Spur lauter und stützte mich mit den Händen ab, als der Sand unter meinen Füßen ein wenig nachgab.

»Schschsch …«, machte er und strich mit einem Lächeln über meinen Rücken. »Ich bin das beste Mittel gegen schlechte Laune.«

»Tom …«

»Sag nichts. Lehn dich einfach zurück und entspanne.« Er stellte die Weingläser zurück auf die Decke.

Tom hatte wirklich Nerven. Sich auf eine fremde Decke zu setzen, nach fremden Weingläsern zu greifen und einfach nicht mehr zu gehen, war schon dreist. Leicht genervt schnalzte ich mit der Zunge.

»Ich weiß, dass du enttäuscht von mir bist.« Er seufzte tief. »Und das kann ich verstehen. Schließlich habe ich ernsthaft in Erwägung gezogen, du hättest die Sachen genommen.«

Ich winkte ab. »Das halte ich dir nicht vor.«

»Verübeln könnte ich es dir nicht.« Zerknirscht sah er mich an. Das rötliche Licht der untergehenden Sonne spiegelte sich in seinen Augen. »Ich sehe doch, dass dich das mitnimmt. So geknickt habe ich dich selten gesehen.«

»Nein, ich …« Verwirrt brach ich ab. Tom schien offenbar zu glauben, dass ich wegen der gestohlenen Sachen weinte. Vielleicht war es besser, ihn aufzuklären. Auch wenn es ihn eigentlich nichts anging. »Ich habe nur … Ich weiß nicht, wie ich es sagen soll …«

Er nickte verständnisvoll und streckte den Arm aus. »Du musst gar nichts sagen.«

Wie selbstverständlich schob er meine Haare nach vorn, um seine Hand auf meine Schulter zu legen. Ich wollte etwas sagen, doch er schüttelte den Kopf und lächelte. »Eine gute Massage wirkt Wunder, du wirst sehen.«

Schon begann er sanft, meine Schulter zu kneten. »Siehst du, du bist viel zu verspannt.«

Energisch schüttelte ich seine Hand ab. »Geh jetzt bitte. Ich möchte einfach nur ein paar Windbeutel essen und dann in Ruhe etwas klären mit …«

Er zog die Hand zurück und nickte mir freundlich zu. »Du bist sehr zurückhaltend, schon seit wir uns kennen. Vermutlich auch, weil Felix nicht gut über mich spricht.«

»Nun ja …«

Er lachte. »Ist schon okay, ich weiß das doch. Mit Kindern bin ich ungeübt, vermutlich habe ich viel falsch gemacht.«

»Du könntest mit ihm an seiner Drohne basteln«, sagte ich, zugegebenermaßen ein wenig abwesend. Ich reckte meinen Hals, weil ich hoffte, Matthias im Schatten der Düne zu erspähen, doch da war nichts. »Vielleicht gibt er dir noch eine Chance.«

»Das sollte ich wohl. Es ist schade, dass der Kleine mich nicht so recht leiden kann.«

»Das wird schon noch.« Angestrengt starrte ich an ihm vorbei in Richtung Dünen.

»Ich hoffe, auch du kannst deine Vorurteile über mich irgendwann noch abschütteln.«

Verlegen biss ich mir auf die Unterlippe. Unsere Blicke trafen sich, und ich suchte nach einem Vorwand, um mich jetzt endlich zu verabschieden. »Also dann«, sagte ich und klopfte auf meine Oberschenkel.

Der Wink mit dem Zaunpfahl ging völlig an ihm vorbei. »Wenn wir zusammen sind, ist die ganze Welt unwichtig, oder? Wir machen uns jetzt einen schönen Abend.«

»Du bist mir nicht böse, wenn ich jetzt gehe?«, fragte ich schließlich und traute meinen Ohren kaum. Hatte ich ihn wirklich gerade um Erlaubnis gefragt, nach Hause zu gehen? Obwohl er doch derjenige war, der sich ungebeten gesetzt hatte. Na ja, genau genommen hatte ich auch nur einen Stein als Einladung erhalten. Seufzend stand ich auf. »Ich muss ein wenig für mich sein.«

»Nimm dir Zeit.« Tom nickte mit gutmütigem Blick und lächelte, doch ich konnte es nicht erwidern.

Ich spürte seinen Blick in meinem Nacken, als ich mit Matthias' Pullover in Richtung Wohngemeinschaft davonging.

Aus den Augenwinkeln sah ich Nicole mit Ludwig eine Abendrunde drehen. Das Letzte, das ich vom Strand noch hörte, war Nicoles lautes Schimpfen, als Ludwig sich der Windbeutel erbarmte.

Vermutlich hatte Tom es nur gut gemeint. Andererseits war er einfach im unpassendsten Moment hereingeplatzt. Ich musste mit Matthias sprechen. Sonst würde ich nie richtig loslassen können. Nie unbeschwert auf der Insel neu anfangen können. Doch ob Tom derjenige war, den ich danach an meiner Seite wissen wollte, bezweifelte ich. Was ich gerade brauchte und fühlte, interessierte ihn ja gar nicht. So ganz anders als mein Matthias, der mir jede Gefühlsregung von den Augen hatte ablesen können. Hatte. Vergangenheit, ermahnte ich mich.

KAPITEL 19

Als ich am nächsten Tag wieder bei der Arbeit war, tat es mir gut, wieder Normalität zu spüren und mich auf etwas anderes zu konzentrieren. Die Kollegen behandelten mich größtenteils freundlich, einige entschuldigten sich sogar.

»Zum Abschluss dürfen Sie sich noch eine Pappschachtel aussuchen«, sagte ich am Vormittag und wies auf die Kiste neben mir, die ich, wie so oft, auch diesmal für mein Bezugsgespräch an den Strand geschleppt hatte. »Es gibt die unterschiedlichsten Motive.«

»Die sind ja hübsch.« Die junge Frau lächelte unsicher. Sie zog sich ihre Kappe tiefer in die Stirn, um ihre Augen vor der blendenden Sonne zu schützen, und beugte sich über die Kiste.

Ich spürte die warmen Sonnenstrahlen auf meiner Haut und hörte das Meer rauschen. »Diese Schachtel wird von jetzt an Ihr Gedanken-Mülleimer sein, der Ihnen hilft, nicht mehr so viel zu grübeln.«

Sie kramte in der Kiste, irgendwann zog sie von weit unten eine Pappschachtel mit weißen Rosen heraus. »Die nehme ich, die gefällt mir.«

»Sehr schön.« Freundlich nickte ich ihr zu. »Jedes Mal, wenn ein negativer Gedanke kommt, werden Sie ihn aufschreiben, zerknüllen und in diese Schachtel hineinwerfen.«

»Mhm.« Wirklich überzeugt wirkte sie noch nicht, doch

ich hielt ihr mit zuversichtlichem Lächeln einen Stapel buntes Papier entgegen.

»Seien Sie dabei ruhig energisch. Zeigen Sie Ihrem negativen Gedanken ganz deutlich, dass Sie ihn nicht mehr bei sich haben wollen.«

»Hoffentlich sieht mir dabei niemand zu.« Sie schürzte die Lippen und warf mir einen schüchternen Blick zu.

»Trauen Sie sich.« Ich nickte freundlich. Sie war erst gestern in der Klinik angekommen, erfahrungsgemäß dauerte es eine Weile, bis sich die Patienten auf die Therapie einließen.

Plötzlich riss sie die Augen auf, stieß einen spitzen Schrei aus und warf sich auf den Boden. »Achtung, Frau Hummel!«

In letzter Sekunde duckte ich mich. Ich spürte den Luftzug an meinem Kopf, als Felix' Drohne mich um Haaresbreite verfehlte.

»Stopp dieses Ding!«, brüllte ich quer über den Strand, um bei Felix Gehör zu finden, der hundert Meter weiter im Sand saß und angestrengt an den Knöpfen seiner Fernbedienung herumdrückte.

»Sophie! Die schafft dreißig Kilometer die Stunde!«, rief er aufgeregt, als er mich bemerkt hatte, und winkte mir strahlend zu.

»Ausschalten!«, schrie ich.

Mit einem entschuldigenden Blick bot ich der verschreckten Patientin die Hand an, um sie aus dem Sand zu ziehen. »Alles in Ordnung?«

»Alles gut.« Sie nickte.

Ich klopfte ihr beruhigend auf die Schulter. »Ich denke, dann beenden wir unsere Stunde für heute. Bis zum nächsten Mal. Bitte entschuldigen Sie mich.« Als ich sicher war, dass sie den richtigen Weg zurück eingeschlagen hatte, sprintete ich quer über den Strand in Felix' Richtung.

»Ist das nicht toll?«, empfing er mich glücklich.

»Supertoll.« Ich nickte. »Aber bitte mach das an einem leeren Strandabschnitt, ja?«

»Mama hat auch gerade schon geschimpft.« Schuldbewusst sah er zu Boden. »Die Drohne hat sie vorher auch fast getroffen.«

»Okay.« Seufzend nahm ich ihn an der Schulter. »Ich finde es ganz, ganz toll, dass du dich für Technik interessierst. Aber in der Nähe von Menschen sind Drohnen grundsätzlich ein No-Go. Das verstehst du doch?«

»Kommt nicht wieder vor.«

»Ach, Felix«, sagte ich und wuschelte ihm durchs blonde Haar.

Müde wandte ich mich ab und packte meinen Karton mit all den Therapiematerialien wieder zusammen. In der letzten Nacht hatte ich nicht gut geschlafen. In all dem Chaos, das mich gepackt hatte, war mir der Gedanke gekommen, die Insel einfach wieder zu verlassen und noch mal woanders neu zu beginnen. Eigentlich hielt mich hier ja wenig. Meine Arbeit, ja. Aber weder Marie noch Tom trugen dazu bei, dass ich mich auf Spiekeroog heimisch fühlte. Felix würde ich allerdings vermissen … Und vielleicht sogar Ludwig.

»Ich gehe später für ein paar neue Versuche in Richtung Ostspitze«, versprach Felix. »Magst du vorher mal die Filme sehen?«

»Unbedingt!« Eigentlich hatte ich mich nach der Arbeit auf das Sofa legen wollen. Doch Felix sah so glücklich aus, dass ich ihn nicht enttäuschen wollte.

Er pfiff Ludwig zu sich, der oben auf der Düne den Strandhafer beschnüffelte, und ließ sich direkt neben mir in den Sand plumpsen. Der Hund legte seinen Kopf in Felix' Schoß und schloss genussvoll die Augen, während Felix seine Ohren kraulte.

»Du hast den Laptop dabei?« Dass Felix neuerdings einen großen Rucksack mit sich trug, war mir nicht neu. Aber dass er den schweren Laptop spazieren trug, hatte ich nicht gewusst. »Denk an deine Wirbelsäule! So schwer tragen musst du doch gar nicht.«

»Du bist so … erwachsen!« Er spuckte das Wort aus, als wäre es etwas Unappetitliches. »Nur Erwachsene denken an kaputte Wirbelsäulen, wenn etwas Spaß macht.«

Ich lachte nur, und Felix steckte die Drohne am Laptop an. So viele Knöpfe und Schaltflächen, doch der Junge schien routiniert. Ich beobachtete ihn fasziniert und gestand mir still ein, dass er viel routinierter mit der Technik umging, als ich es beim Googeln von Gezeiten war.

»Ich bin so stolz.« Glücklich strahlte er mich an. »Sogar mit Audiospur, guck!«

Außer Wind würde man nicht viel hören, trotzdem klopfte ich ihm anerkennend auf die Schulter. »Jetzt bin ich fast ein wenig aufgeregt!«

»In dieser letzten Aufnahme habe ich sogar Kamera und Copter getrennt voneinander bewegt«, erzählte er begeistert. »Das gibt dann so einen Effekt, als würde man hochschweben und den Kopf neigen.«

»Musst du mir unbedingt zeigen.« Angestrengt starrte ich auf den Bildschirm. Die Sonne ließ ihn dunkel erscheinen.

»Guck, da ist mir so eine tolle Perspektive auf das Meer gelungen!«

Mit lautem Rauschen flog die Drohne dahin. Ganz nah am Boden schien sie über dem Sand zu schweben, direkt auf das Meer zu. Ich staunte. »Wahnsinn! Du hast Talent, Felix!«

»Nein, habe nur viel darüber gelesen.« Er klickte weiter, das nächste Video begann. »Schau, hier ist mir auch etwas Tolles gelungen!« Immer höher stieg die Drohne, vom Strand aus gen Himmel, und die Menschen unten wurden immer kleiner. Doch der Blick schien sich nach unten zu neigen, er fing jede Welle ein, die an den Strand schwappte. »Das sieht besonders professionell aus. Siehst du, Sophie?«

»Toll, Felix.«

»Zu Hause muss ich die Videos noch mit Musik unterlegen. Was du momentan hörst, ist der Wind im Mikrofon.« Eifrig klickte er weiter und grinste. »Ein letztes Video habe ich noch. Hier habe ich einen Actionfilm gedreht.«

»Oje.« Seufzend verfolgte ich den Flug über den Strand, direkt auf meine Patientin und mich zu. Ich hörte den Schrei der Patientin, dann ein panisches »Achtung, Frau Hummel!«. Aber Felix hatte recht. Zugegebenermaßen sah es filmreif aus, wie wir uns ganz kurz vor der Drohne in den Sand warfen.

»Tut mir leid«, sagte Felix zerknirscht. »Aber die Aufnahme ist der Hammer, das musst du zugeben.«

»Ach, du.« Ich grinste kopfschüttelnd und versuchte, ein strenges Gesicht aufzusetzen. Er war wirklich unverbesserlich.

»Mit Mama habe ich so ein ähnliches Video. Aber die hüpft nicht so schön.«

»Felix!«, rügte ich ihn und unterdrückte ein Lachen.

»Was?« Unschuldig sah er auf.

»Nichts. Zeig her.« Grinsend wechselte ich vom Schneidersitz in die Hocke, verfehlte mit dem Fuß um Haaresbreite Ludwigs Pfote und streichelte ihm schuldbewusst das dicke Fell. Sein fast vollständig schwarzer Rücken hatte sich in der Sonne aufgeheizt. Meine Hand blieb auf Ludwig liegen, der sich gerade auf den Bauch drehte. Sein Brustkorb hob und senkte sich mit jedem Atemzug. Dieser Hund war wirklich unglaublich. Amüsiert kraulte ich ihn weiter.

Das Video startete. Ja, das war unverkennbar Marie. Anstatt ihrer sonst obligatorischen Jeans trug sie ein schwarzes kurzes Kleid mit einer schwarzen Nylonstrumpfhose und hohen Schuhen. Ihre Lippen leuchteten rot, als die Kamera auf sie zuflog. Mit Tom stand sie am Wasser, die beiden gestikulierten heftig. Zu hören war kaum etwas. Toms Bass war dennoch unverkennbar, auch wenn das Rauschen der Drohne ihn übertönte.

»Gleich«, sagte Felix angespannt. »Es dauert noch ein bisschen ... Jetzt!«

Die Drohne flog auf die beiden zu. Ich hörte, wie Marie laut rief: »Sophie hat was Besseres verdient!«, dann drehten sich die Gesichter erschrocken zur Drohne.

Als das Video stoppte, sah Felix mich stirnrunzelnd an. »Was war das? Was meinte Mama damit?«

Das hätte ich auch gern gewusst. So langsam kam mir die ganze Sache wirklich spanisch vor. Marie, die alles tat, um mir das Leben schwer zu machen, hielt Tom plötzlich vor, ich hätte etwas Besseres verdient. Wie ging das zusammen?

Felix atmete hörbar aus. »Sie mag dich also doch.«

»Es hört sich irgendwie komisch an.« Nachdenklich lehnte ich mich zurück und stützte mich mit den Ellenbogen in den warmen Sand.

»Dann liegt es an Tom«, meinte Felix entschieden. »Siehst du, ich habe dich ja immer vor ihm gewarnt.«

»Vielleicht ist Tom gar nicht so übel.« Ich hob eine Augenbraue und kniff die Augen zusammen, um sie gegen die grelle Sonne zu schützen. »Wer weiß, womöglich ist er ein ganz netter Kerl?«

Ernst schüttelte Felix den Kopf. »Niemals.«

Ich musste traurig lächeln. Felix war rigoros, Tom hatte bei ihm für immer verloren.

»Also«, sagte Felix, packte den Laptop wieder ein und schulterte seinen Rucksack, »ich gehe in Richtung Ostspitze, wir sehen uns abends.«

»Viel Spaß dir!« Lächelnd sah ich ihm nach, als er durch den weichen Sand stapfte, Ludwig dicht an seiner Seite. Felix war mir wirklich ans Herz gewachsen.

Ich beschloss, noch ein wenig spazieren zu gehen.

Gedankenverloren blickte ich auf die Wellen, die kraftvoll und laut ans Ufer rollten, und ließ den Nordseewind in meinen Haaren spielen. Eine Möwe trippelte über den Sand und hinterließ eine feine Spur.

Marie schlich sich immer wieder in meine Gedanken. Ich verstand einfach nicht, warum sie von Anfang an so garstig zu mir gewesen war. Dass Felix das Foto der Nackten in meinem Rucksack gefunden hatte, war mir immer wie ein vorgeschobener Grund vorgekommen. Denn wer mobbte denn eine Kollegin wegen eines einfachen Fotos? Wer jubelte ihr deshalb gestohlene Gegenstände unter? Ich wusste nicht, wer außer Marie es sonst getan haben könnte.

Natürlich war es denkbar, dass sie die Sachen für sich selbst gestohlen und nur sicherheitshalber bei mir deponiert hatte. Vielleicht hatte sie Panik bekommen und mich deshalb beschuldigt? Rätselhaft. Gerade weil sie sich auch immer wieder Mühe zu geben schien, nett zu mir zu sein. Hatte sie bei unserem ersten Picknick nicht auch Sanddorn-Windbeutel gebacken?

Ich verstand es einfach nicht. Vielleicht bereute sie sogar all ihre Gemeinheiten und wollte es wiedergutmachen? Aber mit den Diebstählen hatte sie definitiv eine Grenze überschritten.

Ich hoffte nur, dass die Reihe an Diebstählen ein Ende hatte. Vielleicht wurde dann endlich alles gut.

Und Matthias? Wenn er wirklich auf der Insel war, warum zeigte er sich denn nicht endlich? Er war die große Liebe meines Lebens gewesen, das sollte ihm doch klar sein.

Ich seufzte und sah auf die Wellen. Die Sonne spiegelte sich auf dem Wasser und hinterließ buchstäblich ein Glitzermeer. Dann setzte ich einfach einen Fuß vor den anderen, bis meine Gedanken ruhiger wurden.

KAPITEL 20

Als ich am nächsten Tag von der Arbeit nach Hause ging, kehrte gerade die Flut zurück. Das Wasser umspülte die feinen Muster des Meeresbodens, und die Wattwurmhaufen verschwanden. Mit einem Winken grüßte ich unsere Nachbarin Nicole, die gerade die Terrasse für ihre Gäste vorbereitete.

Und da lag er. Relativ klein im Vergleich zu sonst, beinahe hätte ich ihn übersehen. Er war warm von der Sonne, gerade so groß wie ein Tischtennisball. Rote Rosen zierten seine Vorderseite. »Ich hätte dich gern fertig sprechen hören …«, stand da in tiefroter, geschwungener Schrift, und auf der Rückseite, ganz klein: »Weststrand, 15 Uhr.«

Ich sah auf meine Armbanduhr. Das war in zwanzig Minuten. Warum konnte Matthias sich nicht einfach melden, zum Telefon greifen oder so? Warum musste er mich ständig mit diesen Steinen überfallen, wo er doch wusste, wie sentimental mich das machte?

Hart lag der Stein in meiner Hand, als ich die Haustür aufschloss. Matthias war also in der Nähe gewesen und hatte mich gehört. Sollte ich wirklich hingehen? Dass er mich mit zwei, vielleicht sogar noch mehr Frauen betrogen hatte, war ein harter Brocken. Andererseits war es auch endlich an der Zeit, ihm gegenüberzutreten und ihn zu konfrontieren, falls ich das ruhig und geordnet schaffte.

Vielleicht konnte ich dann endlich mit der ganzen Sache abschließen. Und ihn vergessen.

Mit den Gedanken war ich weit weg, als ich ein Stück Käse aus dem Kühlschrank nahm, mir eine Scheibe Brot schmierte und nachdachte. Kauend saß ich auf meinem Bett und sah durch das offene Fenster aufs Meer hinaus. Verlieren konnte ich nichts. Ich hatte ja schon alles verloren.

Unser Gartentor quietschte, als Malaika vom Strand her auf die Terrasse kam. »Huhu!«, rief sie fröhlich.

»Mhm!«, machte ich kauend und winkte ihr zu.

»Ich habe nicht lange Zeit.« Mit den Ellenbogen stützte sie sich auf meinem Fensterbrett auf. »Wollte dir nur Bescheid sagen, dass ich Matthias gesehen habe. Glaube ich zumindest. Er scheint wohl doch auf der Insel zu sein.«

»Das kann gut sein. Guck mal, was ich gefunden habe.« Ich hielt ihr den Stein hin. »Weststrand, 15 Uhr. Würdest du hingehen?«

Sie schwieg für einen Moment. »Na ja«, sagte sie schließlich und legte den Kopf schief. »Vielleicht hilft es dir, noch einmal mit ihm zu sprechen. Ich denke, ich würde hingehen.«

Malaika hatte recht. Genau das musste ich. Auch wenn ich überhaupt keine Lust hatte, mich der Gefahr auszusetzen, erneut verletzt zu werden. Ich atmete tief durch. »Okay. Ich werde hingehen.«

Sie griff nach meiner Hand. »Egal, wie diese Sache ausgeht: Es tut dir gut, die Dinge zu ordnen. Wenn du da hingehst, dann tust du das nicht für Matthias. Du gehst für dich. Für dich musst du den Schlussstrich ziehen, wenn es nötig ist.«

Ich war froh, Malaika hier zu haben. »Du hast recht, aber ich weiß momentan gar nicht, was ich noch denken soll. Mir ist gerade eigentlich alles zu viel.«

»Er war der Mann deines Lebens. Immer. Ich weiß doch, wie abgöttisch du ihn liebst. Aber eigentlich hat er dich nicht verdient, Sophie.« Sie schüttelte energisch den Kopf. »Und deine Liebe erst recht nicht. Er ist fremdgegangen, er hat …«

»Liebe lässt sich nicht einfach an- und ausschalten«, wandte ich leise ein.

»Ich weiß«, erwiderte sie seufzend. »Hör auf dein Herz, es wird dir schon sagen, was das Richtige ist.«

»Das werde ich.« Mein Herz klopfte laut in meiner Brust. Ich wusste ganz genau, dass es nicht so einfach war. Eine riesige Wut auf Matthias hatte ich schon, ja. Aber traurig machte mich der endgültige Abschied trotzdem.

»Du schaffst das.« Malaika nickte aufmunternd.

Dankbar lächelte ich ihr zu. Auf Malaika konnte ich mich schon seit Kindertagen immer verlassen. »Und du hast es eilig?«, fragte ich und biss wieder in mein Käsebrot.

Sie zuckte mit den Schultern. »Eine, die ich im Hechelkurs kennengelernt habe, hat ein Handy gefunden. Es könnte meins sein.«

»Dann drücke ich die Daumen. Brauchst du mich?«

Sie schüttelte den Kopf. »Alles gut.«

Als Malaika sich verabschiedet hatte, stieg in mir ein ungutes Gefühl auf. Ich hatte Matthias jetzt schon so lange nicht mehr gesehen. Gedacht hatte ich an ihn, ja. Doch ihm wirklich gegenüberzusitzen, das würde mich Kraft kosten. Nachdenklich wiegte ich den Stein in meiner Hand.

»Ich hätte dich gern fertig sprechen hören …«

Matthias schien mir am Strand tatsächlich zugehört zu haben. Schade, dass Tom uns unterbrochen hatte.

Noch eine ganze Weile blieb ich auf dem Bett sitzen und dachte nach. Über Matthias und über Tom. Doch ich wusste genau: Ich würde erst die eine Tür sorgsam schließen müssen, bevor ich eine andere öffnen konnte. Es lebt sich nicht gut in der Zugluft, hatte Resi immer gesagt.

Mit einem Klicken zog ich die Tür hinter mir zu und atmete einmal tief durch. Ich sog die salzige Nordseeluft ein. Mit jedem Schritt wurde ich nervöser, doch ich zwang mich, ruhig zu bleiben. Der weiche Sand unter meinen Füßen wirbelte mit jedem energischen Schritt ein wenig auf, als ich mich dem Treffpunkt näherte.

»Matthias?« Ich blickte mich suchend um. Am Strand war es ungewöhnlich ruhig, nur einzelne Pärchen spazierten am Ufer entlang.

»Sophie.«

Da war er. Gerade erhob er sich aus dem Sand. Die widersprüchlichsten Gefühle tobten in mir, als ich ihn musterte. Er hatte abgenommen, und seine Züge wirkten erschöpft.

Ich nahm die Hand, die er mir entgegenstreckte, und biss mir auf die Lippe. Mir wurde bewusst, dass ich ihn am Tag vor unserer geplanten Hochzeit das letzte Mal gesehen hatte.

»Wie geht es dir?«, fragte ich leise. Es sah nicht so aus, als hätte er viel gegessen oder geschlafen, seit ich weg war.

»Ich lebe noch.« Er versuchte ein Lächeln.

Betreten sah ich in den Sand. Abschied zu nehmen war niemals schön, doch heute würde ich nicht einmal mit schönen Erinnerungen Lebwohl sagen können.

Sein Blick wurde wieder ernst. »Und wie geht es dir?«

Ich zuckte eine Schulter. »Es ging mir schon mal besser.«

Mitfühlend sah er mich an. Ich konnte nicht anders, als ihn noch einmal von Kopf bis Fuß zu mustern. War das wirklich mein Matthias, der mich abgöttisch liebte und mich trotzdem mit anderen Frauen betrog? Sein Blick war so sanft wie immer, und ich schüttelte ungläubig den Kopf. Obwohl es so viele Beweise gab, wollte ich es noch immer nicht glauben. Mein Matthias tat mir so etwas nicht an. Niemals.

»Wir sind unterbrochen worden.« Er sah mich mit einem warmen Blick an, setzte sich und klopfte auffordernd neben sich in den Sand. »Ich würde gern mehr hören.«

»Ich habe nichts Schönes gesagt«, erwiderte ich leise.

»Trotzdem möchte ich es hören.« Seine Stimme schwankte. »Auch wenn es wehtut.«

Ich nickte. Zu Hause waren mir tausend Sachen eingefallen, die ich Matthias hätte um die Ohren hauen wollen, doch nun saß ich einfach nur da und schwieg. Er war der Mann, der mir so wehgetan hatte. Aber gleichzeitig sah ich in ihm gerade den Mann, in den ich mich vor ein paar Jahren verliebt hatte. Lange guckte ich ihn einfach nur an.

»Bitte sag was«, flehte Matthias schließlich.

»Entschuldige.« Und ich schwieg wieder. Sein Geruch war so vertraut, der Blick in seine Augen tat so gut. Und ich hätte mich ohrfeigen mögen. Immer wieder rief ich mir Malaikas Mahnung in den Sinn. *Du musst einen Schlussstrich ziehen, Sophie.*

»Du hasst mich.« Seine Stimme war rau, sein Blick leer und ausdruckslos.

»Könntest du es mir verdenken?«

»Ich wünschte …«, setzte er an und brach sofort ab. Tränen schimmerten in seinen Augen.

»Du bist doch selbst schuld!«, platzte es schließlich aus mir heraus. »Waren es zwei? Waren es drei? Wie viele?!«

»Aber …«

Er hatte keine Chance, etwas zu sagen. »Dachtest du, ich würde es nie herausfinden?« Mein Ton wurde forscher. »Das Foto. Das fremde Höschen. Das Tagebuch. Frau Roths Aufzeichnungen kennen einige intime Details.«

»Wer?« Er sah mich derart verdutzt an, dass ich es ihm fast glaubte. Doch die Beweise wogen zu schwer. Diesmal würde er sich nicht herausreden können.

»Tu nicht so!«

»Sophie, Schatz.« Sein Blick zeigte pure Überforderung. Damit hatte ich nicht gerechnet. Eigentlich war ich mir sicher gewesen, er würde sofort einknicken. Doch er wischte sich nur über die feuchten Augen. »Ich … Ich habe nicht … Nie würde ich …«

»Seitenlang hat sie beschrieben, wie du mit ihr intim geworden bist!«

»Sophie.« Seine Stimme war tiefer als sonst, schwer hob sich sein Brustkorb unter dem Atem. »Niemals. Nie.«

Jetzt platzte mir endgültig der Kragen. »Steh doch endlich dazu, Matthias!«

»Ich habe nie … Sophie, bitte!«

»Zwei fremde Frauen! Mindestens! Du ekelst mich an!« Ich war lauter geworden, ohne es zu wollen. Ein paar Leute drehten sich um, doch ich beachtete sie kaum. Hier ging es nur um Matthias, meine Wut und mich.

Er vergrub das Gesicht in seinen Händen. Seine breiten Schultern bebten, als er schluchzte.

»Matthias, nein … Also … Ich …« Jetzt war ich überfordert. Dass er so emotional werden würde, hatte ich nicht kommen sehen. Beschämt, ja, aber als er so völlig aufgelöst vor mir saß, tat mir sein Anblick einfach nur weh. Und mir wurde bewusst, dass ich ihm gar keine Gelegenheit gab, sich zu verteidigen. Hilflos streckte ich die Hände in seine Richtung aus. »Matthias …«

»Schon gut.« Er schnäuzte sich.

»Du willst es doch nicht wirklich immer noch leugnen?«, fragte ich leise. »Es sind viel zu viele Beweise.« Ich seufzte. »Die Sache ist längst klar.«

»Ich habe …« Er stockte, dann holte er tief Luft. »Ich habe dich nie … betrogen … Nie.«

»Aber …«, setzte ich an.

»Es ist verrückt. Total verrückt.« Kopfschüttelnd rang er wieder nach Atem.

»Wie weit bist du mit Frau Roth gegangen?« Mit bohrendem Blick sah ich ihn an, doch er wich meinem Blick aus.

»Ich habe dich nie betrogen. Weder mit Frau Roth noch mit sonst jemandem«, erklärte er fest und fügte hinzu: »Es ist schade, dass du mir so etwas überhaupt zutraust. Dass du mir so wenig vertraust.«

»Mit eigenen Augen habe ich in diesem Notizbuch gelesen. Behauptest du, dass sie sich das ausgedacht hat?«

»Muss ich wohl, oder?« Traurig starrte er aufs Meer hinaus. Möwen kreisten über uns, der Sommerwind schlug uns vom offenen Meer entgegen.

»Was hätte sie für einen Grund, sich das auszudenken?« Ich beugte mich energisch nach vorn. Hier und heute würde es kein Entrinnen geben, ich wollte endlich Klarheit.

»Ich weiß es nicht«, flüsterte er verzweifelt und presste sich die Finger an die Schläfen. »Ich weiß gar nichts mehr ... Gar nichts ...«

Vielleicht hätte ich ihn nicht so in die Enge treiben sollen. Es tat mir fast leid. Gleichzeitig war ich wütend. Schließlich wäre alles so einfach, wenn er es nur zugäbe. »Matthias, wenn auch nur die Chance besteht, dass ich dir verzeihen kann, dann müsstest du zuerst einmal alle Karten auf den Tisch legen und mir sagen, was wirklich passiert ist.«

Er schüttelte den Kopf und griff nach meiner Hand. Instinktiv strich ich ihm über den Handrücken und wartete ab. Er schien stark mit sich zu ringen.

»Wenn ich du wäre, würde ich genauso denken.« Er schnäuzte sich abermals. »Ich habe keine Ahnung, wer mir da eine Falle stellen will, aber er macht es verdammt gut. Wenn er es schafft, dass meine geliebte Sophie mich hasst ...«

»Schsch«, machte ich beruhigend und drückte seine Hand. »Ich hasse dich nicht. Aber es steht einfach alles gegen dich. Was soll ich denn glauben?«

»Ich verstehe dich doch. An deiner Stelle würde ich zum selben Ergebnis kommen.« Mit der Armbeuge wischte er sich über das Gesicht.

»Und du bleibst dabei?«, fragte ich. »Dass du mich nie betrogen hast?«

»Niemals.« Er schluckte. »Ich liebe dich doch. Ich wünschte, ich könnte es dir beweisen.«

»Okay«, sagte ich langsam. Unsicher kaute ich auf meiner Unterlippe herum. Dass Matthias selbst bei dieser Fülle an Beweisen hartnäckig behauptete, mich niemals betrogen zu haben, machte mich schon stutzig. »Aber dann müsste der Absender des Fotos und des Tagebuchs dir ganz gezielt schaden wollen. Und ...«

»Ich weiß. Es klingt alles so unwahrscheinlich.« Matthias wippte mit dem Fuß, um seine Anspannung loswerden. »Ich muss für dich klingen wie ein Irrer.«

»Es klingt schon abenteuerlich, ja«, gab ich zu.

»Weißt du was?«, flüsterte er. »Manchmal habe ich Momente, da zweifle ich an mir selbst.«

»Was meinst du damit?« Ich kniff die Augen zusammen und legte den Kopf schief.

»Die Beweise sind so eindeutig, dass ich manchmal Angst habe, mein Gedächtnis funktioniert nicht richtig.« Traurig starrte er auf die Wellen, die nur eine Armeslänge von uns entfernt an den Strand rollten. »Was, wenn ich das alles getan habe? Und es nur nicht mehr weiß?« Sein Gesicht war blass, seine Augen spiegelten Panik.

»Beruhige dich«, sagte ich unsicher. Bis jetzt war mir gar nicht klar gewesen, was die ganze Sache mit Matthias machte, falls die Beweise nicht stimmten. »Es muss sich schrecklich für dich anfühlen.«

»Für dich, Sophie! Vor allem für dich.« Er atmete tief durch. »Und du darfst sicher sein: Jeder, der so mit dir umgehen würde, wie ich es angeblich gemacht habe, dem würde ich sofort den Schädel einschlagen.«

»Ach, Matthias.« Ich drückte seine Hand fester.

»Ich bin so unendlich traurig.«

Er hatte recht. Und ich war es auch, so unendlich traurig über die Mauer, die zwischen uns stand. Aber wenn er es nicht gewesen war, hatte ich keine Ahnung, wer sie überhaupt gebaut hatte.

»So langsam weiß ich auch nicht mehr, was ich glauben soll«, sagte ich und sah seufzend einer Möwe nach, die sich unter lautem Schreien auf den Wellen niederließ. Konnte mir Matthias diese pure Verzweiflung wirklich vorspielen? Ging es ihm nicht längst an die Substanz? Was, wenn der nackte Rücken doch einfach aus dem Internet kopiert und von einem talentierten Photoshop-Profi ins Bild gefügt worden war? Und wenn Frau Roth nur fantasierte?

»Wirklich?« Matthias suchte meinen Blick. Seine Augen waren gerötet.

»Ja.« Natürlich schien die Beweislage erdrückend. Aber Matthias war am Rande der Verzweiflung, das konnte ich spüren. Und manchmal musste man unlogische Entscheidungen treffen – dem Herzen folgen statt dem Verstand. Womöglich wollte uns doch jemand schaden. Meine Beinah-Schwiegermutter zum Beispiel! Schließlich war der Enkel ihrer besten Freundin sehr geschickt im Umgang mit Photoshop. Womöglich hatte Matthias nicht einmal gemerkt, dass jemand ein Foto geschossen hatte …

Mutti traute ich ohnehin einiges zu. Aber dass sie ein zehnjähriges Kind bat, ein solches Foto zu fälschen, das wäre schon harter Tobak.

Wenn sie es nicht gewesen war, wer sollte denn dann …? Mein Gedankenkarussell drehte sich viel zu schnell. Noch bevor ich einen festen Standpunkt finden konnte, robbte ich ein wenig näher und legte meinen Kopf auf Matthias' Schulter. Mein Verstand rebellierte, doch es fühlte sich so richtig an. Matthias' Schulter. Das allein war der Ort, wo mein Kopf hingehörte. Nirgendwo sonst.

»Ist das schön«, flüsterte er, und ihm lief eine dicke Träne die Wange hinunter. »Wie hab ich das vermisst.«

»Ich auch.« Als ich meinen Arm um seine Schultern legte und ihm sanft die Tränen von der Wange wischte, fühlte ich mich so glücklich wie seit Wochen nicht mehr. Ich roch seinen Duft dicht neben mir und spürte, wie sich sein Rücken mit jedem Atemzug hob und senkte. Eine Hand legte ich auf seinen warmen Bauch, die andere auf seinen Rücken und drückte meine Wange an die seine. Kühl spürte ich noch seine Tränen auf meiner Haut. Seine leichten Bartstoppeln kitzelten mich.

Einen wunderschönen Moment lang wollte ich einfach glauben, dass er mich nie betrogen hatte. Ich wollte nur seine Nähe spüren. Das hatte ich so lange nicht gekonnt.

Malaika würde mich dafür würgen, das wusste ich nur zu gut. Schließlich hatte ich in ihren Augen gesehen, was sie nie ausgesprochen hatte: *Schick ihn in die Wüste, Sophie. Er hat dich nicht verdient.* Vermutlich war Malaika die Rationalere von uns beiden. Aber ich dafür die Glücklichere. Zumindest momentan.

Mit geschlossenen Augen kuschelte ich mich in seine Arme, fühlte den Nordseewind auf dem Gesicht und hörte das Meer rauschen. Wie sehr ich seine Nähe vermisst hatte! Energisch kickte ich meine Ballerinas ein Stück von mir. Warm und weich war der Sand unter meinen Zehen.

»Du hast keine Ahnung, wie sehr ich dich liebe«, flüsterte er und stützte sein Kinn auf meinem Kopf ab. Seine Hände streichelten sanft meinen Bauch.

Ich griff mit der Hand nach hinten und wuschelte zärtlich durch seine Haare. Wenn ich das Kinn hob, konnte ich sein Gesicht sehen.

»Ich dich auch«, sagte ich und staunte selbst. Denn plötzlich konnte ich es wieder so meinen.

Sein Blick war warm und voller Liebe. Seine Hand lag an meiner Wange, als er den Kopf senkte. Seine Lippen suchten die meinen, vorsichtig und liebevoll küsste er mich. Ein Feuerwerk von Gefühlen schien in mir zu explodieren, und ich schloss die Augen. So lange war ich ihm nicht so nah gewesen. Meinem Matthias. Warm und weich waren seine Lippen, und in seinem Kuss lag so viel Leidenschaft, als ginge die Welt noch heute Abend unter.

Ich sah und hörte nichts anderes mehr. Die Touristen um uns herum schienen zu verblassen, die Geräusche zu verstummen. Die Welt drehte sich nur noch für uns. Das Einzige, was ich noch wahrnahm, waren unsere Herzen, die im selben Rhythmus schlugen.

Ich weiß nicht, wie lange wir so im Sand saßen und uns küssten. Ich hätte ewig weitermachen mögen und fühlte mich zurückversetzt in die Zeit unserer Liebe, fühlte Matthias' Wärme und hatte das beruhigende Gefühl, dass alles gut werden würde. Ich wusste nicht, wie, hatte keinen Plan und keine Beweise, spürte aber eine Zuversicht wie lange nicht mehr. Manchmal lief das Leben eben anders als geplant ... Man sagte das so, doch in diesem Moment erst begriff ich, wie es sich tatsächlich anfühlte. Und wie schön es war, wenn man ganz unvermittelt auf den verlorenen Weg zurückkehrte!

Sanft streichelte ich seine Hände. Klar, eine Sicherheit hatte ich nicht. Die Beweislast gegen Matthias war immer noch erdrückend. Aber ich kannte ihn lange genug, um trotzdem an ihn zu glauben. Und schließlich bestand ja noch die Möglichkeit, dass es jemand auf ihn abgesehen hatte. Womöglich war alles nur ein großes Theaterstück, das unsere Liebe zerstören sollte.

Meine Freude über den innigen Augenblick mit ihm mischte sich mit Scham. Denn er hatte ja recht, ich hatte ihm nicht vertraut. Dass ich ihm zutraute, mich mit zwei oder gar drei Frauen zu betrügen ... Das war nicht derselbe Mann, der mich gerade liebevoll in den Armen hielt. Niemals.

Zum ersten Mal spürte ich, dass wahre Liebe vertraute. Auch dann, wenn die ganze Welt dagegen stand. Wenn Matthias mir so vehement versicherte, dass die Dame auf dem Foto nicht existierte, dann wollte ich das glauben. Nicht, weil ich naiv wäre. Sondern, weil ich ihn gut genug kannte, um zu wissen, dass er nur in Photoshop fremde Frauenhälse küsste. War es nicht das, was Liebe ausmachte? Auch dann zu vertrauen, wenn alles gegen den Partner stand?

Ich seufzte schwer und kuschelte mich enger in seine Umarmung. So wollte ich für die nächsten Stunden sitzen bleiben. Gewärmt in den Armen des Liebsten, direkt am Meer.

KAPITEL 21

»Guten Morgen, mein Schatz.«

Die kühle Morgenluft zog durchs Fenster herein, doch in meinem Bett war es wohlig warm. Ich spürte Matthias' Hand auf meiner Wange und seinen Atem an meinem Hals. Wie sehr hatte ich vermisst, neben ihm aufzuwachen, umhüllt von seinem Duft. Jetzt fühlte ich mich wieder leichter.

Zufrieden seufzend kuschelte ich mich enger an ihn. Genau so wollte ich ewig hier liegen, durch das Fenster das Meeresrauschen hören, die morgendliche Frische genießen und hinter mir den Menschen, der mir schon so lange der liebste auf der ganzen Welt war. Müde tastete ich mit meinen Füßen nach den seinen, drückte sie zum Wärmen an ihn – und wäre um ein Haar wieder eingeschlafen. Erst als er mir einen Kuss auf die Stirn drückte, wurde ich langsam wacher.

»Du müde Maus.« Matthias lächelte. Seine Nase strich zärtlich über meine Wange, und sein warmer Atem an meinem Gesicht ließ mich vor Glück fast schwindelig werden.

»Guten Morgen«, erwiderte ich gähnend. Dass ich kein Morgenmensch war, wusste er ja. »Seit den Nachtschichten ist mein Rhythmus völlig durcheinander.«

»Wie immer.« Hingebungsvoll strich er mir eine Haarsträhne aus dem Gesicht und betrachtete mich lächelnd. »Du bist wunderschön.«

»Joaaammmh«, machte ich und kuschelte mich noch näher an ihn. Wunderschön war ich um diese Uhrzeit nicht, eher zerknautscht, trotzdem freute ich mich über seine Worte.

Matthias setzte sich auf und streichelte meine Hand, als ich versuchte, ihn festzuhalten. »Ich schlage vor, ich mache mal Kaffee. Erste Hilfe sozusagen.«

»Mmmnnnnöö«, machte ich und gähnte. »Komm doch noch mal kuscheln!«

Er lachte. »Okay. Wir haben ja Nachholbedarf.«

Das Bett knarzte, als er wieder zu mir unter die Decke schlüpfte. Doch plötzlich klopfte es energisch an meine Zimmertür.

»Übernachtungsgäste müssen angemeldet werden!«, dröhnte Toms Bass durch die Zimmertür.

Matthias und ich wechselten einen perplexen Blick. Schließlich waren wir in der Wohngruppe des Klinikums und in keinem katholischen Mädcheninternat.

»Ja?«, fragte ich, doch vor der Tür blieb es ruhig. Tom schien verschwunden zu sein; ein komisches Gefühl blieb dennoch zurück.

»Vielleicht sollte ich dich lieber später mal auf der Terrasse besuchen«, schlug Matthias unsicher vor. »Ich möchte nicht, dass du meinetwegen Schwierigkeiten bekommst.«

»Nein«, widersprach ich entschieden. »Wir tun hier nichts Illegales.«

Ich schlüpfte in meine Pantoffeln und schlurfte in Richtung Küche. Natürlich hatte ich ein schlechtes Gewissen wegen Tom. Hatte ich ihm Hoffnungen gemacht? Bestimmt hatte er gespürt, dass ich mich auf der Terrasse wohl in seiner Nähe gefühlt hatte. Aber genauso sollte er doch gemerkt haben, dass er mich mit seinem Überfall mit Wein und Windbeutel zu sehr in die Ecke gedrängt hatte.

Jetzt war er weit und breit nirgendwo mehr zu sehen. Wahrscheinlich war er längst zurück in sein Zimmer gegangen.

»Eier und Speck?«, rief ich fröhlich und stellte schon die Pfanne auf den Herd.

»Gern.« Matthias kam in Boxershorts durch die Tür. Von hinten schlang er seine Arme um mich und zog mich an sich. Ich lachte, als mich seine Hand am Bauch kitzelte.

»Butter?«

»Wenn es nach mir geht, dann ordentlich Butter.« Seine Bartstoppeln kratzten ein wenig an meiner Wange, als ich die Toastbrote in den Toaster fallen ließ und den Arm nach den Eiern ausstreckte.

Kurz darauf zischte die Butter in der heißen Pfanne, die Spiegeleier färbten sich auf der Unterseite herrlich braun, und der Speck brutzelte unwiderstehlich duftend vor sich hin.

»Das ist eines Wiedersehens würdig«, sagte ich zufrieden.

»Ich freue mich«, flüsterte Matthias. Er umfasste meine Hand, während ich mit dem Pfannenwender gerade unbeholfen unter einem Spiegelei herumstocherte, und koordinierte sowohl Pfannenwender als auch mich unfallfrei zum Teller.

»Danke.« Ich gab ihm einen Kuss auf Wange. Matthias liebte Eier und Speck, das hatten wir uns oft zu besonderen Gelegenheiten gegönnt. Und wenn die Versöhnung gestern keine besondere Gelegenheit war, dann wusste ich es auch nicht. Schnell nahm ich den Speck von der Flamme und angelte nach den fertigen Toastbroten. »Au, heiß!«

»Krieg ich auch was?«, hörte ich Felix' Stimmchen hinter uns.

»Natürlich!«, rief ich sofort. »Setz dich zu uns, ich stelle dir Matthias vor.«

»Lass die beiden allein, Felix.«

Erstaunt drehte ich mich um. Marie erschien in der Tür, und ihr Mund verzog sich verblüffenderweise zu etwas, das man eindeutig als Lächeln identifizieren musste.

»Hallo, Marie!« Matthias stellte einen Teller auf dem Tisch ab und wandte sich ihr freundlich zu. »Wie geht es dir? Müde siehst du aus.«

»Ja, es ... geht mir nicht so gut.« Sie schluckte. »Aber ich freue mich, dich zu sehen.«

»Felix kann sehr gern mit uns essen. Kein Problem, wir freuen uns.« Matthias nickte Felix ermutigend zu, der noch unschlüssig neben dem Herd stand und sich offenbar nicht richtig traute, den Teller zu nehmen, den Matthias ihm entgegenhielt. »Möchtest du dich auch dazugesellen, Marie?«

Mein Herzschlag setzte kurz aus. Ein gemeinsames Frühstück mit Matthias und Marie lag auf meiner Genussskala irgendwo zwischen einer Darmspiegelung und dem Süßkartoffelauflauf meiner Schwiegermutter. Matthias wusste ja nicht, dass Marie in letzter Zeit alles gegeben hatte, um mir das Leben so schwer wie nur irgend möglich zu machen.

»Das ist sehr lieb.« Maries Lächeln war inzwischen so breit, dass es sie zu einer völlig veränderten, freundlichen Frau machte. »Aber ich möchte die Idylle nicht stören. Sophie und ich hatten keinen besonders guten Start.«

Sie lächelte mir zu. Und ich war so verdutzt, dass ich zurücklächelte.

»Genießt erst einmal euer Frühstück«, sagte sie und nickte. »Matthias, danach wäre es toll, wenn du kurz Zeit für ein Gespräch unter vier Augen hättest. Ginge das?«

Unbefangen lächelte er sie an. »Na klar.«

Ein wenig misstrauisch machte mich der Stimmungsumschwung schon, das musste ich zugeben. Schließlich hatte Marie bis jetzt jede Gelegenheit ergriffen, mir zu schaden. Womöglich würde sie meine Liebe zu Matthias ebenfalls sabotieren. Und das, obwohl wir sie gerade erst erfolgreich wiederbelebt hatten. Davon mussten wir uns erst einmal erholen. Reha für die Liebe, sozusagen.

»Und jetzt lassen wir die beiden allein, ja?« Sie strich Felix über den Kopf. »Wir könnten stattdessen Croissants vom Bäcker holen und auf der Düne frühstücken, was meinst du, Felix? Klingt das gut?«

»Aber warum können wir nicht zu viert frühstücken?« Er wusste ja glücklicherweise nichts von den Gemeinheiten seiner Mutter, und ich würde einen Teufel tun, es ihm zu sagen. »Sophie gehört doch quasi zur Familie? Und Matthias sieht auch ganz nett aus.«

Mein Herz machte einen Hüpfer. Hatte er gerade gesagt, ich gehörte zur Familie? Ich verdrückte eine kleine Freudenträne und blinzelte. Wenn ich zur Familie eines Achtjährigen gehören wollte, dann zu seiner.

»Ich bin dir sehr dankbar, dass du Felix Gesellschaft geleistet hast, wenn ich bei der Arbeit war«, sagte Marie. »Du bist ihm inzwischen sehr wichtig.«

»Er mir auch.« Ich zwinkerte ihm zu.

»Aber Sophie hat gerade ein Date. Deshalb lassen wir die beiden jetzt gemütlich frühstücken. Das verstehst du doch, Felix?«

»Klar.« Jetzt nickte er ernsthaft und schielte unauffällig zu Matthias hinüber. »Schließlich ist Matthias für sie der wichtigste Mensch auf der Welt. Stimmt's?«

»Stimmt genau.« Ich lachte. Felix hatte ein Gehirn wie ein Computer. Ich nahm mir vor, in Zukunft genauer darauf zu achten, was ich zu ihm sagte.

Als Nächstes musterte er Matthias von oben bis unten. »Zumindest hat er heute was an.«

Genau das hatte ich gemeint. Ein kurzer Blick, und Felix erkannte Matthias nach ein paar Wochen noch immer, selbst wenn er nur ein Foto gesehen hatte. Ich öffnete den Mund, um etwas zu sagen, schloss ihn jedoch gleich wieder. Marie war leicht errötet, und Matthias starrte Felix mit einer Mischung aus Belustigung und Erstaunen an. Vermutlich hatte keiner von uns mit der scharfen Beobachtungsgabe des Jungen gerechnet.

Felix' Blick wechselte zuerst von Marie zu mir und dann wieder zurück. »Das war unpassend. Entschuldigung dafür.«

»Du sagst, was du denkst.« Matthias grinste schief. »Das gefällt mir.«

Trotzdem spürte ich, dass Felix einen Nerv getroffen hatte. Die Leichtigkeit, mit der Matthias und ich heute früh aufgewacht waren, war verschwunden. Die Aufnahme mit der Fremden stand nach wie vor zwischen uns.

»So.« Marie griff mit fahrigen Händen nach ihrer Handtasche und nickte uns verunsichert zu. »Dann sind wir weg.«

Als wir uns mit Toast, Eiern und Speck auf der Terrasse niederließen, sah ich Matthias aus dem Augenwinkel schlucken.

Sanft griff ich nach seinem Arm. Ich wollte meinen Fehler nicht wiederholen. Also seufzte ich nur und sah ihm in die Augen. »Ich glaube dir.«

»Es gibt Momente, da glaube ich nicht mal mir selbst«, erwiderte er, atmete tief durch und schob sich ein Stück Toast in den Mund. »Dass du mich noch liebst, ist ein Wunder.«

Als ich den hellen Glanz in seinen Augen sah, spürte ich keinen Zweifel mehr. »Echte Liebe vertraut. Und es tut mir so leid, dass ich das lange Zeit nicht getan habe.«

Wir starrten auf die Nordsee, deren Wellen rauschend an den Strand rollten. Weiße Schäfchenwolken schwebten über das Meer, und golden strahlte die Sonne in ihrer Mitte.

»Das Bild.« Matthias schluckte wieder. »Es sieht so echt aus.«

Kein Wunder, dass seine Gedanken um das Bild kreisten. Für mich aber war längst mal wieder Zeit, unbeschwerte Stunden zu genießen – und die Nackte hatte in unseren Gedanken nichts verloren.

»Die Dame auf diesem Bild ist aus dem Internet, wetten? Und jetzt denk nicht mehr dran.«

Traurig schaute er mich an. »Sophie«, sagte er leise. »Ich habe so Angst, dass das nicht der letzte Angriff auf unsere Beziehung war. Irgendjemand gönnt uns unser Glück nicht.«

»Es bringt nichts, nur Angst zu haben.« Ich nahm seine Hand und registrierte überrascht, wie kalt sie war. »Wenn es jemanden gibt, der uns auseinanderbringen will, dann ist es genau das, was er will. Dass wir die gemeinsame Zeit nicht mehr genießen.«

»Du hast recht.« Er seufzte.

Die ganze Sache schien ihn viel mehr zu belasten, als ich für möglich gehalten hatte. Dabei war Matthias mir immer der berühmte Fels in der Brandung gewesen. Immer. Und nun kam ein Foto daher und brachte alles ins Wanken. Sogar den starken Felsen Matthias.

»Eine schöne Gabel Speck, und alles ist gut«, versuchte ich, die Stimmung aufzulockern. Ich zwinkerte ihm zu und hielt ihm ein herrlich knuspriges Stück unter die Nase, leicht gebräunt und unwiderstehlich duftend.

»Das ist allerdings ein Argument.« Er lachte und zog mit den Lippen das Stückchen Speck von der Gabel hinunter. »Mmmmmh«, machte er.

»Gib mir mal deine Hand«, flüsterte ich schließlich.

Als ich näher rutschte, trafen sich unsere Blicke. Liebevoll, vertraut, wunderbar. Ich spürte seine große auf meiner kleinen Hand, sanft kreuzten sich unsere Finger. Und dann brauchten wir keine Worte mehr, sondern genossen einfach den Moment.

Flatternd landete eine Möwe nicht weit entfernt im weichen Sand. Ein paar ihrer Artgenossen hatten sich am Strand niedergelassen, das Wasser umspülte ihre Krallen. Eine hatte den Kopf gedreht und putzte sich, eine zweite flatterte mit den Flügeln, um das Gleichgewicht zu halten, als eine große Welle heranrollte.

Wir scherzten und lachten und frühstückten ausgiebig. Kuschelten. Und ich wusste, dieses Frühstück war nur der Anfang. Die Fortsetzung unserer Liebesgeschichte fing erst richtig an. Zufrieden blickte ich auf das Meer hinaus, in dem sich glitzernd die Sonne spiegelte. Irgendwo am Horizont, da war ich mir sicher, wartete ein Happy End auf uns.

Wahrscheinlich war es eine Stunde gewesen, vielleicht auch zwei, die wir auf der Terrasse verbracht hatten. Jedenfalls so lange, dass wir immer noch dort saßen, als Marie und Felix zurückkehrten, Ludwig hatten sie im Schlepptau.

»Ich spreche jetzt mit Marie«, sagte Matthias und gab mir einen Kuss, als er aus seinem Liegestuhl aufstand. »Sollen wir später zusammen eine Wattwanderung machen? Ich habe gesehen, in einer Stunde ist eine Führung?«

»Das wäre der Hammer.« Ich strahlte. Noch nie war ich im Watt gewesen. Eine Schande, wenn man bedachte, dass ich bereits ein ganzes Jahr hier gelebt hatte. Aber vermutlich hatte ich nur Augen für Matthias gehabt.

»Dann melde ich uns an.« Lächelnd stapelte er die Teller, griff nach der Butterdose und balancierte die Pfanne mit einer Hand. »Ich trage das nur eben rein und wasche kurz ab.«

»Du bist ein Schatz.« Ich griff nach dem Salz, den beiden Tassen und der leeren Teekanne. »Aber abwaschen kann ich allein, geh ruhig zu Marie. Wir machen uns dann einen schönen Nachmittag.«

»Perfekt. Ich freue mich auf dich!«

Mit einem Lächeln sah ich ihm nach, als er bei Marie klopfte und mit ihr anschließend nach draußen verschwand.

»Was machen die?«, fragte Felix sofort. Ludwig lugte hinter seinen Beinen hervor.

Das hätte ich ja auch gern gewusst. Echte Liebe vertraute, das war mir inzwischen klar geworden, doch die Grenze zwischen Vertrauen und Blauäugigkeit konnte verschwimmen.

Felix verzog den Mund. »Die hätten uns mitnehmen können.«

»Die müssen irgendwas ganz Wichtiges besprechen«, sagte ich.

Ich wandte mich um und tastete im warmen Schaumwasser nach dem Besteck. Sorgfältig wischte ich die Butterreste von den Messern. Ludwig hatte sich in der Zwischenzeit darangemacht, den Fußboden zu säubern, und war gerade damit beschäftigt, ein paar Brösel aufzulecken.

»Aber …«, setzte Felix an.

Ich drehte mich und folgte seinem Blick hinab auf den Strand. Marie gestikulierte heftig, Matthias schien ihr aufmerksam zuzuhören.

»Das ist schon okay, Felix.« Ich lächelte unsicher. Der Schaum in der Spüle knisterte, als kleine Blubberbläschen an der Oberfläche zerplatzten. Egal, was ich Felix gerade erzählte, ich konnte ja selbst den Blick nicht abwenden von Matthias und Marie, die vom Küchenfenster aus gut sichtbar über den Strand spazierten. Woher kannten sie sich eigentlich? Und was hatten sie bloß zu bereden?

»Ich könnte meine Drohne hinfliegen lassen«, schlug Felix schließlich vor und grinste spitzbübisch.

»Nein, mach das nicht.« Mit einem Blick auf Ludwig, der grummelnd zu Felix' Füßen lag, legte ich den Spülschwamm beiseite. »Du könntest Ludwig ein bisschen beschäftigen. Du weißt ja, so ein Hund braucht genug geistige Auslastung.«

»Dann gebe ich ihm später ein Kreuzworträtsel.« Felix starrte unbeeindruckt aus dem Fenster.

Und genau in diesem Augenblick umarmten sich die beiden. Ich hätte lügen müssen, wenn ich behauptet hätte, dass mich das vollständig kaltließ. Matthias konnte eigentlich umarmen, wen er mochte. Aber doch nicht ausgerechnet die

Frau, die mich seit Wochen in den Wahnsinn trieb! Ich schluckte.

Felix schien die ganze Sache ebenfalls zu denken zu geben. Er hatte einen ernsten Blick aufgesetzt, als er nach Ludwig pfiff, Maries Fahrradschlüssel von der Garderobe nahm und dann durch die Tür verschwand. Er war so konzentriert, dass er sich nicht einmal von mir verabschiedete.

»In Gedanken versunken?«, hörte ich kurz darauf hinter mir eine tiefe Stimme fragen. Es war Tom. Sein Blick folgte meinem, hinaus auf den Strand, wo Matthias und Marie noch immer am Wasser entlangschlenderten. »Schau an. Matthias und Marie.«

»Ach.« Ich winkte ab und versenkte meine Hände wieder im warmen Schaum. Es war schlimm genug, dass Matthias so freundlich zu der Frau war, die mir das Leben zur Hölle gemacht hatte. Aber dass jemand das Ganze noch kommentierte, war mir dann doch zu viel.

Er trat näher. »Kein Mann dieser Welt sollte dich traurig machen.«

»Ich bin nicht traurig«, widersprach ich.

»Doch.«

»Das würde ich gern selbst einschätzen«, sagte ich, zugegebenermaßen ein wenig säuerlicher als geplant.

»Oje, oje!« Theatralisch hob er die Hände. »Ich komme in Frieden, entspann dich.«

Ein Lächeln huschte über mein Gesicht. »Entschuldige.« Ich war angespannt, weil Matthias' Gespräch mit Marie so lange dauerte. Tom sollte es nicht ausbaden müssen.

»Weißt du eigentlich, wie umwerfend du in deinem Schlafanzug aussiehst?« Er strich mir eine Locke aus der Stirn, woraufhin ich zurückwich.

Wahrscheinlich meinte er es nur gut und dachte sich nicht einmal viel dabei. Doch mein Körper war kein Streichelzoo. »Lass das bitte.«

Er lachte nur und trat einen Schritt zurück. »Du bist aber schlecht drauf.«

»Tom …« Wie sollte ich es sagen? Ja, ich mochte ihn inzwischen eigentlich sehr, er sah gut aus, und er schien an mir interessiert. Aber Matthias war derjenige, den ich liebte. Und mit dem ich mich gerade offensichtlich versöhnt hatte, das konnte Tom doch kaum entgangen sein.

»Es ist in Ordnung, unsere gemeinsamen Augenblicke zu genießen.« Er lächelte. »Du musst dir kein schlechtes Gewissen machen.«

Dann musste ich es wohl deutlich aussprechen. Ich atmete tief durch und sah ihn an. »Tom, es tut mir leid, wenn ich dir in den letzten Tagen Hoffnungen gemacht habe. Ich war mir nie sicher, ob das zwischen uns …«

»Zwischen uns ist etwas Großartiges entstanden«, unterbrach er mich.

»Ich habe immer wieder gemerkt, dass wir einfach nicht auf einer Welle sind«, fuhr ich fort.

»Ja, das stimmt. Wir waren nicht auf einer Welle. Gut, dass sich das seit unserem gemeinsamen Abend geändert hat.« Er zwinkerte ungerührt, und ich atmete tief durch.

»Tom …«

»Mach dir nichts vor, Sophie. Du liebst mich.« Strahlend lächelte er mich an, und ich zog kurz in Erwägung, dass er einen Scherz gemacht hatte.

Doch das glaubte ich nicht. »Um ehrlich zu sein, fühle ich mich mit dir nicht …«

»Du liebst mich.« Tom hatte inzwischen den Charme einer kaputten Schallplatte erreicht.

»Ich fühle mich dir nicht nah genug, und ich habe einen Verlobten«, widersprach ich verzweifelt. Was sollte ich ihm denn noch sagen? Musste ich das ernsthaft begründen?

»Du liebst mich, und du weißt das!«, rief Tom nun ärgerlich. Eine Ader an seiner Stirn trat blau hervor. Erst als er meinen entsetzten Blick auffing, entspannten sich seine Züge ein wenig.

Ruhig sprach ich weiter: »Es war eine schöne Zeit. Aber ich habe mich nicht verliebt.«

Er folgte meinem Blick auf die Düne, wo Matthias und Marie hoch über der rauen See noch immer ins Gespräch vertieft waren. Graue Wolken hatten sich vor die Sonne geschoben. Maries Haar wehte im Wind, und Matthias' Hemd plusterte sich mit jeder Böe auf.

»Das ist ja noch nicht einmal ein richtiger Mann. Sieh ihn dir doch an«, sagte Tom geringschätzig.

Ich blies mir eine Haarsträhne aus der Stirn. Jetzt hatte er definitiv eine Grenze überschritten. »Er ist der liebevollste, sensibelste und … Ach!« Genervt winkte ich ab. Es war doch völlig nutzlos, sich angesichts dieser Verbohrtheit zu rechtfertigen.

»Vor allem ist er untreu.« Als Tom meinen Blick auffing, zuckte er die Achseln. »Das hat sich inzwischen rumgesprochen.«

Das traf. »Großartig.« Ich schüttelte den Kopf und atmete tief durch. Routiniert zog ich den Stöpsel aus dem Waschbecken und griff nach dem Geschirrtuch, um abzutrocknen.

»Hey!« Tom legte einen Arm um mich, doch ich stieß ihn von mir.

»War doch nur ein Witz. Sei doch nicht gleich so kratzbürstig. Dir geht es heute gar nicht gut, hm?«

Ich warf ihm einen verständnislosen Blick zu. »Großartiger Witz. Selten so gelacht.«

Tom betrachtete mich und lehnte sich an den Küchenschrank. »Ich verstehe deinen Freund nicht. Wie kann man nur einer so schönen Frau untreu sein?«

»Tom!« Energisch schüttelte ich das Geschirrtuch.

»Wenn ich dein Partner wäre, würde ich daran nicht einmal denken. Und das, obwohl ein Mann wie ich natürlich mehr Verehrerinnen hat als so einer …«

»Schluss jetzt!«, rief ich. »Ich will dazu nichts hören. Bitte respektiere endlich meine …«

»Ich weiß, dass man Frauen nicht unterbrechen soll. Aber auf genau eine einzige Art und Weise ist es erlaubt …« Er trat auf mich zu, stützte sich auf die Küchenzeile, und wie zufällig berührte sein Unterarm meinen, als er sich vorbeugte. Seine Augen schlossen sich, seine Lippen kamen näher.

Moment mal, versuchte er jetzt wirklich, mich zu küssen? Das war zu viel. Es klatschte. Und ja, das war ich gewesen. Hüne hin oder her, das Verhalten dieses Exemplars ließ nur eine einzige Antwort zu.

Ob die Ohrfeige ihn zur Vernunft brachte, bekam ich gar nicht mehr mit, weil ich nach der ersten Schrecksekunde bereits mit entschiedenen Schritten den Rückzug in mein Zimmer antrat. Und dieses Mal schloss ich die Tür fest hinter mir.

Was war bloß los mit ihm? Was war aus dem charmanten Mann geworden, als der er sich mir gezeigt hatte? Gruselig. Er war immer zuvorkommend gewesen und liebevoll, ganz Kavalier – zumindest solange er glauben konnte, dass er mich noch erfolgreich verführen würde. Kaum entzog ich mich seinen Annäherungsversuchen, schien er die Spielregeln neu zu schreiben. Was ich wollte und fühlte, schien ihm vollkommen egal zu sein. Klar. Ich war ja bloß die Beute.

KAPITEL 22

»Na, wie sehe ich aus?« Grinsend drehte ich mich vor dem Spiegel. Mit meinen geblümten Gummistiefeln konnte ich mich wirklich sehen lassen, fand ich.

»Zauberhaft.« Matthias' Lächeln verriet mir schon jetzt, dass heute ein wunderschöner Tag werden würde – wenn ich es denn wollte.

»Und du?«

»Ich gehe barfuß«, sagte er. Sein Lächeln war noch ein wenig breiter geworden, als er mir den Arm anbot. »Darf ich bitten?«

»Barfuß?« Ich sah hinunter zu seiner hochgekrempelten Hose, die den Blick freigab auf fein behaarte, braun gebrannte Beine. Eigentlich war barfuß für mich keine Option. Zumindest nicht auf unbekanntem Terrain. »Aber …«

Er grinste. »Du hast Angst, dass dich die Krebse beißen, stimmt's?«

»Nein. Ich möchte den Krebsen einfach nur meine tollen Gummistiefel zeigen.«

Er zog eine Augenbraue hoch, ein Lächeln zuckte um seine Mundwinkel. »Sie werden neidisch sein.«

Mit jedem Schritt wurde es wärmer in meinen Gummistiefeln. An Matthias' Arm untergehakt, trat ich hinaus auf die Terrasse. Unten am Strand hatte sich bereits ein kleines Grüppchen zusammengefunden. Inklusive Wattführer.

Dieser Tag würde nur Matthias und mir gehören. Alle Gedanken, die irgendetwas mit Toms Übergriffigkeit zu tun hatten, würde ich abschütteln, um einfach nur die Zweisamkeit mit meinem Lieblingsmenschen zu genießen.

»Unglaublich, dass wir damals nie wattwandern gegangen sind, oder?«, fragte Matthias, woraufhin ich strahlend nickte.

»Ich freu mich drauf.«

Es war Ebbe. Das ockerfarbene Wellenmuster durchzog das Watt wie eine hübsche Tapete. Jede einzelne Welle, jede Regung des Wassers schien dort Spuren hinterlassen zu haben. Wellen kamen und gingen, immer wieder und einfach so. Sie tanzten auf der Wasseroberfläche, um nach Sekunden schon unterzutauchen und von der nächsten Welle abgelöst zu werden. Wer hätte gedacht, dass sich der Meeresboden an ihren Tanz erinnerte, ging es mir durch den Sinn.

War es nicht ähnlich mit allem, was ich erlebte? Ein Wort, eine Begegnung, ein gemeinsamer Abend? Dann jedenfalls war mein Herz wie der Meeresboden. Auch wenn es niemand mit bloßem Auge bewundern konnte, so war ich doch überzeugt, dass ein jeder es spüren konnte, wenn er nur wollte.

Vielleicht war das der Grund gewesen, dass ich Krankenschwester hatte werden wollen. Mit Menschen arbeiten. Und vielleicht war das auch der Grund gewesen, dass ich Marie noch immer nicht hasste. Bestimmt trug auch sie Spuren in sich, von Erlebtem, von dem ich keine Ahnung hatte. Niemand war einfach so intrigant, da war ich sicher. Und vielleicht musste nur jemand kommen, um diese Spuren zu übermalen, in einer neuen Farbe.

»Wo bist du mit deinen Gedanken?«, riss Matthias mich aus meinen Überlegungen und strich mir liebevoll ein paar Haare hinters Ohr.

»Denkst du, dass Marie Pastelltöne stehen?«

Irritiert runzelte er die Stirn. »Pastell?«

»Mauve oder Mint vielleicht, das passt zu ihren dunkelbraunen Haaren und ihrer blassen Haut.«

»Wenn du das sagst …?« Matthias lächelte, und ich fasste nach seiner Hand. Nein, ab jetzt sollte dieser Tag uns gehören, Marie hatte jetzt in meinen Gedanken nichts zu suchen.

»Psssst!« Die Dame vor uns, gekleidet mit olivgrüner Bluse und weißer Hose, drehte sich energisch zu uns um. Gerade noch rechtzeitig griff sie nach ihrem Strohhut, den ihr der Sommerwind um ein Haar vom Kopf gefegt hätte. »Bitte leise, ich verstehe ja gar nichts.«

»Entschuldigung!«, flüsterte ich.

»Wir sollten ein wenig mehr Abstand von der Gruppe halten, oder?« Matthias griff nach meiner Hand und zog mich mit sich, um in einiger Entfernung stehen zu bleiben, wo wir in der hintersten Reihe niemanden mit unseren Gesprächen störten.

»… willkommen heißen.« Der Wind trug die Worte des Wattführers nur leise an mein Ohr, doch wir waren noch nah genug, um ihn verstehen zu können. Der junge Mann trug eine Regenjacke und hochgekrempelte Hosen. Er lächelte breit in die Runde. Von seinem Hals baumelte ein Fernglas, auf seiner Schulter balancierte er eine Holzkonstruktion mit Netz. »Wenn Sie Fragen haben, scheuen Sie sich nicht, mich jederzeit zu unterbrechen.«

»Iiiiiih!« Die Dame, die uns angesprochen hatte, griff gerade hektisch nach der Hand ihres Ehegatten. »Da ist … Jetzt wäre ich fast draufgestiegen … Ist das eklig.« Sie warf einen neidischen Blick auf meine Gummistiefel.

Ich sah von einem zum anderen, in fremde Gesichter und auf fremde, nackte Füße. Die meisten waren barfuß gekommen. Und wenn ich ihre Mimik richtig deutete, schienen sie es bereits zu bereuen.

Matthias beugte sich zu mir. Sein Atem kitzelte leise an meinem Ohr. »Du verpasst was. Das Wasser ist schön warm und der Sand total weich.«

»Joaa«, machte ich ausweichend.

Wenn ich die Frau so beobachtete, die nun hektisch von einem Fuß auf den anderen sprang, konnte es wohl nicht so toll sein. Und in meinen – zugegebenermaßen immer wärmer und schwitziger werdenden Gummistiefeln – war ich zumindest sicher vor allen kleinen Ungeheuern des Meeres.

»Man muss aber nicht barfuß gehen, oder?«, raunte ich ihm zu. »Oder ist das ... so üblich bei Wattwanderungen?«

»Eine Frage der Höflichkeit«, erwiderte Matthias. Sein schelmisches Grinsen verriet mir, dass er scherzte. »Den Meerestieren gegenüber. Wir sind in ihrem Wohnraum. Du würdest doch auch wollen, dass jeder seine Schuhe auszieht, bevor er deine Wohnung betritt?«

»Mama Muschel wird entsetzt sein.« Ich lachte, woraufhin er ernsthaft nickte. »Meinetwegen muss sie nachher einmal durchwischen.«

Matthias' Augen glitzerten. »Nur deshalb pfeift sie nachher das komplette Meer zurück.«

Wir lachten. Und ich hielt für einen kurzen Moment inne, als sich der frische Meeresduft in meiner Nase mit Matthias' dezentem Aftershave vermischte. Dann streifte mich wieder der Oberlehrerblick der Dame vor uns.

»Bitte folgen Sie mir!«, rief der Wattführer schließlich.

Platsch, platsch, platsch. Leise spritzte das seichte Wasser unter meinen Sohlen weg. Flauschige Schäfchenwolken flogen über den Himmel, und vor uns lag die ockerfarbene Freiheit. Sand, soweit das Auge reichte – und Wattwurmkacke.

»Sieht aus wie Spaghetti-Eis«, murmelte ich.

»Guck mal, er atmet.« Matthias beugte sich über den Haufen, sein Finger zeigte auf das kleine Atemloch, aus dem es gerade blubberte.

»Dass dem nicht langweilig wird! Die besuchen sich wohl nicht mal gegenseitig.« Nachdenklich starrte ich auf all die Wattwurmhaufen, die in regelmäßigen Abständen zueinander aus dem feuchten Sand herausragten. »Den ganzen Tag nur essen und verdauen?«

»Ich kann mir Schlimmeres vorstellen.« Matthias lachte.

»Nüchtern betrachtet ist der Meeresboden ja eigentlich nur ein einziges Klo«, bemerkte ich leise.

»… und deshalb ist an den Haufen nichts Ekelhaftes«, erklärte der Wattführer gerade. »Ihre Ausscheidungen sind nichts anderes als gefilterter, reiner Sand. Wenn Sie also auf besonders sauberen Sand treten möchten, dann nehmen Sie die Wattwurmhaufen.«

»Nicht gedacht, was?« Amüsiert grub Matthias die Zehen in einen kleinen Wattwurmhügel, und ich lächelte. Wahrscheinlich waren alle Dinge dieser Welt einen zweiten Blick wert.

Mit ein wenig Abstand trippelten wir der Gruppe hinterher. Der Wattführer wies uns darauf hin, dass wir nun auf Schlick unterwegs waren.

»Wenn man Pech hat, steckt man also gleich bis zur Hüfte im Dreck«, sagte Matthias leise zu mir und lächelte. »Aber ich werde auf dich aufpassen.«

»Herzmuscheln sitzen ein bis drei Zentimeter tief im Boden«, erklärte der Wattführer gerade. »Sie besitzen einen Grabfuß. Werden sie mal freigespült, können sie sich damit wieder in den Sand graben.«

Das wollte ich mir ansehen. Ich ging in die Hocke und wühlte fasziniert mit den Händen im Matsch. »Ich glaube, ich habe eine.«

»Vielleicht buddelt sie sich wieder ein.« Matthias hockte

sich dicht neben mich. Seine Hand legte sich in die meine, zärtlich kreuzten sich unsere Finger.

»Spannend.«

Eine ganze Weile blieben wir Hand in Hand neben der Muschel sitzen, doch nichts geschah. Die wenige Meter entfernten begeisterten Kinderschreie ließen vermuten, dass sich ein paar Herzmuscheln bereits mit einer Pirouette ins Bettchen verabschiedet hatten. Unsere dagegen blieb unbeeindruckt auf dem nassen Sand liegen.

»Vielleicht sonnt sie sich.« Matthias zuckte belustigt die Achseln.

Ich sah ihn ernst an. »Oder sie ist tot.«

»Herz-Druck-Massage?«

»Wenn du mir sagst, wo das Herz ist?« Ich lachte.

»Aber sie hat eines.« Matthias zwinkerte mir zu. »Sonst hieße sie ja sicher nicht Herzmuschel.«

Ein kleiner Junge starrte uns vorwurfsvoll an, vermutlich hätte er am liebsten den Tierarzt gerufen. Und die Muschel rührte sich noch immer nicht.

»Achten Sie auf Ihren Schatten«, hörte ich die Stimme des Wattführers irgendwo hinter uns. »Die Muschel bewertet vor allem die Helligkeit ihrer Umgebung. Wenn sie Ihren Schatten wahrnehmen kann, dreht sie sich nicht.«

»Aaaah«, machte ich und zog Matthias ein Stück auf die Seite, sodass der Sonnenschein auf die Muschel fiel.

Gespannt saßen wir da und warteten. Matthias strich liebevoll über meinen Handrücken.

»Da!«

Es ging so schnell, dass mir vom bloßen Zuschauen fast schwindelig wurde. Ein kleiner Fuß schoss aus der Muschel, der Sand flog – und mit einer blitzschnellen Drehung war das süße kleine Ding auch schon verschwunden. Ich konnte es kaum fassen. »Ist das niedlich!«

»Nicht wahr?« Matthias strahlte mich an.

Der Wattführer erzählte gerade noch etwas über die herzige Muschel, doch Matthias' Blicke waren lauter als der Vortrag. Und mein Bauch kribbelte so stark, als würden wir uns gerade erst kennenlernen.

»Du bist wunderschön.«

Eigentlich waren es nur drei kleine Worte, doch seine Augen schienen mir noch eine ganze Menge mehr zu erzählen. Und ich blieb einfach in der Hocke sitzen und hörte zu.

Er hat geschwätzige Augen, das hatte Malaika als Kind gesagt, als sie das erste Mal mit Hubert Eis essen gewesen war. Geschwätzige Augen. Ich hatte damals nicht verstanden, was sie meinte. Heißt das, er nervt dich, hatte ich damals geantwortet. Nein, hatte Malaika gesagt und gelächelt, ich könnte diesen Augen stundenlang zuhören.

»Kommen Sie?« Der Wattführer winkte in der Ferne und riss mich aus dem Moment.

»Darf ich?« Matthias bot mir seine Hand an und half mir auf.

Wir tauschten einen langen Blick, und mein Herz schlug schneller.

»Aaaah!«, schrie da jemand. Jemand sehr Kleines, wie ich aus den Augenwinkeln zunächst vermutete. Womit ich mich täuschte. Denn es war ein älterer Junge, der bis zu den Knien im Matsch steckte. Ein paar hilfsbereite Hände zogen kräftig, dann richtete er sich wieder zur vollen Größe auf.

Matthias schien die Szene kaum zu registrieren. »Schau mal, wie schön«, flüsterte er und wies in die Ferne.

Die Priele glitzerten im Sonnenlicht, eine Möwe segelte weit über uns im sommerlichen Blau des Himmels. Dicht nebeneinander folgten wir der Gruppe. Matthias legte mir den Arm um die Schultern, und ich musste unwillkürlich lächeln.

Der ganze Stress und all die Vorkommnisse der letzten Wochen schienen förmlich von mir abzufallen. Und ich roch

Matthias' Nähe, spürte seine Hand warm auf meiner Schulter.

»Ha!«, machte ich erschrocken, als der Boden unter mir nachgab.

»Sophie!« Matthias griff instinktiv nach meinem Arm, verfehlte mich jedoch.

Es war ohnehin schon zu spät. Ich steckte längst bis zu den Oberschenkeln im Schlick und war unfähig, mich auch nur einen Zentimeter zu bewegen.

»Keine Sorge.« Matthias' Blick traf den meinen, auffordernd hielt er mir seine Hände hin. »Ich hole dich hier raus.«

»Bitte.« Es war feucht, es war klebrig, und ehrlich gesagt fühlte ich mich im kühlen, schweren Schlick so hilflos wie selten zuvor.

Eigentlich zählte ich mich nicht zu den Frauen, die beim Anblick von durchtrainierten männlichen Oberarmen kurzatmig wurden. Aber wenn man bis zur Hüfte im Dreck steckte, waren starke Arme, das konnte ich wahrlich nicht bestreiten, von unschätzbarem Vorteil. Innerhalb kürzester Zeit hatte Matthias mich aus dem Matsch gezogen. Doch der Schlick würde seinem Ruf nicht gerecht werden, wenn er es dabei belassen würde.

»Meine Gummistiefel!«, rief ich entsetzt, als ich merkte, dass etwas an meinen Füßen fehlte.

»Jetzt hat Mama Muschel doch einen Weg gefunden, sie dir auszuziehen.« Matthias lachte, als ich meine Arme tief in das matschige Loch steckte und die oberen Ränder der Schuhe zu fassen bekam.

»Komm schon!«, keuchte ich, doch die Stiefel hatten sich längst im Schlick festgesaugt.

»Die kriegen wir da nicht mehr raus.« Matthias hauchte mir mitfühlend einen Kuss auf die Wange.

»Müssen wir aber.« Mein Gesicht war verschwitzt, immer wieder zerrte ich an den Stiefeln, doch jedes Mal rutschten sie mir durch die Finger. Leider schien Matthias recht zu behalten. Meine Knie sanken zu allem Überfluss allmählich wieder ein, inzwischen war auch von Matthias' Beinen ein gutes Stück verschwunden. »Im Meer schwimmt schon genug Schrott herum, da möchte ich nicht auch noch Gummistiefel beisteuern.«

»Okay.« Er robbte ein wenig näher zu mir. »Eins, zwei …«

»Drei!«

Mit einem lauten Schmatzen lösten sich die Gummistiefel. Und wir, die wir mit unserem gesamten Gewicht daran gezogen hatten, landeten natürlich mit dem Hintern im Matsch. Tatsächlich hatte ich etwas Glück, weil ich mehr auf Matthias als im Schlick landete.

Lachend wälzte ich mich herum. »Entschuldige, Schatz.«

Matthias lächelte nur, als er sich aufsetzte. »Aktion geglückt, würde ich sagen.«

Sein Gesicht war meinem plötzlich so nah. Schlammspritzer zierten seine Wangen, und auch seine Haare waren dreckverschmiert, aber seine dunklen Augen glänzten. Am liebsten hätte ich …

»Kommen Sie zurecht?«, tönte auch schon die Stimme des Wattführers aus der Ferne.

»Alles gut!«, rief Matthias laut und lächelte mich an. »So etwas müssten wir öfter machen.«

»Gern. Ich liebe das.«

Er zwinkerte mir zu und gab mir einen Kuss. »Und abends, wenn wir alleine sind …«, flüsterte er, »… machen wir da weiter, wo wir vorhin aufgehört haben.«

Ich lächelte nur, und in meinem Bauch breitete sich wieder ein wohliges Kribbeln aus.

KAPITEL 23

»Hast du eine Minute?«

»Ich hab auch zwei«, antwortete ich eher aus Reflex als aus Überzeugung.

Ich stand gerade im Flur, als Tom die Treppe herunterkam. Den Schlüssel hatte ich bereits eingesteckt, die Schuhe angezogen, und in Gedanken war ich schon längst bei den Dünen. Ein weiteres Gespräch mit Tom war eigentlich das Letzte, was ich jetzt noch brauchte. Doch er sah so verlegen drein, dass ich mir kurz Zeit nehmen wollte.

»Komm.« Mit einem milden Lächeln hielt er mir die Tür auf.

Ich folgte ihm über die Terrasse auf die Düne und hinab zum Strand. Die Wellen spielten sanft im seichten Wasser, das Rauschen war eine Wohltat für meine Ohren.

Ein paar Minuten stapften wir schweigend durch den weichen Sand. »Also?«, fragte ich schließlich und sah ihn an.

»Ich wollte mich bei dir entschuldigen.« Er hielt kurz inne. »Keine Ahnung, was vorhin in mich gefahren ist.«

Ich nickte nur. Dass Tom offenbar dachte, er habe ein Recht auf meine Liebe, machte mich immer noch fassungslos. Und wie wenig Gespür für andere musste ein Mensch haben, wenn er nach so deutlichen Zeichen tatsächlich einen Kuss versuchte?

»Du bist einfach eine wunderschöne, attraktive Frau. Da ist alles mit mir durchgegangen.«

Prüfend musterte ich ihn. Seine Züge waren ernst, er wirkte ziemlich geknickt. Ich wollte es kurz machen und ihm entgegenkommen. »Ich weiß, dass es dir leidtut. Ich nehme deine Entschuldigung an.«

Er grinste. »Gut. Und im Übrigen solltest du dich entspannen. Ist doch ein schönes Kompliment.«

Mein Blick fror ein. Ein paar Sekunden lang fixierte ich ihn schweigend, dann drehte ich mich kommentarlos um und ging. Das war nicht sein Ernst. Falls Tom sich irgendetwas dabei gedacht hatte, dann offenbar nicht viel. Respekt sah für mich anders aus.

»Jetzt tu nicht so, als wäre das mein Fehler!«, rief Tom mir hinterher.

Ich konnte hören, dass er mir nachlief. Kopfschüttelnd ging ich weiter, den Blick nach vorn gerichtet. *Einfach nicht beachten,* sagte ich mir. Doch das sagte sich so leicht.

»Sei ehrlich, Sophie. Wenn du in so einem neckischen Schlafanzug in der Küche stehst, ist das doch Einladung genug«, hörte ich seinen Bass durch den Nordseewind dringen. »Und dann wäre ich plötzlich der Böse.«

Das war zu viel. Mit einem Ruck blieb ich stehen und drehte mich zu ihm. Es war nur gut, dass er mich noch nicht eingeholt hatte. Sonst hätte ich ihm garantiert wieder eine Ohrfeige gegeben. »Und wenn ich nackt dort stünde!«, schrie ich. »Ich bestimme immer noch selbst, wen ich liebe!«

Energisch stapfte ich davon. Jetzt war mir sogar die Lust auf einen Spaziergang in den Dünen vergangen.

»Du tust ja so, als hätte ich dich vergewaltigt!«, rief er mir noch hinterher. »Sei nicht so eine Mimose!«

Wie mit Scheuklappen lief ich weiter geradeaus am Strand entlang und tat so, als hörte ich ihn nicht. Auch wenn es mir nicht leichtfiel. Natürlich hatte er mich nicht vergewaltigt. Aber die Welt war nun mal nicht schwarz und weiß.

Ich schüttelte verständnislos den Kopf. Dass er so besitzergreifend war, hatte ich trotz Felix' Erzählungen nicht erwartet.

»Alles okay?«, fragte Felix wenig später, als er gerade das Haus verließ und mir die Tür aufhielt. Selbst Ludwig hatte seine Ohren aufgestellt und in meine Richtung gedreht.

»Alles gut.« Ich versuchte mich an einem missglückten Lächeln, um gleich darauf ins Haus zu schlüpfen. So lieb ich Felix hatte, ich wollte gerade ein wenig Zeit haben, alles zu verdauen – und zwar am besten allein. Der gute alte Vanillepudding und ich, sonst niemand.

Ich hatte gerade den Kühlschrank geöffnet, eine Packung Milch und eine Vanilleschote herausgeholt, da hörte ich auch schon schwere Schritte im Flur.

»Sophie?«, schallte Toms Stimme durch das Haus. »Was kann ich denn dafür, wenn du so empfindlich bist?«

Ich atmete scharf ein, dann trat ich auf den Flur hinaus. »Lass mich in Ruhe, Tom.«

Er lächelte milde. »Du hast das alles völlig missverstanden. Deshalb hast du so überreagiert. Aber ich bin dir nicht böse, Schätzchen.«

»Ich glaube, ich war nicht klar genug«, sagte ich energisch und starrte ihn hocherhobenen Hauptes an. »Ich will keinen Kontakt mehr zu dir haben.«

»Du bist durcheinander, das ist offensichtlich.« Er lächelte mitleidig.

»Halt den Mund!«, herrschte ich ihn an.

»Hast du deine Tage?« Seine Stimme war auffallend ruhig, während ich mich bemühte, meine Wut unter Kontrolle zu halten.

Klar, dass er sich von mir nichts sagen lassen würde. Kurz war ich in der Versuchung, einfach wegzulaufen und die Tür hinter mir ins Schloss zu werfen. Doch ich durfte mich nicht verdrängen lassen. Wenn ich jetzt ging, würde mich Tom ewig herumschubsen, wie es ihm passte. »Raus«, wiederholte ich, doch er lächelte nur.

»Du bist so süß, wenn du wütend bist.«

Schlussendlich ging er dann doch. Natürlich nicht ohne ein belustigtes Grinsen im Gesicht, doch immerhin, er ging.

Meine Wut bekam dann ein paar Minuten später noch der Schneebesen zu spüren, mit dem ich eine Portion Vanillepudding so malträtierte wie selten eine Süßspeise zuvor. Erst als ich den Pudding in eine Schüssel goss, beruhigte ich mich etwas.

Die Badezimmertür schwang auf. Schritte tapsten den Gang entlang. »Geht es dir gut?«, hörte ich eine Stimme hinter mir.

Erstaunt drehte ich mich um. Es war Marie, in ein großes Badehandtuch gehüllt und einen Turban auf dem Kopf. Sie sah mich offen an. »Das hat er mit mir auch schon gemacht.«

Ich starrte sie an. Ihre Züge waren weich, ihr Ausdruck beinah schon freundlich.

»Es tut mir leid, dass ich dir nicht zu Hilfe gekommen bin«, sagte sie leise. »Aber halb nackt habe ich mich nicht getraut.«

»Verstehe.« Seufzend lehnte ich mich an die Ablage. Mit einem windigen Handtuch bekleidet hätte ich Tom ebenfalls nicht gegenübertreten wollen.

»Wenn du Hilfe brauchst, bin ich da.« Sie lächelte unsicher und zupfte an ihrem Handtuch. »Er macht mir manchmal Angst. Aber wenn du Hilfe brauchst, lasse ich dich nicht allein.«

»Danke.« Vermutlich hatte sie gerade zum allerersten Mal etwas Nettes zu mir gesagt und es wirklich so gemeint. Aber sie war und blieb Marie, weshalb ich mich trotzdem zur Vorsicht mahnte. Wer wusste schon so genau, wann sie ihre Meinung wieder änderte.

»Ich weiß, was du über mich denkst«, sagte sie plötzlich und atmete tief durch. »Es tut mir leid. Wirklich.«

»Ja?«

»Du hattest endlose Geduld mit mir, und das rechne ich dir hoch an.« Sie griff nach meiner Hand und drückte sie kurz. »Du hast ein viel zu großes Herz, Sophie.«

»Ähm«, machte ich verdutzt. Entweder war sie eine grandiose Schauspielerin, oder sie hatte tatsächlich in den letzten Tagen nachgedacht. Da ich keine Spielverderberin sein wollte, streckte ich ihr die Puddingschüssel entgegen. »Magst du auch was?«

»Gern. Ich ziehe mich nur schnell an, dann bin ich da.«

Als sie sich umdrehte, blieb mein Blick an ihrem Rücken hängen. Knapp oberhalb des Handtuchs saß ein großes Muttermal. Irgendwie kam mir dieses Muttermal verdächtig bekannt vor … Ein paar Sekunden dauerte es, dann fiel es mir wie Schuppen von den Augen, und ich schien ins Bodenlose zu stürzen. Heftig rang ich nach Atem.

»Du warst es!«, rief ich laut.

Marie zuckte zusammen.

»Ich war was?«, fragte sie schüchtern, als sie sich umdrehte. Nervös nagte sie an ihrer Unterlippe.

»Du bist diejenige auf dem Foto. Diejenige, mit der mich Matthias betrogen hat!« Ich trat ein paar Schritte näher und sah sie scharf an. »Stimmt doch?!«

Ihr Mund bewegte sich, doch es dauerte, bis ein Wort den Weg über ihre Lippen fand. »Ja«, murmelte sie dann kaum hörbar und vermied es, mich anzusehen. »Aber …«

»Du hast mit ihm geschlafen …« Entsetzt sah ich sie an.

Dass sie es nicht leugnete, machte es nicht besser. Die Versöhnung mit Matthias erschien mir jetzt wie ein Kartenhaus, für das ein leiser Windhauch genügte, um alles dem Erdboden gleichzumachen. Offenbar hatte er gelogen. Die ganze Zeit.

»Sophie.« In ihren Augen spiegelte sich Verzweiflung.

»Und dann besitzt ihr noch die Frechheit, vor meinen Augen einen Strandspaziergang zu machen!« Meine Stimme wurde immer höher. Mein Herz schlug heftig gegen meinen Brustkorb, und mein Kopf schmerzte. Alles in mir sträubte sich dagegen, doch das Kopfkino war längst im Gange. Der nackte Rücken, von dem ich noch immer gehofft hatte, er stamme aus dem Internet, hatte nun ein Gesicht. Marie und Matthias. Das durfte es nicht geben, das durfte einfach nicht wahr sein.

»Ich wollte doch nur …«, setzte sie eindringlich an, doch ich war längst zu aufgewühlt, um sie ausreden zu lassen.

»Du wolltest nur mal kurz meine Beziehung zerstören, ich weiß.« Seufzend ließ ich den Pudding sinken, den ich noch immer in Händen hielt. »Wie konnte er mir das antun …«

»Bitte hör mir zu«, flehte Marie.

»Ich will nichts hören.« Mit bestimmtem Blick öffnete ich die Besteckschublade, nahm einen großen Vorlegelöffel heraus und steckte ihn energisch in die Puddingschüssel.

»Sophie!« In Maries Augen traten Tränen. »Bitte glaube mir, ich wollte das nicht. Er war …«

»Er war einfach zu sexy, schon klar«, sagte ich verbittert, schnappte mir den Pudding und lief in Richtung meines Zimmers.

Kaum hatte ich die Tür hinter mir zugeworfen, musste ich mich erst einmal setzen. Und kaum saß ich auf dem Bett, brach ich in Tränen aus. Ich hatte wirklich geglaubt, dass es eine Fotomontage war. Oder ich hatte es einfach mit allem gehofft, was ich hatte. War es dumm gewesen, Matthias noch einmal zu vertrauen? Machte Liebe tatsächlich so blind? Und so blöd?

Schluchzend wischte ich mir die Tränen aus dem erhitzten Gesicht. Nebenan hörte ich Marie, die sich gerade schnäuzte. Worüber Marie genau weinte, wusste ich nicht.

Wie ferngesteuert schaufelte ich einen riesigen Löffel Vanillepudding aus der Schüssel. Mit der verstopften Nase schmeckte er nach nichts, doch immerhin gab er mir das Gefühl, dass es auf dieser Welt noch Dinge gab, auf die man sich verlassen konnte. Nach ein paar Löffeln schnappte ich nach Luft. Mit verstopfter Nase zu essen brachte mich außer Atem.

Der wundervolle Abend mit Matthias schien plötzlich so weit in der Vergangenheit zu liegen. Dabei war es so schön gewesen. Meine kleine Welt war aufgeblüht. Ich hatte seit Langem wieder Liebe gespürt, Vertrauen und Nähe – nur um am nächsten Tag gleich wieder bitter enttäuscht zu werden.

Vielleicht hätte ich auf Felix vertrauen sollen, der Matthias und seine Mutter argwöhnisch durch das Fenster beobachtet hatte. Womöglich hatte er sie gleich am Tag meiner Ankunft auf dem Foto erkannt.

Traurig blickte ich auf die verschwommenen Umrisse der Puddingschüssel, die hinter dem Vorhang meiner Tränen verblasste. Die würde ich heute noch schaffen, da war ich sicher. Und wenn es das einzig Gute am heutigen Tag gewesen sein sollte. Vielleicht würde ich sogar meine Tränen abwischen und hoch erhobenen Hauptes in die Arbeit gehen. Vielleicht würde ich mich aber auch krankmelden. Zeit genug hatte ich noch. In jedem Fall würde der romantische Abend mit Matthias ausfallen.

Ich müsste alles beiseiteschieben wie einen hässlichen Scherbenhaufen, der dann auf Nimmerwiedersehen im Abfall verschwand. Weder Tom noch Marie, auch nicht Matthias, verdienten meine Tränen. Ja, eigentlich verdienten sie noch nicht einmal meine Wut. Wie hieß es doch so schön: Auf jemanden wütend zu sein ist wie, Rattengift zu essen – und zu warten, dass die Ratte stirbt.

KAPITEL 24

Ich sah dem Stein nach, wie er leise glucksend in den Wellen verschwand. Lustlos stand ich am Strand und warf einen Stein nach dem anderen ins Wasser. Ich hatte mich tatsächlich krankgemeldet und war zu Malaika gegangen.

»Los, den nächsten mit Schmackes, das hilft gegen die Wut!«, feuerte Malaika mich an, doch ich hatte inzwischen weder Kraft noch Lust dazu.

»Ich ärgere mich so, dass ich auf seine Lügen reingefallen bin.« Mit hängenden Schultern schlurfte ich zu Malaika zurück, die neben dem Foto im Sand saß und mich besorgt beobachtete. Ich hatte das Foto an den Strand mitgenommen, um es Matthias zu geben. Das Gefühl, es in meinem Zimmer zu haben, hatte mich fast verrückt gemacht. Wegwerfen wollte ich es aber auch nicht. Sollte Matthias es doch bei sich zu Hause aufstellen. Wenn er noch so etwas wie ein Gewissen besaß, würde ihn das Foto immer daran erinnern, wie weh er mir getan hatte.

»Schon bitter.« Malaika schüttelte verständnislos den Kopf und seufzte. »Da wohnt diese Ziege im Zimmer neben dir, hat wochenlang nichts Besseres zu tun, als dich zu schikanieren, und am Schluss stellt sich heraus, dass sie dir deinen Matthias ausspannen will.«

»Und er flirtet, geht sogar vor meinen Augen mit ihr spazieren.« Ich ließ mich in den Sand plumpsen. Warm und weich spürte ich den Sand unter meinem Kopf. Unter anderen Umständen hätte ich mich glücklich geschätzt. Der Sommerwind zerzauste meine Haare, und irgendwo unter meinen nackten Zehen fühlte ich kühl und glatt eine Schwertmuschel. Eigentlich bot dieser Strand ja so vieles, was für mich Glück bedeutete.

»Es tut mir so leid für dich.« Malaika griff nach meiner Hand und drückte sie.

»Wenn sie wenigstens nett wäre!«, rief ich.

»Ähm …?«, machte Malaika. »Deiner Logik kann ich nicht ganz folgen?«

»Na ja, wenn sie umwerfend lieb und nett wäre …« Ich suchte nach den passenden Worten.

»… dann wäre es genauso schlimm für dich.« Sie drückte meine Hand ein wenig fester. »Es wäre keinen Deut besser.«

»Doch.« Resigniert starrte ich in den strahlend blauen Sommerhimmel hinauf. »Dann hätte ich nicht permanent das Gefühl, dass ich ihm noch weniger wert bin als diese bissige, garstige …«

»Weiter!«

»Boshafte, gemeine, herzlose …«

»Weiter, weiter!«, rief Malaika.

»Unausstehliche …«

»Jawoll!« Sie nickte zufrieden, und ich musste unwillkürlich lächeln. Sie war immer eine Verfechterin davon gewesen, seine Wut rauszulassen.

Die Sommersonne strahlte vom Himmel, und ich kniff die Augen zusammen. Blind tastete ich unter meinen Zehen nach einer Muschel, um sie anschließend in hohem Bogen ins Meer zu werfen. Sie gluckerte leise, als sie unterging, doch sogleich schwappte eine riesige Welle über sie hinweg.

Die Ferien meiner Kindheit hatte ich oft am bayerischen Chiemsee verbracht. Jeder Stein, den ich dort ins Wasser geworfen hatte, war ein Spektakel für sich gewesen. Wie hatte ich es geliebt, die weiten Kreise zu bewundern, die der

Stein im Wasser zog. So still und so schön. Doch hier ging er unter, ohne dass die Wasseroberfläche davon zeugte. Denn er wurde von übermächtigen Wellen überrannt. Ähnlich fühlte ich mich gerade. Geworfen und der Situation ausgeliefert.

»Hast du es eigentlich mitbekommen?« Malaika drehte ihren Kopf zu mir. »Matthias ist heute früh in die Pension Martha umgezogen. Nicole hatte glücklicherweise gerade ein Zimmer frei.«

»Ich dachte, er wohnt drüben, du weißt schon …«

»Es war wohl recht kurzfristig. Der Herr am Empfang dort war anscheinend total schusselig. Nach einer Woche ist ihm aufgefallen, dass der Check-In nicht funktioniert hatte. Aber erst, als er das Zimmer neu belegt und gemerkt hat, dass der Schlüssel vergeben war.«

»Das gibt's doch nicht.« Aber zumindest erklärte es, warum er mir Stein und Bein geschworen hatte, dass es im Haus kein Zimmer auf den Namen Schwarzer gab. »Dann werde ich mal bei Nicole nachfragen, ob er gerade daheim ist.«

Malaika nickte und umarmte mich zum Abschied. »Viel Erfolg.«

Nachdenklich griff ich nach dem Bild, das noch immer im Sand lag, und machte mich mit gemischten Gefühlen auf den Weg. Ich musste nicht lange laufen, bis ich Matthias entdeckte, der gerade auf der Terrasse der Pension saß.

»Huhu!«, rief er mir fröhlich zu, doch ich winkte nicht zurück.

Ich trat an seinen Tisch, wo er gerade an seinem Matjes saß und eine Scheibe Baguette in Nicoles hausgemachte Remoulade tunkte. »Worüber habt ihr gesprochen, Marie und du? Auf der Düne?«

»Sie … sagte, es geht ihr sehr nahe, dass es dir momentan schlecht geht. Offenbar hat sie dir gegenüber einige Fehler gemacht, die sie bereut …«

Ich sog die Luft scharf ein. Es reichte wohl nicht, dass Marie mein Leben zerstörte. Sie musste dabei auch noch so tun, als sorge sie sich um mich. Mir lief ein Schauer über den Rücken. »Das Einzige, was ich bereue, ist, dass ich Marie immer wieder eine Chance gegeben habe«, brummte ich.

»Was möchtest du damit sagen?«, fragte Matthias und fasste nach meiner Hand, doch ich zog sie zurück.

»Ich möchte dir das Foto zurückgeben und mich verabschieden.«

»Ich …« Der fröhliche Ausdruck auf seinem Gesicht verschwand sofort, sein Lächeln fror ein. Es dauerte ein wenig, bis er mich verstanden hatte. »Was?«

»Maries Muttermal.« Mit zusammengepressten Lippen hielt ich ihm das Foto entgegen. »Als sie heute aus der Dusche kam, habe ich es wiedererkannt.«

»Aber …?« Ihm stand der Mund offen, seine sonst so leuchtenden Augen waren dunkel und mit einem Mal glanzlos. Geschockt starrte er auf das Bild.

Diesmal würde ich mich nicht täuschen lassen. Ich hatte das Puzzle vollendet. Der nackte Rücken hatte sein passendes Gesicht gefunden, und ich würde mich nicht länger zum Narren halten lassen. »Ende. Aus. Vorbei. Du trittst mein Vertrauen die ganze Zeit mit Füßen.« Ich schnaubte.

Dass er mich auch dann noch anlog, wenn ich ihm trotz klarer Beweislage so weit entgegenkam, fühlte sich an wie blanker Hohn. »Schämst du dich eigentlich nicht?«

»Ich habe nie mit Marie …«

»Schluss jetzt!«, brauste ich auf. »Hör endlich auf, mich anzulügen! Ich wünsche dir für deine Zukunft alles Gute.« Energisch setzte ich den Bilderrahmen vor ihm auf den Tisch. Durch das gesprungene Glas leuchtete mir Maries nackter Rücken entgegen.

Gerade als ich mich schwungvoll umdrehte und von der Terrasse stürmen wollte, griff Matthias nach meiner Hand und zog mich zurück. Er musterte mich lange und ernst. »Was sagt Marie dazu?«, fragte er schließlich. »Hast du mit ihr geredet?«

»Wer bin ich denn?«, rief ich empört. »Irgendwann ist selbst meine Geduld am Ende, Matthias.«

Er verzog den Mund. »Ich weiß. Tut mir leid, Schatz.«

»Hör auf, mich Schatz zu nennen«, fauchte ich.

»Ja, Schatz.«

Ich presste die Finger an meine Schläfen. So langsam bekam ich Kopfschmerzen von diesen Diskussionen. Die Sache war eigentlich klar. Matthias war mit Marie und Frau Roth fremdgegangen und hatte auch jetzt nicht den Mumm, dazu zu stehen. Was tat ich eigentlich noch hier? »Ich will nicht mehr mit dir diskutieren.«

Matthias vergrub sein Gesicht in den Händen, seine Augen waren geschlossen. »Dann respektiere ich das.«

»Danke.« Ich atmete tief durch. Warum widersprach er mir gar nicht mehr? Ich seufzte. »Du verstehst, dass ich keine Wahl habe. Oder?«

»Vollkommen«, flüsterte Matthias. »Und ich werde dich auch dann lieb behalten, wenn du gehst, aber bitte behalte im Kopf, dass da noch eine geringe Wahrscheinlichkeit ist, dass ich dich von Herzen liebe und dich nie betrogen habe.« Sein Blick war warm, als er mich noch einmal ansah, und seine Wangen glitzerten nass von Tränen. »Bitte trag das im Herzen. Ich wünsche dir alles Gute für deine Zukunft.«

»Mir wäre ehrlich gesagt lieber, wenn du das alles endlich zugeben könntest!« Mein Blick war kalt. Kälter, als ich es eigentlich wollte. »Sag es doch endlich.«

Er schwieg. Abwartend hob ich die Augenbrauen. Ich hätte es so gerne aus seinem Mund gehört. *Bitte sag es. Sag: Ich habe dich betrogen, Sophie.* Es würde wehtun, das war mir klar. Doch dann konnte ich all das hinter mir lassen und völlig neu beginnen. Ich hing förmlich an seinen Lippen. Nach endlos scheinenden Sekunden räusperte er sich.

»Ich liebe dich und habe dich nie betrogen«, sagte er schließlich. »Das schwöre ich bei meinem Leben.«

Mir stiegen Tränen in die Augen. »Hör auf zu lügen.« Ich stampfte mit dem Fuß auf. »Du … du … Blödi- … Blödi-Ochs!« Zugegeben, ich hatte noch nie in meinem Leben ein Schimpfwort benutzt, mir fehlte die Übung. Aber gerade tat es unheimlich gut, die Wut rauszulassen.

Und dann schwieg ich. Denn eigentlich war alles gesagt.

»Okay.« Resigniert ließ er den Kopf hängen. »Dann wünsche ich dir im Leben nur das Allerbeste. Dass du glücklich wirst. Und dass …« Er brach ab, als ein Schluchzen ihn schüttelte.

Ich zögerte. Ihn so zu sehen, brach mir das Herz. Matthias war ein Mann mit einer unglaublich weichen Seite. Dafür hatte ich ihn immer geliebt. Trotzdem. Jetzt, da Marie alles zugegeben hatte, war die ganze Sache viel zu schlüssig.

»Es tut mir leid, dass ich gehen muss«, sagte ich mitfühlend und dennoch bestimmt. »Aber ich kann dir nicht mehr vertrauen.«

»Das verstehe ich«, flüsterte er. »Ich wünsche dir ein glückliches, erfülltes Leben. Und die Liebe, die du verdienst.«

»Ich dir auch«, erwiderte ich leise und fühlte nur noch Bitterkeit in meinen Worten. »Die Liebe, die du verdienst, Matthias.« Besser hätte ich es nicht ausdrücken können. Wenn Matthias mich mehrfach betrogen hatte, würde es ihm das Leben irgendwann einmal heimzahlen, da war ich sicher.

Ich musste mich nicht einmal umdrehen, um zu wissen, dass er mir nachsah, als ich das Grundstück der Pension verließ. Dann ging ich quer über den Strand nach Hause zurück, den Blick geradeaus und ohne ein Winken – ja, und definitiv ohne Gewissensbisse, Zweifel oder die Angst, ihm auch nur irgendwie unrecht getan zu haben. Auf der Terrasse ließ ich mich auf den Liegestuhl fallen, den Blick in die Ferne gerichtet.

Das Meer schimmerte grünlich-blau im Sonnenlicht. Fairerweise musste ich sagen, dass ich viele Frauen kannte, die sich nach einem Foto wie diesem nie wieder mit Matthias eingelassen hätten. Vielleicht zeigten meine Versuche, mit ihm zu reden, wie wichtig er mir trotz allem immer noch war. Oder wie unglaublich naiv ich war. Je nachdem. Das Foto, das Tagebuch, alles deutete darauf hin, dass Matthias mich nach Strich und Faden belogen hatte. Trotzdem war da der kleine Funke Hoffnung, der mir zu denken gab. Ich konnte nicht umhin, mich immer wieder zu fragen: Und was, wenn doch nicht?

Ich konnte ihn noch deutlich vor meinem inneren Auge sehen, wie er geknickt auf Nicoles Terrasse gesessen hatte, in sich zusammengesunken. Ich hatte seinen leeren Blick gesehen und gewusst, dass er auch in einer Stunde noch dort sitzen und hoffen würde; hoffen, dass das alles nur ein böser Traum gewesen war.

Die Gewissheit, dass ich sein Herz gebrochen hatte, machte mich traurig. Eigentlich hatte ich immer nur sein Bestes gewollt, ihn geliebt. Und plötzlich waren da diese Wut und die Enttäuschung, die unsere Liebe zerbrochen am Strand zurückließen.

»Was machst du da?«, hörte ich Felix hinter mir fragen. Kleine Füße tapsten über die Terrasse.

In Gedanken versunken, warf ich ihm ein Lächeln zu. »Ich denke nach.«

Er setzte sich auf den Liegestuhl neben mir und schob sich mit Daumen und Zeigefinger die Brille nach oben. »Hoffentlich über was Schönes.«

»Über Wahrheit«, antwortete ich und lächelte ihm erneut zu. »Und ein klein wenig auch über all die Urteile, die ich jeden Tag fälle. Ob sie richtig sind.«

»Das letzte Urteil, das ich gefällt habe, war, dass der Mozzarella im Kühlschrank schimmlig ist.« Er zuckte grinsend mit den Schultern. »Und das war definitiv richtig.«

Ich lachte. Wenn doch alles so einfach zu beurteilen wäre wie ein Käse im weißen Plüschmantel.

»Aber das letzte Urteil, das über mich gefällt wurde, hat mir zum Beispiel gar nicht gefallen.« Er runzelte die Stirn.

»Ja?« Erwartungsvoll sah ich ihn an.

»Ich war mit meinen Eltern am Anfang der Ferien in einem schicken Restaurant. Wir haben Papas vierzigsten Geburtstag gefeiert. Plötzlich kam der Kellner mit einer extragroßen Serviette und meinte, sie wäre für mich. Weil Kinder doch ständig kleckern. Ich sollte sie mir wie ein Lätzchen in den Kragen stecken. Und ich bin doch schon acht!«

Da verkniff ich mir ein Lächeln. Ich liebte es, wenn Felix solche Geschichten erzählte. Vermutlich weil er der Welt und ihrem Schubladendenken so oft überlegen war.

Als er sich energisch im Liegestuhl aufrichtete, sah er fast ein paar Zentimeter größer aus. »Ich habe ihm geantwortet, ich hätte gehört, dass blauäugige Kellner ständig Tabletts fallen lassen. Und ihm vorgeschlagen, ab heute sicherheitshalber ein Servierwägelchen zu benutzen. Ob er den Zusammenhang kapiert hat, weiß ich allerdings nicht.«

Ich klopfte ihm auf die Schulter. »Das hast du gut gemacht.«

»Mama war auch toll.« Er strahlte mich an. »Sie hat wortlos die Serviette genommen und sie Papa umgebunden.«

Schallend fing ich an zu lachen. Die Szene konnte ich mir nur zu gut vorstellen. Auch wenn es nicht ganz zu meinem Bild von Marie passte. Dass sie Felix offenbar eine tolle Mutter war, war nicht leicht in Einklang zu bringen mit meinem Eindruck von ihr.

»Schade, dass du Mama nie richtig kennengelernt hast«, meinte Felix leise.

Ich fühlte mich ertappt. Und es stimmte natürlich. Ich hatte einiges von Marie gesehen, das ich verurteilte. Aber woher wusste ich, ob ich deshalb den ganzen Menschen Marie in diese Schublade stecken durfte? Nur konnte ich mir beim besten Willen keinen plausiblen Grund für ihr Verhalten mir gegenüber vorstellen.

»Der Kellner hat mich in die Schublade des unfähigen Kindes gesteckt.« Felix schien längst wieder im Lehrer-Modus zu sein und legte angestrengt nachdenkend seinen Kopf in den Nacken. So sah er zu den Wolken auf. »Aber er hatte mich doch noch gar nicht richtig kennengelernt! Wie konnte er mich zwei Minuten beobachten und dann sicher sein, dass ich kleckere wie ein Vollidiot?«

»Menschen machen das«, sagte ich seufzend.

»Ich verstehe das nicht.« Felix schüttelte traurig den Kopf und sah mich an. »Sie haben über alles eine Meinung. Über Kinder, über Flüchtlinge, über People of Colour, über Menschen mit Handicap, über Frauen, über Schwule ...«

»Die Welt ist manchmal ungerecht.« Ich legte ihm eine Hand auf die Schulter und nickte ihm ermutigend zu. »Aber jeder, der sich damit nicht zufriedengibt, macht sie ein kleines Stückchen besser.«

»Ich finde, man sollte einen Urteils-Führerschein einführen«, erklärte Felix und nickte ernsthaft. »Es sollten sich nur Menschen eine Meinung bilden können, die verstanden haben, wie das geht.«

»Und wie, denkst du, geht das?«, fragte ich lächelnd.

»Langsam. Sehr langsam.« Er guckte bedeutungsschwer aufs Meer.

Wir schwiegen eine Weile.

Hatte ich auch viel zu schnell ein Urteil gefällt? Oder vielleicht doch viel zu langsam? Ich wusste es nicht. Und mir rauchte allmählich der Kopf von den ewig gleichen Fragen. Vielleicht sollte ich es einfach gut sein lassen.

KAPITEL 25

Hundemüde und gemeinsam mit Malaika kam ich am nächsten Tag von der Arbeit nach Hause, sie hatte mich abgeholt. Schon im Gang konnte ich riechen, dass Marie gekocht hatte.

»Soll ich das in die Küche stellen?« Mit spitzen Fingern hob Malaika ein Glas von der Anrichte hoch. Ein paar Maiskörner dümpelten in einer schäumenden Flüssigkeit vor sich hin.

Gute Frage. »Lass es besser stehen.« Ich nickte vielsagend. »Sicher Felix.«

Wenn Felix Versuche durchführte, passierte es nicht selten, dass das Ergebnis seiner Bemühungen ungefragt in der Spülmaschine landete. Seit ich aber die Grundflüssigkeit einer selbst gebastelten Lava-Lampe ins Klo gespült hatte und Felix' Enttäuschung hatte mit ansehen müssen, ließ ich sogar leere Pizzakartons liegen. Bei Felix konnte man einfach nie wissen.

»Puh, jetzt muss ich mich erst einmal hinlegen.«

»Dringend.« Malaika nickte verständnisvoll. »Du siehst erschöpft aus.«

Was für ein Tag. Matthias' und Toms Gesichter waren mir heute in jedes Zimmer gefolgt, selbst wenn ich angestrengt versucht hatte, mich zu hundert Prozent auf die Patienten zu konzentrieren. Ich atmete tief durch. Dann warf ich meine Handtasche in hohem Bogen in die Ecke und mich direkt hinterher, aufs Bett und in die weichen Kissen. Die Matratze knarzte leise, als sich Malaika dazusetzte.

Kurz schloss ich die Augen. Mein Kopf dröhnte von all den vielen Gedanken, die mich heute beinahe gebetsmühlenartig durch den Tag begleitet hatten. Selbstvorwürfe in Dauerschleife, Zweifel und immer wieder auch Wut. Eigentlich hätte ich bereits genug damit zu tun gehabt, Tom aus dem Weg zu gehen.

»Denkst du, ich sollte mich versetzen lassen?«, murmelte ich und schlug dann wieder die Augen auf, um Malaikas Reaktion zu sehen.

Es war deutlich, dass sie nach den richtigen Worten suchte. Vermutlich hatte sie allerdings schon die Möglichkeit in Erwägung gezogen. Malaika war mir meist einen guten Schritt voraus, wenn es um das Chaos in meinem Leben ging. Sie sah mich an und hakte nach: »Nach Spiegelau? Zu Matthias?«

»Blöd, oder? Ich weiß es nicht.« Ich drehte meinen Kopf und sah aus dem Fenster. Weit und friedlich lag das Watt vor dem Haus. Wunderschöne Wellenmuster durchzogen den Sand, und weit in der Ferne glitzerten die Priele.

»Es wird nicht gut sein, wenn du ihn jeden Tag …«, setzte sie an, um kurz darauf abzubrechen. Sie hielt kurz inne, dann deutete sie zum Fenster. »Hast du die eigentlich schon gesehen?«

Ich hob den Kopf aus dem Kissen und kniff angestrengt die Augen zusammen. Wenn mich nicht alles täuschte, sah das aus wie … »Steine!«, murmelte ich. »Oh, Matthias …«

Schwerfällig rollte ich mich aus dem Bett, um sie zu begutachten. Säuberlich aufgereiht standen sie auf dem Fensterbrett, versehen mit einem kleinen Notizzettel.

Liebe Sophie,
du wirst auf ewig in meinem Herzen sein. Für deine Zukunft wünsche ich dir alles Gute, Glück und Zufriedenheit. Ein paar Tage bin ich noch auf der Insel. Für den Fall, dass ein Wunder geschieht.
Ich drücke dich mit respektvollem Abstand.
Dein Blödi-Ochs

Ich musste lächeln. Und wieder fast weinen.

»Darf ich?«

Ich nickte nur. Während Malaika den Brief inspizierte, berührte ich andächtig die Steine. Matthias musste sie von der Terrasse aus durch mein weit geöffnetes Fenster auf das Fensterbrett gestellt haben. Das waren sie also, die letzten Steine, die ich von Matthias bekommen würde. Der Schriftzug »Ich lasse dich los, weil ich dich liebe …« zierte den ersten Stein. »Ich werde da sein, wenn du mich brauchst …« den zweiten. Und auf dem dritten las ich in Matthias' geschwungenen Buchstaben: »Meine Liebe soll dir Kraft geben für einen Neuanfang ohne mich.«

Ich schluckte. Er war schon immer ein hochemotionaler Mensch gewesen, das hatte ich an ihm geliebt. Jede kleinste Stimmung hatte seine sensible Antenne aufgefangen, und entsprechend tief ging ihm jedes Wort unter die Haut, ob böse oder liebevoll.

Und jetzt nahm er noch mal Abschied. Auf seine Weise.

»Das ist eigentlich total romantisch, nicht?«, sagte Malaika.

Ja, das war es. Und entsetzlich traurig. Denn ich hatte mir nichts sehnlicher gewünscht, als diesen Menschen bis an mein Lebensende an meiner Seite zu wissen.

Der Wind blies kräftig über das Watt. Die flauschigen, weißen Wölkchen schienen im weiten Sommerblau des Himmels nur so dahinzurasen. Nachdenklich hob ich die Steine auf. Und da sah ich es plötzlich: Hinter dem letzten Stein, ganz unscheinbar, lag ein kleines Armband auf dem Fensterbrett. Silbern glänzte es im Sonnenlicht, filigran und zart wanden sich die beiden Bänder umeinander, und in regelmäßigen Abständen hingen kleine Vögel daran, die winzigen silbernen Flügel weit ausgebreitet. Wie hypnotisiert ließ ich es durch meine Finger gleiten. Es war wunderschön.

»Ist es von ihm?« Malaika griff danach.

Ich zuckte die Schultern. »Im Brief steht nichts davon.«

Dass Matthias mir ein Erinnerungsstück schenken wollte, sah ihm eigentlich ähnlich. Und ich wusste, dass ich das Armband in Ehren halten würde, obwohl ich mir geschworen hatte, ihn für alle Zeit aus meinen Gedanken zu verbannen. Meine Gefühle für ihn waren nicht plötzlich verschwunden. Wie sollten sie auch, nachdem wir uns vor so Kurzem wieder so nah gewesen waren. Ich seufzte tief.

Gleichzeitig machte sich Unruhe in mir breit. Die letzten Diebstähle lagen ja auch gar nicht lange zurück … Was, wenn das Armband gar nicht von Matthias stammte? Was, wenn Marie hier einen neuen Versuch unternahm, um mich ein für alle Mal loszuwerden? Ein zweites Mal würde Tom nicht zögern und mich auf der Stelle feuern, da war ich sicher. Zumal zwischen uns einiges vorgefallen war.

»Denkst du …?«, setzte ich an und suchte Malaikas Blick.

»Marie könnte es hier deponiert haben.« Sie nickte.

Damit sprach sie meine Befürchtung klar aus. Unschlüssig biss ich auf meine Unterlippe, doch eigentlich war die Sache klar. Ich durfte dieses Risiko nicht eingehen.

»Ich werde es ins Meer werfen«, entschied ich kurz entschlossen. Es tat weh, das Armband wegzugeben. Irgendwie kam es mir vor, als ginge mir dadurch ein letztes kleines Stück Matthias verloren. Doch ich hatte keine große Wahl. Marie sollte keine Chance bekommen, mich noch einmal bis dicht an den Abgrund zu drängen.

»Ins Meer?« Malaika schien die Idee nicht besonders klug zu finden. »Diese Frau ist wahnsinnig. Das ist deine Chance, es ihr heimzuzahlen!«

Erneut seufzte ich. »Ich bin kein Mensch, der Dinge heimzahlt.«

»Deine Gutmütigkeit ist deine größte Schwäche. Du lässt dich viel zu oft verarschen.«

Den Gesichtsausdruck, mit dem Malaika nun das Armband packte und in Richtung Tür davonstürmte, hatte ich schon viel zu oft gesehen. »Stopp!«, rief ich panisch, obwohl ich wusste, dass es sinnlos war. Wenn Malaika sich etwas in den Kopf gesetzt hatte, funktionierte sie wie ein Trojaner im Computer. Man konnte lediglich zusehen und hoffen, dass nichts Blödes passierte. Mehr nicht. Ich sah meine Freundin durch die geöffnete Tür in den Flur verschwinden, kurz darauf schallte auch schon ihre Stimme durch den Gang.

»Ist das hier Maries Zimmer?«

»Malaika!« Ich hastete ihr hinterher. Sie meinte es ja nur gut. Und irgendjemandem etwas heimzuzahlen entsprach genauso wenig ihrem Charakter wie meinem. Die Kämpfe ihrer Freunde trug sie allerdings leidenschaftlich aus.

»Sophie, hab dich nicht so!«, hörte ich sie gedämpft antworten.

Es war still im Haus, nichts regte sich, sogar die Schuhablage war leer. Alle schienen ausgeflogen zu sein. Und Maries Zimmertür stand eine Handbreit offen.

»Malaika? Bist du da drin?« Die Klinke zu Maries Zimmertür lag kalt und hart in meiner Hand. Mein Herz klopfte wie verrückt, als ich auf das helle Holz starrte und mir bewusst wurde, in welche Situation Malaika uns gerade brachte. Nie zuvor hatte ich das Zimmer eines anderen ohne Erlaubnis betreten. Mein Magen zog sich zusammen. Ich atmete tief durch. »Malaika!«

Die Tür öffnete sich mit einem leisen Quietschen, und ich

schlüpfte ins Zimmer, wo Malaika sich bereits über eine aufgezogene Schublade beugte.

Es roch dezent nach Frauendeo. Beängstigend ruhig war es – und in der durchdringenden Stille tickte eine Uhr. Das Zimmer war erstaunlich leer. Marie und Felix schienen für die kurze Zeit des Umbaus nur das Allernötigste mitgenommen zu haben.

»Das wäre doch ein ideales Versteck für das Armband?«

»Komm raus da!«, flüsterte ich.

Maries Bett stand gleich neben der Tür, ihr Schlafanzug lag fein säuberlich gefaltet auf der geblümten Bettdecke. Ich errötete. Auch wenn ich Marie nicht sonderlich gut leiden konnte, war es mir sehr unangenehm, ohne ihre Erlaubnis in ihren persönlichen Raum einzudringen. Felix gegenüber hatte ich noch größere Skrupel. Was er von dieser Aktion halten würde, wollte ich mir besser gar nicht vorstellen.

Auf dem Fensterbrett lag Felix' Drohne, eine Handvoll Bücher stapelte sich auf seinem Nachtkästchen. Ich zwang mich wegzusehen.

»Wie wäre es mit dem Bücherregal? Was meinst du?«

»Ich meine, dass wir gehen sollten!« Ungeduldig zog ich an Malaikas Ärmel, doch sie schien noch längst nicht gehen zu wollen.

»Sophie! Wenn das Armband wirklich von ihr stammt … Wenn das ein weiterer Versuch ist, dich …«

»Ja, heimzahlen, ich weiß. Aber ich fühle mich nicht gut hier. Wir sind doch gar nicht so. Vergessen?«

»Komm schon«, stieß Malaika keuchend hervor, als sie sich streckte und im obersten Fach nach einem Blumentopf angelte. Es waren Primeln, wenn ich nicht irrte.

»Komm jetzt bitte«, drängte ich sie.

»Das hier ist ein tolles Versteck.« Sie nickte zufrieden und hob die Primeln aus dem Übertopf. »Ich werfe das Armband nur kurz hier …«

»Vorsicht!«, rief ich.

»Mist!«

Das durfte doch nicht wahr sein. Ungläubig starrte ich auf den hellen Teppich, auf dem sich die Erde in kleinen Klümpchen verteilte.

Das Armband klirrte, als es auf der Innenseite des Übertopfes aufschlug, und Malaika seufzte. »Kannst du das mal halten?«

Am liebsten wäre ich panisch aus dem Zimmer gerannt. Mein Herz klopfte unwirklich laut, und den Blumentopf nahm ich nur unwillig entgegen.

»Ich hole ein Kehrblech. Bin gleich zurück.«

»Mach schnell!«, rief ich gerade, doch dann stutzte ich. Am Boden des Übertopfes, klein und von Erde verschmiert, steckte ein zusammengefalteter Zettel. Eher sicherheitshalber als aus Neugier griff ich danach. Wenn es etwas war, das Marie oft benutzte, hatten wir ein Problem.

»Malaika, nun mach schon ...«, murmelte ich.

Nervös warf ich einen Blick zur Tür und lauschte, doch außer dem Ticken der Uhr war nichts zu hören. Noch schien die Luft rein zu sein. Mit schwitzigen Händen faltete ich den Zettel auf und strich ihn glatt.

Was ich dann sah, verschlug mir den Atem. Ein Foto von mir klebte auf dem Papier, ein Foto von Felix daneben. Darunter nur drei Wörter: *Ein fairer Tausch?* Groß waren die Buchstaben, scharfkantig und mit so viel Druck geschrieben, dass der Stift eine spürbare Vertiefung im Papier hinterlassen hatte.

Wie in Trance starrte ich auf die Bilder. Die Sophie auf dem Foto lachte mich freundlich an, im Hintergrund eine Schiffsreling. Ich hatte keine Ahnung, wo das Foto entstanden war. Ebenso wenig, wer es geschossen haben könnte. Alt konnte es nicht sein. Was bedeutete das alles?

»Wo habt ihr denn euer Kehrblech?«, rief Malaika von der

Küche her. »Unter der Spüle ist nichts, in der Speisekammer auch nicht, und im ...«

»Badezimmer! Hinter der Tür!«

»Wer bitte schön verstaut sein Kehrblech im Badezimmer?«, schallte es zurück.

Ich schüttelte nur den Kopf und hob die Primeln zurück in ihren Übertopf. Das Regalbrett knackte, als ich die Blumen zurück an ihren Platz stellte. Von draußen näherten sich plötzlich Schritte. War das Malaika?

Gerade wollte ich Malaika etwas zurufen, da hörte ich schon Maries Stimme im Flur. »Kannst du auf der Terrasse aufdecken? Ich bin gleich da.«

Panisch sah ich mich um. Der Kleiderschrank war zu klein, als dass ich mich dort hätte verstecken können, der Tisch ebenfalls – und auf der Terrasse würde vermutlich gleich Felix mit ein paar Tellern auftauchen. Blieb nur noch das Bett. Ich verrieb die Erde ein wenig auf dem Teppich, dann warf ich mich auf den Boden und wälzte mich unter Maries Bett.

In letzter Sekunde. Die Tür öffnete sich mit einem Quietschen, dann sah ich bereits Maries Füße. Ihre blauen Riemchensandalen waren nur eine Armeslänge von mir entfernt; ich hätte sie an den Zehen kitzeln können, wenn ich gewollt hätte. Stumm lag ich da, wagte kaum zu atmen und hoffte nur, dass Marie das Zimmer bald verlassen würde.

Malaika, bitte hilf mir!

Nur mit Mühe unterdrückte ich einen Schrei, als Marie sich auf das Bett setzte. Ich hielt den Atem an und starrte nach oben, wo sich der Lattenrost, begleitet von leisem Quietschen, ein wenig nach unten beulte. Ihre Füße waren so nah, dass ich die Hornhaut an ihren Fersen sehen konnte. Unter dem straff sitzenden Riemchen war ein rötlicher Abdruck zu erahnen. So leise wie nur irgend möglich drehte ich meinen Kopf. Ich hatte tatsächlich Angst, sie könnte meinen Atem an ihren Füßen spüren.

»Mama, wo bleibst du denn?« Die Tür öffnete sich ein Stück weit, dann kamen Felix' Turnschuhe in mein Blickfeld. »Ich habe schon alles hergerichtet.«

»Papa hat ein Foto geschickt. Möchtest du es sehen?«, fragte Marie.

»Ein Foto von London?«

»Mhm.«

Wieder schwankte der Lattenrost über mir, als Felix sich auf das Bett setzte. Mir stockte der Atem.

»Entschuldigung?«, hörte ich Malaika im nächsten Moment zaghaft an der Tür fragen. Ein leises Klopfen folgte.

»Ja, bitte?«

»Könnten Sie mir helfen? Ich wollte Sophie überraschen, wenn sie nach Hause kommt. Und irgendwie finde ich die Springform für den Kuchen nicht ...«

»Oberstes Fach im großen Küchenschrank. Der aus Asteiche. Können Sie gar nicht verfehlen«, antwortete Felix prompt.

»Oh«, machte Malaika.

»Das ist ja schön, wenn Sie einen Kuchen für Sophie backen möchten.« Marie klang freundlich. »Sie wird sich sehr freuen.«

»Ich möchte ungern in Ihren Schränken wühlen«, versuchte Malaika es wieder. »Würden Sie kurz ...?«

»Wühlen Sie einfach. Kein Problem.«

»Oh«, machte Malaika wieder. »Vielen Dank.«

Ich nagte an meiner Unterlippe.

»Kann ich jetzt das Foto sehen?«, fragte Felix.

Das leise Quietschen der Tür verriet mir, dass Malaika den Rückzug angetreten hatte. Hoffentlich hatte sie einen Plan B.

»Ah, das ist der Elizabeth Tower, im Volksmund Big Ben genannt«, stellte Felix fest. »Wusstest du, dass die Glocke über 13 Tonnen schwer ist?«

»Echt?« An ihrem Tonfall hörte ich, dass sie lächelte. »Papa fragt, ob du dir etwas Bestimmtes aus England wünschst. Er möchte dir etwas mitbringen.«

»Die Kronjuwelen«, antwortete Felix bierernst, und Marie lachte.

»Wird Zeit, dass Papa wieder nach Hause kommt, stimmt's?«, erwiderte sie sanft und liebevoll.

»Ich hab was für ihn gebastelt.« Es raschelte, und ich war sicher, dass Felix in seiner Hosentasche wühlte. »Guck, das ist eine selbst gebaute … ups.«

Meine Augen weiteten sich vor Schreck, als eine kleine Murmel auf den Boden fiel und geradewegs in meine Richtung kullerte, unter das Bett. *Nein, nein, nein!* Ich sah sie an der Wand abprallen, dann blieb sie schließlich direkt vor meinen Händen liegen. Mein Atem setzte für einen Moment aus. Mir wurde heiß und kalt zugleich. Wenn Felix sich jetzt auf den Boden legte, um danach zu fischen, wäre alles aus. Blitzschnell versetzte ich der Kugel einen leichten Schubs. Gemächlich kullerte sie unter dem Bett heraus.

»Oh, da ist sie ja«, sagte Marie.

»Sie muss mit hoher Geschwindigkeit an der Wand abgeprallt sein, wenn sie so weit rollt«, überlegte Felix, und mir schoss das Blut ins Gesicht. Wie ich Felix kannte, holte er vermutlich gleich das Maßband heraus, maß den zurückgelegten Weg der Murmel aus und pfefferte die Murmel zum Test noch zehn Mal unter das Bett. *Malaika! Bitte!*

»Und was ist das jetzt genau, was du da für Papa gebastelt hast? Was sind das für Drähte?«

Ich hätte Marie knutschen können, dass sie das Thema wechselte. Das war meine Rettung. Denn Felix ließ sich bei der Frage natürlich nicht zweimal bitten.

»Das ist eine Alarmanlage. Man bringt sie an der Tür an.« Als er aufsprang, hob sich der Lattenrost über mir ein wenig. »So, siehst du? Wenn jetzt jemand die Tür öffnet, wird hier das Pappstück herausgezogen, der Stromkreis schließt sich, und der Summer – das ist das runde Ding hier – fängt an, laut zu piepsen.«

»Ist ja genial!«, rief Marie begeistert.

Ich war ebenfalls sehr beeindruckt, auch wenn ich erstens nicht viel davon sah und zweitens in meiner Panik kaum Kapazitäten für Bewunderung hatte. Denn momentan war ich vollends darauf konzentriert, leise zu atmen und mich nicht zu bewegen.

»Aber jetzt essen wir Kuchen, ja?«

Marie lachte. »Das machen wir.«

»Ich freue mich schon so darauf. Sophie hat gesagt, man nennt diese Kuchenform Gugelhupf. Seitdem schmeckt er mir noch besser.«

»Das ist ein niedliches Wort, ja.« Ihre Stimme war hell und freundlich. »Aber jetzt, auf!«

»Ich mache heiße Schokolade dazu!«, rief Felix fröhlich.

»Unbedingt!«

Ich hörte, wie Marie etwas auf das Bett warf, dann entfernten sich ihre Riemchensandalen in Richtung Tür. Erst als die Tür mit einem Klicken ins Schloss gezogen wurde, atmete ich auf.

Ich stöhnte leise. Mein rechter Arm war eingeschlafen, ich hatte einen Krampf im rechten Bein, und mein Ischiasnerv meldete sich. Ich war einfach zu alt für solche Aktionen.

»Soll ich dir Milch mitbringen?«, hörte ich Felix von der Küche her rufen.

»Gern!«, antwortete Marie von der Terrasse her.

Ächzend robbte ich unter dem Bett hervor und rieb mein schmerzendes Bein. Um ein Haar hätte ich mir noch am Bettgestell den Kopf gestoßen. *Jetzt aber endlich raus,* ich stand auf.

Prompt drehte sich alles, da musste ich erst einmal stehen bleiben. Ich griff nach einer Tischkante und hielt mich fest.

Wenn ich jetzt umfiel, würde das Poltern mich verraten. Ich musste mich zusammenreißen.

Mit ein paar tiefen Atemzügen beruhigte ich mich langsam, der Boden hörte auf zu schaukeln, und mein Gleichgewichtsgefühl kam zurück. Felix' und Maries Lachen schallte über die Terrasse. *Nichts wie raus hier.*

Ich steckte den mit Erde beschmierten Zettel ein. Mein Herz klopfte noch immer, als ginge es um mein Leben. Ich konnte jetzt nur inständig hoffen, dass ich den Weg zurück in mein Zimmer schaffte, ohne jemandem zu begegnen.

Meine Hand zitterte, als ich sie auf die kalte Klinke legte und lauschte. Es war still, nur von der Terrassenseite drangen Felix' und Maries Stimmen zu mir. Eins, zwei … drei. Ich schloss die Augen. So leise wie möglich drückte ich die Klinke hinunter und zog die Tür auf.

»Ha!«, machte ich dann erschrocken.

»Psssst«, flüsterte Malaika sogleich. »Alles gut?«

Ich nickte nur und schielte um die Ecke. Niemand da. Puh. Mir fiel ein Stein vom Herzen. Als ich die Tür hinter mir schloss und unauffällig in Richtung Küche schlenderte, hätte ich vor Erleichterung heulen mögen.

KAPITEL 26

»Nicht erschrecken!«, sagte ich leise, als mir klar wurde, dass die Sekretärin mich nicht bemerkt hatte. Nachdem ich dazu überredet worden war, in Maries Zimmer einzudringen, war mir das leise Gehen offenbar direkt ins Blut übergegangen.

»Jesus!« Waltraud fuhr zusammen und ließ den Ordner fallen, den sie gerade in die Hand genommen hatte.

»Leider nein«, erwiderte ich schmunzelnd. »Ich bin's nur.«

Eine Hand aufs Herz gepresst, saß unsere Sekretärin nun auf ihrem Drehstuhl zwischen Schreibtisch und Aktenschrank und fing an zu lachen. »Sophie! Warum schleichst du dich denn so an?«

»Tut mir leid.« Zerknirscht bückte ich mich und reichte ihr den Ordner. »Ich wollte dich nicht erschrecken.«

Zu so später Stunde hatte sie offenbar mit niemandem in ihrem Büro gerechnet. In der Klinik war es dunkel, Treppenhaus und Gang schimmerten im spärlichen Licht der Notbeleuchtung, und einzig und allein Waltrauds Schreibtischlampe war noch hell erleuchtet. Sie machte wieder einmal Überstunden. Kein Wunder, dass sie da leicht erschrak.

»Siehst du, jetzt höre ich doch schon schlecht.« Sie nahm ihre bunte Lesebrille ab, schloss die Tür hinter mir und lächelte. »Was tust du denn um diese Uhrzeit hier? Du hast ja heute nicht mal Nachtschicht, oder doch?«

»Ähm … äh …«, druckste ich herum. »Also eigentlich wollte ich nur den Bericht abgeben, der morgen an die Hausärztin von Herrn Rockinger geschickt werden soll.«

»Und uneigentlich?« Sie grinste breit. Gedankenlesen hatte sie während ihrer dreißig Jahre hier in der Klinik offenbar gelernt.

»Waltraud!«, rügte ich sie. »Was willst du damit sagen?«

»Jetzt sag schon, ich reiße dir den Kopf nicht ab.«

»Nein. Ich wollte wirklich nur den Bericht vorbeibringen. Du kennst mich, ich bin eben immer spät dran.« Unsicher biss ich mir auf die Lippe, mit feuchten Händen drehte ich den zusammengefalteten Zettel in meiner Hosentasche. Eigentlich hatte ich tatsächlich darüber nachgedacht, ob ich in den Notizen der Kollegen nach einer Schriftprobe suchen sollte, die ich mit der Nachricht aus Maries Zimmer vergleichen konnte. Auch wenn ich nicht sicher war, was ich daraus schlussfolgern sollte. Schließlich stammten die Notiz und das Foto des nackten Rückens offenbar von einem anderen Absender als Frau Roths Tagebuch.

Aber nach stundenlangem Überlegen war ich zu dem Schluss gekommen, dass ich zu aufrichtig war, um fremde Unterlagen zu durchwühlen. Deshalb wollte ich gerade tatsächlich nur den Bericht abgeben.

»Was hast du da?« Waltraud beugte sich neugierig vor.

»Nichts.« Ich zog die Hand aus der Tasche und schloss die Faust darum.

Sie lächelte auffordernd. »Zeig schon her.«

»Waltraud!« Eindringlich sah ich sie an.

»Ach!«, winkte sie schließlich ab, rollte mit ihrem Schreibtischstuhl an mich heran und zog mir kurzerhand den Zettel aus der Hand. »Nicht so schüchtern.«

Ich war total überrumpelt. »Gib … gib ihn mir zurück.«

»Eine geheime Botschaft, vielleicht für mich?« Grinsend befeuchtete sie den Zeigefinger an ihren Lippen, dann faltete sie die Nachricht auf. Meinen verzweifelten Versuchen, ihr den Zettel aus der Hand zu ziehen, wich sie dabei geschickt aus.

»Nein! Waltraud!«

Schon stutzte sie und ließ den Zettel sinken. »Was um Himmels willen ist das?«

»Das wüsste ich auch gerne.« Seufzend zuckte ich mit den Schultern.

»Ein Tausch …?«

Jetzt oder nie, es war die Gelegenheit, der Sache auf den Grund zu kommen. »Kennst du … nicht inzwischen fast alle Handschriften?«

»Fast alle?«, wiederholte sie entrüstet. »Schätzchen, ich erkenne sie alle. Das verspreche ich dir. Deine natürlich eingeschlossen.«

Mit großen Augen sah ich sie an und hielt die Luft an. »Und …?«

Sie zuckte die Schulter. »Das ist eindeutig Toms Schrift.«

»Tom«, flüsterte ich. Also doch … Das erklärte wohl auch die Streitereien, in denen er und Marie steckten. Aber warum das Ganze? Und was hatte Felix damit zu tun?

»Ich suche dir ein paar Unterlagen heraus, dann kannst du es dir selbst ansehen.« Waltraud stützte sich mit beiden Händen auf den Schreibtisch und stemmte sich hoch. Ihre Lesebrille wackelte gefährlich.

»Nein, nein, nein!«, wehrte ich hektisch ab. »Ich … habe ein schlechtes Gefühl dabei, seine Unterlagen durchzusehen.« Mein Aufenthalt unter Maries Bett hatte mir wirklich gereicht. Außerdem hatte ich die Toleranzspanne meines Gewissens für dieses Kalenderjahr schon längst überzogen.

Sie drehte sich um. »Angsthase. Es sind doch nur ein paar Blatt Papier.« Mit bestimmten, großen Schritten ging sie voraus. Ihr Schlüssel klirrte, als sie ihn im Schloss umdrehte und die Klinke herunterdrückte. »Nun schau nicht so, als würden wir ihn ermorden!«

Eigentlich hatte sie recht. Aber mein Bedarf an dieser Art Abenteuer war wirklich mehr als gedeckt. »Wenn er noch etwas aus seinem Büro holen kommt ...«

Sie warf mir einen ungläubigen Blick zu. »Als wäre er so fleißig! Ha! Nach 17 Uhr hat er seinen Hintern noch nie hier reingeschoben.«

»Wenn er am Strand spazieren geht und sein Büro so hell erleuchtet sieht ...«, wandte ich ein.

Waltraud sah mich nur missbilligend an. »Jetzt mach mal 'n Punkt.«

»Irgendwie habe ich ein schlechtes Gewissen«, sagte ich kleinlaut.

»Tom gegenüber?« Sie lachte traurig auf. »Mädchen, ich könnte dir Geschichten über ihn erzählen, da würden dir die Haare zu Berge stehen. Denkst du, vor mir hat er Respekt? Der drangsaliert die Leute manchmal, bis sie weinen. Bei so einem Menschen musst du kein schlechtes Gewissen haben.«

»Ich verstehe.« Meine Erfahrungen mit ihm waren zwar größtenteils gut, aber nach dem letzten persönlichen Gespräch zweifelte ich nicht daran, dass Tom sehr seltsame Seiten haben konnte. Und Waltraud gehörte wahrlich nicht zu den Klatschweibern der Klinik.

Ein mulmiges Gefühl hatte ich trotzdem, als ich Waltraud nachsah, die in Toms Büro verschwand. Vorsichtig tapste ich ihr nach und lugte ich um die Ecke, ohne jedoch den Raum zu betreten.

Es roch nach herbem Männerparfum und kaltem Kaffee. Eine Stehlampe tauchte den Raum in ein schummriges Licht. Auf dem Schreibtisch türmten sich Unterlagen, ein paar davon wiesen Kaffeeflecken auf. Daneben lagen Toms drei Füllfederhalter, nach Größe geordnet. Auf der gigantischen Fensterfront spiegelte sich Waltrauds Gestalt, als sie energisch durch den Raum ging. Irgendwo in der Dunkelheit dahinter vermutete ich das Meer.

»Hier, das wäre doch was.« Waltraud bückte sich ächzend über den Papierkorb. »Weggeworfenes strapaziert dein Gewissen wohl nicht allzu sehr, ja?«

Ich versuchte ein Lächeln, als sie schließlich zurück zu mir ins Vorzimmer schlurfte, den Papierkorb in den Händen.

Waltraud hatte ohnehin gerade angefangen, sich in die Tiefen des Papierkorbs zu buddeln. »Datum und Unterschrift. Viel sieht man nicht, aber immerhin.« Sie streckte mir ein Formular hin. »Ich finde schon noch ein paar Zeilen mehr.«

Die energischen, scharfkantigen Buchstaben erkannte ich sofort wieder. Toms Text sah aus, als hätte er ihn während eines Wutanfalls zu Papier gebracht. Trotzdem schien es seine Handschrift zu sein. Waltraud hatte recht.

»Da muss noch mehr zu finden sein.« Sie wühlte tiefer im Papierkorb. »Das gibt's doch jetzt nicht. Ich finde kein … Der Wetterbericht von letzter Woche, Unterlagen der letzten Fortbildung und ein Windbeutelrezept. Na super.«

Das ließ mich aufhorchen. »Ein was?«

Mit hochgezogenen Augenbrauen sah sie mich an, als ich ihr das zerknüllte Blatt Papier aus den Händen zog. »Wenn du Rezepte brauchst, kann ich dir auch ein gutes Kochbuch leihen. Da musst du nicht Toms Papiermüll bemühen.«

»Nein, ich …« Neugierig strich ich es glatt. Es war ein E-Mail-Ausdruck, zu meiner Überraschung stammte er aus Maries Mail-Account.

»Liebe Marie«, las ich vor. »Hier, wie versprochen, das Windbeutelrezept. Grüß Sophie von mir. Bis bald, Matthias.«

»Windbeutel. Tz.« Waltraud nahm ihre Lesebrille ab. »Als ob Tom jemals gebacken hätte. Was tut er damit?«

Ich seufzte und schüttelte den Kopf. »Wenn ich das wüsste.«

Mir war schleierhaft, warum Marie Matthias um das Rezept gebeten hatte. Vielleicht hatte sie mir einfach nur wehtun wollen. Aber Tom? Hatte er auch Windbeutel backen wollen? Warum hatte er den Ausdruck an sich genommen und dann weggeworfen?

»Hier, da ist noch eine Notiz von Tom.«

»Danke, Waltraud.« Ja, das war definitiv Toms kantige Handschrift, ich erkannte sie jetzt deutlich wieder.

»Na, dann stelle ich den schnell zurück«, erklärte Waltraud. Schwungvoll stand sie jetzt auf, sodass sich der Schreibtischstuhl drehte und erst zum Stillstand kam, als Waltraud die Tür zu Toms Büro wieder hinter sich geschlossen hatte.

Nachdenklich blieb ich stehen. Marie hatte die Windbeutel gebacken. Und Matthias schien den Kontakt zu ihr gehalten zu haben. Wie eng standen sich die beiden? Und warum hatte Marie es darauf angelegt, mir ausgerechnet das Gebäck vorzusetzen, das mich am meisten an Matthias erinnerte? Hatte sie mir wehtun wollen? Dann steckte doch Matthias dahinter, wenn sie damit seine Grüße hatte ausrichten sollen? Das ergab doch alles keinen Sinn.

Dann war da noch die Notiz aus dem Übertopf, die Tom offenbar an Marie geschrieben hatte. Was für eine Verbindung bestand denn zwischen Felix und mir? Was für ein Tauschhandel steckte dahinter?

»Ich sehe Rauchschwaden aus deinen Ohren kommen, Sophie.« Waltrauds Lachen riss mich aus den Gedanken.

»Entschuldige.«

Beruhigend klopfte sie mir auf die Schulter. »Schlaf erst einmal eine Nacht drüber.« Sie nahm meine Hand und drückte sie fest. »Was auch immer das Ganze zu bedeuten hat, du wirst es herausfinden. Und wenn du mich heute Nacht noch brauchst: Ich bin noch ein Weilchen hier. Ein paar Sachen suchen, die Tom bestimmt absichtlich verschlampt hat.«

Dankbar lächelte ich ihr zu, dann verabschiedete ich mich. Es war immerhin schon spät.

Vor dem hell erleuchteten Schwesternzimmer sah ich Frau Roth, die gerade den Nachtpfleger um eine Schlaftablette bat. Ich grüßte so unauffällig wie möglich, dann lief ich die Treppe hinunter und hinaus auf den Strand.

Der Wind wehte angenehm kühl von der offenen See her, und ich blieb am Ufer stehen. Es war dunkel, Mondlicht glitzerte auf den Wellen. Groß und silbern stand er am Himmel und tauchte den Strand in einen magischen Schimmer. Die unterschiedlichen dunklen Blautöne des Himmels schienen beinahe mit dem Horizont zu verschmelzen. Vollkommene Stille hatte sich über Spiekeroog gelegt. Allein die Wellen brachen sich rauschend und spritzend am Strand. Und mit jeder Welle tat die schlafende Insel einen neuen Atemzug.

Ganz langsam beruhigten sich auch meine Gedanken. Matthias, Malaika, Marie und Tom, das ganze Durcheinander verblasste immer mehr und machte Raum für ein paar Augenblicke, die allein mir gehörten.

Ich hätte ewig am Meer stehen und den Zauber der Insel einfangen mögen. Doch es war bereits frisch geworden, und die kühle Nachtluft ließ mich bald frösteln. Mit Mühe eiste ich mich los von dem Anblick des Meers und ging nach Hause.

Ich war noch hundert Meter entfernt, als ich Toms hell erleuchtetes Zimmer sah. Vermutlich konnte er nicht schlafen, denn für gewöhnlich war er um diese Uhrzeit längst im Bett. Ein Hängeregal mit DVDs war direkt gegenüber vom Fenster angebracht, ein großes Aquarell hing daneben, und eine Zimmerpflanze stand auf dem Fenstersims. Irgendwo in dem Zimmer war doch bestimmt die Lösung …

Waltraud hatte recht: Ich würde es nie herausfinden, wenn ich nicht bereit war, ein paar Risiken einzugehen. Da konnte ich noch so lange wie eine Katze zu seinem hell erleuchteten Fenster hinaufstarren, es würde doch nichts verändern.

»Du heckst was aus, oder?«

Ich zuckte zusammen und sah mich um, doch hinter mir war es dunkel. »Komm raus«, bat ich lächelnd. »Du hast mich erschreckt.«

»Also? Was machst du da?« Felix sah mich verschmitzt an, als er aus dem Schatten der Düne hervorkam, unter seinen Arm die Drohne geklemmt. Vermutlich hatte er Nachtaufnahmen gemacht. Ich hätte ihn so spät nicht mehr allein an den Strand gehen lassen. Aber Marie schien diese Erziehungslinie zu fahren, da wollte ich mich nicht einmischen.

»Ich schaue zum Haus hoch«, sagte ich einfach.

»Du schaust zu Toms Zimmer hoch«, verbesserte Felix mich.

Ich sah ihn aus zusammengekniffenen Augen an. »Eigentlich müsstest du wirklich im Bett sein, Felix.«

»Ja, Mama schläft auch schon.« Er deutete zum Haus. Maries Fenster war dunkel. »Aber ich konnte nicht schlafen, da dachte ich mir, ich mache ein paar schöne Aufnahmen vom Meer im Mondlicht.«

»Dachte ich mir.« Ich nickte, dann trat ich einen Schritt auf ihn zu. »Sag mal, Felix«, begann ich nachdenklich. »Gibt es irgendwas, was du über Tom weißt und was dir komisch vorkommt?«

»Etliches!« Er verdrehte die Augen und verfrachtete seine Drohne unter den anderen Arm. »Wie viel Zeit hast du? Wenn ich dir aufzähle, was ich an Tom nicht komisch finde, wären wir wohl mit zwei oder drei Stichpunkten fertig.«

Ich lachte. »Nein, ich meine …«

»Keine Sorge.« Er grinste. »Ich habe dich schon verstanden. Aber warum genau fragst du?«

»Weißt du, Tom ist … nicht … nett«, brachte ich langsam hervor.

»Hör sofort auf, es kindgerecht verpacken zu wollen.« Ärgerlich sah er mich an, die Stirn in Falten und den Mund trotzig verzogen.

»Ich glaube, dass Tom etwas plant, was mir nicht ganz geheuer ist«, sagte ich vage und war froh, da sich Felix mit der Erklärung zufriedengab.

»Das würde mich nicht wundern.« Er nickte und bohrte mit seinem Fuß im weichen Sand. »Ich glaube, Mama hat manchmal Angst vor ihm. Sie hat mir verboten, mit Tom zu sprechen, und jedes Mal, wenn er auf mich zugeht, schickt sie mich weg.«

Ich sah ihn von der Seite her an. »Du hast sie doch bestimmt gefragt, warum sie das tut.«

Er zuckte die Schultern. »Ich bin nicht so scharf darauf, mehr Zeit mit Tom zu verbringen als nötig. Deshalb hat mich die ganze Sache nicht weiter gestört. Mehr wollte ich nicht wissen.«

Erstaunt hob ich die Augenbrauen. »Ach so.« Dass Felix etwas nicht wissen wollte, war mir neu. »Kennst du ihn denn eigentlich schon länger?«, fragte ich.

»Früher bin ich ihm aus dem Weg gegangen, weil ich ihn nicht leiden konnte. Heute tue ich das immer noch, es passt nur zufällig damit zusammen, was meine Mutter mir sagt.« Er grinste.

Felix redete nicht um den heißen Brei herum. Das mochte ich ja so an ihm. Und wenn ich jetzt zurückdachte, hätten meine Alarmglocken längst schrillen sollen, als Felix so negativ über Tom geredet hatte. Doch anstatt Felix ernst zu nehmen, hatte ich lieber meine eigenen Erfahrungen machen wollen. Was ja ehrenwert, aber im Nachhinein doch ziemlich dumm gewesen war.

»Was genau magst du eigentlich nicht an ihm?« Vielleicht würde mich irgendein Detail zur Lösung führen. Womöglich wusste Felix etwas, das er als unwichtig ansah und das mich weiterbringen konnte. »Magst du einfach mal aufzählen, was dir zu ihm einfällt?«

Seufzend begann Felix: »Er ist jähzornig, ungeduldig, arrogant und hat einen Ordnungsfimmel.« Er legte den Kopf in den Nacken und sah zu den Sternen hinauf, die strahlend und klar am Nachthimmel standen. »Und er schaut gerne schönen Frauen hinterher ... ohne zu pfeifen.«

Kurz überlegte ich, wie ich die Frage formulieren sollte. Schließlich war Felix ja erst acht. »Guckt er sie nur an, oder ... geht er auch zu ihnen hin?«

»Muss er gar nicht. Die kommen alle von selbst. Dann lächeln sie alle so, streichen sich durch die Haare und fassen ständig nach seiner Hand oder seiner Schulter.«

Ich musste grinsen. Felix hatte wirklich eine sehr gute Beobachtungsgabe.

»Weißt du, das kommt mir immer noch total komisch vor. Ich warte ja immer darauf, dass die Frauen merken, wie unausstehlich er ist, und ihn verlassen. Aber vermutlich wusste er, dass keine freiwillig bleiben würde, und hat sie meistens vorher abserviert.« Er zuckte die Schultern. »Bevor sie wussten, dass sie ohne ihn sowieso viel besser dran sind.«

Schmunzelnd sah ich ihn an. Er war wirklich schonungslos, aber er hatte ja recht.

»Was gibt es noch zu ihm zu sagen ...« Felix kratzte sich nachdenklich am Kopf. »Er kann nicht kochen und erschlägt Marienkäfer, die sich ins Haus verirrt haben. Und ganz wichtig: Er hasst Kinder. Vor allem, weil er denkt, sie sind laut und machen alles dreckig.«

»Okay.« Angestrengt überlegte ich. Einen neuen Ansatzpunkt fand ich allerdings beim besten Willen nicht. Was Felix sagte, deckte sich weitgehend mit dem, was ich von Tom gesehen oder zumindest erwartet hatte. Doch der Aha-Moment blieb aus.

»Er schaut gerne Kickboxen im Fernsehen an, holt sich haufenweise Antipasti vom Italiener und telefoniert nur einmal im Jahr mit seiner Mutter. Außerdem blockiert er manchmal für fast eine Stunde die Toilette.«

Ich lachte. »Felix!«

»Du hast gesagt, ich soll alles aufzählen, was mir zu Tom einfällt.« Mit überlegenem Gesichtsausdruck sah er mich an, und ich grinste.

»Du bist witzig.«

»Und jetzt mache ich noch ein paar Aufnahmen.«

»Nein. Du kommst jetzt mit ins Haus, es ist schon viel zu spät.« Ich versuchte, einen strengen Blick aufzusetzen, doch es gelang mir nicht so recht.

»Na gut«, sagte Felix trotzdem und folgte mir in Richtung Wohngemeinschaft.

Weich spürte ich den Sand unter meinen Füßen. Die Terrassentür quietschte, und ich blinzelte, als ich in das hell erleuchtete Wohnzimmer trat. Aus der Küche hörte ich das leise Gluckern der Weinflasche, mit der sich Tom offenbar gerade ein Glas Wein einschenkte. Felix verabschiedete sich flüsternd und schlich ins Zimmer seiner Mutter.

Hoch erhobenen Hauptes trat ich in die Küche und schloss die Tür hinter mir. Konfrontation war vielleicht die beste Strategie.

»Sophie und Felix. Ein fairer Tausch?«, sagte ich hart und sah Tom abwartend an.

Er zuckte zusammen, bevor er sich zu mir umdrehte. »Warst du um diese Uhrzeit noch unterwegs?«

Ich trat ein wenig näher. »Beantworte einfach meine Frage.«

»Ach. Das war ein kläglicher Versuch, dir das Leben ein wenig leichter zu machen.« Über Toms Gesicht huschte ein trauriges Lächeln. »Wenn sie nett zu dir ist, bin ich nett zu Felix. Das war der Deal … An den sie sich aber nicht gehalten hat, wie du weißt.«

Ich starrte ihn schweigend an.

»Von Anfang an habe ich alles getan, damit du dich hier wohlfühlst, Sophie.« Resigniert stopfte er den Korken zurück in die Weinflasche. »Aber wirklich dankbar scheinst du mir dafür nicht zu sein.«

Genervt schnalzte ich mit der Zunge. Dass er mit seinen Bemühungen übers Ziel hinausgeschossen war, stand außer Frage. Mich interessierte viel mehr, ob er mir überhaupt die Wahrheit sagte.

KAPITEL 27

»Ich glaube, er geht«, flüsterte Malaika, als die ersten Sonnenstrahlen ins Zimmer fielen.

»Joaa?«, machte ich. Nüchtern betrachtet war es ein Fehler gewesen, Malaika gestern Abend noch anzurufen. Natürlich hatte sie es gut gemeint, als sie sofort ihr Kissen gepackt und bei mir übernachtet hatte. Wer würde das um diese späte Uhrzeit noch tun, wenn nicht die beste Freundin? Aber manchmal schoss Malaika übers Ziel hinaus. Ich hatte sie in der Nacht noch gefragt, ob sie Matthias getroffen hatte. Und als sie mich nur schuldbewusst angesehen hatte, war mir klar geworden, dass sie mit ihm gesprochen hatte. Aber am Ergebnis konnte es nichts ändern. Deshalb hatte ich nicht nachgefragt, sondern ihr Mundzucken als traurige Resignation gewertet.

»Die Sache mit Tom stinkt doch zum Himmel.« Malaika hatte sich aufgesetzt und die Hände in die Hüften gestemmt.

»Schon, aber …« Durch das gekippte Fenster hörte ich, wie sich das Klimpern seines Schlüssels immer weiter entfernte. Auch Marie, die heute frei hatte, war extra früh aufgestanden, um mit Felix in Richtung Ostspitze zu wandern und dort den Sonnenaufgang zu beobachten. Vermutlich würden sie erst gegen Mittag zurück sein, wenn Felix' Vater von seiner Geschäftsreise nach Hause kommen würde.

»Jemand da?«, rief Malaika laut und lauschte.

Mir schwante nichts Gutes. »Bleib hier«, bat ich sie.

»Sophie. Es gibt keine andere Möglichkeit. Wir müssen herausfinden, was Tom mit dieser Notiz bezweckt.«

»Ich würde einfach ... darüber nachdenken ...?«

»Nachdenken?« Malaika lachte. »Du bist zu gut für diese Welt. Der könnte ... Marie bedrohen. Und ... dich.«

Trotzdem stand ich auf und legte ihr die Hand auf die Schulter. »Das tut man nicht, in fremden Zimmern herumschnüffeln. Ich habe Angst, dass uns jemand entdeckt.«

»Und ich habe Angst, dass er dir Böses will. Der Typ ist nicht ganz koscher.« Energisch drehte sie sich um und erklomm die Treppe zu Toms Zimmer.

Zögerlich folgte ich ihr, an der Waschküche vorbei und um die Ecke. Die Waschmaschine lief gerade im Schleudergang, und ihr Rumpeln tönte durch die angelehnte Tür. Wenn Tom uns erwischte, konnte ich mich auf etwas gefasst machen. Doch Malaika war nicht zu bremsen. Mit entschlossenem Blick zog sie die Tür auf, ich blieb unschlüssig am Treppengeländer stehen. Die Vorhänge waren weit geöffnet, die Morgensonne schien zum Fenster herein, und durch die makellos geputzte Scheibe konnte ich Tom sehen, der sich in Richtung Klinik bewegte.

Er hatte definitiv einen Ordnungsfimmel. Die Bücher auf seinem Regal standen auf exakt gerader Linie, und die Krawatten, die hinter der gläsernen Schranktür hingen, waren nach Farben sortiert. Sogar Bettdecke und Kopfkissen schienen faltenfrei. Wie man so etwas hinbekam, würde mir für immer ein Rätsel bleiben.

»Wir sollten gehen«, flüsterte ich, doch Malaika schien nicht einmal zu registrieren, dass ich etwas gesagt hatte. Nervös tapste ich von einem Fuß auf den anderen.

Ihr erster Griff ging zum Nachtkästchen. In der ersten Schublade erspähte ich eine Packung Taschentücher, Heftpflaster, ein Sparbuch und ein paar teuer aussehende Armbanduhren. Als sie die zweite Schublade aufzog, schluckte ich.

»Sieh dir das an.« Malaika warf mir einen angewiderten Blick zu.

Eine ganze Reihe Nacktfotos leuchtete uns entgegen, erotische Porträts von drei Frauen. Ich zwang mich, genauer hinzusehen, und eine davon war mir nur allzu vertraut. Mir wurde flau im Magen.

»Ist das …?«, flüsterte Malaika.

Ich nickte nur. Sie sah um einiges jünger aus, noch dünner als heute, und ihre Haare reichten ihr damals noch bis zur nackten Brust. Es war Marie.

In meinem Kopf rasten die Gedanken. Sie schien ja nicht nur mit Matthias, sondern auch mit Tom intim geworden zu sein, sonst besäße Tom schließlich keine erotischen Fotos von ihr. Gut möglich, dass Marie sich ihn zurückwünschte und mich deshalb so mies behandelt hatte … Aber woher rührte dann ihr plötzlicher Sinneswandel?

Ob sie wohl von den anderen Frauen wusste? Womöglich war es ihr egal, da sie ja selbst nicht besonders viel von Treue zu einem Mann zu halten schien. Ich seufzte, als ich auf dem Foto den Ehering an ihrem Ringfinger entdeckte. Tom war also genau so eine Affäre für sie gewesen wie Matthias.

Als Malaika die Fotos aus dem Nachtkästchen herauskramte und ich sie dann, samt Negativen, in Händen hielt, musste ich kurz durchatmen. Diese Fotos mussten schnellstmöglich zu den Menschen zurück, die darauf abgebildet waren.

»Ich danke dir, Malaika. Das war … eine gute Idee.«

Malaika schmunzelte nur. Zweifellos dachte sie, dass ich ohne sie aufgeschmissen wäre.

Als ich einen kurzen Blick aus dem Fenster warf, sah ich Marie über die Düne laufen, Felix hatte sich zu ein paar Kindern ans Wasser gesellt. »Ich glaube, ich sollte zu Marie gehen. Jetzt wird Klartext geredet. Alles andere nützt ja doch nichts.«

»Tu das«, forderte Malaika mich nickend auf. »Ich schaue mich hier noch ein wenig um.«

Energisch stopfte ich die Fotos in meine Tasche und lief die Treppe hinunter. Das glatte Holz des Treppengeländers glitt kühl durch meine Hände. Ich atmete noch einmal tief durch, dann eilte ich nach draußen und nahm Kurs auf Marie.

»Marie!«, rief ich, doch sie schien mich nicht gehört zu haben und drehte sich nicht um. Schnellen Schrittes lief sie über die Düne. Der warme Sommerwind pfiff mir um die Ohren, meine Haare flogen wild durcheinander.

Ich sprang über einige Büschel Strandhafer und wurde erst langsamer, als ich Marie fast eingeholt hatte. »Marie, bleib stehen.«

»Bitte lass mich.« Ihr Gesicht war von Sorgenfalten gezeichnet, die tiefen Ringe unter ihren Augen erzählten von schlaflosen Nächten und stundenlangem Grübeln.

»Ich will dir nichts Böses«, sagte ich sanft. »Im Gegenteil, ich möchte dich nur etwas fragen.«

»Die Antwort, die du willst, kann ich dir nicht geben.« Sie sah mich an. In diesem Moment wirkte sie stark und zerbrechlich zugleich.

Einen Augenblick lang sah ich sie einfach nur an. Sie tat mir leid. Vermutlich litt sie genauso unter Tom wie ich, wenn nicht noch mehr.

»Bitte lass mich«, sagte sie leise.

Gerade als sie sich zum Gehen wandte, fasste ich sie an der Schulter. »Er erpresst dich, oder?«

»Lass mich.« Tränen traten in ihre Augen.

Ich atmete einmal tief durch, dann zog ich die Fotos aus meiner Tasche und hielt sie ihr hin. »Hier.«

Überrascht sah sie auf, schwieg jedoch.

»Nimm sie.« Mit aufmunterndem Nicken übereichte ich sie ihr. »Dann hat er hoffentlich nichts mehr gegen dich in der Hand.«

»Du weißt nicht, wie sich das anfühlt.« Tränen traten in Maries Augen, ärgerlich wischte sie sie fort. Sie öffnete ihren Mund, schloss ihn jedoch sofort wieder. Eine ganze Weile stand sie da und sah auf das Meer hinaus.

Ich schwieg und wartete einfach geduldig ab.

Marie brauchte Zeit. Als Tränen in ihre Augen traten und sich den Weg über ihre Wangen suchten, legte ich ihr einen Arm über die Schultern.

»Jetzt ist es vorbei«, sagte ich.

»Ist es nicht.«

»Die Negative sind auch dabei.«

Verbittert blickte sie von der Düne hinab auf den Strand, hinaus aufs Meer. Von hier oben sah alles ein wenig kleiner aus. Die Sonne warf ihr glitzerndes Ebenbild auf das Wasser, und die Wellen schienen im Sand zu versickern.

»Eigentlich habe ich dich von Anfang an gemocht.« Eine dicke Träne lief über ihre Wange, Marie schnäuzte sich. »Du bist immer nett zu mir gewesen, sogar wenn ich unausstehlich war.«

Ich nickte nur, um sie nicht zu unterbrechen.

»Wenn du wüsstest, wie schwer es mir gefallen ist, so garstig zu dir zu sein! Es tut mir so leid.« Zerknirscht stand sie vor mir, die Schultern gebeugt, und suchte meinen Blick. Ihre Unterlippe zitterte, als sie sich wieder hektisch die Tränen aus dem Gesicht wischte.

»Ist schon gut.«

»Bitte sei mir nicht böse. Ich hatte keine Wahl.«

Ich runzelte die Stirn. »Tom hat dich gezwungen, so mit mir umzugehen? Aber warum?«

»Nein, hat er nicht.« Sie schnäuzte sich und sah zu Boden. Der Strandhafer wiegte sich sanft im Wind. »Ich wollte dich rausekeln. Damit du zurück in den Bayerischen Wald gehst und dich mit Matthias versöhnst.«

»Du wolltest, dass Matthias und ich wieder ein Paar werden?« Jetzt verstand ich überhaupt nichts mehr.

»Ja. Schließlich bin ich schuld daran, dass ihr euch getrennt habt.«

Nachdenklich starrte ich zum Strand hinunter. Das alles war noch viel zu verwirrend. »Aber was hat Tom damit zu tun?«, fragte ich langsam.

»Erinnerst du dich nicht mehr? Damals, als du ein Jahr hier warst, hat Tom heftig mit dir geflirtet.«

»Puh. Keine Ahnung, da weiß ich nichts.« Mit einem Stirnrunzeln zuckte ich die Schultern.

Marie lächelte müde. »Das ist selbst mir aufgefallen. Und ich hatte damals eine Auszeit genommen, deshalb war ich nur gelegentlich zum Plaudern da.« Wieder ging ihr trauriger Blick Richtung Meer. »Du hast ihn nicht beachtet, schließlich hattest du nur Augen für Matthias.«

Allmählich ahnte ich, was Marie sagen wollte. Doch ich wartete und schwieg.

»Es ist ihm in seinem ganzen Leben noch nie passiert, dass eine Frau auf seine Annäherungsversuche nicht eingegangen ist«, sagte Marie leise. »Das hat dich für ihn unheimlich interessant gemacht. Am Anfang ging es noch, er hat einfach oft von dir geredet. Am Schluss war er schon fast wie besessen.«

In diesem Moment fügte sich für mich ein Puzzleteil ans nächste. »Ich schätze, dann kam Matthias vor ein paar Wochen plötzlich zur Fortbildung hierher auf Spiekeroog und hat erzählt, dass wir bald heiraten, richtig?«, mutmaßte ich.

Marie nickte. »Exakt. Tom ist fast ausgetickt. Ein paar Tage lang stand er völlig neben sich. Und am letzten Abend der Fortbildung gab es einen bunten Abend mit gemütlichem

Beisammensein. Ich vermute, er hat Matthias immer wieder Schnaps ins Bier gekippt. Aber dabei war ich nicht.«

»Bis er … mit dir … ins Bett wollte?« Ich schluckte.

»Nein. Matthias war schon eine Weile betrunken, da hat sich eine neue Mitarbeiterin an ihn rangeschmissen, die nichts von eurer Hochzeit wusste. Er hat ihr aber deutlich gesagt, dass er bald heiratet und zu Hause die tollste Frau auf Erden hat. Engelsgleich sei sie und wunderschön.« Marie starrte in die Luft und lächelte. »Da kannst du unbesorgt sein. Er ist dir sogar noch treu, wenn er kaum mehr aufrecht stehen kann.«

Jetzt war ich diejenige, die sich eine Träne aus dem Augenwinkel wischte. Ich hatte Matthias so unrecht getan, und nicht nur einmal.

»Ich bin früh gegangen, weil ich müde war«, fuhr Marie fort. »Spätabends rief Tom dann an, er bräuchte sofort meine Hilfe. Felix und mein Mann schliefen schon. Ich bin sofort in die Klinik gekommen, weil ich dachte, es gibt Probleme mit der Nachtschwester. Da springt man im Notfall auch mal ein.«

»Aber es war nicht die Nachtschwester.« Ich hing förmlich an Maries Lippen.

Sie schüttelte den Kopf. »Matthias lag schlafend auf der Couch in Toms Büro, sein Hemd war offen, und er roch ziemlich nach Alkohol.« Sie holte tief Luft. »Mein erster Gedanke war, dass Tom mich geholt hat, um ihn ins Hotel zu tragen.«

Mir stockte der Atem. »Aber …?«

»Stattdessen hat er seine Kamera genommen und mir befohlen, ihn in eine sitzende Position zu ziehen. Ich sollte mich ausziehen und seinen Kopf an meinen Hals drücken …«

Mit offenem Mund starrte ich sie an. Ich konnte nicht beschreiben, welchen Ekel ich empfand. »Das ist krank!«, schimpfte ich. »Einfach nur krank.«

»Ich habe ihm einen Vogel gezeigt und bin zur Tür gegangen, doch er hat mich zurückgezogen.« Wieder füllten sich ihre Augen mit Tränen.

Es war mir unvorstellbar, wie Tom so etwas von Marie hatte verlangen können.

»Da habe ich ihm eine runtergehauen und ihm gesagt, wie abartig ich das finde. Dass er nicht mehr richtig tickt. Und dass ich ihn der Polizei melden müsste.«

»Das war gut und richtig von dir.« Ich nickte ihr tröstend zu und atmete tief durch. Wut stieg in mir hoch, unbändige Wut. Nicht genug, dass Tom meine Beziehung zerstört hatte. Er hatte an diesem Abend auch Maries Leben kaputt gemacht. Mein Ekel wuchs.

»Und dann hat er mich erpresst. Er sagte, er würde mir eine Minute geben, dann sei das Foto gemacht. Wenn nicht, würde er meinem Mann die Wahrheit erzählen.«

Ich stutzte. So langsam schwante mir Böses.

»Weißt du …« Marie biss sich auf die Lippe. »So widerlich Tom sein kann, so charmant war er früher, als er jünger war. Er sah gut aus. Eigentlich war ich zu diesem Zeitpunkt schon verheiratet, aber einmal bin ich bei Tom schwach geworden. Ich bereue den Seitensprung bis heute. Nichts wünsche ich mir mehr, als jene eine Nacht rückgängig zu machen. Einerseits. Andererseits kann ich das nicht wünschen, weil ich sonst nicht …«

»Die Nacht ist nicht folgenlos geblieben, stimmt's?«, fragte ich leise.

»Felix.« Marie nickte. »Vor acht Jahren war ich jung und dumm. Ich habe mich so sehr für meinen Seitensprung geschämt, dass ich es nicht übers Herz gebracht habe, es meinem Mann zu sagen.«

Ich legte Marie die Hand auf die Schulter. »Das muss sich schrecklich anfühlen.«

»Mein größter Schatz auf Erden, mein liebstes Kind

stammt von diesem Vater ab.« Maries helle blaue Augen füllten sich mit Tränen. »Er hat seine Haare. Und sein Kinn.«

Tom war Felix' biologischer Vater! Ich schüttelte traurig den Kopf.

»Und mein Mann ist noch immer ahnungslos«, fuhr Marie fort. »Jetzt bin ich vernünftiger als früher und bin der Meinung, er sollte es wissen. Aber nach acht Jahren wollte ich ihm diesen Stolz und dieses Glück nicht nehmen. Felix ist sein Ein und Alles.«

»Es tut mir so leid, Marie.« Tröstend legte ich ihr einen Arm über die Schultern. Mir fehlten die Worte.

»Ich liebe meinen Sohn, und ich liebe meinen Mann.« Ihre Unterlippe zitterte, sie atmete tief durch. »Damals habe ich einen schrecklichen Fehler gemacht. Aber ich bin einfach nicht stark genug, die Konsequenzen zu tragen. Ich habe so große Angst, alles zu verlieren ...«

Stumm nickte ich, um sie nicht zu unterbrechen.

»Deshalb konnte Tom mich erpressen. Fotos kann man verschwinden lassen, ein Kind nicht. Ich möchte das Glück meiner Familie nicht aufs Spiel setzen.«

Ich hörte still zu.

»Und als Matthias auf dem Sofa lag ...« Sie brach ab und atmete tief durch. »... da hatte ich nicht lange Zeit zum Überlegen. Tom hat mich so unter Druck gesetzt, dass das Foto längst geschossen war, bevor ich begriff, was ich da eigentlich tat. Hätte ich fünf Minuten länger Zeit gehabt, ich hätte es nicht getan.« Sie sah mich aus rot verweinten Augen an. »So bin ich eigentlich nicht.«

»Ich weiß.« Und tatsächlich glaubte ich ihr.

»Ich wünschte, ich könnte die Zeit zurückdrehen.« Maries Stimme war kaum mehr als ein Flüstern, das Rauschen des Meeres übertönte sie beinahe. »Bitte verzeih mir.«

»Jetzt verstehe ich alles«, sagte ich beruhigend. »Deshalb hast du versucht, Schadensbegrenzung zu betreiben, richtig?

Du wolltest mich aus der Klinik ekeln, damit Matthias und ich wieder zusammenfinden ...«

»Genau.« Sie nickte. »Ich habe Windbeutel gebacken, meine Patienten Steine bemalen lassen und sogar Matthias' Pullover an der Schaukel angebunden. Er hat ihn mir per Post geschickt, bevor er selbst auf die Insel kam.« Sie senkte den Blick. »Ich hab ihm versprochen, dass ich helfen würde, dich zu ihm zurückzubringen.«

»Und du hast so getan, als würdest du mit Tom flirten, damit er für mich ... besetzt ... aussieht?« Das Puzzle vervollständigte sich langsam.

»Ja.«

»Dann hat Tom Frau Roth auch erpresst?«, fragte ich. »Damit sie ein Tagebuch schreibt?«

Marie schüttelte den Kopf. »Das Tagebuch ist echt.«

Irgendwo in der Bauchgegend spürte ich einen Stich. Hatte sie gerade gesagt, das Tagebuch sei echt? Dann war Matthias wohl doch nicht ganz unschuldig. »Aber ...«, setzte ich an, blieb dann jedoch stumm.

Meine Erleichterung über die Aufklärung des Fotos war verschwunden. Matthias war zwar nicht mit Marie fremdgegangen, aber dafür mit Frau Roth! Das war nicht unbedingt besser.

»Ich werde mit meinem Mann reden.« Marie hob traurig den Blick und schaute aufs Meer. Am Fuß der Düne lag ihr himmelblaues Fahrrad im Sand, nicht weit davon entfernt jagten Felix und Ludwig über den Strand. Begleitet von Ludwigs fröhlichem Bellen, stürzten sie sich in die Fluten, dass es nur so spritzte.

»Sieh ihn dir an, Felix ist ein wundervolles Kind«, sagte ich leise. »Tom ist nicht sein Vater. Sein Erzeuger vielleicht, aber sein Vater wird er niemals sein.«

Marie blinzelte eine Träne weg. »Es schmerzt, ständig dieses Geheimnis in meinem Herzen herumzutragen.«

»Das glaube ich dir.«

Sie schwieg. Ludwig und Felix waren unten am Strand bereits zu einem Apportierspiel übergegangen. Übermütig sprang Felix durch das seichte, knöcheltiefe Wasser, immer wieder warf er Ludwigs Lieblingsseil ins Wasser, und der Hund schwamm den Wellen entgegen, um es zu holen.

Fast ein wenig schüchtern griff sie nach meinem Arm. »Ich habe Angst, aber ich werde alles wiedergutmachen. Das verspreche ich dir.«

»Wir schaffen das schon«, sagte ich und meinte dabei nicht nur Maries Ehemann. »Alles wird gut.«

Ich hoffte nur, dass das stimmte.

KAPITEL 28

»Er kommt!«, rief Marie. Ihre Stimme war wackelig und etwas höher als sonst, ihre Aufregung war deutlich zu spüren. »Was mache ich denn, wenn er nichts mehr mit mir zu tun haben möchte?« Sie biss auf ihre Unterlippe und sog die Luft zischend ein. »Was wird dann aus Felix? Ich möchte nicht, dass er ohne Vater aufwachsen muss. Außerdem liebe ich meinen Mann doch.«

»Mal den Teufel nicht an die Wand.« Ich griff nach ihrem Arm und drückte ihn kurz, um ihr Mut zu machen. »Vielleicht wird es gar nicht so schlimm.«

Nervös lief sie zwischen den Liegestühlen auf und ab. »Okay. Mit dieser Lüge kann ich ja wirklich nicht mehr weiterleben.« Sie nickte fest entschlossen. »Angst habe ich trotzdem.«

»Das ist klar. Ich hoffe wirklich, es geht gut für euch aus.« Besorgt beobachtete ich sie. Ein paar tiefe Falten zerfurchten ihre Stirn, und auch an ihren Augenringen hatte sich nichts verändert.

»Wo ist Felix?«, flüsterte ich. Ob Marie Felix die Wahrheit sagen wollte, bezweifelte ich. An ihrer Stelle täte ich es zumindest nicht.

»Der hat glücklicherweise zu tun. Eine Mitarbeiterin der Pension nebenan macht mit ein paar Kindern einen Ausritt. Felix ist dafür zuständig, den Ausflug ganz professionell mit der Drohne zu filmen.« Marie lächelte traurig. »Er ist so stolz darauf, für einen ›Auftrag‹ gebucht zu werden, wie er es nennt.«

»Der Süße«, sagte ich. Da war er in seinem Element. Und wenn sich am Ende noch jemand über das Ergebnis freute, machte es ihm doppelt so viel Spaß.

Marie atmete tief durch. »Tom ist auch nicht da. Er leitet eine Fortbildung zum Thema Psychosomatik.«

»Gott sei Dank.« Ich drückte ihre Hand, um ihr Mut zu machen. Dann hörten wir auch schon jemanden auf dem Weg zum Hauseingang.

»Marie? Schatz?«, hörte ich eine Männerstimme, kurz darauf guckte auch schon ein Mann um die Ecke und lächelte uns zu.

»Schatz!« Marie lief so stürmisch auf ihn zu, dass er sie verdutzt ansah. Er schwankte, als sie ihm in die Arme sprang.

»Was für eine Begrüßung«, sagte er mit einem unsicheren Lachen und streichelte ihr den Rücken. »Ich hab dich vermisst.« Ein zärtlicher Kuss folgte, ein verliebter Blick in ihre Augen.

Marie löste sich kurz aus der Umarmung. »Das ist übrigens Sophie, meine Kollegin.«

»Oliver.« Er lächelte und streckte mir die Hand hin, die ich sofort ergriff.

»Schön, dass wir uns kennenlernen.« Ich hielt den Atem an und warf Marie einen bedeutungsvollen Blick zu, während ich mir meine Tasche umhängte. »Ich muss aber jetzt leider los …«

Oliver nickte mir freundlich zu, und ich hörte noch, wie Marie unsicher zu ihm sagte: »Ich würde gerne mit dir reden.«

Diskret zog ich mich zurück und ging in Richtung Strand. Von ganzem Herzen wünschte ich Marie, dass ihr Mann ihr verzeihen würde. Gleichzeitig wusste ich, wie schwierig es für ihn sein würde. Schließlich steckte ich mit Matthias in einer ähnlichen Situation. Konnte man einen Seitensprung verzeihen? Und wie kam man darüber hinweg, wie gelang es einem, das Misstrauen abzulegen? Könnte ich Matthias verzeihen?

Ich zog meine Schuhe aus und ging barfuß am Strand entlang. Warm fühlte ich den feuchten Meeresboden unter meinen Zehen. Das wunderschöne Muster, das die Wassermassen gezeichnet hatten, war erstaunlich hart und formstabil. Ich ging in die Hocke, um die kleinen Wattwurmhaufen zu bewundern, die sich quer über das Watt verteilten. Wie kleine Portionen von Spaghetti-Eis lagen sie im Sand. Manchmal kamen kleine Blubberblasen aus dem Atemloch des Wattwurms. Gedankenverloren erinnerte ich mich an meine Wattwanderung mit Matthias und seufzte schwer. Ich spürte den warmen Sommerwind in den Haaren und ging ein paar Schritte.

Als ich mich umwandte und einen Blick zum Haus hinauf warf, sah ich Marie in der Ferne heftig gestikulieren, Oliver schien aufgebracht. Dass er wütend war, konnte ich sogar bis an den Strand spüren. Es war ihm ja nicht zu verdenken. Trotzdem hoffte ich für die Familie, dass sie wieder zueinanderfanden.

Ich blickte über das Watt aufs Meer hinaus und schlenderte weiter. Der wolkenlose, sommerblaue Himmel schien mir das Versprechen zu geben, dass ich mir keine allzu großen Sorgen machen musste. Doch konnte ich ihm vertrauen?

Gedankenverloren kramte ich nach meiner Sonnenbrille. Ich fand eine Flasche Wasser, meinen Schlüssel und ein paar zusammengefaltete Stoffbeutel. Als ich die Fotos an meiner Hand spürte, überflog mich eine unbestimmte Traurigkeit. Seufzend zog ich sie heraus und blätterte.

Mit Entsetzen erkannte ich eine aktuelle Patientin aus der Klinik auf einem der Fotos: Frau Erber! Gerade als ich die Fotos zurück in meine Tasche schieben wollte, sah mich plötzlich Frau Roths Gesicht aus dem Stapel heraus an. Verwirrt starrte ich auf das Bild. Sie stand nackt an der Wand, ihr Hintern und ihr Rücken waren entblößt, über die Schulter hinweg blickte sie geradewegs in die Kamera. Hieß das etwa, dass sie mit beiden geschlafen hatte? Mit Matthias und mit Tom? Oder konnte ich noch hoffen, dass ...

Über die Schulter warf ich einen Blick zu unserer Terrasse. Marie und Oliver saßen einander nun gegenüber – und schienen ruhig zu sprechen. Ich glaubte sogar, Oliver auf die Entfernung leicht lächeln zu sehen. Und dann stand Marie plötzlich auf und kuschelte sich an ihn.

Ich musste seufzen vor Mitgefühl. Dass Marie nicht nur die Last los war, sondern offenbar auch Oliver weiter an ihrer Seite hatte, freute mich so sehr für sie.

Ein Partner, der fremdging, zerstörte jedes Vertrauen, das wusste ich allzu gut. Ich hatte Zeit gebraucht, bis ich meine Gefühle zumindest verstanden hatte. Sie zu überwinden brauchte noch mehr.

Aber Oliver war offenbar fest entschlossen, seinen Weg mit Marie weiterzugehen.

In diesem Moment schämte ich mich entsetzlich. Ich hatte Matthias bis zuletzt noch wegen des Fotos Vorwürfe gemacht, obwohl er mir immer wieder versichert hatte, mir immer treu gewesen zu sein.

KAPITEL 29

»Frau Roth!«, rief ich, als ich sie gerade die Stufen zur Station hinaufhuschen sah. Das Treppenhaus der Klinik wirkte leer und still. Meine Stimme hallte von den kalten, weißen Wänden wider.

»Frau Hummel!« Sie beugte sich über das Geländer, ihre silbernen Creolen schlackerten hin und her.

»Haben Sie einen Moment?«, bat ich sie ernst.

Ich folgte ihr die Treppe hinauf, führte sie in eines der Besprechungszimmer und schloss die Tür hinter uns. »Setzen Sie sich.«

»Ist es wegen der Stationsversammlung?« Sie sah mich erwartungsvoll an. »Ich mache die Moderation morgen zum ersten Mal, also …«

»Nein.« Schweigend zog ich die Fotos aus meiner Tasche und hielt sie ihr entgegen. »Vermutlich fühlen Sie sich sicherer, wenn sich das hier wieder in Ihrem Besitz befindet.«

Sie wurde rot. Verlegen zupfte sie sich ein paar imaginäre Fussel von der Hose.

»Es geht mich eigentlich nichts an«, sagte ich leise. »Aber Sie haben Besseres verdient, Frau Roth.«

Beinah verschüchtert blinzelte sie. Ihre schwarzen Haare hingen ihr weit ins Gesicht, als sie das Kinn senkte. »Diese Affäre habe ich schon längst beendet, Frau Hummel. Schließlich möchte ich in keine Partnerschaft hineingrätschen.« Sie sah mich freundlich an und nickte. »Ich weiß ja, wie sehr Sie ihn lieben.«

»Tom …?«, fragte ich verwirrt.

»Sie sagten ja, dass Sie schon seit vier Jahren zusammen sind, richtig?«

»Vier Jahre bin ich mit meinem Partner zusammen, ja …«, antwortete ich langsam. »Aber nicht mit …«

»Es ist mir wahnsinnig unangenehm, dass ausgerechnet Sie gelesen haben, was zwischen Tom und mir alles passiert ist …«

»… zwischen Ihnen und Matthias Schwarzer«, korrigierte ich. Mir schlug das Herz bis zum Hals.

»Ach … Der nette Krankenpfleger, der vor vier Jahren hier gearbeitet hat?« Verwirrt sah sie mich an.

Jetzt fiel es mir wie Schuppen von den Augen. »Die Abkürzung M. stand für Dr. Marbach!«

»Ja.« Wieder errötete sie. »Er hat mir relativ spät das Du angeboten.«

»Oh«, machte ich, noch immer fassungslos. Doch lange brauchte ich nicht, um wieder ein professionelles Gesicht aufzusetzen. »Bitte entschuldigen Sie die Verwechslung, Frau Roth.«

Erstaunt sah sie mich an. »Sie meinten gar nicht …?«

»Nein.« Ich atmete tief durch. Das war es also gewesen. Matthias hatte mich nie betrogen. Und ich hatte ihm nicht geglaubt.

Frau Roth lächelte unsicher. »Ich werde mich trotzdem von Dr. Marbach fernhalten.«

»Eine gute Entscheidung«, sagte ich nickend und deutete auf die Fotos. »Und nehmen Sie die mit.«

»Ja.« Beinahe schüchtern drückte sie die Fotos an sich, dann streckte sie mir die Hand hin und sah mir aufrichtig in die Augen. »Danke, Frau Hummel.«

Ich lächelte ihr aufmunternd zu. »Passen Sie auf sich auf.«

Kaum hatte ich mich von Frau Roth verabschiedet und die Tür des Besprechungszimmers geöffnet, da sprang auch schon Marie glücklich auf mich zu. »Da bist du ja!«

»Und?«, fragte ich sofort. Nicht dass ich neugierig wäre. Aber ich hatte ihr einfach so sehr gewünscht, dass Oliver ihr verzieh, und allem Anschein nach war das Glück auf ihrer Seite.

»Es ist alles gut.« Ihre Augen leuchteten.

»Das freut mich so für dich.« Ich griff nach ihrer Hand und drückte sie fest. Aus Marie schien ein anderer Mensch geworden zu sein. Sie hatte noch immer tiefe Augenringe, auch ihre Anspannung war noch nicht ganz von ihr abgefallen. Trotzdem spürte ich, dass es ihr langsam besser ging. Sie schien geradezu von innen heraus zu strahlen, ihr Blick war offen und freundlich. Mir wurde warm ums Herz.

Ab heute würde ich Marie neu kennenlernen. Die Karten wurden neu gemischt, und wir bekamen einen neuen Start.

»Jetzt wird doch noch alles gut. Für uns beide. Übrigens …« Marie zwinkerte mir zu und griff in ihre Hosentasche, um das zarte Armband hervorzuholen, das ich bei meinem Besuch in ihrem Zimmer hinterlassen hatte. »Ich schätze, das gehört dir?«

Prompt errötete ich. »Ja … Danke.«

Damit waren wir wohl längst quitt. Es kam mir so vor, als würde keiner von uns dem anderen noch irgendetwas übel nehmen, was vor unserer Aussprache geschehen war.

Sie lächelte breit. »Sophie! Du hast es dir so sehr verdient, wieder glücklich zu sein.«

Ich lachte. »Vor allem jetzt, da ich weiß, dass Frau Roths Tagebuch von Tom handelte, nicht von Matthias …«

»Hast du das denn nicht gewusst?« Marie sah mich entsetzt an. »Habe ich es mit dem Tagebuch etwa nur noch schlimmer gemacht?«

»Ja … Ich habe … Ach, eigentlich hätte ich es mir doch denken können!« Mein Herz schlug vor Aufregung so schnell, dass ich fürchtete, es würde aus dem Takt geraten.

»Ich habe die Sachen in dein Zimmer geschmuggelt, damit du gewarnt bist und erfährst, wie Tom ist. Natürlich hatte es den Nebeneffekt, dass du in seinem Ansehen sinken würdest, wenn du klaust.« Mit kleinlautem Blick atmete sie tief durch. »Das war wirklich zu heftig von mir, es tut mir ehrlich leid.«

Ich schüttelte den Kopf. »Mir tut es auch leid. Hätten wir beide gleich alle Karten auf den Tisch gelegt, hätten wir uns viel Kummer erspart, oder?«

»Dass das so nach hinten losgeht, hatte ich nicht geahnt.« Marie seufzte. »Es tut mir so leid!«

»Alles gut. Ich will mit Tom nichts mehr zu tun haben.«

»Gut so. Er hat damals tatsächlich alles gevögelt, was nicht bei drei auf einem Baum war. Und sein Verhalten Frauen gegenüber ist generell wohl einfach gestört, narzisstisch und …«

»Er ist ein Ekel«, erklärte ich und spürte mein Blut in Wallung kommen. Wenn ich an ihn dachte, wurde ich so wütend. Marie schien es ähnlich zu gehen. Und sie ertrug Toms Gemeinheiten schon wesentlich länger als ich.

Sie nickte finster, um mir beizupflichten. »Am liebsten würde ich ihm den Kopf abreißen.«

»Lieber nicht.« Lächelnd sah ich sie an. »Viel zu weit oben. Da kugelst du dir am Ende noch die Schulter aus.«

Sie lachte, dann warf sie einen schüchternen Blick in Richtung Bürotür. »Sollen wir?«

Ich nickte. »Vollgas.«

Marie griff nach meiner Hand, um sie kurz zu drücken, dann steuerten wir schnurstracks Toms Büro an.

Waltraud sah uns über ihre bunt getupfte Lesebrille hinweg an und schmunzelte. »Huch, ihr seht ja heute rebellisch aus, ihr zwei! Jetzt bekomme ich fast Angst vor euch.« Sie neigte den Kopf zur Seite. »Wird jetzt ein Aufstand angezettelt?«

»So ähnlich.« Grinsend zeigte ich auf Toms Bürotür. »Dürfen wir?«

»Angeblich ist er in einem dringenden Telefongespräch. Die nächste Stunde will er nicht gestört werden.«

Marie und ich wechselten einen Blick. Sätze wie diese sagte Tom öfter, und dahinter steckte garantiert sehr selten die Wahrheit. Dass er auch jeden, der um einen Termin bat, grundsätzlich erst einmal warten ließ, war in den meisten Fällen wohl eher Machtdemonstration.

»Der sitzt vermutlich nur da und liest im *Playboy*«, sagte Marie und seufzte genervt.

»Also, wenn ihr mich fragt …« Waltraud stemmte sich umständlich von ihrem Stuhl hoch, ging zu Toms Bürotür und presste ein Ohr an das glatte Holz. Sie zuckte die Schultern. »Es hört sich nicht nach Telefonat an.«

»Dann …«, sagte ich.

»Dann …«, wiederholte auch Marie.

»Lasst die Tür angelehnt, ich will auch was davon haben«, murmelte Waltraud.

Marie neben mir atmete tief durch, ich musste mich auch kurz sammeln. Tom gegenüberzutreten und ihm die Meinung zu sagen, würde uns beide Kraft kosten.

»Los«, flüsterte Marie, dann drückte sie die Klinke hinunter und stieß energisch die Tür auf.

Tom zuckte zusammen. Er saß weit nach hinten gelehnt in seinem großen Bürostuhl, hatte die Füße auf dem Schreibtisch und eine Kaffeetasse in der Hand. Fluchend kramte er nun nach einem Taschentuch, um sich den verschütteten Kaffee vom Hemd zu tupfen. »Habe ich nicht deutlich gesagt, dass ich nicht gestört werden möchte?«

Starr blickte Marie ihn an. Am Zucken ihrer Nasenspitze erkannte ich, dass sie sich beherrschen musste, um nicht zu explodieren. Aber jetzt waren die Jahre des Schweigens und der Schikane vorüber.

»Was wollt ihr.« Es war keine Frage. Es war eine Drohung. Mit tiefen Stirnfalten starrte er uns an.

»Frau Erber. Frau Roth. Sophie. Ich.« Maries Stimme zitterte ein wenig.

Toms Züge glätteten sich, als er uns sein gewinnendes Lächeln schenkte. »Bitte setzt euch doch«, sagte er, doch Marie und ich bewegten uns keinen Zentimeter von der Stelle. »Aus diesen vier Namen kann ich zwar keinen Zusammenhang erkennen, aber ich bin mir sicher, dass sich mit einem Gespräch Missverständnisse ausräumen lassen. Ich stehe gerne zur Verfügung.«

»Du hast mit zwei Patientinnen geschlafen. Mit Schutzbefohlenen!« Obwohl Tom mir nur ein mitleidiges Lächeln zuwarf, fuhr ich fort. »Meine Beziehung zerstört und Marie erpresst.«

»Es tut mir sehr leid, dass offenbar seltsame Gerüchte über mich im Umlauf sind, aber ich kann euch versichern, dass ich mit diesen Vorwürfen nichts zu tun habe.«

»Tom.« Ich warf ihm einen eindringlichen Blick zu. »Es ist zwecklos, so zu tun, als hättest du …«

»Was die Erpressung angeht, die du ja schon vor ein paar Tagen erwähntest, kann Marie …«, er nickte vielsagend zu ihr hinüber, »sicherlich bezeugen, dass es sich lediglich um eine Notiz handelt, die sie daran erinnern sollte …«

»Was soll ich bezeugen?«, unterbrach ihn Marie scharf.

»Bitte lass mich ausreden, Marie. Diese Notiz war nur – und das wirst du Sophie sicherlich bestätigen können – eine Art Tauschgeschäft.« Breit lächelnd lehnte er sich wieder in seinem Bürostuhl zurück. »Wenn du nett zu Sophie bist, bin ich nett zu Felix. Das war der Deal. Habe ich recht, Marie?«

Ich konnte nur noch den Kopf schütteln. Toms Lügengebäude hatte längst zu schwanken angefangen, doch er hielt es offenbar noch immer für stabil genug, um darauf den mitfühlenden Chefarzt zu spielen. »Du weißt, dass das nicht stimmt«, widersprach ich und sah ihn fest an.

»Marie.« Tom nickte mit einer derartigen Selbstsicherheit zu Marie hinüber, dass diese schwer schluckte. »Bitte kläre Sophie auf.«

»Nein.« Ihre Stimme zitterte wieder. »Du hast mich erpresst, um Sophies Beziehung zu zerstören.«

»Du verwechselst da etwas.« Er nickte, noch immer freundlich lächelnd. »Passiert den besten Leuten, mach dir keine Sorgen. Erst kürzlich hat mir dein ... Mann ... erzählt, dass du in letzter Zeit recht zerstreut bist.« Der Blick, der Marie nun traf, war mehr als deutlich.

»Mein Mann ...«, wiederholte sie und holte tief Luft, »... lässt dir ausrichten, dass mein Gehirn einwandfrei funktioniert.«

Tom lächelte milde. »Irren ist menschlich.«

»Ein Seitensprung auch.« Sie machte eine Pause und musterte ihn verächtlich. »Mein Mann jedenfalls verzeiht solche Dinge.«

»Du wirst jetzt sofort ...«, setzte er an.

»Ich werde gar nichts.« Ihr entschiedener Blick traf ihn wie eine scharfe Messerklinge.

Etwas fahriger als zuvor lehnte Tom sich in seinem Sessel zurück. »Na dann. Ihr wisst ja, was man sagt über den Krieg und die Liebe. Und ich denke, man darf dem Glück doch auf die Sprünge helfen. Der Zweck heiligt gewissermaßen die Mittel.«

Meine Kinnlade klappte nach unten. Hatte er das gerade wirklich gesagt? Das war doch nicht sein Ernst.

»Seid doch mal ehrlich. Wenn du merkst, dass der Mann deines Lebens bald eine andere heiratet, dann ist es doch legitim, diese Hochzeit zu verhindern. Oder etwa nicht?«

»Du bist krank«, flüsterte ich.

»Sophie, ich denke, du bist einfach nicht romantisch genug.« Er zuckte mit den Schultern. »Es geht hier um die Liebe deines Lebens.«

»Ich habe die Liebe meines Lebens bereits gefunden«, antwortete ich und schluckte.

Maries Hand lag beruhigend auf meiner Schulter, doch mein Herz klopfte nun so laut, dass ich fürchtete, es könne zerspringen.

»Und Frau Erber und Frau Roth?«, fragte Marie. »Sind die beiden auch Lieben deines Lebens, Tom?«

Empört stieß er den Atem aus. »Wenn ich gern schick essen gehe, heißt das doch noch lange nicht, dass ich mir nicht während der Arbeitszeit ein Sandwich reinziehen kann, oder? Wenn der Hunger kommt, muss ich nicht jedes Käsebrötchen im Kerzenschein zelebrieren. Klar ist das dann sicherlich keine Delikatesse, befriedigt aber zumindest mein Grundbedürfnis.«

»Du ekelst mich an.« Ich schüttelte den Kopf.

»Ach, Frauen! Jetzt tut nicht so, als wärt ihr da anders. Als hättest du dir noch nie ein Käsebrötchen reingeschoben, Sophie!«

Vor Wut ballte ich die Hand zur Faust. »Tom, du sprichst hier über Schutzbefohlene. Patientinnen.«

»Ach.« Er winkte ab, ein Lächeln huschte über sein Gesicht. »Die fanden mich toll, weiter nichts.«

So langsam dämmerte mir, dass Tom tatsächlich selbst fest an sein gezimmertes Lügengerüst glaubte. Vermutlich war es zwecklos, ihn auf den Pfad der Vernunft zurückbringen zu wollen. Und vielleicht lieber gleich ein Fall für die Ärztekammer.

»Ist dir bewusst, wie sie sich fühlen?«, versuchte Marie es wieder. »Du nimmst ihnen die Würde.«

»Frauen ordnen sich gern unter. Sie finden starke Männer

sexy.« Tom rollte mir den Augen. »Aber das ist nicht meine Schuld.«

»Tom!«, fuhr Marie ihn an.

»Nein, hör mal.« Er lehnte sich vor, die Hände locker auf den gespreizten Beinen. »Frauen wollen keine Weicheier. Und Machos wollen sie auch nicht. Was wollen sie denn dann?«

»Echte Liebe natürlich«, rief ich, meine Unterlippe bebte.

»Die wolltest du doch auch nicht, Sophie.« Tom rollte näher in seinem Stuhl an den Schreibtisch heran. »Meine Liebe zu dir war so stark, dass ich alles riskiert habe für unser Glück.«

Ich wich unwillkürlich zurück. »Für dein Glück, Tom. Deines.«

»Und da liegt der Fehler«, sagte Marie leise. »Wenn es nicht auf Augenhöhe passiert, ist es keine Liebe.«

Ich schüttelte nur noch den Kopf. Aus diesem Mann war nichts anderes herauszubekommen, reine Zeitverschwendung. Aber wir hatten unseren Standpunkt deutlich gemacht, das war wichtig.

»Ihr ...«, setzte er erneut an.

»Wir wollen nichts mehr hören«, unterbrach ich ihn.

»Komm, wir gehen.« Marie umfasste meine Hand, gemeinsam verließen wir das Büro und ließen Tom einfach zurück.

Es schien nicht so, als hätten wir nachhaltig Eindruck auf ihn gemacht. Aber als wir die Tür hinter uns schlossen und hinaus in sein Vorzimmer traten, verspürte ich unglaubliche Genugtuung.

»Er hat ...?« Waltraud starrte uns entsetzt an. »Hat er?«

»Ja.« Marie nickte seufzend. »Du hast richtig gehört.«

»Und so jemand ist unser Chefarzt?«

Schweigend nickten wir.

Waltraud saß mit offenem Mund da. »Und ich habe überhaupt nichts davon mitbekommen.«

Das war in der Tat ein Wunder.

»Jetzt geht es ihm an den Kragen. Lass uns ...«, setzte Marie gerade an, doch weit kam sie nicht.

»Stopp, stopp, stopp.« Waltraud wackelte mit dem Zeigefinger, dann bückte sie sich, um eine Schreibtischschublade aufzuziehen. »Nicht so hastig, meine Damen. Erst einmal ... Ah, wo hab ich ihn denn ... Da!«

»Waltraud!« Marie lachte.

»Na ja«, meinte sie entschuldigend. Die Sektgläser klirrten, als sie sie aus der Schublade nahm. »Wir klären jetzt mal, wer sich mit der Ärztekammer in Verbindung setzt. Und dann müssen wir darauf doch ein Gläschen heben.«

»Waltraud, du bist ja auf alle Eventualitäten vorbereitet!« Ich musste grinsen.

»Ihr müsst entschuldigen, dass er warm ist. Aber Sekt ist schließlich Sekt.« Sie zuckte mit den Schultern, schraubte umständlich am Verschluss herum und kicherte. »Kinder, Kinder. Dass der so kriminell ist, hätte ich nicht gedacht.« Waltraud schüttelte traurig den Kopf, als sie einschenkte. »Ein Ekel, ja. Aber so was ...«

»Auf uns.« Wir stießen an. Das Lächeln in Maries Gesicht sagte eigentlich schon alles.

Es krachte, als Tom die Tür aufriss und ins Vorzimmer stürmte. Obwohl wir noch direkt vor seinem Büro standen, würdigte er uns keines Blickes. Nur ein Windzug streifte uns, als er an uns vorbeischoss.

»Was macht er jetzt?«, fragte Marie verwirrt und nippte an ihrem Sekt.

»Das kann ich dir sagen«, erwiderte ich seufzend und nahm ebenfalls einen Schluck. »Er geht Spuren verwischen.« Was würde er auch sonst tun. Die Gefahr, dass ihn Frau Roth und Frau Erber noch verpfiffen, war viel zu groß.

Es musste für die Patienten relativ komisch ausgesehen haben, wie wir zu dritt durch die Gänge hasteten.

»Wo ist er hin?«, fragte Waltraud.

»Da!«, rief ich, als wir um die Ecke bogen. Auf der Sitzbank des Aufenthaltsraums saß er, gemeinsam mit Frau Roth. Sein breites Lächeln schien ihr beinahe ins Gesicht springen zu wollen.

»Sollen wir …?«, fragte Marie.

»… wenn du unser umwerfendes, kleines Abenteuer für dich behalten könntest …«, hörte ich Tom flüstern. »Dann könnten wir irgendwo gemeinsam neu beginnen. Ganz von vorne und gemeinsam …«

Gerade wollte ich Frau Roth zu Hilfe eilen, da knallte es schallend. Mir blieb der Mund offen stehen, als ich den roten Abdruck auf Toms Wange sah. Gleichzeitig freute ich mich sehr für Frau Roth. Es gab wohl keine Therapie der Welt, die ihr gerade ein besseres Gefühl hätte geben können als diese Ohrfeige.

Tom war nicht minder überrascht als die Umstehenden, denn es geschah das Unglaubliche: Er errötete. Er schien tatsächlich peinlich berührt zu sein. Leider fing er sich viel zu schnell.

»Ist das Alkohol?«, fuhr er plötzlich auf, als er die Sektflasche in Waltrauds Hand entdeckte.

»Wir verkosten Kindersekt«, sagte ich, ohne eine Miene zu verziehen. Und dafür musste ich noch nicht einmal lügen. Ich war mir relativ sicher, dass in der bunten Flasche kein normaler Sekt sein konnte.

Tom trat relativ schnell den Rückzug in sein Büro an. Marie nahm die restlichen Fotos an sich, um sie Frau Erber auszuhändigen, und ich folgte unterdessen Waltraud in die Mitarbeiterküche. Lächelnd stellte sie die Flasche ab. Ein Blick auf das Etikett gab mir recht, er war wirklich alkoholfrei.

»Danke für den Sekt«, sagte ich. »Ich hoffe, wir stoßen noch mal richtig an.«

»Na, bei so einem Anlass!« Sie schmunzelte. »Aber Dr. Marbach hat wirklich nichts anbrennen lassen. Gibt es irgendeine junge Frau auf der Station, mit der er nichts hatte?«

Erschrocken sah ich sie an. »Na hoffentlich!«

»Ts, ts«, machte Waltraud und schüttelte missbilligend den Kopf. »Bei mir hat er es nie versucht.«

Ich musste lachen. »Da hast du nichts verpasst.«

Waltraud verzog dramatisch das Gesicht und stellte die Flasche in den Kühlschrank.

»Nimm's nicht so schwer!« Mit einem Augenzwinkern klopfte ich ihr freundschaftlich auf den Rücken und verabschiedete mich. Jetzt musste ich dringend mein eigenes Glück retten. Ich konnte nur hoffen, dass es noch nicht zu spät war.

Ich sprang so schwungvoll die Stufen hinunter, dass ich um ein Haar umgeknickt wäre. Voller Vorfreude lief ich über den Strand, den Bohlenweg hinauf zur Pension Martha und stieß die Eingangstür auf.

Ein kleines Mädchen mit dicken Windeln krabbelte einem Kaninchen hinterher, kritisch beäugt von dem großen Papagei, der es sich auf der Vorhangstange gemütlich gemacht hatte.

»Kriegst a Bussi, du Schneckerl, du!«, rief er der Kleinen gluckernd zu. »Kriegst a Bussi!«

»Sophie! Gut, dass du da bist. Ich muss mit dir reden!«, rief mir Malaika von der Treppe aus zu. Ihre Haare flatterten in der Zugluft. Offenbar war irgendwo ein Fenster offen.

Im nächsten Moment flog die Eingangstür mit einem lauten Knall zu. Ich erschrak mächtig, das kleine Mädchen auf dem Boden begann zu schreien und zu weinen, und der Papagei flatterte panisch von seiner Vorhangstange auf.

»Zefix!«, schimpfte er und beobachtete mich argwöhnisch. »Zefix, du Bazi, du!«

»Entschuldigung!«, rief ich zerknirscht, doch das kleine Mädchen wurde bereits auf dem Arm ihres Vaters getröstet, und der Vogel schien sich auch langsam zu beruhigen. Er schimpfte etwas leiser vor sich hin, aber das schien bei ihm ja normal zu sein.

Malaika war inzwischen die Treppe heruntergekommen und kam auf mich zu. »Tut mir leid, die Zugluft!«

»Malaika!«, rief ich fröhlich, stutzte jedoch, als ich ihr ernstes Gesicht sah. »Alles okay?«

Ihr ernster Ausdruck wich einem Lächeln. »Ich habe in Toms Zimmer Abzüge des Fotos gefunden.«

»Perfekt.« Ich nickte zufrieden. Gegen Tom hatten wir nun alles in der Hand, was wir brauchten. »Dann wird jetzt alles gut. Sogar die Sache mit Matthias.«

»Na, dann los, meine Liebe! Worauf wartest du?« Malaika sprang auf. »Du musst zu ihm! Mir kannst du alles später erzählen.«

Genau das wollte ich. Sofort zu Matthias, damit so schnell wie möglich alles wieder gut werden konnte. Nein, ich sollte mich korrigieren: damit so schnell wie möglich alles wieder perfekt werden konnte. Perfekt, das würde es sein.

»Wo ist Nicole?«

Nicole stand gerade im Speisesaal auf einem Stuhl und wechselte eine Glühbirne.

»Nicht erschrecken!«, sagte ich vorsichtig, als ich an ihr vorbeihuschte.

»Ich erschrecke nie.« Nicole lachte. Ludwig hob den Kopf, als sie herunterstieg und den Stuhl zurück an den Gruppentisch schob. »Was kann ich für dich tun, Sophie?«

»Ist Matthias da?«

Nicole sah mich mitfühlend an. »Oh, der ist abgereist.«

»Nein!« Entsetzt starrte ich sie an. Also waren Matthias' Nerven nun doch an ein Ende gelangt. Und ich war diejenige, die es verbockt hatte. Komplett.

»Vor einer halben Stunde hat er sich verabschiedet.« Nicole sah zur großen Wanduhr hinauf und kniff die Augenbrauen zusammen. »Die Fähre fährt in … etwa fünf Minuten?«

»Los!«, rief Malaika schon. »Das schaffen wir!«

Unter dem lauten Protest des Papageis stürzten wir hinaus auf den Hof, wo gerade Felix mit Maries himmelblauem Fahrrad vorfuhr, Ludwig rannte neben ihm her.

»Können wir uns Maries Fahrrad ausleihen?« Atemlos kam ich neben Felix zum Stehen.

»Aber nicht kaputt machen.« Streng sah er mich an. »Und Vorsicht mit dem Fahrradkorb, der ist ihr heilig.«

»Versprochen! Großes Ehrenwort!«, rief ich.

Ich sprang aufs Rad, Malaika auf den Gepäckträger, und schon strampelte ich los.

KAPITEL 30

Als ich wie eine Irre in die Pedale trat und ständig versuchte, Malaikas Gewicht auszugleichen, die hinter mir saß und sich an meinen Bauch klammerte, machte ich mir die größten Vorwürfe. Wegen des Fotos und des Tagebuchs war ich so sicher gewesen, dass Matthias geblufft hatte.

Klar, dass mich seine vermeintlichen Lügen ärgerlich gemacht hatten. Und ebenso war wohl verständlich, dass ich die Beziehung ein für alle Mal beendet hatte, nachdem ich geglaubt hatte, betrogen und verraten worden zu sein. Aber ich hätte anders entscheiden, uns Zeit geben und nicht so impulsiv reagieren können.

Für Matthias mussten sich all die Anschuldigungen angefühlt haben wie die pure Hölle. Dass ich alles hatte beweisen können, hatte den Druck potenziert. Und da er ja betrunken gewesen war, als das Bild von ihm und Marie entstanden war, wusste er ja vielleicht selbst nicht, was genau geschehen war … Wäre ich an seiner Stelle gewesen, hätte es mich vermutlich genauso fertiggemacht.

Und ich hatte seinen Beteuerungen nicht geglaubt. Dabei sollte ich als seine Partnerin verlässlich an seiner Seite stehen. Statt für unsere Beziehung zu kämpfen, hatte ich mich gegen ihn gewandt und ihn allein gelassen in diesem Durcheinander an unhaltbaren Anschuldigungen. Ein zweites Mal. Und trotzdem hatte er mir die Steinbotschaft auf das Fensterbrett gelegt und gewartet. Bis vor einer halben Stunde.

Ich wünschte, ich hätte mich anders entschieden. Außerdem, was hatte ich schon gemacht, um zu prüfen, ob das Foto und das Tagebuch echt waren? Ein kurzes Gespräch mit Frau Roth, in dem ich sie völlig missverstanden hatte. Toll. Und nun bekam ich die Quittung. Matthias hatte sich von mir verlassen gefühlt. Von dem Menschen, den er am dringendsten gebraucht hätte.

»Da ist das Schiff!«

Die Bremsen quietschten, Malaika sprang ab, ich ebenso. Die Räder holperten, als wir auf die Menschentraube zurannten, die sich am Hafen gebildet hatte. Die Leute drängten sich dicht um die Anlegestelle; ein kleines Kind brüllte nach seiner Mama.

»Sophie!«, schrie Malaika plötzlich dicht an meinem Ohr. »Sophie, da!«

Und da sah ich ihn auch. Inmitten der wartenden Fahrgäste, mit einem weißen Hemd und einer beigen Hose. Seine Haare waren vom Wind zerzaust, und am Handgelenk seines braun gebrannten Arms trug er noch immer das braune Lederarmband.

»Matthias!«, brüllte ich.

Ohne nach rechts und links zu gucken, rannte ich den Leuten zwischen die Füße. Ich schob und drängelte und schubste. Vermutlich bekam ich den einen oder anderen blauen Fleck, als ich mich bemühte, zumindest niemand anderen zu verletzen, doch das war mir längst egal. »Matthias!«

In diesem Moment drehte er sich um. Als sich unsere Blicke trafen, glaubte ich, mein Herz vor Freude zerspringen zu fühlen. Tränen der Erleichterung rannen über mein Gesicht. Seine Züge waren müde und erschöpft, doch auf seinen Mund schlich sich ein vorsichtiges Lächeln.

»Matthias!«, flüsterte ich.

»Sophie.« Überrascht sah er mich an.

»Gott sei Dank. Ich dachte schon, ich könnte dich gar nicht mehr … Ich meine … dich … und uns …« Schon längst konnte ich nichts anderes tun, als dazustehen und in seine tiefbraunen Augen zu schauen. Die Welt schien um uns herum zu verblassen.

Die Leute um uns herum rempelten uns an, einige schimpften, doch das alles hörten wir schon längst nicht mehr. Jetzt gab es nur noch uns.

»Heißt das …« Matthias lächelte und sah mich fragend an.

»Ja.« Ich war so glücklich, und wir brauchten keine Worte. Fest schlang ich meine Arme um seine Hüfte und zog ihn an mich, um ihn nie wieder loszulassen. Dunkel und herb war sein Duft, und ich hätte mich am liebsten nur an ihn geschmiegt. »Für immer.«

Matthias strich zärtlich über meinen Rücken; sein Kinn ruhte auf meinem Kopf, doch er schien ernst. So wirklich schien er es noch nicht glauben zu können. Er seufzte. »Es wird immer hin- und hergehen, Sophie. Mal wirst du denken, damit leben zu können, mal wirst du mich hassen. Willst du so ein Auf und Ab wirklich für immer haben?«

»Es gibt kein Auf und Ab mehr«, erklärte ich fest und lächelte ihn an.

»Und das Bild?«, flüsterte er.

»Es hat sich alles aufgeklärt.« Ich hob den Kopf und sah ihn an. »Bitte verzeih mir, dass ich dir nicht vertraut habe.«

Als er mich an sich drückte, hätte ich heulen mögen vor Erleichterung. Zu groß war die Angst gewesen, dass er mir mein ewiges Zweifeln übel genommen hatte. Aber Matthias war nicht nachtragend.

»Ich liebe dich.« Zärtlich sah er mich an, und mein Herz klopfte vor Aufregung ganz laut.

»Ich liebe dich«, gestand ich und wusste, dass ich diese Worte vor dem Altar nicht mit weniger Gefühl hätte aussprechen können.

Nachdem wir uns endlich geküsst hatten und auf Armeslänge glücklich anlächelten, funkelte das Meer wie tausend Diamanten. Mein wertvollster Schatz jedoch war wieder dort, wo er hingehörte: bei mir.

EPILOG

Der Sonnenuntergang warf ein magisches Licht auf den Strand. Ich hörte das Meer rauschen und fühlte den salzigen Nordseewind in den Haaren.

»Mein Schatz!« Matthias' Gesicht war ganz nah an dem meinen, ich spürte seinen Atem auf meiner Haut. Kratzig schubberten seine feinen Bartstoppel an meiner Wange, dann trafen unsere Lippen aufeinander und …

»Hey, nicht so faul rumstehen, ihr Turteltäubchen!« Waltraud hob belustigt die Augenbrauen. »Es gibt viel zu tun. Ich arbeite schließlich auch schon die ganze Zeit. Zum Beispiel habe ich … äh … den Sekt verkostet …«

Wir lachten. All unsere engsten Freunde waren gekommen. Gemeinsam standen wir auf der Dünenterrasse, stellten Tische auf und schmückten sie für den großen Tag. Auch meine Eltern hatten sich für den nächsten Tag angekündigt. Ich war voller Vorfreude. Morgen würden Matthias und ich uns das Jawort geben. Endlich für immer zusammengehören.

»Kannst du noch ein wenig höher?«, rief Nicole, die gerade auf einem Stuhl balancierte und gemeinsam mit Marie eine Girlande befestigte.

»Bei einer Hochzeit muss man Tauben fliegen lassen!«, hörte ich die durchdringende Stimme meiner Schwiegermutter. »Ihr habt doch hoffentlich an die Tauben gedacht!«

»Ich könnte ein paar Hühner fliegen lassen.« Nicole lachte laut auf. »Aber es könnte sein, dass sie vor Aufregung ein Ei legen.«

Ich lächelte und atmete tief durch. Der Sand unter meinen nackten Zehen fühlte sich noch warm an vom Tag. Ein wohliges Gefühl breitete sich in meinem Herzen aus. Ich wusste, dass jetzt alles gut war. Und ich vertraute darauf, dass es so bleiben würde.

Malaika fasste mich an der Schulter. Sie strahlte. »Ich freue mich so für euch. Nach all den Strapazen habt ihr euch dieses Happy End mehr als verdient.«

»Und wir sind so froh, dass ihr gekommen seid. Das kann ich gar nicht oft genug wiederholen.« Wieder einmal umarmte ich Malaika fest, die natürlich meine Trauzeugin sein würde. Dafür war sie bereits vor ein paar Tagen auf die Insel gekommen.

Suchend schaute ich mich dann um. »Wo ist denn eure Kleine?«

»Da.« Malaika grinste.

Jetzt sah ich es auch. In der windgeschützten Ecke auf der Terrasse stand Felix und wiegte behutsam Malaikas Tochter auf den Armen. Der Anblick war einfach rührend. »Ist das niedlich!«

Malaika lachte. »Er hat ausgerechnet, ab welcher Höhe es für sie tödlich wäre, wenn er sie fallen lässt.«

»Welche Höhe wäre das?«, fragte ich grinsend.

»Hat er nicht gesagt. Aber seit er es ausgerechnet hat, traut er sich kaum noch, einen Schritt mit ihr zu gehen.«

Mir ging das Herz auf, als ich Felix zusah, wie liebevoll er mit der kleinen Greta umging. Vor gerade einem Monat war sie auf die Welt gekommen. Natürlich waren Matthias und ich sofort nach der Geburt in den Süden gefahren, um die frischgebackenen Eltern zu beglückwünschen und die kleine Greta zu bestaunen.

Inzwischen wohnten wir wieder beide auf Spiekeroog, der Insel unserer Liebe, wo alles begonnen hatte. Und nachdem Tom gefeuert worden war, hatte sich Malaika für den Posten der Chefärztin beworben. Wir hatten Tom nicht mehr gesehen, sondern nur gehört, dass er eine Geldstrafe bekommen hatte und nach Brasilien gezogen war.

»Reis!«, rief plötzlich meine Schwiegermutter. »Bei einer Hochzeit muss man Reis werfen! Habt ihr denn an Reis gedacht?«

Gerade wollte ich etwas sagen, da mischte sich Felix ins Gespräch. »Hören Sie mal«, sagte er und guckte Mutti über seine kleine Brille hinweg an. »Bevor Sie so etwas vorschlagen, denken Sie mal nach über den Hunger in der Welt und die Ungerechtigkeit des kapitalistischen Wirtschaftssystems!«

Daran hatte Mutti offenbar zu kauen, entsetzt öffnete sie ihren Mund, schloss ihn jedoch gleich wieder. Dass diese Frau sprachlos war, geschah sicherlich nur alle zehn Jahre. Ich schmunzelte.

»Guck mal, Mutti«, klinkte ich mich dann ein, um ihre Laune ein wenig zu heben. »Du kannst doch bestimmt prüfen, ob die Hochzeitstorte sicher steht.«

Auf die Hochzeitstorte war ich besonders stolz. Nicole hatte das dreistöckige, mit Buttercreme gefüllte Kunstwerk gebacken, und sie war wunderschön.

»Die Hochzeitstorte. Gutes Stichwort!« Mutti sprang auf. »Da müssen noch die Figuren drauf!«

»Das ist lieb, Mutti, aber die lassen wir besser weg«, sagte Matthias freundlich. Er hatte sich eine Hochzeit ohne Kitsch gewünscht, doch da hatte er wohl die Rechnung ohne seine Mutter gemacht. Denn schon früh an diesem Morgen hatte sie mir stolz die Figuren präsentiert. Ich hatte das riesige, glitzernde Brautpaar bewusst unkommentiert gelassen, um sie nicht zu kränken. Matthias war da direkter.

»Nichts da, die sind doch so hübsch!« Energisch packte sie die Figuren. »Die kommen auf die Torte. Basta.«

Ich lächelte bloß und legte Matthias den Arm um die Schulter. »Mir ist es egal, solange du mich heiratest. Da könnte auch zusammengeknülltes Bonbonpapier drauf sein.«

Eng aneinandergeschmiegt standen wir da und blickten auf den Sonnenuntergang. Golden und orange leuchtete der Himmel, und das Meer glänzte, als wäre es frisch poliert für unsere Hochzeit.

»Endlich könnt ihr heiraten.« Unsere Wirtin Resi hatte vor Aufregung schon wieder rote Bäckchen bekommen und klatschte begeistert in die Hände. »Ich freue mich so!«

Dass Resi den weiten Weg auf sich genommen und sogar ihr Gasthaus für ein paar Tage zugesperrt hatte, freute mich besonders. Sie war mit Hubert und Malaika angereist. Und natürlich ließ sie es sich auch nicht nehmen, gemeinsam mit Nicole den Eintopf zu kochen, der morgen alle sechzehn Gäste satt machen würde.

Plötzlich ertönte ein lauter Schrei aus der Richtung, in die Mutti verschwunden war. Heftiges Schimpfen folgte.

»Spuck das aus! Spuck das sofort aus, hörst du!«

Ludwig kam über die Düne gejagt, Mutti hinterher. Dass sie solch ein jugendliches Tempo vorlegen konnte, hatte ich ihr gar nicht zugetraut.

»Bleib stehen!«, rief sie erzürnt. Die Dauerwelle war ein wenig zerzaust, an ihren Fingern klebte etwas … Buttercreme?

Mir kamen Zweifel, ob es so eine gute Idee gewesen war, Mutti mit der Hochzeitstorte zu beauftragen. Doch ich rührte mich nicht von der Stelle. Ludwig hatte es sich inzwischen zwischen zwei Lampions bequem gemacht und kaute auf irgendetwas herum, was verdächtig nach Hochzeitsdekoration aussah.

»Ich glaube, es ist das Glitzerbrautpaar von der Torte«, flüsterte Matthias und lachte leise.

»Aus!«, rief Nicole schließlich, und Ludwig gehorchte.

Mutti machte Geräusche wie ein verletzter Hund, als Nicole ihm die kläglichen Überreste des Brautpaars aus dem Maul zog.

»Ist es noch ganz?«, fragte Mutti weinerlich.

»Also, bis auf die Füße ist nichts mehr da, aber die sehen noch relativ intakt aus«, meinte Nicole und zuckte mit den Schultern. »Ein paar Kauspuren haben sie, aber das fällt nicht sonderlich auf. Soll ich die Füße wieder auf die Torte stellen?«

»Immer rauf damit«, sagte ich lachend, während Mutti sich schnäuzte.

»Ist noch was zu tun?«, fragte Marie uns und stellte eine Schachtel Sternwerfer auf dem Tisch bereit.

»Gar nichts.« Ich lächelte dankbar in die Runde. »Ihr seid die Besten!«, rief ich froh. »Ganz lieben Dank für eure Hilfe!«

»Schlaft gut!«, rief Matthias noch, als es dunkler wurde und sich die Ersten mit einem Winken verabschiedeten.

Malaika umarmte mich noch und nahm dem protestierenden Felix ihr Baby aus den Armen, dann wurde es ruhig um uns herum. Die Sonne war nun schon fast vollständig untergegangen, die Düne im Schatten abgetaucht. Nur am Horizont leuchtete ein feurig schimmernder Streifen über dem Meer.

»Mein Schatz«, sagte Matthias und sah mich liebevoll an. In seinen Augen glitzerten rötlich die letzten zarten Sonnenstrahlen. »Für dich.«

Lächelnd hielt er mir etwas Weiches entgegen. Cremeweiß war es und mit einer roten Schleife verziert. Als ich die Schleife löste, entglitten mir die Gesichtszüge vor Entsetzen.

»Was ist das?«, flüsterte ich. Mein Magen zog sich schmerzhaft zusammen, mir wurde beinah übel. Es war das Höschen, das ich vor ein paar Wochen in Matthias' Koffer gefunden hatte. Daran hatte ich gar nicht mehr gedacht.

»Gefällt es dir nicht?« Matthias sah mich verwirrt an. »Das hattest du mal in diesem Brautladen gefunden. Erinnerst du dich?«

Ich atmete tief durch und faltete es auf. Als ich das Etikett zwischen meinen Fingern spürte, fiel alle Spannung ab. »Es ist gar kein gebrauchtes Höschen!«

»Natürlich nicht!« Matthias warf mir einen entsetzten Blick zu. »Wofür hältst du mich?«

Jetzt war ich so erleichtert, dass ich laut auflachte. Natürlich erinnerte ich mich wieder. Ich hatte dieses Höschen tatsächlich in einem Brautladen gesehen und es wunderschön gefunden. Es passte so gut zu meinem cremeweißen Spitzen-BH und schien sogar bequem zu sein. Eigentlich hatte ich es damals kaufen wollen, doch meine Größe nirgends gefunden. Matthias hatte es offenbar irgendwo gesehen, sich erinnert und es mir als Überraschung gekauft.

»Das ist total süß von dir.« Ich strahlte ihn an. »Danke.«

Er lachte kopfschüttelnd und drückte mich an sich. Zweifellos wusste er ganz genau, worauf er sich einließ, wenn er mich heiratete. Liebevoll strich er mir über den Kopf. »Und ich habe noch etwas für dich.«

»Ja?« Mein Herz klopfte. Neugierig streckte ich die Hand nach dem Stein aus, den Matthias mir hinhielt. Er war bemalt mit einem Himmelbett aus weißen Wolken, in geschwungener Schrift las ich: *Kuscheln auf Wolke sieben*.

»Was …?«, fragte ich und lächelte.

»Überraschung.« Er strich mir zärtlich eine Haarsträhne aus dem Gesicht. »Ich würde sagen, wir machen uns erst mal bettfertig, dann habe ich noch etwas für dich.«

Es dauerte nicht lange, bis ich zurück war. Die Abendluft

strich mir sachte durchs Gesicht, als ich im Schlafanzug auf die Düne hinaustrat. Der feuchte Sand fühlte sich kühl an unter meinen nackten Zehen.

Ein paar Laternen wiesen mir den Weg. Sanft flackerten die Kerzen und warfen ihren Schein auf den Sand. Barfuß lief ich die Düne hinab und über den Strand, immer den Laternen nach.

»Sophie.« Matthias' Stimme war voller Wärme. Da stand er und streckte mir seine Hand hin, die ich sofort ergriff. Im Schatten der Düne konnte ich schemenhaft etwas erkennen. War das etwa …?

»Unser Bett für heute Nacht.« Matthias lächelte. »Gefällt es dir?«

Ich konnte nur staunen. Mitten am Strand, am Fuß der Düne, entdeckte ich tatsächlich ein Bett. Matthias schien es dort aufgebaut zu haben. »Das ist unglaublich!«

»Hast du Lust, dass wir die Nacht heute hier schlafen?«, fragte er.

»Und ob!« Mit Anlauf sprang ich auf das Bett, Matthias hinterher.

Am Strand war es ruhig, allein das Meeresrauschen durchbrach die Stille wie ein regelmäßiges, beruhigendes Atmen. Jede Welle, die an Land schwappte, schien nur für uns da zu sein. Matthias' Augen glitzerten, als wir uns in die weichen Decken kuschelten, er hatte vorsorglich mehrere besorgt. Meine Hand lag in der seinen, und mein Verlobter lächelte.

»Weißt du eigentlich, wie dankbar ich bin, dich ab morgen meine Frau nennen zu dürfen?« Er drückte meine Hand, an der ich inzwischen täglich das Armband trug, das er mir geschenkt hatte. »Du bist alles, was ich mir auf dieser Welt wünsche, und noch mehr.«

Ich lächelte gerührt und blinzelte eine Träne weg. In diesem Moment konnte ich nicht in Worte fassen, was ich fühlte. »Ich …«, setzte ich an, doch Matthias lächelte nur.

»Schsch«, machte er, dann rieb er zärtlich seine Nase an der meinen. Warm spürte ich seinen Atem auf meiner Haut.

Seine Lippen liebkosten meine Wange, sanft und weich waren seine Küsse. Dann trafen meine Lippen auf die seinen, und ein Feuerwerk der Gefühle explodierte in mir.

Das war unsere Nacht. Und morgen würden wir endlich vor aller Welt verkünden, dass wir uns liebten. Wahre Liebe hielt allem stand, das hatte ich inzwischen gelernt. Matthias und ich, unsere Beziehung war nun ein Fels in der Brandung, der allen Stürmen trotzte: mit der Fähigkeit, einander zu verzeihen, wenn es nötig war. Und mit Vertrauen in unsere Liebe.

SOPHIES VANILLEPUDDING MIT SOMMERBEEREN:

Zutaten:
500 ml Milch
25 g Speisestärke
40 g Zucker
1 Ei
1 Vanilleschote
Sommerliche Beeren nach Belieben

Zubereitung:
500 ml Milch in einem Topf bereitstellen, eine Vanilleschote aufschlitzen, das Mark herauskratzen und in die Milch einrühren. Die ausgekratzte Schote ebenfalls dazugeben, dann den Topf beiseitestellen. In einer Tasse 25 g Speisestärke mit 40 g Zucker vermischen, ein wenig Milch aus dem Topf abzweigen und beide Zutaten mit ein paar Esslöffeln Milch glatt rühren. Anschließend das Ei in die Stärke-Zucker-Milch-Mischung geben und alles gut vermengen. Nun die Vanille-Milch aufkochen. Zum Rühren eignet sich ein Schneebesen. Sobald die Milch kocht, die Stärke-Zucker-Milch-Mischung dazugeben und unter ständigem Rühren eine weitere Minute kochen lassen. Den Pudding noch heiß in Schälchen füllen. Kann heiß oder kalt serviert werden, sommerliche rote Beeren passen gut dazu.

MATTHIAS' SANDDORN-WINDBEUTEL:

Zutaten:

Teig
124 ml Wasser
24 g Butter
74 g Mehl
14 g Speisestärke
2 Eier
2 Messerspitzen Backpulver

Creme
400 ml Schlagsahne
Zucker nach Belieben
Alternativ: Vanilleeis

Sanddorngelee
1 Flasche ungesüßter Sanddornsaft (erhältlich in Biomärkten)
1 Packung Gelierzucker 1:1 (Verhältnis bei flüssigen Zutaten immer: ¾ Liter Saft zu 1000 g Gelierzucker), wer gern sauer mag: alternativ 2:1-Gelierzucker (dann wäre das Verhältnis für flüssige Zutaten: ¾ Liter Saft zu 500 g Gelierzucker).

Zubereitung:
Marmeladengläser heiß ausspülen und bereitlegen, eine Flasche Sanddornsaft in einen Topf leeren. Je nach Flaschengröße die nötige Menge Gelierzucker errechnen. Aufgepasst: Wird wie hier flüssiger Saft verwendet, ist mehr Gelierzucker nötig als bei Früchten gewohnt: ¾ Liter Saft werden mit 1000 g 1:1-Gelierzucker vermischt und unter ständigem Rühren so lange erhitzt, wie es die Angabe auf der Packung vorsieht. Üblich sind 4 Minuten. Das noch flüssige Gelee wird heiß in die Marmeladengläser gefüllt, die Gläser auf den Kopf gestellt. Falls zu viel Sanddorngelee hergestellt wurde, kann es auf Brot gegessen werden. Ungeöffnet halten die Gläser mindestens ein Jahr. Wer es sauer mag, kann statt 1:1- auch 2:1-Gelierzucker verwenden. 3:1 ist bei Sanddorn allerdings extrem sauer.

Für den Teig Mehl und Stärke vermischen, Wasser und Butter in einem Topf erhitzen. Sobald die Wasser-Butter-Mischung kocht, den Topf vom Herd nehmen und die Mehl-Stärke-Mischung dazugeben. So lange rühren, bis ein glatter, fester Teig entsteht. Nun den Topf zurück auf die Platte stellen und den Teig abbrennen. Dazu den Teig mit einem Kochlöffel so lange im heißen Topf kneten, bis er an der Innenseite des Topfes eine weiße, trockene Schicht hinterlässt.
Teig abkühlen lassen und den Ofen auf 200 Grad vorheizen. Die Eier nacheinander mithilfe eines Handmixers in den abgekühlten Teig einarbeiten. Wenn keine Klumpen mehr zu sehen sind, das Backpulver hinzufügen und gut unterrühren. Der Teig sollte schwer reißend vom Löffel fallen. Anschließend gleich in einen Spritzbeutel einfüllen (notfalls nur Löffel benutzen oder von einer Plastiktüte eine Spitze abschneiden, das funktioniert auch, ist nur nicht so hübsch) und etwa walnussgroße Häufchen aufs Backpapier spritzen. Bei 200 Grad für 20 Minuten backen, noch heiß

von jedem Windbeutel einen Deckel abschneiden. Abkühlen lassen.
Währenddessen die Sahne steif schlagen und nach Belieben zuckern. Die geschlagene Sahne dann mit einem Spritzbeutel in die abgekühlten Windbeutel spritzen, ein wenig Sanddorngelee darauf garnieren und den Deckel obenauf setzen.
Alternativ mit Vanilleeis und Fruchtgelee füllen.

MEIN GANZ HERZLICHER DANK GEHT AN …

… meine Lektorin Daniela Peter – für ihre Geduld, ihre Kompromissbereitschaft und für den Schlaf, den ich ihr auf den letzten Metern des Lektorats geraubt habe.
… meinen Agenten Dirk Meynecke, der mir stets mit Rat und Tat zur Seite stand.
… meine Eltern – für ihre Unterstützung zu jeder Zeit und für noch so viel mehr.
… Toni, der mir nicht nur den Rücken frei hält, sondern meine Figuren oft besser kennt als ich selbst.
… meine Familie und meine Freunde, die immer hinter mir stehen.
… Steffi Gstettner, Miriam Huhle und Sophia Rohrmüller, die mir ganz ehrlich sagen, wenn ein Text in die Hose gegangen ist. Noch ein extra Dankeschön an Sophia, die hauptsächlich deshalb Medizin studiert hat, um meinen Romanfiguren die Welt der Kliniken zu erklären.
… Tommy Kölbel vom Touristenzentrum Kogge auf Spiekeroog für seine Zeit und Hilfe bei der Recherche.
… Franz aus Grünthal, der mir geholfen hat, ein paar inhaltliche Fragen zu Maries Diebstahl & Co zu klären.